译学新论丛书

主编 张柏然 许 钧

融合与超越：走向翻译辩证系统论

贾正传 著

上海译文出版社

总　序

谈翻译,我们首先注意到这样一个现象:翻译,作为一种实践活动,在人类的文化交流中一直在广泛地进行着,但在历史中却很少得到世人的关注;丰富的翻译活动,一直被实践者认为是充满障碍的工作,但在相当长的历史时期内,却很少有学者对其进行深入而系统的研究。这两个方面情况的长期存在,或者说翻译领域被历史学界、被理论界长期忽视的状况造成的直接影响便是,翻译一直被当作一种"雕虫小技"。在很长一个历史时期内,语言学家对翻译问题不予重视,历史学家对翻译活动熟视无睹,知识界对翻译的认识几乎是零。这在很大程度上使翻译活动在两个方面被遮蔽:一是翻译在人类文明发展史上的作用得不到足够的承认;二是对翻译的种种问题得不到科学、系统的研究。尤为耐人寻味的是,对翻译的这种轻视态度不仅仅来自翻译界的外部,而且还来自翻译界的内部。翻译界内部的这种自我定位也在很大程度上影响了其他学科对翻译的看法,渐渐地也在有关的学界形成一种偏见:翻译为雕虫小技,不登大雅之堂。因此,翻译的作用得不到应有的承认,对翻译的理论研究得不到学界的关注和支持。这种状况一直延续到上个世纪五十年代,才逐渐开始改变。

长期以来翻译家本身专注于翻译实践,忽视了对翻译问题的理性思考与系统研究,这不能不说是个历史的误会。但是,丰富的实践与贫乏的理论之间所产生的这道深深的裂痕却不能完全掩盖在数千年的翻译历史中。翻译活动的特殊性提出了种种问题和困难,而面对这些问题和困难,翻译家们也不可能视而不见,无动于衷,因为它们是无法回避的客观存在。从这个意义上说,翻译家们对翻译理论思考的忽视,并不说明翻译就没有理论研究的必要,也并不意味着翻译的种种问题因为翻译家的忽略便不存在。

事实上,在漫长的翻译历史中,翻译家们在不同的历史阶段进行着形式多样的丰富实践,虽然对实践中所出现的问题,还没有以一种清醒的理论意识去加以关注,但他们针对这些问题所采取的种种手法、策略,他们在实践中积累的一些经验、体会,尤其是他们从中悟出的一些道理或原则,是一笔笔非常珍贵的遗产。然而,令人遗憾的是,这些弥足珍贵的译事经验,由于学界长期以来没有予以重视与关注,像一颗颗散落的珍珠,被历史所尘封,无法发出其耀眼的光芒。

从上个世纪 50 年代开始,一批具有强烈的探索精神和清醒理论意识的学者,如前苏联的费道罗夫、英国的卡特福德、加拿大的维纳与达尔贝勒内、法国的乔治·穆南等,试图以语言学为指导,打开翻译研究的大门,将数千年来一直处在技艺层面的翻译经验纳入理论的思考、系统的分析与科学的探索范围。到了 70 年代,出现了以美国尤金·奈达为代表的一批翻译理论家,他们不断拓展翻译研究领域,将翻译研究提高到一个新的高度,为翻译学的建立打下了坚实的基础。

特别需要指出的是,上个世纪 70 年代以后,翻译界的一批有识之士将目光投向被历史尘封的一笔笔珍贵的翻译遗产。他们一方面追踪历史上的重大翻译事件,将翻译家的实践置于宽阔的历史空间加以认识与定位;另一方面对伴随着翻译活动而产生的点滴思考与经验体会加以梳理与探讨。以现代学理对传统的翻译经验加以阐释,为我们开辟了一条深化翻译理论研究的重要途径。同时，客观上也促使被历史遗忘或忽视的翻译活动得到了越来越多学者的关注。如果说翻译在历史上曾长期受到冷落，处于历史边缘的话，那么正是借助现代学理，借助哲学、美学、语言学、符号学、文艺学等学科的最新研究成果，丰富并加深了人们对翻译的认识，不断拓展翻译研究的领域，使翻译活动在历史的舞台上逐渐占据本应属于自己的位置，从历史的边缘开始走向中心。

在把翻译从边缘推向中心的历史进程中，语言学家们充当了先锋的角色。如费道罗夫、卡特福德、维纳与达尔贝勒内、乔治·穆南等从语言学的角度，对翻译进行了系统而深入的研究，其贡献是多方面的。是翻译的语言学研究把翻译从经验主义中解放出来，为翻译研究打开了科学的大门，历史上第一次赋予了翻译研究科学的性质，将过去近两千年来一直在经验层面讨论或争论不休的问题置在科学的层面进行探讨。但翻译活动十分复杂，涉及的因素多，范围广，有关翻译的许多问题，如翻译者的主观因素、语言转换中的文化移植、影响翻译的社会、政治因素等问题，在语言学层面难以展开系统和深入的分析，得不出令人信服的答案，翻译历史上的众多现象也无法得到辩证的解释。翻译的语言学研究途径暴露出的这些局限，不仅使其他学科理论的介入显得非常必要，更为这些学科自身的发展提供了崭新的探索空间。

当回过头去，对自上个世纪50年代以来翻译研究所走过的路作以回顾性的审视时，我们不难看到以下几点：一是翻译研究在近半个世纪以来得到了突破性的发展，其广度和深度都是在过去任何一个时期所未能达到的；二是翻译研究的途径得到不断开拓，各种翻译研究流派纷呈，出现了一大批具有代表性的研究成果；三是翻译理论研究的不断深入与发展越来越受到其他学界的关注与承认。在国外，从上个世纪80年代末起，就有学者开始对50年代以后的翻译理论研究状况进行分析与总结，如加拿大的罗贝尔·拉罗兹、英国的埃德温·根茨勒,他们分别于 1989 年与 1993 年发表了同名著作《当代翻译理论》。前者以翻译所涉及的基本问题为核心,对上个世纪 50 年代至 80 年代在翻译理论研究领域比较活跃的代表人物的观点与思想进行评述;后者则根据自第二次世界大战至 20 世纪 90 年代初西方翻译理论研究的发展状况,以不同的观点和重要著作为依据,将当代的翻译理论分为"美国翻译培训派"、"翻译科学派"、"早期翻译研究派"、"多元体系派"和"解构主义派"等五大流派。香港的陈德鸿与张南峰编写的《西方翻译理论精选》收录了西方 20 位重要翻译理论家主要著作的部分章节的译文,这 20 位译学理论家中,除德莱顿、泰特勒、施莱尔马赫 3 位之外,其余 17 位均是当代的。根据编者的划分,西方译学研究界的这 20 位代表人物被列入 6 大学派:语文学派、诠释学派、语言学派、目的学派、文化学派、解构学派。除传统的语文学派,其余的 5 个流派都是近 50 年来发展起来的。在《西方翻译理论精选》的绪论中,两位编者这样说道:"西方的翻译理论,除了语言学派和传统的语文学派之外,还有近一二十年才兴起或盛行的翻译研究学派,以及解构主义、女性主义、后殖民主义等学派,可谓百花齐放。"如果再把我们的视野扩大一些,还可列举出符号学派、交际学派、语言哲学派、文艺学派等翻译流派。从历史上长期以来"不入流"的翻译经验之谈到 20 世纪末令人眼花缭乱的翻译流派的形成,我们可以看到,翻译的理论研究开始或已经进入了一个全面发展的时代。透过这些被冠以各种名称的翻译思想或观点,我们不难看到相同的一点,那就是借助其他学科的理论成果,对翻译进行研究。以语言学的理论指导产生的研究成果被统称为"语言学派",以女性主义理论为参照的研究,被冠以"女性主义翻译流派",总之,一种理论的介入,从积极的角度讲,都会给人们认识与研究翻译打开一条新的通道。

借助其他学科的研究成果,客观上确实为翻译研究拓展了巨大的空间，为翻译研究注入了科学的活力，渐渐地从边缘开始走向中心。翻译，作为一种复杂的活动，涉及面广，若仅仅局限在一个领域对之进行研究，无法揭示其性质及活动规律。在这个意义上，翻译研究必定具有综合性。但是，当各种学科的理论介入翻译研究领域之后，当我们在为翻译研究由此进入全面发展而欣喜的同时，不能不看到在种种理论指导下取得的研究成果存在着一个致命的弱点，那就是如同"盲人摸象"，每一种理论流派所认识的翻译在很大程度上具有片面性，揭示的只是翻译活动的一个方面，难以深刻地反映翻译活动的全貌。此外，在理论的层面上，从目前翻译理论研究的现状看，还出现了"理论＋翻译"的两张皮现象，有的理论只浮在表面，难以真正起到指导翻译研究的作用。最为值得注意的是，翻译研究在引进各种理论的同时，有一种被其吞食、并吞的趋向，翻译研究的领域看似不断扩大，但在翻译从边缘走向中心的路途中，却潜伏着又一步步失去自己位置的危险。面对这一危险，我们不能不清醒地保持独立的翻译学科意识，从翻译学建设的高度去系统地探索翻译理论问题，而在上海译文出版社支持下主编的这套《译学新论丛书》正是向这一方向努力的具体体现。

《译学新论丛书》有着明确的追求：一是入选的课题力求具有相当的理论深度和原创性，能为翻译学科的理论建设和发展起到推动作用；二是研究力求具有系统性，以强烈的问题意识、科学的研究方法、扎实的论证和翔实的资料保证研究的质量；三是研究力求开放性，其开放性要求研究者既要有宽阔的理论视野，又要把握国际翻译理论研究前沿的进展状况，特别要在研究中具有探索的精神，力求有所创新。但愿在翻译界同仁的支持下，在各位作者的努力下，我们的追求能一步步得以实现。

主编

2007 年 8 月 18 日于南京大学

目录
Contents

目 录
Contents

前　言

　　本书是一部试图根据当代翻译学发展的需要,采用系统科学及相关学科中盛行的辩证系统观,将翻译视为一种复杂的人类活动系统并对其予以辩证综合探讨的翻译学专著。实际上,用辩证系统观来看,本书的写作也是一种相当复杂的事理系统或曰系统工程,一种在迫切需要辩证综合性研究的翻译学背景中笔者作为一个关心翻译学发展的人以其他热心于翻译研究的学者为读者对象而从事的学术创新和交流活动。为了便于读者在进入正文之前宏观把握本书的结构、内容和风格,灵活选择阅读范围和方法,使得以本书为文本的整个翻译学创新和交流活动走向优化,笔者特意在作为本书其中一个"元文本"的这个前言部分,对本书正文的篇章结构、思想内容和写作风格予以简要的介绍。

　　就其篇章结构而言,本书正文在深层上包含绪论、主体和结论三大部分,其中主体部分又包含一个总论和三个分论,而正文在表层上则分为六章:

　　第一章为绪论,首先论述了翻译学的发展历史和当代翻译学的辩证综合走向及建构综合性译论的重要性,其次论述了迄今主要的分析性和综合性译论的成就和不足及建构新的辩证综合性译论的必要性,然后论述了本书这种研究的哲学指导、理论基础、研究方法和程序、研究对象和目标,阐明了这种研究的可行性和合理性。

第二章是对翻译总体的辩证系统探讨,针对迄今对翻译的本质和特性认识不足的问题,以唯物辩证法的普遍联系原理为指导,从辩证系统观关于系统本质的概念和关于系统特性的原理中系统演绎出关于翻译总体的本质和特性的初步的辩证系统概念和原理,借以获得对其思维上抽象的系统综合或辩证系统认识,并在此基础上参照几种主要的翻译理论中的相关认识对翻译总体的本质和特性予以思维上具体的系统分析、系统归纳和系统综合,形成了对二者既全面又细致的辩证系统认识,主要包括翻译辩证系统概念和翻译辩证关联原理。

第三章是对翻译本体的辩证系统探讨,针对目前对翻译本体认识不足的问题,以辩证法的相关原理为指导,从辩证系统观的相关概念和原理中系统演绎出关于翻译本体及其各种成分和关系的概念和原理,借以获得对其思维上抽象的系统综合,并在此基础上参照几种主要的翻译理论中的相关认识对翻译本体及其各种成分和关系的性质和特性予以思维上具体的系统分析、系统归纳和综合,形成了对其既全面又细致的辩证系统认识,主要包括翻译本体辩证系统概念和翻译辩证整体原理以及关于翻译类型、翻译主体、翻译文本、翻译方法的辩证系统概念和辩证关联原理。

第四章是对翻译环境的辩证系统探讨,针对目前对翻译环境及翻译与环境的关系认识不足的问题,以辩证法的相关原理为指导,从辩证系统观的相关概念和原理中系统演绎出关于翻译环境的概念及关于翻译与环境的关系等方面的原理,借以获得对其思维上抽象的系统综合,并在此基础上参照几种主要的翻译理论中的相关认识对翻译环境的性质及翻译与环境的关系予以思维上具体的系统分析、系统归纳和综合,形成了对其既全面又细致的辩证系统认识,主要包括翻译环境辩证系统概念和翻译辩证开放原理。

第五章是对翻译过程的辩证系统探讨,针对目前对翻译过程认识不足的问题,以辩证法的相关原理为指导,从辩证系统观的相关概念和原理中系统演绎出关于翻译运作和演进过程及其各个阶段和各种关系的概念和原理,借以获得对其思维上抽象的系统综合,并在此基础上参照几种主要的翻译理论中的相关认识对翻译过程予以思维上具体的系统分析、系统归纳和综合,形成了对其既全面又细致的辩证系统认识,主要包括翻译过程辩证系统概念和翻译辩证动态原理。

第六章为本书的结论,通过总结本书的理论成果,系统论述了翻译辩证系统论的整个体系结构,阐述了翻译辩证系统论的地位和功能,并借以说明了其特色和创新之处、理论和实践价值,指出了其局限性及优化方向。

就其思想内容而言,本书正文可按上述的篇章组织顺序大致归结如下:

翻译学与人类科学大系一道在经历了古代的朴素综合、近现代的还原分化两大阶段后,当今已进入一个辩证综合时期,使辩证综合性研究显得尤为重要。从古至今,学者们从语言学、文艺学、交际学、美学、社会学、文化学等角度对翻译进行了分析性和综合性探索,分别获得了对翻译总体及其各个方面的真知灼见,同时也常失之偏颇或笼统,使辩证综合性研究显得尤为必要。为此,本书顺应翻译学和科学大系的辩证综合发展趋势,针对翻译学中分析性研究片面和综合性研究笼统的问题,以马克思主义哲学中的唯物辩证法的基本精神为哲学指导,以当代系统科学和相关学科中盛行的一种优化的系统思想——辩证系统观的基本概念和原理为理论基础,采用演绎与归纳、分析与综合相结合的辩证系统方法,通过从辩证系统观中系统演绎出关于对象的辩证系统认识以对对象予以思维上抽象的系统综合,然后参照各种其他理论对对象予以思维上具体的系统分析、归纳和综合的辩证系统程序，对翻译总体及其内外共时和历时的各个方面和各种关系进行了辩证系统考察，并大致形成了一种能够在视阈上融合并超越多种其他译论的翻译理论体系——翻译辩证系统论。

翻译辩证系统论主要由翻译总体辩证系统论及翻译本体、环境、过程辩证系统论按"一总三分"的结构构成。其中，翻译总体辩证系统论是对翻译总体的本质和特性的认识，其主要内容为：翻译在总体上是一种以语言转换性、艺术再造性为核心并兼具信息传递性、审美交际性、社会交往性、文化交流性等多重性质的复杂的人类活动系统，一种由文学和非文学翻译等多种类型、译者、原文、译文、方法等若干要素以及语言、艺术、文化等多个层面按特定的非线性关系构成的辩证有机整体，受特定的原语和译语环境制约并在环境中执行多重功能，体现为一种包含原语和译语活动等阶段的运作和演进过程；翻译在其内部的各种类型、要素及层面之间，在其与外部环境之间以及在其运作和演进过程的各个阶段之间存在着普遍的非线性关联，使其在总体上呈现以原语与译语、原文与译文之间的辩证对等为核心的辩证关联性。

翻译本体辩证系统论是对翻译本体的本质和特性的认识，其主要内容为：翻译在本体上是一种由非文学和文学翻译等多种类型、译者、原文作者、译文读者、原文、译文、直译、意译等若干主体、客体、中介要素以及语言、艺术、信息、审美、社会、文化等若干层面按各种非线性的结构构成的辩证有机整体；翻译在其内部的各种类型、要素、层面之间存在着差异互补、竞争协同等各种非线性的结构关系，既呈现出一定的多元性，又涌现出较强的整体性，从而在其本体上呈现出辩证整体性即翻译系统质，包括各种翻译类型、层面、方法之间的辩证互补性、译者与原文作者及与译文读者之间的辩证主体间性、特别是原语与译语、原文与译文之间的辩证对等性。

翻译环境辩证系统论是对翻译环境及翻译与环境的关系的本质和特性的认识,其主要内容为:翻译环境是由与翻译具有不可忽略关系的原语和译语的情景和社会文化语境等要素按特定的非线性关系构成的,其本身又存在于更大的系统中并体现为不断的运行和演化过程的超系统;翻译总是存在于特定的环境中并与环境发生着非线性的相互作用,一方面通过其翻译系统质将其本体与环境中的其他系统划分开来,在环境中保持相对的独立性、自主性,一方面又与环境不断地进行着语言、艺术、信息、审美、社会、文化等层面的交流,受环境制约并在环境中体现为一定的目的性行为,执行语言更替、风格创新、意义传达、意象再现、人际沟通、文明塑造等多重功能,具有对环境永恒的开放性,从而在其与环境的关系上呈现出辩证开放性。

翻译过程辩证系统论是对翻译的运作和演化过程的本质和特性的认识,其主要内容为:翻译过程是由翻译在其整体及其内外各个方面和各种关系上发生的运作和演进的各个阶段或状态(如原语活动、译语活动)按特定的非线性的结构关系构成的辩证有机整体,出现于一个超系统的过程中,并体现为其各个阶段在时间上的延续;翻译在其内部的各种成分之间以及在其与环境之间的相互作用的推动下总是处于一种不断的运作和演化过程中,由一个阶段或状态(如原文意象)渐变或突变到另一个阶段(如译文意象),并在允许局部缺陷的情况下走向整体优化,既有绝对的动态性,又有相对的稳态性,从而在整个过程上呈现出辩证动态性。

翻译辩证系统论以翻译学及相关学科、翻译及相关实践(如翻译批评和翻译教学)为理论和实践环境,一方面依赖于环境中的相关观点、理论、方法、程序和实践,其中以唯物辩证法为哲学依据,以辩证系统观为主要理论基础,以各种其他翻译理论及相关观点为主要思想资源,以辩证系统方法和程序为创生和优化手段,以翻译及相关活动为认识对象和实践基础，一方面义对环境中各种理论和实践发生特定的作用，其中对其他若干译论具有元理论或组织功能，对翻译及相关实践具有描写、解释、预测和规范功能。当然，翻译辩证系统论在本书中只是粗略形成，还存在精细程度不足等局限性，必须通过进一步的探讨走向整体优化。

就其写作风格而言，本书正文的篇章结构、行文方式和语言表述都力求最大限度地体现笔者的研究过程和思维方式，从而呈现出较强的逻辑化、形式化、同形性、复杂性特征：

本书总体的篇章结构基本体现了整个研究过程的逻辑程序。第一章作为绪论论证了采用辩证系统观探讨翻译的重要性、必要性、合理性和可行性。第二至第五章作为正文主体按先总后分的顺序依次阐述了采用辩证系统观对翻译总体及其各个方面和各种关系进行考察的过程。第六章为结论，论述了对翻译辩证系统论自身的体系结构、地位和作用及其优化方向的辩证系统认识。可见，这种篇章组织方式呈现出较强的逻辑化或条理化特点。

本书多数章节的篇章结构大致体现了对各种对象进行研究的逻辑步骤。本书采用的是辩证系统方法和程序，包含演绎综合、系统分析、归纳综合三大逻辑步骤。因此，采用辩证系统观对翻译总体、翻译本体、环境和过程分别考察的各个章节都依次包含三个部分，分别论述从辩证系统论中演绎推导出一种关于对象的初步综合认识的过程，然后论述对现有的理论资源的系统梳理和分析的过程，最后论述以初步综合认识为框架将各种理论资源系统归纳和综合起来的过程。显然，各个章节的篇章结构呈现出较强的形式化或公式化、同形性或重复性特征。

本书中的行文方式和语言表述尽量体现了用辩证系统观考察对象的思维方式。例如，系统的概念是一个由总体、内部、外部、过程四个逻辑方面按特定的逻辑顺序有机构成的完整思想，因而本文在阐述系统概念时也尽量将其各个方面按照特定的逻辑顺序用一个有机统一的长句表述出来。另外，为了避免语言表达方式的改变引起读者对所表达的概念的误解，本书坚持用同样的语言形式表达同样的意义，而且一般不使用易导致误解的缩略语表达形式。可见，这样的行文方式和语言表述明显地呈现出复杂性或分叉性特征。

以上简要介绍了本书的篇章结构、思想内容和写作风格，以便于读者宏观把握正文，确定自己的阅读内容和方式。另外，为使读者更加全面地了解本书，笔者认为很有必要提供更多的元文本信息，特别是表达对所有指导和关心本书写作的人的感激之情。然而，上述内容并非这个"前言"所能容纳，只好留待另一个元文本——"后记"再行提供了。但是在此应当预先说明，由于笔者的水平、精力和投入本书的时间有限，尽管笔者付出了较大的努力并得到多人的支持和帮助，本书仍存在许多不尽如人意和错漏之处。笔者真诚希望读者能够不吝指教，以便使本书所竭力构建的翻译辩证系统论不断走向优化！

第一章

绪　　论

系统思想赋予我们一种整体的观点用以看我们周围的世界和世界之中的我们。它是一种通过系统的概念、系统的特性和系统间的关系将我们的知识组织或再组织起来的方法。

——欧文·拉兹洛①

　　毋庸置疑，广义的翻译理论家的最终目标必定是创立一种全面的、完整的、涵盖多种要素的、能够专门用来解释和预测翻译领域以内的所有现象而非任何其他现象的翻译理论。显而易见，这样的一种真正意义上的"一般翻译理论"倘若真能形成，将必需高度形式化，且无论理论家如何追求精简，亦必需高度复杂。

——詹姆斯·霍姆斯②

---

　　① Ervin Laszlo. *The Systems View of the World: A Holistic Vision for Our Time*. New Jersey: Hampton Press, 1996, p. 16.

　　② James S. Holmes. The name and nature of translation studies, in James S. Holmes, *Translated! Papers on Literary Translation and Translation Studies*. Amsterdam: Rodopi, [1972]1988, pp. 67—80:p. 73.

从科学认识论的角度来说，任何一项科学研究都是在特定的背景中某一特定的研究主体通过某种研究方法对某一研究对象进行探索以增长关于对象的知识的科学认识活动。本研究就是在科学总体和翻译学日趋辩证综合发展的当今时代背景中，针对翻译学中存在的分析性研究片面、综合性研究不足的问题，在现有研究的基础上，以马克思主义哲学中的唯物辩证法为指导，采用系统科学哲学中的辩证系统观及相应的辩证系统方法和程序，对翻译总体及其各个方面和各种关系进行全面和细致的考察以建构一种能够在视野上"融合"并"超越"若干其他译论的"翻译辩证系统论"的翻译学认识活动。本章拟对这一认识活动的研究背景和动因、理论基础和方法、研究内容和目标等方面予以较为详细的阐述，借以论证其重要性、必要性、可行性及合理性。

第一节

研究背景和动因

就其研究背景和动因而言，任何科学研究都应该是它所属时代的文化和科学系统的逻辑和历史发展的产物，同时又反过来成为推动它所属时代的文化和科学整体进一步发展的动力。本研究的选题主要来源于笔者近几年从哲学、科学哲学、科学学和系统科学角度对翻译学的元理论思考，特别是对其演化历史和发展趋向、研究成果和主要问题的探讨①。本研究力求紧跟人类文化和科学整体的发展步伐，顺应当代翻译学发展的趋势，符合目前翻译研究的需要，为当代翻译理论和实践做出应有的贡献。

1.1.1 翻译学的演化模式和发展趋势

从科学学的角度来说，一门学科就是一个由若干主体通过各种方法对某一对象进行探讨并形成关于对象的观点、理论、方法、程序体系的科学认识系统。我国科学家钱学森将总的科学体系在纵向上按抽象程度分为(马克思主义)哲学及其下面的"一座桥梁"和"三个台阶"，即亚哲学(关于对象的哲学观点探讨)、基础科学(关于对象的一般理论研究)、技术科学(关于对象的共用方法研究)和工程技术(关于对象的具体程序研制)四大学科层面，在横向上按对象方面或研究视角分为自然科学、社会科学、思维科学、数学科学、系统科学等若干门类②。根据这一学科构架可以推出，包括翻译学在内的所有学科都应在逻辑上跨越不同层面和对象范围或研究视角，在纵向上由高到低跨越亚哲学、基础科学、技术科学和工程技术四大层面，分别探讨关于对象的观点、理论、方法和程序，同时也应在横向上跨越对象总体及其各个方面的研究，对对象进行综合性、分析性甚至辩证综合性的探讨，并形成相应的观点、理论、方法、程序范式或流派。

从科学演化论的角度来看，科学整体或其中任何学科的发展过程就是它为了获得关于对象的知识或解决已有知识与对象之间的矛盾、通过

---

① 参阅贾正传，用系统科学综合考察翻译学的构想，《外语与外语教学》，2002 年第 6 期，第 40—43 页；贾正传，翻译学系统观——用系统观考察元翻译学的尝试，《外语与外语教学》，2003 年第 6 期，第 45—49 页。

② 参阅孟宪俊、黄麟雏(主编)，《科学技术学》，西安：西北电讯工程学院出版社，1986 年，第 107—111 页。

其与对象之间、其内部各种观点、理论、方法、程序范式或流派之间及其与科学整体和整个人类文化之间的相互作用而不断由一个阶段或状态向另一个阶段或状态演化发展的过程，在总体上呈现出肯定与否定或综合与分化不断更替的逻辑与历史辩证统一的发展模式。大致而言，科学整体按其内在的演化规律从古至今已经历了古代的朴素综合、近现代的还原分化两大时期，现在已经进入一个辩证综合发展阶段；与此大致相应，翻译学作为科学整体的子系统也先后经历了古代翻译学的朴素综合、近现代翻译学的还原分化两大发展阶段，目前正在进入一个辩证综合发展时期。

1.1.1.1　古代翻译学的朴素综合

粗略而言，古代时期，人类文化基本上浑然一体，包括自然、社会和人文科学在内的古代科学系统也混杂于文化整体之中。根据当时的认识能力和条件，人们主要通过直觉、想象和理性思辨笼统地把握自然和自我，形成了朴素的整体观、"天人合一"的宇宙观以及直观或思辨的整体哲学，同时也通过实践、体验和感悟掌握了某些技术和艺术。虽然后来人们逐渐超越了主客不分的认知水平而将超自然、自然与自我分开，从而导致了关注超自然、关注自然与关注人的哲学的分野，出现了技术与艺术的分流，然而朴素的整体观仍占主导地位，神文文化、科学文化与人文文化，宗教哲学、自然哲学与人的哲学，巫术、技术与艺术，基本上是融为一体的。除了在欧洲中世纪神学统治一切，在整个古代时期，科学整体中的自然哲学与人的哲学在初步分流的同时主要呈现以后者为主、以前者为辅的朴素综合发展趋势，甚至在连接欧洲古代和近现代的文艺复兴时期达到了黄金般的"联姻"①。

---

①　参阅孟宪俊、黄麟雏(主编)，《科学技术学》，西安：西北电讯工程学院出版社，1986年，第43—52页；肖峰，《论科学与人文的当代融通》，南京：江苏人民出版社，2001年，第7—21页。

与古代科学的发展模式一致,古代翻译学作为一个潜在的领域也呈现出各种译论在初步分化的同时相互交融、朴素综合的发展走向。一方面,各种论者已初步从神学、符号学、语言学(或语文学)、文艺学(或诗学)、美学、社会学、文化学、历史学等不同的视角认识不同类型的翻译,用或多或少地具有分析性的方法思考翻译的不同方面,因而古代翻译学中已朦胧出现了各种角度的翻译理论的初步分化,特别是强调翻译的客体性的古典语言学译论与强调翻译的主体性的文艺学译论的初步分流。另一方面,多数学者还是自觉不自觉地采用朴素综合的思维方法认识各种翻译,因而古代翻译学中的各种理论流派基本上是相互融合、浑然一体的,在整体上呈现以古典文艺学译论为主、以古典语言学和其他各种译论为辅的朴素综合的发展趋势,直至文艺复兴时期,各种译论在人类文化的大繁荣和翻译活动的大高潮中围绕文艺学译论达到空前的综合和统一。

1.1.1.2　近现代翻译学的还原分化

近现代时期(文艺复兴至 20 世纪中叶),随着认识条件和能力的改进,人类文化和科学得到长足的发展。文艺复兴削弱了中世纪神文文化的统治,大大推动了人文文化和自然科学的发展。自然科学从人类文化整体中分化出来并越分越细,把自然界分割为不同的部分进行分门别类的研究,从而形成了原子论、机械论的世界观、经验主义和逻辑实证主义的认识论、还原论的分析和归纳方法,也随之形成了推崇自然科学权威的科学主义思潮。同时,人文文化也得到迅速发展,并在科学主义的影响下在近代后期和现代时期分化为历史学、社会学、美学、心理学、文艺学、语言学等多门社会和人文科学,其中也蕴涵着以人为本的人本主义思想。这样,在近现代时期自然科学与人文科学、科学主义与人本主义之间不断撞击,各门科学内部也不断分化,使近现代科学整体呈现出以还原分化为主的发展趋势①。

作为科学系统的一个子系统,翻译学在近现代时期随着人类科学文化的快速发展和翻译活动的不断开展而取得了长足的发展。近代时期,它在经历文艺复兴的大综合后仍存在较强的综合趋势,同时也出现了古典语言学和文艺学译论等各种译论的分化趋向。一方面,学者们仍采用较为综合的方法探求比较全面的翻译理论;另一方面,随着自然科学的兴起、原子论和还原论的盛行及科学主义与人本主义的对峙和纷争,学者们越来越多地注重从不同的角度对各类翻译进行分析性探讨,翻译学开始走向分化,各种译论特别是古典语言学与文艺学译论逐渐走上独立发展的道路。进入现代,随着科学主义的盛行、自然科学方法向人文学科的渗透,20世纪初现代结构主义语言学取代了古典语言学,现代语言学译论也随之取代了古典语言学译论,同时文艺学及其他译论也随着文艺学和其他学科的发展而不断更新,翻译学获得了突飞猛进的发展。虽然仍有学者拥有辩证综合的翻译观,然而多数学者都各自从现代语言学、文艺学等视角,采用分析性为主的方法研究翻译的不同方面,语言学译论与文艺学译论形成了尖锐的二元对立和激烈纷争。这样,从整个近现代来看,翻译学经历了从综合到分化的巨大变化,在总体上呈现出语言学译论占据主导地位而又与文艺学译论界限分明的分化趋势。

1.1.1.3 当代翻译学的辩证综合

20世纪中期后,随着解构主义等后现代思潮对结构主义的反拨和经济全球化,人类文化和科学系统在经历了朴素综合和还原分化之后日益呈现出辩证综合的发展趋势。一方面,原子论和分析方法在向整

① 参阅孟宪俊、黄麟雏(主编),《科学技术学》,西安:西北电讯工程学院出版社,1986年,第43—52页;肖峰,《论科学与人文的当代融通》,南京:江苏人民出版社,2001年,第21—33页。

体论和综合方法靠拢的同时继续盛行，科学系统及各个部门不断分化拓展，由自然科学和人文社会科学两大门类逐步发展为自然科学、地理科学、人体科学、行为科学、社会科学、思维科学、文艺科学、数学科学、系统科学等若干门类，各个门类中的学科、层面和分支也越来越多；另一方面，整体论和综合方法通过融合原子论和分析方法而日益走向辩证整体论和综合方法，科学系统的各大门类、各门学科及各个层面和分支之间都建立起广泛的联系，边缘科学、交叉科学、综合科学、横断科学等各种跨学科不断崛起，出现了马克思早在十九世纪中叶就预言的自然科学与人文社会科学的大汇流①，也随之出现了科学精神与人文精神的系统融合②。"对于正在来临的范式转换来说，最明显的迹象是不同的学科都在认真探索一种更完整的理论。这种理论有许多名字：系统论，整体论，综合论或简单地称之为'一般理论'。许多科学家更倾向于用'统一论'这个术语。"③

在这种文化和科学辩证综合发展的语境下，当代翻译学作为科学大系中的一门综合学科与科学整体一道，也开始呈现出辩证综合的发展态势。一方面，语言学与文艺学译论各自沿着语言学与文艺学的主线继续演进并随着二者的不断拓展分化进一步拓展和分化，对各类翻译开展着日趋综合化的分析性研究，从而形成了各种以当代语言学和文艺学译论为中心的新理论、新范式、新流派。另一方面，当代语言学和文艺学译论

---

① 马克思，1844 年经济学——哲学手稿，《马克思恩格斯全集》(第 42 卷)，中共中央马克思恩格斯列宁斯大林著作编译局译，北京：人民出版社，1979 年，第 43—181 页；第 128 页。

② 参阅孟宪俊、黄麟雏(主编)，《科学技术学》，西安：西北电讯工程学院出版社，1986年，第 169—175 页；肖峰，《论科学与人文的当代融通》，南京：江苏人民出版社，2001 年，第 33—43 页。

③ 欧文·拉兹洛，《微漪之塘：宇宙中的第五种场》(第二版)，钱兆华译，北京：社会科学文献出版社，2004 年，第 126 页。

又在各自拓展分化的过程中相互影响、相互借鉴、相互靠拢、相互交融,不约而同地向社会文化回归或转向①,并在其差异与趋同的张力作用下,创生了若干辩证综合性译论,与其他译论一道逐渐形成一个多理论、多范式、多流派的多元综合的翻译学科体系,呈现出综合中有分化、分化中有综合的辩证综合发展趋势。

1.1.1.4 辩证综合研究的重要性

由上可见,翻译学与科学整体一道在经历了古代的朴素综合、近现代的还原分化之后,现已进入一个辩证综合的发展时期。应当说,古代时期人们主要采用朴素整体论和理性思辨的方式把握事物以及近现代人们主要采用机械论、原子论、还原论的方式认识对象,都是符合人类认识的辩证发展规律的,正如恩格斯就近代的形而上学方法所说,它"在当时是有重大的历史根据的"②。同理,在当代这样一种由分化走向辩证综合的发展态势下,翻译学一方面可以继续采用分析性的方法对翻译的各个方面进行分门别类的深入考察以获得对其细致入微的认识,甚至也可以继续采用一般的综合方法对翻译整体进行宏观探讨以获得对其宏观综合的把握,一方面又应顺应时代的潮流更多地采用融合了分析和综合方法各自优点的辩证综合方法对翻译整体及其各个方面进行全面考察,以形成一种更加接近翻译真理的辩证系统认识或真正统一的理论。

可以看到,受现代原子论和机械论影响,目前翻译界与其他一些研究领域一样,仍存在着偏爱分析性研究、忽视甚至误解辩证综合研究的倾

---

① Susan Bassnett & André Lefevere, eds. *Translation*, *History and Culture*. London: Pinter, 1990, pp. 1—12.

② 恩格斯,路德维希·费尔巴哈和德国古典哲学的终结,《马克思恩格斯选集》(第4卷),中共中央马克思恩格斯列宁斯大林著作编译局译,北京:人民出版社,1972年,第207—254页:第240页。

向,将后者等同于直观的朴素整体方法,认为分析性研究才是地地道道的科学,辩证综合研究只能把现成的分析性研究成果堆砌到一起,不能增长知识、创新理论。实际上,辩证综合研究是一种融合并超越了分析方法的综合性研究,它是在综合的框架下通过对事物的分析和综合或通过将现有的分析性研究成果的有机组合而获得对事物的辩证综合认识的有效途径。其实,辩证综合本身就是一种创新,将现有的知识有机组合起来就会形成一种新的系统整体,具有新的系统质、新的性能和价值,而当今科学的主要任务就是通过对现有认识的辩证综合获得对自然、社会和思维的认识升华。因而,本研究尝试采用辩证系统的观点、理论、方法和程序对翻译总体及其各个方面进行探讨,完全符合科学整体和翻译学自身的演化规律,符合翻译学的发展历史和当前辩证综合趋势的需要,显然对推动翻译学乃至翻译实践的发展具有重要的逻辑和历史意义。

1.1.2 翻译学的研究成果和主要问题

综观其发展历史可以看出,翻译学在纵向上已初步形成哲学观点、基础理论、基本方法和操作程序四大学科层面:通常所说的"翻译理论"往往指这四个层面中的某些或某个层面的内容。从横向上看,翻译学已对翻译的若干方面甚至整体进行了分析性、综合性乃至辩证综合性的探讨,并形成了相应的理论体系。大致而论,分析性研究通常是在原子论、机械论、还原论的指导下,采用以分析、归纳为主的方法对研究对象的某些方面或整体进行考察的认识活动及由此形成的关于对象的理论体系;综合性研究则通常是在有机论、整体论、系统论的指导下,采用以演绎、综合为主的方法对研究对象整体或某些方面进行探讨的认识活动及由此形成的关于对象的理论体系。应当看到,无论是分析性还是综合性研究都为建构关于翻译的观点、理论、方法和程序体系做出了重要的贡献,为进一步的辩证综合研究奠定了基础,同时也各自存在一定的问题,没能形成一幅既完整又清晰的翻译全景图，也因此使以后的辩证综合研究具有了很大的必要性。

1.1.2.1　分析性研究的成就及其问题

在翻译学的历史上，分析性研究占据相当大的比例。如前所述，即使在朴素综合的古代翻译学时期，就已出现了对翻译的古典语言学和文艺学角度的分析性思考。大致而言，以西方的奥古斯丁（Augustine）、波伊提乌（Anicius Manlius Boethius）、埃里金纳（John Scotus Eriugena）、波艮第奥（Burgundio of Pisa）、罗尔（Richard Rolle）以及我国的支谦、道安、彦琮、玄奘、赞宁等人为代表的古典语言学译论者主要从古典神学、符号学、语言学的视角思考各种非文学翻译，强调翻译的符号性，关注译文与原文在微观层面的语言形式、文本风格、语义内容上的对应关系，主张直译甚至硬译。例如，奥古斯丁从经院哲学、符号学的角度分析经文翻译，认为《圣经》是传达上帝旨意的符号集合，每个词语同时具有形式和内容方面，内容是上帝赋予的、在不同语言中是共同的，而翻译则是将上帝的旨意一成不变地从一种语言传递到另一种语言的理想措施，能够而且应该在"神的感召"下进行，因此主张以原文为依据，以词语为基本对应单位，既忠实原文意义又争取忠实形式[①]。再如，我国的支谦也看到了翻译中"本旨"与"文饰"两个对立方面，主张"因循本旨，不加文饰"的直译[②]。

与古典语言学译论者相比，以西方的西塞罗（Marcus Tullius Cicero）、贺拉斯（Horace）、昆体良（Quintilian）、格列高利一世（Gregory the Great）、爱尔弗里克（Aelfric）、阿奎那（Thomas Aquinas）、文艺复兴时期的许多学者以及对我国的佛经翻译影响较大的鸠摩罗什等人为代表的古典文艺学

第一节　研究背景和动因

---

① Augustine(Aurelius Augustinus). The use of translations, trans. D. W. Robertson, Jr. , in Douglas Robinson, ed. , *Western Translation Theory*: *From Herodotus to Nietzsche*. Manchester: St. Jerome Publishing, 1997, pp. 31—34.

② 支谦，法句经序，《翻译论集》，罗新璋（编），北京：商务印书馆，1984 年，第 22 页。

译论者对翻译的探讨较为综合，但从其对象范围上看仍有一定的分析性。他们从古典诗学、文艺学、美学、演说术等视角思考各类文学或诗化话语翻译，注重译者和译文读者等主体因素，重视翻译的艺术再创造性，强调译文在思想和文体风格上顺应译文读者的需要，主张意译或活译。例如，西塞罗主要从演说术的角度看翻译，强调译文对原作思想和风格的整体再现，追求针对译文读者需要进行艺术再创造。正如他所说："我认为不必逐词翻译，但我保留了语言的总体风格和力量。因为我认为，不应将原文像数硬币一样逐词数给读者，而应将原文的分量整体呈现给读者。"①再如，鸠摩罗什也看到了意义与形式的矛盾，主张只要不违背原义，保存本旨，经文翻译则不必拘泥于原文形式，而可"依实出华"②。

在还原分化的近现代翻译学时期，以语言学译论者为主的各种译论者更多地对翻译进行分析性探讨。其中，以西方的巴托（Charles Batteux）、赫尔德（Johann Gottfried von Herder）、纽曼（Francis William Newman）、我国的马建忠等为代表的近代语言学译论者，继承和发展了古典语言学译论的传统，从近代语言学的角度探讨以非文学翻译为主的各类翻译，注重对语言结构和语义成分的细致分析，推崇全面忠实的直译。例如，巴托认为，译者只能像仆人一样紧紧跟随原作者，全面再现原作的思想意义、风格色彩和词句特点，不得有任何改变和增删③。与此相仿，我

---

① Marcus Tullius Cicero. The best kind of orator, trans. H. M. Hubbell, in Douglas Robinson, ed., *Western Translation Theory: From Herodotus to Nietzsche*. Manchester: St. Jerome Publishing, 1997, pp. 7—10: p. 9.

② 参阅罗新璋，我国自成体系的翻译理论，《翻译通讯》，1983 年第 7 期，第 9—13 页，第 8 期，第 8—12 页。

③ Charles Batteux. Principles of translation, trans. John Miller, in Douglas Robinson, ed., *Western Translation Theory: From Herodotus to Nietzsche*. Manchester: St. Jerome Publishing, 1997, pp. 195—199: p. 196.

国的马建忠提出了"善译"标准，认为译文对原文必须全面忠实，"无毫发出入于其间"①。同时，以德·阿伯兰库（Nicolas Perrot d'Ablancourt）、歌德（Johann Wolfgang von Goethe）、尼采（Friedrich Nietzsche）、我国的林纾等人为代表的近代文艺学译论者则继承和发展了古典文艺学译论的传统，从近代文艺学和美学的角度探讨以文学翻译为主的各类翻译，强调译者的创造个性和读者反应，坚持意译或活译。其中，德·阿伯兰库指出，"我并不总是受原文作者的措辞或推理方式的束缚，而是在把握他的用意的前提下按照我们法国人的方式和风格调整原文。"②

现代时期，随着强调还原分析的现代语言学的兴盛，尤金·奈达（Eugene A. Nida）、卡特福德（John Catford）、科勒（Werner Koller）、雅各布森（Roman Jakobson）、我国的董秋斯等现代语言学译论者崇尚科学精神，将翻译学当成语言学的一个分支，用典型的分析方法研究各类翻译，将其视为一种严格的语言转换或技术复制，细致分析翻译中的语言形式、文本风格、语义信息，从而使翻译学从笼统的古典译论走向精确的现代翻译学。例如，奈达率先采用结构主义语言学和转换生成语法研究翻译，注重翻译的客体性或科学性（即能用科学理论来描写和解释的特性），主张译文与原文在形式、语义、语体等语言层面上对等或等值③。又如，我国学者董秋斯也明确倡导翻译是科学的主张，并提出建立中国翻译学的设想④。与此同时，以庞

① 罗新璋，我国自成体系的翻译理论，《翻译通讯》，1983年第7期，第9—13页，第8期，第8—12页。

② Nicolas Perrot d'Ablancourt. To Monsieur Conrart, trans. David G. Ross, in Douglas Robinson, ed., *Western Translation Theory: From Herodotus to Nietzsche*. Manchester: St. Jerome Publishing, 1997, pp. 156—159: p. 158.

③ Eugene A. Nida. *Toward a Science of Translating: With Special Reference to Principles and Procedures Involved in Bible Translating*. Leiden: E. J. Brill, 1964；谭载喜，奈达和他的翻译理论，《外国语》，1989年第5期，第28—35页，第49页。

④ 董秋斯，论翻译理论的建设，《翻译论集》，罗新璋（编），北京：商务印书馆，1984年，第536—544页。

德(Ezra Pound)、加切奇拉泽(Givi R. Gachechiladze)、我国的傅雷、钱钟书等人为代表的现代文艺学译论者崇尚人文思想,将翻译学当成文艺学的一个分支,用文艺学和美学的眼光探讨文学翻译,强调翻译的艺术再创造性,使文艺学译论得到进一步发展,并与语言学译论形成对立。例如,加切奇拉泽尖锐地指出:"文艺翻译领域的起点,就是语言对比领域的终点。"①

在辩证综合的当代翻译学时期,语言学和文艺学译论一方面综合发展,一方面走向高度分化,研究对象和视角范围日益拓宽,产生了具有一定综合性的分析性研究。其中,费道罗夫(Andrej V. Fedorov)、巴尔胡达罗夫(L. S. Barhudarov)、奈达、纽马克(Peter Newmark)、格特(Ernst-August Gutt)、哈特姆(Basil Hatim)、梅森(Ian Mason)、威尔斯(Wolfram Wilss)、诺伯特(Albrecht Neubert)、赖斯(Kantharina Reiss)、弗米尔(Hans Vermeer)、曼塔利(Justa Holz-Mänttäri)等语言学译论者在解构主义的影响下,越来越多地从宏观语言学以及交际学和社会符号学等相关学科的角度研究翻译,相应地形成了若干译论范式,虽然颇为宏观甚至综合,但同时也具有很强的分析性。例如,巴尔胡达罗夫较早从宏观语言学的角度对翻译进行了全面而细致的分析性研究,认为翻译所追求的不仅是词和句子等级上的等值,而是整个话语的等值②。再如,奈达、纽马克、格特、哈特姆、梅森、威尔斯等人还将语言学与交际学、信息论结合起来探讨翻译,强调其跨语言交际性质,不仅关注译文与原文在各个较低的语言层面上的对应关系,而且更注重译文的可接受性和信息传递功能;诺伯特、赖

---

① 转引自黄振定,《翻译学——艺术论与科学论的统一》,长沙:湖南教育出版社,1998年,第94页。

② 巴尔胡达罗夫,《语言与翻译》,蔡毅、虞杰、段京华编译,北京:中国对外翻译出版公司,1985年,第1—14页。

斯、弗米尔、曼塔利和后期的奈达等人还从社会语言学、社会符号学等视角考察翻译，强调翻译的社会性、功能性、目的性，对翻译进行了微观和宏观的多层面分析。

与此同时，以霍姆斯（James Holmes）、伊文－佐哈尔（Itamar Even-Zohar，又译埃文－佐哈尔）、图瑞（Gideon Toury）、列费维尔（André Lefevere）、巴斯奈特（Susan Bassnett）等人为代表的文艺学译论也随着当代文艺学的拓展而不断分化，在沿着文艺学和美学方向继续演进的同时，在视野上日益向翻译所涉及的文学和文化系统拓展，产生了"翻译研究"学派、"多元系统"学派、文化学派等各种流派，在进行宏观研究的同时逐步吸收了分析性的方法。其中，"翻译研究"学派的开山祖师霍姆斯主要从诗学的角度审视诗歌翻译，借用巴特（Roland Barthes）用以指文学评论的"元语言"概念，将诗歌翻译视为一种特殊的文学评论即"元文学"，既像其他文学评论一样依赖于首位文学，又使用诗歌手法使自己成为像首位文学一样的诗歌[①]。"多元系统"学派的代表人物伊文－佐哈尔和图瑞则运用了系统论的观点探讨文学翻译，主要关心文学翻译与文学和文化"多元系统"的关系，特别是诗学和文化规范对文学翻译的制约[②]。同样，文化学派的代表人物列费维尔也从文化诗学的角度探讨文学翻译与文化的关系，看到目标诗学和意识形态对原文的制约或"改写"或"操纵"[③]。另外，以西蒙

---

① 参阅 Edwin Gentzler. *Contemporary Translation Theories*(2nd ed.). Clevedon：Multilingual Matters，2001，pp. 91—94；James S. Holmes. Forms of verse translation and the translation of verse form, in James S. Holmes, *Translated! Papers on Literary Translation and Translation Studies*. Amsterdam：Rodopi，[1970]1988，pp. 23—34.

② 参阅 Edwin Gentzler. *Contemporary Translation Theories*(2nd ed.). Clevedon：Multilingual Matters，2001，pp. 114—123，pp. 139—144.

③ 参阅 André Lefevere. *Translation, Rewriting, and the Manipulation of Literary Fame*. London∕New York：Routledge，1992，p. vii.

(Sherry Simon)为代表的加拿大女性主义译论者、以德坎波斯兄弟(Haroldo & Augusto de Campos)为代表的巴西后殖民主义译论者以及美籍意大利学者韦努蒂(Lawrence Venuti)等各种文化学者则从不同的文化视角探讨翻译的不同文化功能,如凸现译者和女性的角色和地位①,为后殖民地提供营养和能量②,突出译者和原语文化在目标文化中的身份③。

由上可见,古今中外的许多学者都对翻译进行了一定的分析性探讨。从其总和上说,他们的视野覆盖了翻译的许多方面,看到了翻译的不同成分之间、翻译与环境之间、翻译过程的各个阶段之间的某些联系,因而为翻译的多角度、全方位、立体化、系统化研究奠定了必要的现有理论基础。同时还应看到,分析性研究往往建立在原子论、机械论的世界观和经验论、还原论的方法论基础上,过分强调事物的特殊性,不以翻译整体为对象,各自只着眼于翻译的某个方面,有时即使以翻译整体为对象,却倾向于把整体当成局部的简单加和,试图通过条分缕析、穷尽部分、简单叠加、机械归纳来把握整体,忽视对整体的融会贯通,因而往往给我们带来一个割裂的、碎片化的、不连贯的、甚至紊乱的翻译画面,具有很大的片面性,扭曲或消解了翻译的真正面目。正如谭载喜所说:"翻译理论之所以不完善,是因为研究者们往往站在狭隘的立场上,对翻译问题缺乏系统的、宏观的认识。人们大都凭借个人兴趣,津津乐道于翻译研究的个别方面,如翻译标准、方法和技巧问题,把树木当作森林,而不能运用科学方法,把分散的'树木'连接成'森林',提出全面而系统的理论。"④其实,黑格尔早就

---

① 参阅 Sherry Simon. *Gender in Translation*：*Cultural Identity and the Politics of Transmission*. London：Routledge, 1996, pp. 1—136.

② Jeremy Munday. *Introducing Translation Studies*：*Theories and Applications*. London：Routledge, 2001, p. 136.

③ Lawrence Venuti. *The Translator's Invisibility*：*A History of Translation*. London：Routledge, 1995, pp. 1—313.

④ 谭载喜,《翻译学》,武汉:湖北教育出版社,2000年,第4页。

形象地道出分析性研究的缺陷："用分析方法来研究对象就好象剥葱一样，将葱皮一层又一层地剥掉，但原葱已不存在了。"①

1.1.2.2 综合性研究的成就及其问题

毋庸置疑，翻译学史上不乏对翻译整体及其各个方面的综合性探索。古代虽已出现了语言学与文艺学译论的初步分流，但大多数论者都能从总体上直观地认识复杂多质的翻译活动，看到其内部与外部、客体与主体的各种因素，宏观把握译文与原文在形式、内容、风格特色和功能作用等多方面的对应关系。例如在西方，哲罗姆（Jerome）就善于全面地把握翻译的异质性，并提出不同类型的翻译采用不同方法的灵活对策②。与西方相比，我国更加崇尚朴素的有机论，大多数译论者都在不同程度上表现出整体的翻译观和动态的翻译方法论。例如，我国翻译家玄奘虽然没有从理论上系统地论述翻译，却通过大量的实践发展完善了大型翻译活动的组织实施方法（即译场制度），形成了由译主、证义、证文、度语、笔受、缀文、参译、刊定、润文、梵呗、监护大使等十一种职司构成的译场体制，提出了因"秘密故"、"含多义故"、"无此故"、"顺古故"、"生善故"等原因而需要进行音译的"五不翻"原则，并在自己的翻译实践中综合运用了补充、省略、变位、分合、译名假借、代词还原等各种翻译技巧，圆满调和了直译与意译的矛盾③。

即使在走向分化的近代翻译学阶段，德莱顿（John Dryden）、泰特勒（Alexander Fraser Tytler）、我国的严复等学者仍采用较为综合的视角探讨

---

① 黑格尔，《小逻辑》，贺麟译，北京：商务印书馆，1980年，第413页。

② Jerome (Eusebius Hieronymus). The best kind of translator, trans. Paul Carroll, in Douglas Robinson, ed., *Western Translation Theory: From Herodotus to Nietzsche*. Manchester: St. Jerome Publishing, 1997, pp.23—30; p.26.

③ 马祖毅，《中国翻译简史——"五四"以前部分》（增订版），北京：中国对外翻译出版公司，1998年，第60—69页。

翻译。例如,德莱顿明确提出翻译既是艺术又须全面忠实的原则,认为翻译是由直译、意译和仿译三种类型构成的一个连续体,采用何种类型的翻译应视原作的具体情况而定①。泰特勒也在总结前人的理论基础上提出了一套较为系统的翻译原则:译文应完全转录原作的思想;其风格和笔调应与原作相同;译文应与原作同样流畅②。与此相近,严复也提出了"信、达、雅"为"译事楷模"的主张③。另外,施莱尔马赫(Friedrich Schleiermacher)及洪堡特(Wihelm von Humboldt)等近代西方学者的翻译理论也具有综合性甚至辩证综合性,涉及翻译的语言、文本、主体等各个方面及其中的各种矛盾④。甚至进入现代时期,也有些学者,如斯坦纳(George Steiner)、列维(Jiří Levý)以及我国的成仿吾、林语堂等,仍持有辩证综合的翻译观⑤。

在辩证综合的当代翻译学时期,国内外学者都纷纷倡导辩证综合性的翻译学体系或译论模式。例如,在语言学、交际学、社会符号学译论者中,费道罗夫和巴尔胡达罗夫就主张对翻译的多学科综合研究。费道罗夫指出,"当代是各门科学空前协作的时代",因而"仍然坚持在文艺翻译

---

① John Dryden. The three types of translation: from "Preface" to *Ovid's Epistles*, in Douglas Robinson, ed. , *Western Translation Theory*: *From Herodotus to Nietzsche*. Manchester: St. Jerome Publishing, 1997, pp. 172—174.

② Alexander Fraser Tytler. The proper task of a translator, in Douglas Robinson, ed. , *Western Translation Theory*: *From Herodotus to Nietzsche*. Manchester: St. Jerome Publishing, 1997, pp. 209—212.

③ 罗新璋,我国自成体系的翻译理论,《翻译通讯》,1983 年第 7 期,第 9—13 页,第 8 期,第 8—12 页。

④ Wolfram Wilss. *The Science of Translation*: *Problems and Methods*. Tübingen: Gunter Narr Verlag, 1982, pp. 31—37.

⑤ 参阅 George Steiner. *After Babel*: *Aspects of Language and Translation* (3rd ed.). London: Oxford University Press, [1975, 1992]1998, p. 246; Jiří Levý. Translation as a decision process, in *To Honor Roman Jakobson*: *Essays on the Occasion of his 70th Birthday*, vol. II. The Hague: Mouton, 1967, pp. 1171—1182; 王秉钦,《20 世纪中国翻译思想史》,天津:南开大学出版社,2004 年,第 154—180 页。

的理论中只有走文艺学的路子或只有走语言学的路子才是恰当的,这种提法已经过时了,落后了。"①同样,巴尔胡达罗夫也强调,"无论是翻译的语言学理论,还是翻译的文艺学理论……不仅完全可以,而且应当在共同的综合性学科——翻译学的范围内进行协作,因为翻译学是运用各门科学的方法从各个方面研究同一对象——翻译"。②再如,威尔斯也主张对翻译进行多层面多角度的综合性研究。他系统探讨了翻译学的性质、结构和重心,认为它是一门认知性、解释性、联想性科学,分为普通、描写和应用三个层面,重心是描写翻译学③;后来他进而提出,翻译学是一门居于一个六边形的中心的跨学科,环绕它的六条边分别是语言学、社会学、文化学、脑科学、认知心理学和计算机科学④。

在文艺学和文化学译论者中,霍姆斯从一开始就着眼于翻译学的综合勾画,全面探讨了翻译学的名称、性质、范围和框架等元理论问题。为避免"翻译理论"和"翻译科学"等名称分别偏向文学和非文学翻译之嫌,他建议采用"翻译研究"或"翻译学"(translation studies)作为学科名称。他认为翻译学是一门经验科学,目标是描写实际翻译现象并建立一种普通的翻译理论以解释和预测翻译现象。他将翻译学分为纯翻译学和应用翻译学,又将前者分为理论翻译学(包括普通理论和按媒介、领域、体裁、专题、时间等标准划分的局部理论研究)和描写翻译学(包括翻译产品、过程、功能的分项研究),将后者分为翻译培训、翻译辅助和翻译批评

---

① 转引自巴尔胡达罗夫,《语言与翻译》,蔡毅、虞杰、段京华编译,北京:中国对外翻译出版公司,1985 年,第 30 页。

② 巴尔胡达罗夫,《语言与翻译》,蔡毅、虞杰、段京华编译,北京:中国对外翻译出版公司,1985 年,第 28—30 页。

③ Wolfram Wilss. *The Science of Translation*: *Problems and Methods*. Tübingen: Gunter Narr Verlag, 1982, pp. 11—26, pp. 51—84.

④ Wolfram Wilss. Interdisciplinarity in translation studies. *Target*, 11(1), 1999, pp. 131—144.

等领域①。再如，伊文-佐哈尔从系统论的视角综合考察文学翻译与目标文学乃至文化大系的关系，强调翻译文学的（首要和次要）地位随着文学系统的（弱势、边缘、年轻、处于危机或转折中等）状况的变化而变化的不确定性以及文学翻译随着各种文学关系的变化而变化的动态性；图瑞则在"多元系统"论的基础上提出了面向目标文化的"描写翻译学"范式，综合探讨文学翻译与目标文化中的诗学和意识形态常规之间的关系②。列费维尔早在 20 世纪 70 年代就认为，科学主义与人文主义的对立有碍于文学和翻译理论的发展，因此翻译学的目标就是要创立一种可以用于指导翻译实践的综合性翻译理论③。同样，巴斯奈特也很关心翻译学的综合发展，认为翻译学应包括翻译史、翻译与目标文化、翻译与语言、翻译与诗学四个领域，从而倡导语言学、文艺学、历史学、文化学等多学科融合及共时与历时相结合的综合研究方法④。

可见，当代语言学、交际学、社会符号学、文艺学和文化学译论者中不乏主张综合性研究者。然而，西方综合性研究的最主要人物当属斯奈尔-杭贝(Mary Snell-Hornby)。她在著名的《翻译研究综合法》一书中在对西方翻译研究史进行了回顾后尖锐地指出，"所有的理论家，无论是语言学家还是文艺学家，只为他们自己的翻译领域提出理论，几乎没人尝试将

① James S. Holmes. The name and nature of translation studies, in James S. Holmes, *Translated! Papers on Literary Translation and Translation Studies*. Amsterdam: Rodopi, [1972]1988, pp. 67—80.

② Edwin Gentzler. *Contemporary Translation Theories* (2nd ed.). Clevedon: Multilingual Matters, 2001, pp. 114—123, pp. 139—144.

③ André Lefevere. Translation studies: The goal of the discipline, in James S. Holmes, José Lambert, Raymond Van den Broeck, eds., *Literature and Translation: New Perspectives in Literary Studies with a Basic Bibliography of Books on Translation Studies*. Leuven, Belgium: Acco, 1978, pp. 234—235: p. 234.

④ Susan Bassnett. *Translation Studies* (3rd ed.). London: Routledge, 2002, pp. 16—18.

文学和'其他'翻译联结起来。……文学研究的视角和语言学的方法都没有为促进翻译研究整体提供任何实质性的帮助。目前迫切需要从根本上转变思维方式,刷新传统分类方法,采用一种以翻译总体而不是其某些形式为考察对象的综合性研究途径。"①她以格式塔整体性原理和原型理论为依据,摈弃了强调二元对立的二分法和还原主义的类型法,采用了连续统和原型分类法,对话语的概念、类型及翻译方法进行了全面考察并创立了一种综合性译论模式②。

当代时期,我国的一些学者,如辜正坤、黄振定、刘宓庆、罗新璋、吕俊、孙致礼、谭载喜、王佐良、谢天振、许钧、许渊冲、叶君健、张柏然、张南峰、郑海凌等人,在继承我国传统译论的基础上广泛引进西方译论,从不同的角度探讨翻译和翻译学,虽然其中仍不乏各种流派特别是科学派与艺术派、共性派与特色派的对峙和纷争,但更多的是各种范式在不断对话中互相吸收、互相融合,从而使当代我国的某些译论和译学构架具有更强的辩证综合性③。

例如,谭载喜率先提出建立作为一门综合学科的翻译学的主张,系统地论述了翻译学的概念、学科性质、体系结构等元理论问题,认为翻译学是一门介于语言学、文艺学、社会学、心理学、信息论、计算机科学等学科之间的综合性科学,包括普通、特殊和应用翻译学三个分支,其中普通翻译学研究语言、文化和翻译的一般规律及翻译学的元理论问题,特殊翻译学研究两种具体语言和文化的对比和互译问题,应用翻译学则研究上述

---

① Mary Snell-Hornby. *Translation Studies*: *An Integrated Approach* (2nd ed.). Amsterdam/Philadelphia: John Benjamins, 1995, p. 25.

② 同上,第1—37页。

③ 参阅王秉钦,《20世纪中国翻译思想史》,天津:南开大学出版社,2004年,第257—306页。

两个分支的理论运用于翻译实践、翻译教学、翻译批评、翻译工具书的编纂和机器翻译等①。

再如，黄振定以辩证法为指导，通过对古今中外语言学和文艺学译论的梳理和综合，提出了翻译是科学与艺术的统一、翻译学是科学论与艺术论的统一的辩证综合观②；孙致礼从辩证法的视角讨论了科学性与艺术性、形似与神似、直译与意译、归化与异化等翻译中的若干对矛盾，强调了每对矛盾双方的辩证统一性③；许钧也从辩证法的角度阐述了可译不可译、异与同、形与神等翻译中的各对矛盾之间的辩证统一④；吕俊等人从建构主义的视角对翻译进行了辩证综合研究，提出了一个能避免结构主义与解构主义理论不足的建构主义翻译学体系⑤；蔡新乐则通过对当前翻译研究的科学观与艺术观中含有的工具论和艺术论倾向的批判及对其不可避免的缺失的分析，明确指出翻译的本体论应是翻译学研究的可靠出路⑥。

由上可见，甚至包括语言学和文艺学译论者在内的许多学者都采用了具有一定综合性的观点或方法。他们看到了翻译内外共时与历时的若干方面，翻译内部某些因素之间、翻译与环境之间、翻译过程的某些阶段之间的某些重要联系，因而为翻译的辩证系统研究奠定了坚实

---

① 谭载喜，必须建立翻译学，《中国翻译》，1987年第3期，第2—7页；谭载喜，试论翻译学，《外国语》，1988年第3期，第22—27页；谭载喜，《翻译学》，武汉：湖北教育出版社，2000年，第14—25页。

② 参阅黄振定，《翻译学——艺术论与科学论的统一》，长沙：湖南教育出版社，1998年。

③ 参阅孙致礼，《翻译：理论与实践探索》，南京：译林出版社，1999年，第13—24页。

④ 参阅许钧，《翻译论》，武汉：湖北教育出版社，2003年，第255—313页。

⑤ 参阅吕俊，侯向群，《翻译学——一个建构主义的视角》，上海：上海外语教育出版社，2006年。

⑥ 参阅蔡新乐，《翻译的本体论研究——翻译研究的第三条道路、主体间性与人的元翻译构成》，上海：上海译文出版社，2005年。

的已有理论基础。然而,应当看到,迄今为止的综合探讨大多建立在直观的整体论和朴素的辩证法之上,在其指导思想、理论基础、研究方法、内容范围和理论成果上尚且存在综合性不足或只强调综合而不能融合分析性研究的缺陷,或不以翻译整体为对象,或以翻译整体为对象却缺乏谨严精细的分析手段,忽略对部分的细致入微的研究,失之笼统、空泛、大而无当,或陷于神秘主义,甚至还有柏罗丁式的机械决定论的倾向。

例如,斯奈尔-杭贝所依赖的格式塔整体性原理和原型理论尚具有一定的朴素整体论性质和神秘主义色彩,只是强调原文话语的整体性和话语类型间的连续性,却没能很好地融合分析性的视角,无视导致这种有机性和连续性的结构机制,因而缺乏足够的辩证系统性。再如,"多元系统论"主要是一个文学和文化理论,并不是以翻译为专门对象的理论,即使它涉及的面远远大于翻译本体,甚至即使图瑞的描写翻译学"放大"了其中涉及文学翻译的部分,这一理论却仍未能将翻译整体纳入研究视野:它主要关心文学翻译(更严格地说是翻译文学!),而忽视了各类非文学翻译;只关注翻译的外部因素及关系,忽视翻译内部的因素及关系;只关注译文与目标文化的关系,忽视复杂的翻译活动中诸多的其他因素和关系;只探讨翻译成品受目标文化制约的过程,忽视了译文在目标文化中的功能。可见,此类综合性研究所依赖的综合理论本身往往不够得当或完善,故未能演绎出辩证系统的译论体系,然而它们却为进行新的辩证综合研究铺垫了道路。

1.1.2.3 新的辩证综合性研究的必要性

综上所述,对翻译的分析性和综合性研究已经取得了卓越的成就,为进一步的辩证系统研究奠定了必要的基础。同时,迄今的分析性、综合性甚至辩证综合性研究还存在一些缺陷,或者持有机械论、原子论、还原论和经验论的观点,采用还原分析的方法对对象条分缕析、机械归纳,形成了一些片面孤立的认识,或者持有整体论、理性主义的观点,采用直观和整体思辨的方法探讨对象,形成了一些全面、动态但笼统、模糊的认识,加上各个领域之间、同一领域的不同理论流派之间还存在较大的分歧和隔阂,不能使人们获得一幅既完整又清晰真实的翻译图景,尚不能满足当代翻译学辩证综合发展的需要,因而极有必要提高对辩证综合性研究的认识,在充分吸收现有成果的基础上,采用某种更为优化的理论视角对翻译进行辩证系统的综合性考察。

尤其应当看到,除了部分学者外,目前国内翻译界尚缺乏对现有理论足够的系统反思和批判,倾向于对已有理论的教条理解和运用,自然也看不到现有理论存在的缺陷,忽视进一步开展辩证综合性研究的必要性。例如,只要浏览一下我国近十几年来的翻译研究文献(包括学位论文)就会发现,不加改造地直接套用西方译论研究我国翻译实践的论著比比皆是,相比之下对于现有理论的批评和改造的文章则寥寥无几,采用系统的观点在批判和继承的基础上提出完整的理论体系的则更是罕见。正如有些学者指出,"中国每年发表的翻译类论文皇皇不下千篇,新解甚少"①;"未产生一部自成体系的译学论著;重事实概括,求术轻学,有术无学,学随术变,研究资源匮乏,缺少原创性"②。显然,这种缺乏对现有理论进行系统反思和批评、缺乏系统的理论研究和创新的情势使本研究的开展在当今的翻译学语境中有了极大的必要性。

---

① 罗选民(编),《中华翻译文摘》,北京:清华大学出版社,2002 年,第 iv 页。
② 黄忠廉、李亚舒,翻译学的创建:全国译学学科建设专题讨论会述评,《中国科技翻译》,2001 年第 3 期,第 59—62 页。

第二节

理论基础和方法

就其理论基础和方法而言,任何一项科学研究都是在某种显性或隐性的哲学观点的指导下,以来自某一学科领域的某种理论体系为理论基础,通过某种特定的研究方法和具体的操作程序而进行的认识活动。本研究顺应翻译学和科学大系的辩证综合发展趋势,针对翻译学中分析性研究片面和综合性研究笼统的问题,拟选择优化了的哲学指导、理论基础、研究方法和程序对翻译予以辩证综合性的探讨。其中,本研究的最高哲学指导是唯物辩证法,主要理论基础是辩证系统观,主要方法是演绎与归纳、分析与综合相结合的辩证系统方法,基本程序是以辩证法为指导,从辩证系统观中演绎出关于对象的辩证系统认识以对其予以抽象的综合,并参照现有的关于对象的主要认识对对象予以具体的分析、归纳和综合的辩证系统程序。

1.2.1 哲学指导:唯物辩证法

本研究的指导思想是马克思主义哲学中的唯物辩证法。应当看到,当代时期有若干学者对包括唯物辩证法在内的辩证法持有怀疑甚至否定态度,或认为它过于强调变化、转化因而将其与诡辩术混为一谈,或觉得它过于笼统、抽象因而对具体研究没有价值,或认为它与各种新思潮相比已经过时因而不宜运用于当代科学研究中。其中,逻辑实证主义者立足于科学主义立场,批判辩证法没有事实依据,缺乏精确性和有效性,因而否定辩证法;欧陆人本主义把辩证法视为传统形而上学的典型代表,极力主张予以克服;而后现代主义哲学家则把辩证法看作必须予以彻底解构和摧毁的'无叙事'与逻各斯中心主义,认为辩证法承诺的现象与本质,异化与解放实质代表了一种等级压迫的整体主义思维方式,构成了我们时代专制与恐怖的思想根源,因此必须予以无情地拆解①。其实,此类观点大多源于这些学者对辩证法特别是唯物辩证法的基本内容、地位和功能的误读,或源于他们对当代主流思潮向辩证思维复归的无视。实质上,唯物辩证法是一个关于世界上多样化的但具有物质统一性的各种物理和精神事物的联系和发展的严密的哲学体系,既不同于用片面、孤立、静止的观点看问题的形而上学,又与主张无条件转化的诡辩术有天壤之别;它作为一种高度抽象和辩证开放的哲学学说不断从人类文化和科学整体中汲取营养并反过来为人类的各种认识和实践活动提供指导;它在朴素和古典辩证法的基础上诞生,并在超越了近现代的形而上学后兴盛起来,广泛渗透于包括后现代主义哲学的当代各种主流思潮之中②。

1.2.1.1 唯物辩证法的概念和原理体系

唯物辩证法是一个由辩证、联系、发展等最基本的概念和普遍联系(和发展)原理等最基本的原理以及对立、统一、质变、量变、肯定、否定等若干基本概念和对立统一规律、质量互变规律、否定之否定规律等若干基

---

① 参阅贺来,论辩证法的当代意义,《社会科学战线》,1998 年第 7 期,第45—54 页。
② 参阅曹丽新,为辩证法辨,《学术交流》,2006 年第 6 期,第21—24 页;王思浚,唯物辩证法与诡辩论的对立,《理论研究》,2000 年第 2 期,第 25—27 页;孙利天,辩证法与后现代主义哲学,《天津社会科学》,1995 年第 2 期,第5—12 页;林德宏,辩证法:复杂性的哲学,《江苏社会科学》,1997 年第 5 期,第 93—96 页;赵智奎,论唯物辩证法的当代启蒙,《马克思主义研究》,1999 年第 1 期,第 76—84 页;吴琼,《走向一种辩证批评:詹姆逊文化政治诗学研究》,上海:上海三联书店,2007 年。

本规律按一定的层次结构构成的严密的哲学体系。恩格斯曾取"科学"一词的广义将辩证法定义为"关于普遍联系的科学"[①]，因为他看到，当我们考察整个世界时，"首先呈现在我们眼前的，是一幅由种种联系和相互作用无穷无尽地交织起来的画面"[②]。

唯物辩证法的最基本的概念包括辩证、联系和发展：辩证指事物与其外部其他事物之间或事物内部不同要素、层面、属性之间的差异互补或对立统一；联系指事物与其他事物之间或事物自身不同要素、层面、性质之间的普遍的、客观的、有条件的、多样化的相互作用、相互制约、相互影响、相互依赖；发展（或运动、变化）指事物或事物的要素、方面、属性在其内部各个要素之间及其与外部事物之间的相互作用下按特定的（机械的、物理的、化学的、生物的、社会的等各种各样的）方式从一点到另一点、从简单到复杂的变动不居、不断增加、不断飞跃、不断更新。唯物辩证法的最基本的原理就是普遍联系原理：世界上所有事物都是辩证联系和发展的，也就是说它们在空间上既保持界限、存在差异、相互矛盾、相互对立，又相互制约、相互依赖、相互补充、有机统一，而在时间上则在其内部和外部的辩证联系的推动下逐步按特定的方式从一点到另一点、从低级到高级不断运动、不断变化、不断发展、不断更新。

唯物辩证法的各种基本范畴和规律就是对其最基本的辩证、联系和发展的观点和普遍联系原理的展开和细化，从各个方面揭示了事物的辩证联系和发展的本质。其中，矛盾、对立、统一等范畴和对立统一规律揭示了事物辩证联系的根本内容和事物发展的根本动力：事物内部的不同

---

① 恩格斯，自然辩证法，《马克思恩格斯选集》（第3卷），中共中央马克思恩格斯列宁斯大林著作编译局编译，北京：人民出版社，1972年，第444—573页：第521页。

② 恩格斯，反杜林论，《马克思恩格斯选集》（第3卷），中共中央马克思恩格斯列宁斯大林著作编译局编译，北京：人民出版社，1972年，第45—364页：第60页。

要素、方面、特性之间以及事物与外部其他事物之间始终处于差异与互补、斗争与合作、对立与统一的具有特殊性和普遍性或斗争性和同一性的多种矛盾之中；事物内部存在着与其他事物不同的特殊矛盾（即地位不同的矛盾或矛盾双方），使事物拥有了区别于其他事物的个性；事物与其他事物之间存在着普遍的矛盾，使事物与其他事物之间拥有了共性；事物内外的矛盾或矛盾双方既斗争又同一，推动事物内部的矛盾和矛盾双方的相互转化、抵消或融合，从而推动事物的运动发展；事物的内部矛盾即内因是其变化的根据，外部矛盾即外因是其变化的条件，外因通过内因发生作用。

其次，质变、量变、限度等范畴以及质量互变规律揭示了事物在对立统一基础上的存在和发展状态：事物总是质和量的统一体；质是事物成为它自身并使它区别于其他事物的内在规定性，在事物与其他事物的相互联系中外在地表现为属性；量是事物的规模、程度、速度等可以用数量表示的规定性；度则是事物保持其质的量的限度，它的极限叫做关节点，超出关节点，事物就形成新的质量统一体，成为另一种事物；量变和质变是事物运动最基本的两种状态；事物的发展变化都表现为由量变到爆发或非爆发式的质变和由质变到新的量变的质量互变过程。

再者，肯定、否定等范畴以及否定之否定规律揭示了事物发展的方向和道路：事物在内部同时包含着肯定和否定两个对立统一的方面；肯定方面是维持其存在的方面，即肯定这一事物为它自身而不是别物的方面；否定方面是促使事物灭亡或转化为他物的方面；事物的发展是以辩证否定为环节的，辩证否定就是包含着肯定的否定或既克服旧事物消极因素又保留其积极因素的"扬弃"；事物的辩证否定跨越三个阶段（肯定、否定、否定之否定）和两次否定（即对肯定的否定、对否定的否定），在内容上是自我发展和完善，在形式上是波浪式前进或螺旋式上升；在肯定阶段，事物的肯定方面在肯定与否定方面的矛盾中占主导地位;矛盾的运动使事物经历第一次辩证否定(否定方面战胜肯定方面)发生质变,从而进入否定阶段;在否定阶段,事物的否定方面占主导地位;矛盾的进一步运动使事物经历第二次辩证否定(被否定过的肯定方面战胜否定方面)发生新的质变,从而进入否定之否定阶段。在否定之否定阶段,事物在两次否定或扬弃之后,克服了矛盾双方的消极因素,从而得到充分的发展和完善。

1.2.1.2 唯物辩证法的地位和作用

唯物辩证法作为一门哲学学说与人类文化和科学整体始终保持永恒开放。首先,它是马克思主义哲学的灵魂,与马克思主义自然观、历史观和认识论密不可分。根据我国某些学者提出的"一总三分"式体系结构①,唯物辩证法是马克思主义哲学体系中的总论,居于马克思主义自然观、历史观和认识论三个分论之上,研究自然、社会、思维三个领域中最普遍的规律,正如马克思主义创始人给辩证法下的定义所说:"辩证法不过是关于自然、人类社会和思维的运动和发展的普遍规律的科学。"②

其次,按前述钱学森关于学科体系的观点,科学整体在纵向上按抽象程度可分为马克思主义哲学及亚哲学这座桥梁、基础科学、技术科学、工程技术三个台阶,在横向上则按对象或视角分为自然科学、社会科学、思维科学、数学科学、系统科学等若干门类;不言而喻,科学体系中的各门学科相互联系、相互作用、纵横交错、辩证统一。根据这一学科构架不难看出,唯物辩证法直接或间接地通过马克思主义哲学的各个分论与其他学科门类始终保持着密切联系。从纵向上说,唯物辩证法居于每个学科门

---

① 参阅王可孝、彭燕韩、张在滋,《辩证法研究》,北京:人民出版社,1993年,第36—37页。

② 恩格斯,反杜林论,《马克思恩格斯选集》(第3卷),中共中央马克思恩格斯列宁斯大林著作编译局编译,北京:人民出版社,1972年,第45—364页;第181页。

类之上,不断地从每个门类的各个层面中自下而上汲取思想营养并对其予以提炼完善,同时又反过来自上而下对每个学科门类的所有层面提供哲学指导。从横向上说,唯物辩证法研究的是所有事物的普遍规律,因而在范围上跨越所有学科门类,一方面不断地从它们身上汲取养分,一方面又对其提供哲学指导。

1.2.1.3 唯物辩证法的发展和兴盛

唯物辩证法是在人类的辩证思想不断与形而上学对抗的过程中历经古代朴素的辩证法和德国古典哲学中的唯心主义辩证法之后形成的一种严密的哲学体系。如前所述,古代是人类文化和科学朴素综合时期,当然也是朴素的辩证思想兴盛时期,古希腊的赫拉克利特、亚里士多德以及我国古代的《易经》、《老子》等许多思想家和典籍都提出或蕴涵了朴素的辩证思想。进入还原分化的近现代,从哥白尼到牛顿的科学革命把人类关于自然界的知识从哲学母体中分离出来,形成了近现代分析性自然科学及相应的形而上学的自然观和方法论,辩证思维跌入低谷。然而,在这个时期中后期,辩证法却得到了长足的发展,黑格尔营造了他的唯心主义辩证法,恩格斯又扬弃了黑格尔的辩证法,创立了唯物辩证法,自然科学开始了从形而上学向辩证思维的复归。

目前,科学系统已在各个方面渗透了辩证思维的精神。系统科学的发展,实际上就是唯物辩证法从哲学变成科学的体现。系统方法的哲学依据,归根到底就是唯物辩证法。正如萨多夫斯基所说,"分析复杂的发展着的客体的辩证唯物主义的方法论原则,对于形成有关系统方式和现代系统研究专门科学观念来说,乃是再恰当不过的哲学基础。"①某些西

---

① 瓦·尼·萨多夫斯基,《一般系统论原理:逻辑—方法论分析》,贾泽林、刘伸等译,北京:人民出版社,1984 年,第 5 页。

方系统科学家不愿承认这一点,但他们的工作成就实质上都得益于辩证法。多数系统科学家明确承认辩证法对系统研究的指导作用,如贝塔朗菲承认马克思主义辩证法对一般系统论的发展做出了重要的贡献,普利高津主张我们需要一种更加辩证的自然观,哈肯在谈到协同学的"哲学方面"时明确应用了对立统一、量变质变等辩证法规律,钱学森更是不遗余力地倡导系统科学必须以马克思主义哲学为指导,自觉地在系统研究中应用辩证法①。几十年来,中国系统科学界积极地以唯物辩证法来指导系统研究,并取得了举世瞩目的研究成果。

1.2.2 理论基础:辩证系统观

本研究的主要理论依据是当代系统科学乃至科学和文化整体中盛行的辩证系统观。虽然辩证系统思想已相当兴盛,然而迄今仍有学者对其持有偏见,或将其与朴素整体论混为一谈从而认为它只注重宏观把握忽略微观分析,或认为它过于笼统、空泛或复杂、庞大因而难以把握和运用,或认为它迄今尚未发展成熟因而不宜运用到具体研究中去。其实,此类看法大多源于这些学者对辩证系统观的实质精神、地位和功能的误解,或源于他们对当代的主流思潮向辩证系统思维的复归的无视。实际上,辩证系统观是一种优化了的关于世界上多样化的但具有物理和心理关联性的所有事物的辩证系统性质的亚哲学体系,既不同于用机械、封闭、静态的观点看事物的机械论、原子论、还原论,又与缺少微观透视的朴素整体论、有机论和带有神秘主义色彩的活力论有质的不同;它作为一种具有哲学般的涵盖性却又在抽象程度上低于哲学的亚哲学体系广泛且更为直接地从人类文化和科学领域中汲取养分并反过来为人类的活动提供亚哲学

---

① 许国志(主编),《系统科学》,上海:上海科技教育出版社,2000 年,第 32 页;参阅钱学森,基础科学研究应该接受马克思主义哲学的指导,《哲学研究》,1989 年第 10 期,第 3—8 页。

指导或理论依据；它在吸收并超越了古代的朴素系统观和近现代的原子论后快速发展起来，现已成为当代的主流思潮。

1.2.2.1 辩证系统观的概念和原理体系

虽然从语言表述上看至今尚未形成完全统一的辩证系统观体系，但是从思想内容上看目前已基本形成了对系统的本质、特性、规律的统一认识。根据迄今国内外系统(科学)哲学和系统科学文献的相关论述[①]，我们可以基本确定：辩证系统观是一个由系统、成分、层次、结构、环境、功能、运行、演化、关联、多元、整体、开放、封闭、稳态、动态等若干最基本的概念和辩证关联原理、辩证整体原理、辩证开放原理、辩证动态原理等最基本的原理以及差异、协同、突现、全息、互塑、共生、自组、他组、无序、有序、渐变、突变、信息、

---

① 冯·贝塔朗菲，《一般系统论：基础、发展和应用》，林康义、魏宏森等译，北京：清华大学出版社，1987年；Ervin Laszlo. *The Systems View of the World*：*A Holistic Vision for Our Time*, New Jersey：Hampton Press, 1996；E. 拉兹洛，《系统哲学讲演集》，闵家胤等译，北京：中国社会科学出版社，1991年；欧文·拉兹洛，《系统哲学引论——一种当代思想的新范式》，钱兆华、熊继宁、刘俊生译，北京：商务印书馆，1998年；欧文·拉兹洛，《微漪之塘：宇宙中的第五种场》(第二版)，钱兆华译，北京：社会科学文献出版社，2004年；P. 切克兰德，《系统论的思想与实践》，左晓斯、史然译，北京：华夏出版社，1990年；John W. Sutherland. *A General Systems Philosophy for the Social and Behavioral Sciences*. New York：George Braziller, 1973；B. 库兹明，《马克思理论和方法论中的系统性原则》，王炳文、贾泽林等译，北京：三联书店，1980年；瓦·尼·萨多夫斯基，《一般系统论原理：逻辑—方法论分析》，贾泽林、刘伸等译，北京：人民出版社，1984年；А. И. 乌约莫夫，《系统方式和一般系统论》，闵家胤译，长春：吉林人民出版社，1983年；许国志(主编)，《系统科学》，上海：上海科技教育出版社，2000年；颜泽贤、范冬萍、张华夏，《系统科学导论——复杂性探索》，北京：人民出版社，2006年；苗东升，《系统科学辩证法》，济南：山东教育出版社，1998年；苗东升，《系统科学精要》，北京：中国人民大学出版社，1998年；魏宏森、宋永华，《开创复杂性研究的新学科——系统科学纵览》，成都：四川教育出版社，1991年；魏宏森、曾国屏，《系统论——系统科学哲学》，北京：清华大学出版社，1995年；马清健，《系统和辩证法》，北京：求实出版社，1989年；闵家胤，《进化的多元论：系统哲学的新体系》，北京：中国社会科学出版社，1999年；王颖，《大系统思维论》，北京：中国青年出版社，2001年；王诺，《系统思维的轮回》，大连：大连理工大学出版社，1994年；乌杰，《系统辩证学》，北京：中国财政经济出版社，2003年；黄小寒，《世界视野中的系统哲学》，北京：商务印书馆，2006年。

反馈、目的、优化等若干基本概念和差异协同规律、层次转化规律、整体涌现规律、系统全息规律、互塑共生规律、功能转化规律、自组他组规律、渐变突变规律、信息反馈规律、整体优化规律等若干基本原理按一定的层次结构构成的亚哲学体系。以下仅对其最主要的概念和原理予以简要阐述。

辩证系统概念和辩证关联原理：任何事物都是（辩证）系统，都是由特定的成分（要素、部分、子系统）按特定的非线性的相互作用关系即层次结构构成的、存在于特定的环境中并与环境发生非线性的相互作用关系的、始终体现为一种非线性的运行和演化过程的辩证有机整体。系统在其内部的各个成分之间、在其与其所处的环境之间以及在其运行和演化的各个阶段或各种状态之间存在着普遍的差异互补、竞争协同、排斥吸引、对立统一等非线性的相互作用关系，使系统保持空间上和时间上的辩证关联，从而在其总体上呈现出辩证关联性（即分离性与关联性的辩证统一），包括内部、外部和过程的辩证关联性。

系统本体概念和辩证整体原理：系统本体是由特定的成分按特定的非线性层次结构构成的（存在于特定的环境并体现为特定的运行演化过程的）辩证有机整体。系统从其成分的数量、种类和性质来看，往往包含两到多个在种类和性质上不同的相对独立的成分，具有一定的多元性、多样性、多质性、复杂性；从其成分之间的关系来看，又是按差异互补、竞争协同、排斥吸引、对立统一等空间上的非线性层次结构构成，拥有特定系统质，在与环境的相互作用中表现出一种非加和性的整体性能，具有较强的内部关联性、辩证统一性、有机性、整体性；总之，系统在其成分和结构上呈现出辩证整体性（即多元性与整体性的辩证统一）[①]。

---

① 参阅苗东升，《系统科学精要》，北京：中国人民大学出版社，1998年，第26—37页，第45—46页；魏宏森、曾国屏，《系统论——系统科学哲学》，北京：清华大学出版社，1995年，第201—223页。

系统环境概念和辩证开放原理:系统环境是由与系统具有不可忽略关系的特定的要素按特定的非线性结构构成的存在于更大的系统中并体现为特定的运行演化过程的超系统。系统总是存在于一定的环境中,一方面通过其边界(即系统质从存在到消失的界限)将其本体与环境划分开来,在环境中保持相对封闭、独立、自主,具有一定的封闭性、环境独立性、自主性、自组性;另一方面又与环境密切关联、相互作用,不断地进行着物质、能量和信息的交换,对环境具有一定的资源条件依赖并在环境中执行特定的功能,具有永恒开放性、外部关联性、环境依赖性、他组性;总之,系统在与环境的关系上呈现出辩证开放性(即自主性与开放性的辩证统一)。

系统过程概念和辩证动态原理:系统的过程是由系统在整体及其各个方面上发生的运行和演化的各个阶段(即更小的过程)或各种状态(即系统在某阶段或时间点的性质状况)按特定的非线性的结构关系构成的,出现于系统所属的超系统的整个过程之中,并体现为系统运作和演化的各种状态在时间上的延续(和空间上的延伸)。系统在内外动因的推动下,一方面在状态、结构和性质上随时间的变化而不断更替,具有绝对的动态性、前后系统质的差异性、发展方向或目的不确定性;另一方面仍能保持相对平衡的运作和发展,坚持表现出一定的稳态性、前后系统质的相似性、某种趋向性或目的确定性;总之,系统在运行和演化过程上呈现出辩证动态性(即稳态性与动态性的辩证统一)。

差异协同规律、层次转化规律、整体涌现规律、系统全息规律:系统在本体上往往包含二至多个性质(性能)和种类不同的具有相对独立性的成分,并在其各个成分之间存在着差异互补、竞争协同、排斥吸引、对立统一等特定的空间上的非线性相互作用关系或层次结构。系统内部较低层次的成分通过特定的非线性的相互作用构成较高层次的成分,然后再通过进一步的非线性相互作用构成更高层次的成分或整个系统;或反过来说,系统整体总是由较低层次的成分通过非线性的相互作用逐层构成的。系统通过各个成分之间以及各个成分与整体之间(甚至整体与其环境之间)的非线性相互作用而形成一种其成分或成分的集合所没有的整体性能,即整体涌现性、非加和性或非还原性。由于系统内部的各个成分之间、各个成分与整体之间、系统与环境之间存在着普遍的关联或相互作用,发生着物质的、信息的、能量的交换,因而系统的任何成分或系统整体都处于一个全息网络中,携带着有关其他成分、系统和环境的各种信息。

互塑共生规律、功能转化规律:系统与环境不断地发生非线性的相互作用,进行着物质的、能量的、信息的交换,一方面环境向系统提供必要的输入和资源条件(当然也同时施加一定的压力),一方面系统向环境提供积极的输出和功能服务(当然也同时对环境造成某种污染或破坏)。系统总是相对于其环境做出一些变化,表现出一定的目的性行为,并凭借它在内外关联中表现出的特性和能力即性能、通过其行为对环境中的某些事物(即功能对象)发生有益的作用或改变,即执行功能,其目的和功能往往随着系统的成分、结构和环境的变化而变化。

自组他组规律、渐变突变规律、正负反馈规律、整体优化规律:系统在内部的各个成分之间及其与环境之间的各种非线性相互作用(即内因和外因)的推动下,不断从相对稳态走向逐渐放大的失稳和涨落以及更广泛强烈的长程关联,由一种平衡状态过渡(相变或质变)到另一种平衡状态、由一种结构转变为另一种结构,由混沌转化为有序、由低级组织发展到高级组织,从而不断运作和演进;系统从一种状态向另一种状态的过渡有时是渐变(中介态稳定的变化),有时是突变(中介态不稳定的变化),有时则是渐变和突变的辩证统一;系统与环境时刻处于信息交换过程中,进行着正负信息反馈,其中负反馈使系统在有限的阈值内向既定目标方向稳定地运作和演化,实现自我调控,正反馈则使系统越来越偏离既有目标阈值,导致原有系统解体或通过涨落达到新的有序,这样正负反馈相辅相成,保持系统稳定性和发展性的辩证统一;系统在整体上具有一定的演化方向:系统从无到有、从内外无界到内外有界、从无序到有序、从低级组织到高级组织的演化是系统的发生和优化或进化过程,反之则为系统的退化和消亡过程。

1.2.2.2 辩证系统观的地位和作用

与辩证法在马克思主义哲学中的地位一样,辩证系统观是系统科学哲学乃至整个系统科学的灵魂。根据前述钱学森的"一座桥梁三个台阶"的学科结构模式,系统科学作为一门横断学科目前在纵向上由高到低已基本形成亚哲学、基础科学、技术科学和应用科学四大层次,分别可称为系统科学哲学、系统学、系统方法学和系统工程学;同时,在横向上也形成了辩证系统观、系统科学辩证法、一般系统学、自组织系统学、信息学、控制学、运筹学、各门系统工程学等若干分支学科①。其中,系统科学哲学作为"桥梁"也有连接系统科学的一端和连接哲学的一端:前者主要包括系统科学辩证法、系统科学方法论、系统科学认识论、系统科学史等,后者就是辩证系统观(通常称为系统观或系统论,本研究为了强调其辩证性,故将其称为辩证系统观)②。

从其在系统科学哲学及其在整个系统科学中的地位来看,辩证系统观直接或间接地与哲学、系统科学其他学科乃至整个科学体系发生密切关联。从纵向上说,它在其上方与更高层面的哲学相连,为哲学特

① 参阅钱学森等,《论系统工程》(增订本),长沙:湖南科学技术出版社,1988年,第266页。

② 苗东升,《系统科学精要》,北京:中国人民大学出版社,1998年,第11—12页。

别是辩证法不断提供养分,同时又不断接受辩证法的指导;而在其下方又通过系统科学的辩证法、方法论、认识论等分支对系统科学其他层面的内容进行自下而上逐层的哲学概括,并特别对系统的本质、特性、规律作哲学的分析和综合,同时又自上而下对系统科学各个层面提供亚哲学的指导或依据。从横向上看,由于系统科学在其研究对象和视角上不像各门单一学科只从纵向上研究某种事物的性质和规律,而是横向研究所有系统的共同性质和规律,因而辩证系统观和系统科学整体都具有很强的涵盖性和普适性,能为所有领域提供辩证综合考察对象的统一的亚哲学指导和理论方法依据,减少不同领域或同一领域的不同学者之间的重复劳动,促进不同领域或同一领域的不同范式、流派之间的对话和协作、互补和统一,因而对各门学科具有普遍的本体论和方法论价值。

1.2.2.3 辩证系统观的发展和兴盛

辩证系统观的历程与辩证法的发展相关,它是在人类的思想历经朴素整体论、现代原子论和机械系统论之后形成的一种辩证的系统思想。古代的朴素综合时期也就是朴素的系统思想兴盛的时期,古希腊的赫拉克利特、亚里士多德以及我国古代的都江堰工程等许多思想家、工程都提出或蕴涵了朴素的系统思想,其中亚里士多德就提出了"整体大于其各个部分之和"的著名论断。进入近现代还原分化时期,随着原子论的兴盛出现了机械系统观,宇宙和人都被看成了机器。然而,随着辩证思维的兴起,19世纪出现了辩证系统思想。进入当代,随着系统科学群落的崛起,辩证系统思想快速成为当代的主流思潮。目前,人类文化和科学整体已在各个方面渗透了辩证系统思维,辩证系统观及系统科学的许多理论、方法和程序都被有效地运用于几乎所有的自然科学和人文社会科学领域中,并给各个领域提供了一种比古代整体论和近现代原子论更优越的认识和处理复杂事物的观点和方法①。正如拉兹洛早已指出，"系统论的观点是一种正在形成的关于组织化的复杂事物的当代观点，它比关于组织化的简单事物的牛顿观点高了一个等级，又比关于神安排的或凭想象设想出来的关于复杂事物的古典世界观高出了两个等级。"②

1.2.3 研究方法:辩证系统方法

本研究采用的方法是体现上述辩证法和辩证系统观的基本思想的辩证系统方法。目前,学界对辩证思维方法、系统科学方法和辩证系统方法的论述日趋增多,对体现辩证思维和系统思想的各种方法日益重视,同时在对这些方法的内容和结构、地位和作用、历史和现状的认识上还存在一些模糊和分歧之处。实际上,辩证思维方法、系统科学方法和辩证系统方法是三种相互联系但有所不同的方法。其中,辩证思维方法是采用辩证法的基本思想来认识对象的思维方式,属于哲学思维方法,对其他各类方法具有普遍的指导意义,虽然发展历史较长却经久不衰③。系统科学方法则是运用系统科学的理论方法认识和处理对象的方法体系,跨亚哲学、基础科学、技术科学和工程技术四大学科层面,并在亚哲学层面涵盖了辩证系统方法,但其主体是其他三个层面上的方法,更具有具体科学方法的作用,它是随着系统科学的发展而兴盛起来的,可谓方兴未艾。由此可以说,本研究所采用的辩证系统方法是在辩证思维的指导下,以辩证系统观为理论基础,通过融合各种不同性质的研究方法而形成的一个方法体系,

---

① 参阅 Gabriel Altmann & Walter A. Koch, eds. *Systems*: *New Paradigms for the Human Sciences*. Berlin: Walter de Gruyter, 1998; Frank A. Stowell, Daune West & James G. Howell, eds. *Systems Science*: *Addressing Global Issues*. New York: Plenum Press, 1993.

② E. 拉兹洛,《用系统论的观点看世界——科学新发展的自然哲学》,闵家胤译,北京:中国社会科学出版社,1985 年,第 13 页。

③ 参阅刘建能(主编),《科学方法论新探》,北京:中共中央党校出版社,1995 年,第80—141 页。

居于亚哲学层面,为各种具体的研究方法提供比辩证思维方法更具体的指导,目前正成为当代的主流方法。

1.2.3.1　辩证系统方法的内容和结构

就其具体内容和结构而言,辩证系统方法是在辩证法特别是普遍联系原理和对立统一规律的最高统率下,以辩证系统观特别是辩证关联原理和差异协同规律为理论基础,通过系统融合综合与分析、演绎与归纳、逻辑思维与直觉感悟、理论思辨与经验实证等各种不同性质的具体方法而形成的一个方法体系。一般的研究方法往往可以按某一维度采用二分的原则划分为两个性质不同或相反的种类,而辩证系统方法的精髓所在就是把这些方法有机结合起来,根据不同的研究情况将各种性质不同甚至对立的方法辩证统一于研究过程。

其中,综合和分析是两种相反的研究方法。综合是由部分组合成整体的方法;分析是将整体分割成部分的方法。如前所述,综合方法大多是以整体论为本体论基础的,将研究对象视为一个具有非加和性的整体,通过对它的各个部分之间的关系及其与环境的关系的直觉感悟或逻辑思辨把握它,并按其各个部分之间的关系将其组合起来;相反,分析方法往往以还原论为基础,将对象看成一个由可以还原的部分构成的集合体,将其分解后对其某些部分进行细致研究。显然,"两种思维方式都难免有不足之处:前一种用信念和洞察代替了翔实的探求,后一种牺牲了融会贯通以换取条分缕析。"[①]辩证系统方法则是从系统的观点出发将对象视为一个既辩证关联又在某种程度上可以分析的系统,首先在思维上抽象地从它与环境的关系上系统把握它(系统综合),然后又在思维上具体地从其部分的本质、特性及部

① 　E. 拉兹洛,《用系统论的观点看世界——科学新发展的自然哲学》,闵家胤译,北京:中国社会科学出版社,1985年,第14页;Ervin Laszlo. *The Systems View of the World : A Holistic Vision for Our Time*. New Jersey: Hampton Press, 1996, p. 16.

分与部分之间、部分与整体之间的辩证关联上系统地分析它(系统分析)，然后再将分析的结果系统选择和有机组织起来(系统综合)，从而获得对其既全面又精细的认识。简言之，辩证系统方法就是一个系统的"综合—分析—综合"过程；用钱学森的话说："系统论是还原论和整体论的辩证统一。"①

与综合和分析同理，演绎和归纳也是两种相反的推理方法。演绎是从一般知识推导出个别或特殊知识的方法；归纳是从个别知识概括出一般或普通知识的方法。应当看到，演绎和归纳都有局限性：一方面，演绎的出发点即一般知识大多都源于归纳，出发点的性质决定了结论的性质，如整体论的前提就会演绎出整体论的结论，而且演绎所得的结论只是对个别事物的抽象认识，还必须在此基础上通过对个别事物的具体特性的归纳论证获得对这个事物的具体的认识；另一方面，归纳往往无法穷尽所有个体事物的性质，因而归纳出来的结论大多是或然性的，归纳也可以是还原论或整体论的，而且往往需要在演绎所得的认识框架内进行。辩证系统方法以演绎(即"假设—演绎")方法为中心并在此基础上融入归纳方法：它首先将事物假设为一个(辩证)系统，从辩证系统观的相关概念和原理中演绎出关于事物的初步的概念和原理(系统演绎)，以获得对事物的思维上抽象的系统综合即辩证系统认识，然后以此为框架对事物的某些变量即重要的部分及关系进行精细的分析，并将分析的结果进行系统的选择、综合和归纳(系统归纳)，形成关于事物的一种全面而清晰的辩证系统认识②。简言之，辩

---

① 钱学森，《人体科学与当代科学技术发展纵横观》，北京：人民出版社，1996 年，第335 页。

② 参阅 E. 拉兹洛，《用系统论的观点看世界——科学新发展的自然哲学》，闵家胤译，北京：中国社会科学出版社，1985 年，第 21—22 页；Ervin Laszlo. *The Systems View of the World*: *A Holistic Vision for Our Time*. New Jersey: Hampton Press, 1996, p. 24; John W. Sutherland. *A General Systems Philosophy for the Social and Behavioral Sciences*. New York: George Braziller, 1973, pp. 39—42.

证系统方法就是一个系统的"演绎——归纳"过程,是演绎与归纳的辩证统一。

另外,辩证系统方法中不仅可以使用综合与分析、演绎与归纳等逻辑思维方法,而且还可以融入直觉和感悟等非逻辑的感性思维方法,不仅可以使用理性思辨的方法,而且还可以融入直接或间接的(即已有的)经验实证。总之,辩证系统方法是一种将现有的各种方法有机组合起来、既保留了它们各自的长处,又扬弃了其各自的缺点的优化了的方法框架或元方法,使各种传统方法在新的整体方法框架中获得新质,得以相互补充、相互转化、差异协同、辩证统一。

1.2.3.2 辩证系统方法的地位和功能

作为一个以辩证法为指导,以辩证系统观为理论基础,辩证系统地运用多种思维方式和研究方法的亚哲学方法,辩证系统方法在纵向上一方面居于哲学方法之下,受哲学方法的指导,同时也为哲学方法提供养分,一方面却又居于基础科学、技术科学、工程技术等具体学科层面之上,不断地从这些层面的方法中获取养分,同时又对所有其他层面的方法具有普遍的元方法论意义。在横向上,辩证系统方法具有很强的涵盖性,普遍适用于所有学科领域的研究,并有助于融合关于某一对象的各种现有的理论,形成关于对象的辩证系统的理论学说。可以说,辩证系统方法赋予我们一种优化的思维工具,"它是一种通过系统的概念、系统的特性和系统间的关系将我们的知识组织或再组织起来的方法"①或"将现有的发现有机地组织起来的模型"②。

---

① Ervin Laszlo. *The Systems View of the World: A Holistic Vision for Our Time*. New Jersey: Hampton Press, 1996, p. 16.

② E. 拉兹洛,《用系统论的观点看世界——科学新发展的自然哲学》,闵家胤译,北京:中国社会科学出版社,1985 年,第 15 页。

其实,很多优化的科学理论都是自觉运用辩证系统思维对现有的发现有机组织起来的结果。例如,关于"光"的本质,早年牛顿提出了光的微粒说,而惠更斯则提出了波动说。20世纪初,当人们重新反思光的本质时,爱因斯坦作了如下回答:"光到底是波还是一种微粒?那时是抛弃光的微粒说而接受波动说的,因为波动说已经可以解释一切现象了,但是现在的问题比以前复杂。⋯⋯两者中的任何一个都不能圆满地解释所有的光的现象,但是联合起来就能够了。"①

1.2.4 研究程序:辩证系统程序

本研究的基本程序可以说是一种辩证系统程序。系统工程学有一个经典的程序模式,即美国系统科学家霍尔(Arthur D. Hall)提出的系统工程三维结构模式,包含时间、逻辑和知识三个坐标轴,分别指系统工程的阶段划分、工作步骤和知识范围②。从这一系统工程三维模式来看,本研究也是一个由时间、逻辑和知识三维构成的小型系统工程,在时间维上分为开题、绪论、翻译总体研究、翻译本体研究、翻译环境研究、翻译过程研究、结论、结题等若干阶段,其中的每个阶段在逻辑维上又可分为摆明问题、确立目标、系统演绎和综合、系统分析、系统归纳和综合等若干步骤,在知识维上则包含完成上述各个阶段和步骤所需要的指导思想、理论基础、研究方法及其他相关理论和方法条件。这样,仅就时间维上的每个研究阶段来说,它在逻辑维上就应包括以下几个步骤:

(1) 摆明研究问题:根据当前研究阶段所涉及的研究领域的发展历史和趋势、研究现状(成就和不足),系统地摆明当前研究阶段需要解决的主要问题,即具体的研究对象、内容范围等。例如,在各个研究阶段可确

---

① 爱因斯坦、英费尔德,《物理学的进化》,上海科学技术出版社,1962年,第192页。

② 参阅 Arthur D. Hall. *A Methodology for Systems Engineering*. Princeton, New Jersey: Van Nostrand, 1962.

定以下问题:研究对象(如翻译总体或其内外共时和历时的各个方面中的某个方面)的本质、特性和规律是什么?

(2) 确立研究目标:根据当前研究阶段可以支配的时间、人力、物力、知识资源特别是研究的指导思想、理论基础、方法技术等方面的情况,系统地确立当前阶段预期达到的研究目标,即对研究问题的某种解决方案或答案。例如,在各个研究阶段可确立以下目标:形成关于研究对象的既全面又较为细致的辩证系统认识。

(3) 系统演绎和综合:在唯物辩证法的相应概念、原理或规律(如辩证概念、普遍联系原理、对立统一规律等)的指导下,从普遍适用于世界上所有事物的辩证系统观的特定概念、原理和规律中系统地演绎出关于对象的初步的概念、原理和规律,以获得对研究对象的本质、特性和规律的思维上抽象的系统综合即辩证系统认识。

(4) 系统分析:以关于对象的抽象的辩证系统认识为组织框架,参照现有的关于对象的认识(如某些语言学译论、文艺学译论及综合性译论)对研究对象予以思维上具体的系统分析,并在必要时对研究对象中的某些"盲点"、"黑箱"或"灰箱"进行直觉感悟甚至直接或间接的经验实证,以获得对研究对象的较为清晰的认识。

(5) 系统归纳和综合:以关于对象的抽象的辩证系统认识为组织框架,对通过系统分析获得的关于对象的精细认识进行系统选择、系统归纳和系统综合,将其有机组织起来,形成一种能够融合并超越现有的多种认识的关于对象的既全面又细致的辩证系统认识。

毋庸置疑,类似于上述基本程序的辩证系统程序普遍适用于和广泛运用于各种类型的系统工程,特别是涉及复杂对象的各种科学认识和实践活动。因此,本研究以唯物辩证法为指导,以辩证系统观为理论基础,采用辩证系统方法和以系统工程三维结构模式为框架的辩证系统程序来研究翻译总体及其各个方面的本质、特性、规律等复杂的问题并建立一种新的辩证综合性翻译理论,可以说具有很强的可行性。

第三节

研究对象和目标

就其研究内容和目标而言,一项研究总是以某一事物的总体或某些方面、全部或某些局部为研究对象或内容范围的,也往往是以建立、验证、应用某种观点、理论、方法、程序体系为目标的。本研究拟对翻译总体及其内外共时和历时的各个方面及各种关系予以辩证综合的探讨,以获得对翻译总体及其各个方面的辩证系统认识,形成一个能够吸收现有的多种翻译理论的优点而且在视野上能够融合并超越现有的多种译论的翻译辩证系统论体系。

1.3.1　研究对象:翻译总体及其各个方面

具体而言,本研究的主要内容包括翻译总体(即翻译内外共时和历时的各个方面及各种关系的总和)、翻译内部即本体(包括翻译内部各种成分及其各种关系)、翻译外部即环境(包括环境的各种成分及其各种关系、翻译与环境的各种关系)、翻译的运作和演化过程(包括翻译过程各个阶段及其各种关系)等等。换言之,本研究试图通过辩证系统方法回答以下几个方面的问题:

(1)翻译总体的本质、特性和规律是什么?其中,翻译在总体上是什么(具有什么本质)?翻译在总体上怎样存在、运作和演进(拥有哪些方面、哪些阶段及怎样的关系)？

(2) 翻译内部即本体及其各种成分的本质、特性和规律是什么？其中，翻译本体是什么(具有什么本质)？翻译在本体上怎样存在(拥有哪些类型、要素和层面及怎样的关系)？翻译类型是什么(具有什么本质)？翻译类型怎样存在和演化(拥有哪些成分及怎样的关系、遵循何种演化规律)？翻译主体是什么(具有什么本质)？翻译主体怎样存在和发展(拥有哪些成分及怎样的关系、遵循何种演化规律)？翻译文本(译文和原文)是什么(具有什么本质)？翻译文本怎样存在和演进(拥有哪些成分及怎样的关系、遵循何种演化规律)？翻译方法是什么(具有什么本质)？翻译方法怎样存在和变化(拥有哪些成分及怎样的关系、遵循何种变化规律)？

(3) 翻译外部即环境的本质、特性和规律是什么？其中，翻译环境是什么(具有什么本质)？翻译环境如何存在和演化(拥有哪些成分及怎样的关系、遵循何种演化规律)？翻译在环境中怎样存在(与翻译环境之间拥有怎样的关系、依赖环境的哪些方面、在环境中执行哪些功能)？

(4) 翻译过程的本质、特性和规律是什么？其中，翻译过程是什么(具有什么本质)？翻译在过程上怎样运作和演进(拥有哪些阶段及怎样的关系、遵循何种规律)？

显而易见，与一般课题相比，本研究的对象和内容较为复杂和繁多，应当算得上翻译研究领域中的一个"大题"。钱学森等人曾把生物体、人脑、人体、地理、社会、星系等各种与外界联系密切、结构复杂、要素繁多的事物或系统看作"开放的复杂巨系统"①。显然，按他们的观点，翻译也是一个名副其实的开放的复杂巨系统。可能有人会认为，将这样复杂和庞

---

① 参阅钱学森、于景元、戴汝为，一个科学新领域——开放的复杂巨系统及其方法论，《自然杂志》，1990 年第 1 期，第 3—10 页。

大的翻译系统作为一个统一的翻译理论的对象是不可能的。然而可以相信,以辩证系统观为理论基础并采用相应的辩证系统方法和程序(甚至在必要时运用我国学者提出的专门用来处理开放的复杂巨系统的综合集成法①),就完全可以建立关于某一极为复杂的系统的统一理论。

正如拉兹洛就创建一种以整个宇宙及其中的所有事物为对象的大统一理论所言,"没有内在的理由说为什么不能建立一种能够说明物理世界和生命世界所有显在现象的理论,为什么科学不能展开一幅说明宇宙中所有(或接近所有)事物的图景。"②实际上,目前以物理学为基础的一种大统一理论已初步形成:"一个新的宇宙图景正在出现,这是一个高度统一的图景。在这个图景中,宇宙的各种粒子和力都起源于单一的'超大统一力',而且,尽管他们分离成不同的动力学事件,但仍在继续相互作用。"③另外,目前还出现了一些跨学科的大统一理论④。而且在现有研究的基础上,拉兹洛还以系统观为指导,提出了一个以命名为"Ψ场"(即"以真空为基础的零点全息场"或第五种场)的微妙和恒常的相互关联为支柱的更为统一的宇宙进化理论⑤。

显然,与上述理论的对象即整个宇宙相比,本研究的对象即翻译总体及其各个方面和各种关系就显得不再那么庞大和复杂了。何况,就其具体内容而言,本研究拟探讨的上述几个方面的问题实际上具有很大的同形性或结构相似性,因而完全可以归结为形式非常简单的一个问题:翻译

---

① 钱学森、于景元、戴汝为,一个科学新领域——开放的复杂巨系统及其方法论,《自然杂志》,1990年第1期,第3—10页。

② 欧文·拉兹洛,《微漪之塘:宇宙中的第五种场》(第二版),钱兆华译,北京:社会科学文献出版社,2004年,第151—152页。

③ 同上,第146页。

④ 同上,第148页。

⑤ 同上,第221—223页。

(总体或其某个方面或某种成分)的本质、特性和规律是什么？由此可见，本研究的对象和内容并非过分烦琐和难以把握，而只不过是同一个问题在翻译总体及其各个方面的系统展开而已。

1.3.2 研究目标:走向翻译辩证系统论

本研究的最终目标就是通过在辩证法的指导下，以辩证系统观为理论基础，采用辩证系统方法和程序对上述问题的探讨和回答，获得对翻译总体及其内部和外部、共时和历时的各个方面的辩证系统认识，形成一种能够在视阈上融合并在视阈和描写、解释甚至预测、规范功能上超越其他多种译论的新的辩证综合性翻译理论体系——翻译辩证系统论。其主要内容大致包括一个总论即翻译总体辩证系统论和三个分论即翻译本体、环境、过程辩证系统论:

(1) 翻译总体辩证系统论，即关于翻译总体的本质、特性和规律的概念和原理体系，主要包括翻译辩证系统概念和翻译辩证关联原理等。

(2) 翻译本体辩证系统论，即关于翻译本体及其内部成分的本质、特性和规律的概念和原理体系，主要包括翻译本体辩证系统概念和翻译辩证整体原理、翻译差异协同规律、翻译层次转化规律、翻译整体涌现规律、翻译系统全息规律以及关于翻译类型、翻译主体、翻译文本、翻译方法的辩证系统概念和辩证关联原理等。

(3) 翻译环境辩证系统论，即关于翻译环境及翻译与环境的关系的本质、特性和规律的辩证系统概念和原理体系，主要包括翻译环境辩证系统概念和翻译对环境的辩证开放原理、翻译环境互塑共生规律、翻译功能转化规律等。

(4) 翻译过程辩证系统论，即关于翻译过程的本质、特性和规律的辩证系统概念和原理体系，主要包括翻译过程辩证系统概念和翻译辩证动态原理、翻译自组他组规律、翻译渐变突变规律、翻译正负反馈规律、翻译整体优化规律等。

显而易见,与绝大多数的翻译理论相比,本研究预期建立的翻译理论是较为复杂和庞大的。然而,相对于理论所阐述的对象问题的复杂性而言,本研究的理论体系还是比较简单的。一方面,这种理论体系中的概念与概念、原理与原理(如关于翻译文本的概念、原理与关于翻译方法的概念、原理)之间具有同形性,尽管具体的研究对象和内容改变了,但它们的形式保持不变,当我们从一个对象转换到另一个对象时不需要改变理论形式,这一点就构成了理论简单性的基础;另一方面,整个理论体系具有严格的层次结构,其中各个原理之间具有严密的逻辑联系,并在更高的层面上得到归结和简化。例如,翻译本体辩证系统论、翻译环境辩证系统论可以共同归并为翻译共时态辩证系统论,然后又可以与翻译过程(历时态)辩证系统论一道归结为翻译总体辩证系统论。由此可见,本研究预期的理论体系无论在内容上还是在形式上都具有相对的简单性。

实际上,简单性和复杂性是一对辩证统一的概念。在近现代科学史上,科学家们曾非常重视简单性原则,包括简单性的世界观、还原研究方法、简化(抽象、合理近似)方法、简单的陈述或理论,把简单性看成评价和选择理论的科学合理性标准、真理的象征、美的体现。正如库恩所说:"在现代意义上,科学家接受一种理论的要求是'符合观察'和'简单性'。"①20世纪40年代后,随着系统科学和复杂性研究的兴起,不少学者开始反对把复杂性约化为简单性来处理。如拉兹洛指出,"科学理论虽比现实简单,却必须得反映现实的本质结构。因而,科学必须谨防为了理论的简单性而抛弃现实结构的复杂性;那将等同于将婴儿与洗澡水一起倒掉。"②

---

① 库恩,《必要的张力》,纪树立译,福州:福建人民出版社,1981年,第315—316页。

② Ervin Laszlo. *The Systems View of the World: A Holistic Vision for Our Time*. New Jersey: Hampton Press, 1996, p. 9.

钱学森也同样认为，人类的认识必然要经历从简单到复杂的飞跃，处理像大脑、人体、社会等开放的复杂巨系统时不能将其简单化，应采用定性与定量分析相结合的综合集成法①。

当然，简化方法和简单理论仍在很大程度上受到重视，简单性原则甚至被看成探索复杂性问题的阶梯。如拉兹洛就曾指出，"思维节俭是系统性的理论的一个始终存在的动因，系统哲学也不例外。"②他还指出："真正的统一理论是一种包含近乎完整的图景在内的理论。它使关于世界的科学知识的现有要素有序化，并使这些要素可以得到合理的理解。它使我们能更好地了解世界，而不是更多地了解世界。因此相当令人惊奇的是，跨学科统一理论不是使科学知识复杂化，而是使之简单化，但这不是以牺牲细节和精确性为代价的。"③

如前所述，本研究的预期理论体系是对具有很大的复杂性的翻译活动的阐述，扬弃了还原论的世界观和方法论，因而具有观点和方法的复杂性。但它并没有违背科学方法的简化方法和理论简单原则，在较高层面上采用了简约的方法，因而仍符合科学合理性标准。退一步说，本研究属于一项对作为开放的复杂巨系统的翻译系统的综合性研究，即使在实际内容和语言表述形式上显得有些复杂，这也是非常自然的、合理的。我们应当看到，"简单是美的，复杂也是美的"④。

① 钱学森，处理开放的复杂巨系统不能简单化，钱学森(编)，《创建系统学》，太原：山西科学技术出版社，2001年，第28—31页。

② 欧文·拉兹洛，《系统哲学引论——一种当代思想的新范式》，钱兆华、熊继宁、刘俊生译，北京：商务印书馆，1998年，第187页。

③ 欧文·拉兹洛，《微漪之塘：宇宙中的第五种场》(第二版)，钱兆华译，北京：社会科学文献出版社，2004年，第159页。

④ 孙小礼，关于复杂性与简单性的学习、思考片断，《系统辩证学学报》，2001年第4期，第48—52页。

第四节

本章内容小结

　　综上所述,本章作为本研究的绪论首先论述了翻译学的发展历史和当代翻译学的辩证综合走向以及建构综合性译论的重要性,其次论述了迄今为止主要的分析性和综合性译论的成就和不足之处以及建构新的辩证综合性译论的必要性,然后论述了本研究的哲学指导、理论基础、研究方法和程序、研究对象和目标,并系统论证了本研究的可行性与合理性。简言之,本章的主要内容可总结如下:

　　翻译学与科学大系一道在经历了古代的朴素综合、近现代的还原分化两大阶段之后,当今已进入一个辩证综合时期,使辩证综合性翻译研究显得尤为重要。从古至今,中外学者们从语言学、文艺学、交际学、美学、社会学、文化学等角度对翻译进行了各种各样的分析性和综合性探索,分别获得了关于翻译总体及其各个方面和各种关系的若干真知灼见,同时也存在若干问题,往往失之偏颇或笼统,使对翻译的辩证综合性研究显得尤为必要。

　　本研究顺应翻译学和科学大系的辩证综合发展趋势,针对翻译学中分析性研究片面和综合性研究笼统的问题,拟选择优化了的哲学指导、理论基础、研究方法和程序,对翻译总体及其各个方面和各种关系予以辩证综合性的探讨并形成一种新的辩证综合性译论。其中,本研究的哲学指导是马克思主义哲学中的唯物辩证法，特别是其辩证联系原理、辩证发展原理、对立统一规律、质量互变规律和否定之否定规律。本研究的理论基础是当代系统科学和相关学科中盛行的辩证系统观，特别是其辩证系统概念、辩证关联原理、辩证整体原理、辩证开放原理和辩证动态原理。

本研究的基本方法是体现辩证系统观的基本精神的演绎与归纳、分析与综合相结合的辩证系统方法。本研究的基本程序是辩证系统程序：在摆明问题、确立目标的基础上，首先从辩证系统观中系统演绎出关于对象的初步的辩证系统认识以对对象予以思维上抽象的系统综合，然后以初步的辩证系统认识为参照框架结合其他各种翻译理论对研究对象予以思维上具体的系统分析，最后再以初步的辩证系统认识为组织框架对系统分析的结果予以系统归纳和综合。

本研究的对象或内容为翻译总体及其内外共时和历时的各个方面和各种关系，包括翻译总体、翻译本体(包括翻译内部各种成分及其各种关系)、翻译环境(包括翻译环境的各种成分和各种关系、翻译与环境的各种关系)、翻译的运作和演化过程(包括翻译过程及其各个阶段和各种关系)。本研究的目标则是创立一种能够在视阈上融合并超越多种其他译论的翻译理论体系——翻译辩证系统论，其内容大致包括一个总论即翻译总体辩证系统论和三个分论即翻译本体辩证系统论、翻译环境辩证系统论、翻译过程辩证系统论。

第二章

翻译总体辩证系统论

在正在显现的前沿科学的图景中,世界是由其部分组成的无缝的整体。而且,在这一整体中,所有的组成部分都不断地相互接触。在宇宙中共同存在和共同进化的事物中存在着永恒的和紧密的联系;联结和信息的共享使现实进入一个令人惊叹的相互作用和交流的网络:一个难于捉摸但永远存在的微漪之塘。

——欧文·拉兹洛①

传统的语言和翻译研究方法是把现象(主要是词语)分割开来并对其予以深入研究,而当代翻译研究本质上关心的是一个关系之网,每个单独的成分的重要性都取决于它与更大的话语、情景和文化语境的关联性。

——玛丽·斯奈尔-杭贝②

---

① 欧文·拉兹洛,《微漪之塘:宇宙中的第五种场》(第二版),钱兆华译,北京:社会科学文献出版社,2004 年,导言第 3—4 页。

② Mary Snell-Hornby. *Translation Studies*: *An Integrated Approach* (2nd ed.). Amsterdam/Philadelphia: John Benjamins, 1995, p. 35.

如前所述,本研究拟在翻译学日趋辩证综合发展的当代语境中,针对翻译学中存在的问题在现有的研究基础上以唯物辩证法为指导、采用辩证系统观及相应的辩证系统方法程序对翻译总体及其各个方面进行全面深入的探讨以建构一种融合并超越现有多种译论的翻译辩证系统理论体系。第一章已较为详细地阐述了本研究的背景和动因、理论基础和方法、内容和目标。本章拟在此基础上,针对迄今为止对翻译总体的本质、特性和规律认识片面和不足的问题,以唯物辩证法最高概念和原理为指导,从辩证系统观关于系统本质和特性的最高概念和原理中演绎推理出关于翻译总体的本质、特性和规律的初步的辩证系统概念和原理,以获得对其思维上抽象的系统综合即辩证系统认识,并参照现有的某些主要翻译理论中的相关认识对翻译总体的本质和特性予以思维上具体的系统分析、归纳和综合,以形成对二者既全面又清晰的辩证系统认识,主要包括翻译辩证系统概念和翻译辩证关联原理等。

第一节

翻译总体辩证系统论的框架

一个完整的理论是关于对象事物或"存在"总体及其各个方面和各种关系的本质、特性(和规律)的知识体系,其中这个理论的最高层次往往以最高概念和最高原理的形式包含对事物总体的本质和特性思维上浓缩的把握。然而,在对"本质和特性是什么"、"二者之间的关系怎样"等问题上并没有形成统一的认识,如果不解决这一元理论问题将无法讨论一般系统和翻译总体乃至翻译的各个方面和各种关系的本质和特性问题。因此,以下拟首先考察一下目前学界对本质和特性的看法,并在此基础上阐明辩证系统观对本质和特性的认识,然后再从辩证系统观关于一般系统的本质和特性的最高概念和最高原理中演绎推导出关于翻译总体的本质和特性的辩证系统概念和辩证关联原理框架。

2.1.1　辩证系统观的本质特性观

通常而言,人们在探讨对象事物或存在的本质问题时,关心的是"什么是"或"什么存在"的问题,而在探讨事物的特性和规律时,关心的则是"怎样是"或"怎样存在"的问题。也就是说,本质是特定种类的事物赖以"是其所是"的东西,是该类事物在总体上所内在地具有的、他类事物所不具有的实在性质,而特性则是事物在其内外各个方面上表现出的结构或关系特征。可以说,本质和特性都是事物在本体上客观地拥有的、可以被人们在认识上通过某种方法整体地或部分地、如实地或歪曲地反映的性质。

实际上,在关于事物的本质和特性的性质和关系问题上存在着两种极为不同的观点①。其中,有人持有科学主义和本质主义观念,认为同类事物在其现象的下面隐藏着普遍的、固定不变的实在性本质,即认为存在就是本质的存在,认定事物的本质来自其某个实在方面,主张考察事物时首先弄清其本质,采用理性思辨的分析方法对事物进行还原思考,将事物的主要或决定性方面确定为其本质,从而在逻辑上先行排除事物的次要方面或现象,忽略事物的主要与次要及其各个方面之间的有机联系和相

---

① 参阅毛崇杰,本质主义与反本质主义,《杭州师范学院学报》(社会科学版),2003年第3期,第23—28页,第69页。

互转化，因而看不到事物的真正本质及与其特性的联系。与此相反，有人则坚持非理性主义或反本质主义观念，认为任何事物都是独一无二、飘忽不定的现象自身，存在就是现象的存在，无所谓普遍的、共同的本质可言，主张在观察事物时将本质问题悬置起来而去关心其存在方式或关系特性问题，采用直观的整体方法囫囵地把握正如其然、历历在现、瞬息即变的现象，从而无视同类事物的普遍性质及事物的本质与特性之间的关系。总之，上述两种观点或是一味强调脱离了现象、存在方式或特性的孤立的、静态的实在本质，或是过分强调抽去了实在和本质的、混沌的、流变的表面现象，因而都注定不能把握事物性质的全部。

与上述观点不同，辩证系统观则融合了本质主义、反本质主义等各种对事物性质的片面看法，将对事物的本质的追问与对现象的特性的领悟有机统一起来，形成了一种辩证系统的本质特性观。它认为，本质就是事物作为一个特定的系统而具有的使其区别于他类事物的特定的系统质，是由事物内外各个方面的具体的实在性质通过其总体及各个方面的关系特性的共同规定而形成的、有时以某个方面的具体性质为核心但总是融合并超越事物的各种具体性质的、多元而统一的、自主而开放的、稳定而发展的整体新质①；而特性则是事物作为一个特定的系统而拥有的特定的存在关系特征，是事物在总体及其内外各个特定的方面上呈现出的、在其各个方面的具体性质的基础上生成或涌现其整体系统本质的（因而也在总体上使其区别于他类事物的）特定的组织方式。这样，辩证系统观将事物看成了系统本质与系统特性的辩证统一整体，认为实在本质与现象特性互为前提、相得益彰，因而主张通过对事物的现象或关系特性的系统综合与分析来把握事物的辩证关联的本质（即透过现象抓本质），并反过

---

① 参见毛建儒，论系统质，《系统辩证学学报》，2000年第4期，第19—24页。

来通过对事物本质的系统把握进一步认识事物的存在方式和组织特点，揭示事物的存在和发展规律(即通过本质看现象)。

由上可见，辩证系统观超越了本质主义和反本质主义的本质特性观，为全面认识事物特别是一些复杂系统的性质提供了一种理想的视野。例如，人作为认识对象是一个具有相当复杂的辩证关联的性质的有机整体，仅采用还原分析的方法分别从物理学、生物学、心理学、社会学等某些学科的角度只会看到其物理、生物、心理、社会等某个方面的具体属性，而仅采用直观综合的方法则只会看到其朦胧模糊、飘忽不定的整体存在的特性，因而有必要采用辩证系统观从其总体及其各个方面和各种关系的特性上把握其以某些具体属性为主并由各种属性有机构成的辩证系统本质，并在把握其总体本质的基础上较为详细地探讨或预测其总体或各个方面的存在方式和发展规律。同样，翻译作为研究对象也拥有复杂的辩证关联的性质，仅采用还原分析和朴素综合的方法认识它只能获得对其性质清晰而片面或整体而模糊的认识，因而有必要采用辩证系统观对其本质和特性予以辩证系统的探讨。这需要首先从辩证系统观关于一般系统的本质和特性的概念和原理中演绎出关于翻译的最为一般的辩证系统概念和辩证关联原理，以获得对其最为抽象的系统综合即辩证系统认识。

2.1.2　翻译总体辩证系统论的框架

由唯物辩证法的辩证、联系和发展的概念及相应的普遍联系和发展原理可知，自然界、人类社会和思维等世界上所有领域的事物都是普遍联系(即差异互补或对立统一)和永恒发展的辩证统一体系；它们在空间上各自在其内部的各个要素、层面乃至属性之间以及各自在外部与其他事物之间既保持界限、存在差异、甚至相互矛盾、相互对立，又相互制约、相互依赖、甚至相互补充、有机统一，而在时间上则在这种内部和外部的普遍的、客观的、有条件的、多样化的辩证联系的推动下逐步按特定的机械的、物理的、化学的、生物的、社会的等各种各样的方式从一点到另一点、从低级到高级不断运动、不断变化、不断发展、不断更新。正如恩格斯就整个自然界的情形所说,"我们所面对的整个自然界形成一个体系,即各种物体相互联系的总体……这些物体是相互联系的,这就是说,他们是相互作用着的,并且正是这种相互作用构成了运动。"①

与唯物辩证法关于事物的辩证、联系和发展的概念及普遍联系和发展原理相一致,辩证系统观关于一般系统的本质和特性的辩证系统概念和辩证关联原理也认为,世界上大至星系、小至夸克的所有物理的和心理的事物都是既具有共性又具有个性的(辩证)系统,都是在内部由若干成分(即种类、要素、层面等)按特定的非线性的结构关系构成的、存在于特定的环境(即与之具有不可忽略关系的要素构成的超系统)中并与环境发生特定的非线性的相互作用的(即受环境制约并在环境中执行特定的功能的)、始终体现为一种通过其各种因素的相互作用而不断运行和演化过程的辩证关联整体②。系统在其内部的各个成分之间、在其与其所处的环境之间以及在系统运行和演化的各个阶段或各种状态之间存在着普遍的差异互补、竞争协同、排斥吸引甚至对立统一等各种非线性相互作用,使系统保持空间上和时间上的辩证关联,从而在其总体上呈现出辩证关联的系统特性(即分离性与关联性的辩证统一),并在其成分和结构上呈现出辩证整体性(即多元性与整体性的辩证统一),在其与环境关系上呈

① 恩格斯,自然辩证法,《马克思恩格斯选集》(第3卷),中共中央马克思恩格斯列宁斯大林著作编译局编译,北京:人民出版社,1972年,第444—573页:第492页。

② 魏宏森、曾国屏,《系统论——系统科学哲学》,北京:清华大学出版社,1995年,第201—285页;苗东升,《系统科学精要》,北京:中国人民大学出版社,1998年,第26—50页;黄小寒,《世界视野中的系统哲学》,北京:商务印书馆,2006年,第524页。

现出辩证开放性(即自主性与开放性的辩证统一)，在其运作和演化过程上呈现出辩证动态性(即稳态性与动态性的辩证统一)。

不言而喻，在辩证系统观的视野里，翻译与世界上其他事物一样也是一种特定的系统。在唯物辩证法的辩证、联系和发展的观点及普遍联系和发展原理的指导下，从上述关于系统的最高概念和最高原理出发，就可以直接演绎推导出一种初步的翻译辩证系统概念和辩证关联原理，分别依序表述如下：

翻译是一种既具有与世界上其他种类的(即非翻译的)事物相同的性质又拥有使其成为该种类自身(即翻译的)而不是其他事物的特殊性质的系统，也是一种在内部由若干特定的成分(即不同或相似的翻译种类、要素、层面等)按差异互补、竞争协同等特定的(即与其他非翻译事物一样的或翻译中独有的)辩证关联的结构关系构成的辩证关联整体，存在于特定的环境(即与翻译具有不可忽略关系的各种要素构成的超系统)中，与环境发生特定的辩证关联的相互作用即既受环境的制约又在环境中执行特定的功能，并始终体现为一种通过其内外各种因素的相互作用而不断地运作和演进的(翻译)过程。翻译在其内部的各个成分之间、在其与其所处的环境之间以及在其运作和演化的各个阶段或各种状态之间也存在着普遍的差异互补、竞争协同、排斥吸引甚至对立统一等各种非线性相互作用，使翻译保持空间上和时间上的辩证关联，从而在其总体上呈现出辩证关联的系统特性，并分别在其成分和结构上、其与环境的关系上及其运作和演化过程上呈现出辩证整体性、辩证开放性和辩证动态性。

显而易见，上述从辩证系统观演绎出来的初步的翻译辩证系统概念和辩证关联原理具有高度的抽象性或涵盖性。其中，上述初步的翻译辩证系统概念只是说明了翻译是一种特定的系统，具有特定的系统质，尚未通过加种差对系统这一属概念加以限制，没有说明其特定的系统质具体是什么,没有描述翻译具体的成分、结构、环境、功能、过程等各种实在的实体和关系的实体情况,没有揭示翻译各个方面的各种具体属性,因而其内涵似乎较少、外延很大,尚不能将翻译与各种其他系统区分开来。但是,正如贝塔朗菲就系统观念在机体论革命中的作用所言,辩证系统概念是个"表面上苍白、抽象的空洞概念,然而却充满着深远的含义,发酵般的、爆发性的潜力"①。同样,上述初步的翻译系统概念仅仅通过将翻译看成一种特定的系统就揭示了翻译与其他各类系统共同拥有的虽然普通却常被忽视的辩证系统本质,使我们可以看到它与其他事物的共性。而且,这一抽象的概念并不会消解翻译与其他事物的区别,因为我们可以按照它将翻译的各种具体规定性系统综合起来,从而获得对翻译本质更为具体的认识并将翻译与其他事物区别开来。可见,这一抽象概念为认识具体的翻译性质、融合其他各种更为具体的翻译概念并形成一个既能描绘翻译与其他系统的共性又能说明它与其他系统的区别、既全面系统又清晰具体的翻译概念提供了一个广阔的组织框架。

同样,上述通过演绎而获得的初步的翻译辩证关联原理也只是说明了翻译作为一种特定的系统而拥有系统的一般特性,即特定的翻译总体辩证关联特性及翻译内部、外部和过程上的辩证整体性、开放性和动态性,却尚未清楚地说明翻译的辩证关联性更为具体的内容,没有描述翻译总体的辩证关联景象,没有阐明翻译的内部成分与成分之间的具体结构关系,没有刻画翻译与环境之间具体的非线性相互作用方式,没有描述翻译过程的各个阶段之间的具体联系方式或翻译运作和演进的具体规律或模式,因而这一初步原理内涵较少,尚不能使我们看到翻译与各种其他系

---

① 冯·贝塔朗菲,《一般系统论:基础、发展和应用》,林康义、魏宏森等译,北京:清华大学出版社,1987年,第178页。

统在存在方式和运行规律上的不同。但是,这一初步的翻译辩证关联原理仅仅通过说明翻译拥有一般系统的特性就揭示了翻译与其他各类系统共同的存在方式和运行规律,提供了一个关于翻译总体及其各个方面的组织秩序的大略的全景图像,使我们可以自觉地通过一般系统的辩证关联性来看翻译在其总体、其内外共时和历时的各个方面上呈现的辩证关联性。可见,这一抽象的翻译辩证关联原理为将现有的对翻译特性的具体认识融合起来并形成一个既能反映翻译与其他系统的相同特性又能揭示翻译独特的存在和运作演化规律的、既全面又清晰的翻译辩证关联原理提供了一个系统的组织模式。

以下拟以上述翻译辩证系统概念和辩证关联原理框架为参照,以古今中外特别是现代和当代西方主要的翻译理论中的相关认识为主要资源,对翻译的本质和特性予以思维上较为具体的细致的系统分析。

第二节

翻译总体辩证系统论的资源

毋庸置疑,凡是对翻译进行过一定的观察和思考的人都会发现,翻译是一种极为复杂的活动。如果把它看成一种语言活动,那么它肯定比单个语言系统内部的语言活动复杂得多;如果把它看成一种文艺活动,那么它肯定比单个文学系统内的文学活动复杂得多;如果说它是一种社会文化活动,那么它肯定要比单个社会文化系统内的社会文化活动复杂得多;

即使在人类从事的各种集语言、艺术、社会、文化于一身的综合活动中,翻译也可能是最为复杂的活动之一了。正如著名文论家理查兹(Ivor A. Richards)就翻译活动所说,"我们这里实际上探讨的很有可能是宇宙进化过程中迄今所产生的一种最为复杂的活动"[①]。从上述演绎出来的翻译辩证系统概念和翻译辩证关联原理可以看出,要全面而具体地把握翻译这种复杂的人类活动的辩证系统本质和辩证关联特性,就必须了解翻译的内外共时和历时的各个方面和各种关系(包括翻译内部的成分及其结构关系、翻译与环境的关系、翻译的运作和演化过程的各个阶段及其关系等)的具体本质、特性和规律。有幸的是,对翻译本质和特性的具体考察现在并不需要从零做起。迄今为止的各种译论,特别是语言学译论(及交际学和认知语言学译论、社会语言学或社会符号学译论)、文艺学译论(及美学译论、文化学译论)以及某些综合性译论等,已包含了对翻译虽然有些片面却细致精深甚至较为宏观的探索,各自看到了翻译的某些类型、成分、层面、阶段等方面及其某些组织关系,抓住了翻译的某些微观的甚至较为宏观的方面的规定性,从而形成了各种各样较为具体的翻译概念以及对翻译的组织和运行规律的精细认识,为对翻译本质和特性的具体研究提供了丰富的可资借鉴的理论资源。

2.2.1　语言学译论的翻译观

大致而言,语言学译论者往往以科技文化为背景,崇尚以物为准、尊重客体、推崇理性、探索真知、追求实效的科学精神,分别从语言学、交际学、社会符号学等角度考察翻译,主要着眼于各类非文学翻译,关注翻译中的原文、译文等客体要素及其中客观化的语言(符号)、信息(意义)、社会(人际)

[①]　Ivor A. Richards. Toward a theory of translating, in Arthur F. Wright, ed., *Studies in Chinese Thought*. Chicago: University of Chicago Press, 1953, pp. 247—262: p. 250.

因素,强调原语或原文的权威地位以及两种语言、两个文本之间在不同语言等级层次上的形式、意义和功能的线性等值、对等、对应、相似关系,将翻译视为一种有规律可循的语言转换或文本替代、信息传递(搬运、转移)或心理转变、社会交往或人际互动过程(类似于物理学中所说的"平动"①)。

其中,现代时期,奈达、卡特福德、科勒、雅各布森等语言学译论者从以结构主义为主要基础的现代语言学的视角审视翻译,大多着眼于包括经文翻译在内的各种非文学翻译,强调翻译中的原文、译文等客体要素及其中的语言、信息因素,注重原语的中心地位以及两种语言、两个文本之间在特定层次上的形式和意义的线性等值或对等关系,将翻译视为一种语言转换或信息传递过程,一种在某些语言等级上、在形式和意义层面上严格等值的语言转换或文本替代过程。

例如,奈达在早期阶段主要是从美国描写语言学、结构主义语言学及乔姆斯基(Noam Chomsky)式的生成语言学的角度考察翻译活动,虽然能放眼于各种类型的翻译以及翻译的各个方面,但主要热心于圣经翻译以及翻译中的文本要素特别是其中语言形式、信息内容等客体性或客观化的因素,重视原文与译文之间的对等关系,将翻译看成一种根据某种固定的普遍意义由一种语言的各个层次上的形式结构转换生成另一种语言的形式结构的过程,从而将其视为一门科学,即一种可以用语言学理论来描写和解释的客体性过程。正如他在《翻译科学探索》一书中所说,"虽然没人会否认好的翻译中的艺术成分,然而语言学和语文学家们越来越清楚地认识到翻译的过程是可以进行严格的描写的。" ②

① 谭秀江,从"平动"到"流变":翻译的概念嬗变,《外国语》,2006 年第 4 期,第 57—65 页。

② Eugene A. Nida. *Toward a Science of Translating : With Special Reference to Principles and Procedures Involved in Bible Translating* . Leiden: E. J. Brill, 1964, p. 3.

卡特福德则采用了韩礼德(M. A. K. Halliday)的系统功能语言学探讨翻译,主要关心非文学文本的翻译问题,自然会注意到翻译所涉及的语境和文本的交际功能等外部因素,但还是受当时的结构主义思想影响,把注意力主要放在两个文本的各个等级上的语言形式和意义结构(即文本或文本中句子以下等级的语言材料)及其等值关系上,将翻译看成把一种语言的各个层次上的范畴转换成另一种语言的各个层次上的范畴的过程。正如他在《翻译的语言学理论》一书中所说,"翻译是一项对语言进行操作的工作:即用一种语言的文本来替代另一种语言的文本的过程,"①或"用一种等值的语言(译语)的文本材料去替换另一种语言(原语)的文本材料"的过程②。

与卡特福德关注两个文本及其各个语言单位层次上的等值类似,科勒也从现代语言学的角度看翻译中的语言和文本以及两种语言或两个文本之间的等值关系,将翻译仅仅看成一个用等值的语言单位的线性集合(即译文)去转换原语的语言单位集合(即原文)的过程。用科勒自己的话来说,"从语言学的角度看,翻译可以被视为语码转换或替代,即特定的语言系统 L_1 中的元素 a_1, a_2, a_3……被另一语言系统 L_2 的元素 b_1, b_2, b_3……所替代"③;"译文可以被看成一种篇章再处理活动的结果,原文通过这个活动被转换成译文。在原文和译文之间存在着一种可以称为翻译或对等关系的关系。"④

① John C. Catford. *A Linguistic Theory of Translation*. London: Oxford University Press, 1965, p. 1.

② 同上,第20页。

③ 转引自 Mary Snell-Hornby. *Translation Studies: An Integrated Approach* (2nd ed.). Amsterdam/Philadelphia: John Benjamins, 1995, p. 16.

④ Werner Koller. The concept of equivalence and the object of translation studies. *Target* 7(2), 1995, pp. 191—222.

　　雅各布森用布拉格功能语言学和符号学的观点看翻译,看到了翻译中的语言符号和文本整体的形式、意义、甚至功能方面,但主要着眼于语言符号及其相互搭配关系,根据翻译所涉及的语言符号系统的种类将翻译区分为语内翻译、语际翻译、符际翻译三个类型,并将语际翻译看成是一般意义上的翻译,将其定义为借助另一种语言来解释某种语言符号的过程。他认为,"差异中的等值是语言的基本问题和语言学的关注中心"①,两种语言符号之间在较低层次的语码单位(如词汇)上存在意义上的差异(即不存在完全的语义等值关系)而在较高层次(如信息文本)上存在等值关系,因而"从一种语言到另一种语言的翻译就是用一种语言的信息文本(messages)去替代另一语言的信息文本整体而不是去替换另一语言的零散的语码单位……翻译涉及用两种语码编写的两个对等的信息文本。"②

　　当代时期,巴尔胡达罗夫、奈达、纽马克、格特、威尔斯、哈特姆、梅森、诺伯特、赖斯、弗米尔、曼塔利等语言学译论者们更多地采用宏观语言学、交际学、心理语言学、社会符号学等视角看翻译,虽然仍主要着眼于各类非文学翻译,但越来越多地关注翻译的信息、心理、社会层面,将视野由翻译中的客体要素扩展到原文作者、译者和译文读者及交际情景甚至社会环境等各种客体和主体要素,注视两个文本在较高层次上的意义和功能对应或相似,将翻译视为一种在特定的语境中作者、译者、读者之间的话语转换、信息传递、理解表达、社会交往过程,逐步拓宽了翻译的概念③。

　　①②　Roman Jakobson. On linguistic aspects of translation, in Rainer Schulte & John Biguenet, eds. , *Theories of Translation*: *An Anthology of Essays from Dryden to Derrida*. Chicago: The University of Chicago Press, 1992, pp. 144—151: p. 146.

　　③　Jeremy Munday. *Introducing Translation Studies*: *Theories and Applications*. London: Routledge, 2001, pp. 35—107.

其中,巴尔胡达罗夫从强调语言的整体性的对比话语语言学的角度探讨翻译,将视野由翻译中的语言因素扩展到两个话语整体以及它们所处的语言语境和情景语境因素,关心原文与译文之间在意义和功能上的对应关系,将翻译看成了整体的话语转换过程:"翻译是把一种语言的言语产物在保持内容方面也就是意义不变的情况下改变为另一种语言的言语产物的过程,"①即把一种语言的话语转换为在多个等级上与之等值的另一语言的话语的过程。

奈达率先从信息论、通讯学、交际学的角度看翻译,主要关注各种非文学翻译中的交际因素。在他看来,翻译就是一种跨语言的信息传递、通讯或交际过程,是译者作为信息受体在一定的信息背景下借助某种语言信码通过某种感觉信道和工具信道克服某些噪音或干扰从作为信息源点的原文作者那里接受并解码或理解信息然后又通过另一种语言信码将信息编码或表达并传递给作为最终信息受体的译文读者的过程。奈达不仅强调翻译中的信息内容或意义方面的对应关系,而且还注重信息形式即风格方面的对应关系,正如他在《翻译理论与实践》一书中所说,"翻译就是用接受语生成与原语信息文本尽可能接近的自然的对等物,首先是在意义方面,其次是在风格方面"②。

与奈达相仿,纽马克也从交际学的角度探讨以非文学翻译为主的各类翻译,不仅注重文本形式和意义等各种客体性或客体化的因素,而且还将翻译的文化背景、原文作者、译文读者、译者等环境和主体因素纳入视野,将翻译定义为"一种试图用一种语言的书面信息文本或陈述替代另一

① 巴尔胡达罗夫,《语言与翻译》,蔡毅、虞杰、段京华编译,北京:中国对外翻译出版公司,1985年,第4页。

② Eugene A. Nida & Charles R. Taber. *The Theory and Practice of Translation*. Leiden: Brill, 1969, p. 112.

种语言的相同的信息文本或陈述的技艺"①，或"按原文作者对原文期望的方式将一个文本中的意义转换到另一种语言"的科学、技能、艺术和个人品味过程②。他根据注重意义或形式对应的程度提出了一个更为全面的翻译方法模式，主张根据不同文本类型分别采用交际翻译和语义翻译：前者类似奈达的动态对等翻译，要求重组译文语言结构，使其流畅、地道、易懂；后者则要求译文接近原文的句法和语义结构，将形式视为意义的组成部分③。后来，纽马克又将交际和语义翻译糅合起来，提出了"关联翻译法"，认为文本中的语言越重要，就越要紧贴原文翻译④。

与此同时，格特则将认知语言学的关联理论作为一种普通交际理论引入翻译研究，主要着眼于非文学翻译的认知过程。他从斯波伯（Dan Sperber）和威尔逊（Deirdre Wilson）通过融合信息论、通讯学的信码模式和格赖斯（Herbert Paul Grice）的推理模式而提出的关联理论的视角探讨翻译过程，充分关注翻译交际中译者、原文作者、译文读者等各个行为主体的心理认知因素及这些因素之间的关系，特别是原文作者的交际意图、译文读者的认知语境和交际期望以及译者的翻译策略这三者间的相互联系。在他看来，翻译本质上是一种跨语言的两轮的明示—推理的交际过程，是在另一种语言中转述用一种语言所表达的内容的（原则上相当于语内交际的间接引述的）跨语言的阐释性运用过程，是译者在原语认知语境和目的语认知语境之间寻求最佳关联性的过程⑤。

① Peter Newmark. *Approaches to Translation*. Oxford: Pergamon, 1981, p. 7.

② Peter Newmark. *A Textbook of Translation*. New York: Prentice Hall, 1988, pp. 5—6.

③ Peter Newmark. *Approaches to Translation*. Oxford: Pergamon, 1981, pp. 38—56.

④ Peter Newmark. *About Translation*. Clevedon: Multilingual Matters, 1991, p. 1.

⑤ Ernest-August Gutt. *Translation and Relevance: Cognition and Context* (2nd ed.). Manchester: St. Jerome Publishing, 2000, pp. 47—201.

哈特姆、梅森、威尔斯、诺伯特、赖斯、弗米尔和后期的奈达等人还从强调语言的社会环境因素的话语语言学、语用学、社会语言学、社会符号学等角度，将各类翻译活动所涉及的社会文化背景纳入视野，将翻译视为一种通过语言和其他符号在社会中执行功能的跨符号的人际或社会交际活动。其中，哈特姆和梅森将注重社会语境的话语语言学与交际学结合起来探讨各类翻译，除了关注翻译中的译者、原文作者、译文读者等各种主体和原文与译文等各种客体因素外，更强调翻译的社会文化环境因素，认为翻译是发生于特定的社会文化意识形态语境中的一种动态的话语交际过程，而译者则是在一定的社会条件下充当同样生活于特定社会环境中的原文作者与译文读者之间的意义协调者，其任务就是结合社会文化语境分析原文中的连贯、原文与前文本的互文性，挖掘原文作者的交际意图，并在译文中充分传达出来①。

另外，威尔斯也从话语语言学的角度考察翻译，倡导翻译是跨文化话语交际的观点。他在《翻译学——问题与方法》一书中指出，语言交际总是以具有特定的结构、目的和功能的话语的形式出现，因而翻译的对象通常不是词语或语句，而是整个的话语，翻译是一种面向话语的活动；"由此可以推定，翻译的最切题的定义是面向话语的：翻译是一个需要译者理解原语话语的句法、语义、文体和功能并将原语话语转换为最佳等值的译语话语的过程"②。

诺伯特从社会符号学、语用学、话语语言学的角度探讨一般文本的翻译，重视文本的整体性及其在社会文化环境中的价值，认识到原文与译文等值的相对性。他从语用学的角度探讨了翻译中的符号的结构、意义和

---

① Basil Hatim & Ian Mason. *Discourse and the Translator*. London: Longman, 1990, pp. 1—3, pp. 223—238.

② Wolfram Wilss. *The Science of Translation*: *Problems and Methods*. Tübingen: Gunter Narr Verlag, 1982, p. 112.

应用三者的关系,认为符号的应用制约符号的意义和结构,语用对等制约语义对等和符组对等,翻译主要追求的是语用等值①。他还指出,原文内在地具有多元的结构可能性,翻译是一种具有相对性的将原文创造性地转换成译文的过程;翻译的基本单位是整个话语,对话语的分析应本着首先把握其总体意义,然后将其自上而下分解成越来越小的可以转换的语义单位②;在翻译实践中,要重组一个适用于目的语社会的语篇,并非取决于表层结构的转换,而是自上而下地、有目的地选择语言资源,对整个语篇进行重写③。

与此相关,赖斯、弗米尔、曼塔利等德国功能派学者则从行为理论、功能语言学、话语语言学、社会符号学等角度考察翻译,注重文本的功能、翻译的目的、译者和译文读者的地位、翻译行为的社会文化语境等方面,强调翻译过程、方法策略、译文与翻译目的之间的关联,注重翻译(或翻译性行为)的行为性、目的性、人际性、交际性、跨文化性、文本处理性等多重性质④。其中,赖斯主要从功能语言学、话语语言学的角度考察翻译和翻译批评,根据布勒(Karl Bühler)的语言功能理论将翻译文本划分为以内容为中心的说明文本、以形式为中心的表情文本、以唤情为中心的唤情文本等类型,并依此划分了翻译的类型、操作重心和方法⑤。虽然赖斯依然坚持

---

① 转引自金文俊,翻译理论研究基本取向概述,《外语教学与研究》,1991 年第 1 期,第 23—27 页。

② 转引自 Edwin Gentzler. *Contemporary Translation Theories* (2nd ed.). Clevedon: Multilingual Matters, 2001, pp. 68—69.

③ Albrecht Neubert & Gregory M. Shreve. *Translation as Text*. Kent: Kent State University Press, 1992, pp. 21—25.

④ Christiane Nord. *Translating as a Purposeful Activity*: *Functionalist Approaches Explained*. Manchester: St. Jerome Publishing, 1997, pp. 15—26.

⑤ Katharina Reiss. *Translation Criticism*: *The Potentials and Limitations*: *Categories and Criteria for Translation Quality Assessment*, trans. Erroll F. Rhodes. Manchester: St. Jerome Publishing, [1971] 2000, pp. 24—47.

以原文为中心的翻译等值，认为理想的译文应该从概念内容、语言形式和交际功能上与原文等值，却认为等值应主要实现在整个话语而不是词语和句子等级上，特别是实现为原文和译文在功能上的对等①。甚至，赖斯通过实践发现，有时等值是不可能实现或不应该追求的，这些例外的情况是由具体的翻译要求决定的，在这些情况下译者应该优先根据翻译语境考虑译文的功能特征，而不是对等的标准②。可见，在赖斯看来，翻译是一种参照原文创造一个在功能上符合翻译语境要求的译文的过程。

弗米尔不再像赖斯一样拘泥于从语言学的角度探讨翻译，而是将文化学理论特别是冯·赖特（Georg Henrik von Wright）等人的行为理论的视角引入翻译研究，提出一个更为普通的翻译理论模式——目的论（Skopostheorie 或 skopos theory），大大拓宽了翻译的概念。他认为，翻译是发生在一定的文化系统中的某种语言和非语言情景中、属于情景的一部分同时又改变着情景的一种有目的的、有意图的人类行为，一种进行语言和非语言交际符号转换（犹如把图片转换成音乐或把设计蓝图转换成建筑）的人类活动，一种以某个（由语言和插图、表格等非语言成分构成的）原文为依据的（包括依据某个文件为咨询者提供信息在内的）翻译性行为③。用他的话来说，"任何形式的翻译性行为，当然也包括翻译在内，都可以被顾名思义地看作一种行为。任何行为都有意图或目的……再者，任何行为都会有结果，即一种新的情景或活动，也或许是一

---

① Katharina Reiss. Text types, translation types and translation assessment, trans. Andrew Chesterman, in Andrew Chesterman, ed., *Readings in Translation Theory*. Helsinki: Oy Finn Lectura Ab, [1977]1989, pp. 112—114.

② Christiane Nord. *Translating as a Purposeful Activity: Functionalist Approaches Explained*. Manchester: St. Jerome Publishing, 1997, p. 9.

③ 同上，第10—12页。

个'新的'物体。"①显然,弗米尔的翻译目的论打破了翻译与翻译性行为以及人类的其他活动的界限,将翻译置于人类社会文化交际活动的框架内考察,看到了翻译的更为一般的人类活动特性以及翻译中的各种语言和非语言因素及关系,更加突出了决定翻译策略的翻译目的以及决定翻译目的的(具有特定的背景知识、期望和需要的)译文读者和译语文化环境的地位。在弗米尔看来,翻译就是"为了执行某一特定的功能而用乙文化中的乙语言提供一种模仿用甲文化中的甲语言提供的信息的信息"②或"在特定译语背景中为特定的译语目的和处于译语环境中的译语受众生成一个文本"③的过程。可见,这一翻译概念在放大了译文读者的同时也降低了原文的地位(仅仅把原文当作为了目的语读者部分地或全部地转换成译文的一种信息资源),从而突破了赖斯依然遵从的对等原则,不再一味追求翻译中译文与原文的一对一的等值关系,而是首先遵循目的性法则(即整个翻译过程包括方法选择都由翻译目的决定),其次遵守连贯性法则(即译文达到文本内连贯),最后才考虑忠实性法则(即译文获得与原文的文本间连贯)。

曼塔利紧随弗米尔又比弗米尔更为激进,直接运用冯·赖特等人的行为理论考察翻译,提出了一个更为宏观的理论模式——翻译性行为模式,将包括不涉及任何语言文本的各种跨文化传播活动都纳入视野。在她看来,翻译性行为就是一种为达到特定的目的而进行的复杂

---

① Hans J. Vermeer. Skopos and commission in translational action, trans. Andrew Chesterman, in Andrew Chesterman, ed. , *Readings in Translation Theory*. Helsinki: Oy Finn Lectura Ab, 1989, pp. 173—187: p. 173.

② 转引自 Mary Snell-Hornby. *Translation Studies: An Integrated Approach* (2nd ed.). Amsterdam /Philadelphia: John Benjamins, 1995, p. 46.

③ Hans J. Vermeer. What does it mean to translate? *Indian Journal of Applied Linguistics* 13(2), 1987, pp. 25—33: p. 29.

活动，"就是生产某种类型的信息传递载体以便运用于上位的行为系统、协调行为性和交往性合作的过程"①，其目的就是通过由专家生成的信息传播载体跨越文化和语言障碍以传播信息；信息传播载体不仅包括语言文本材料，而且也包括图表、音频、身势等其他媒介载体；翻译性行为的参与主体或角色包括发起者（需要译文者）、委托人（与译者签订合同者）、原文生产者（作者）、译文生产者（译者）、译文使用者（译文用户）、译文接受者（读者或最终接受译文者）等多个，其中译者是生成跨文化传播中的信息传播载体的专家。显然，曼塔利特别强调翻译过程中的行为方面，注重翻译行为的多种主体因素以及行为发生的时间、地点和媒介②。

另外应当看到，在当代时期，奈达也逐步走向社会语言学和社会符号学译论，更加关注翻译与目标社会和文化环境的关系，主张把翻译置于广阔的文化符号背景中，对原文与译文的结构、意义和功能及其对应关系进行宏观把握，以便更充分地理解跨文化交际中语言的形式、意义和功能的多元性和动态性以及译文与原文之间对等关系确立的灵活性。例如，在《语言、文化与翻译》一书中，他系统地论述了语言与文化的密切关系、语言的各种心理功能（如命名、陈述、表现、认知功能等）和社会功能（如人际、传信、祈使、执行、唤情功能等）、功能对等的原则以及影响翻译过程的各种因素（如原文的性质、译者的能力、翻译的方向、译文受众的性质、译文的用途、出版社和编辑的性质、译文的市场情况等）③。他虽然仍没有

---

① 转引自 Christiane Nord. *Translating as a Purposeful Activity*：*Functionalist Approaches Explained*. Manchester：St. Jerome Publishing, 1997, p. 13.

② Christiane Nord. *Translating as a Purposeful Activity*：*Functionalist Approaches Explained*. Manchester：St. Jerome Publishing, 1997, pp. 4—38.

③ 参阅 Eugene A. Nida. *Language, Culture and Translating*. Shanghai：Shanghai Foreign Language Education Press, 1993.

放弃对对等的追求，却为对等的实现开辟了更大的自由空间。

2.2.2 文艺学译论的翻译观

与语言学译论者不同，不少学者受人文文化熏陶，崇尚以人为本、张扬主体、推崇觉智、追求善美、注重感受的人文思想，从文艺学、美学、文化诗学及文化学的角度探讨文学或诗化话语的翻译，关心译者的创造个性、译文或译文读者的地位以及目标文化语境与翻译的关系，重视译文与原文在文体风格、审美意象、文化功能方面的非线性对应、对照、差异和竞争，强调翻译的不确定性、模糊性、多元性、异质性、动态性，反对将翻译看成一丝不差地复制原文的乌托邦式观念，而将其视为一种艺术再造或风格模仿、审美交际或意象重构、文化交流或诗学改写过程（类似于物理学中所说的"流变"①）。

粗略地说，现代时期的庞德、加切奇拉泽等文艺学译论者采用现代文艺学和文艺美学的视角探讨文学翻译，关注文学翻译中的主体因素以及体现主体因素的艺术风格，强调译者的创造个性和读者作为译文接受者的地位，注重译文与原文之间的灵活对应关系，主张动态再现原作艺术特色的活译，将翻译视为一种艺术模仿或再造（甚至叛逆）过程②。其中，庞德作为美国意象派诗歌的主要代表人物从意象派诗学的角度看待诗歌翻译，关注翻译中译者、原文作者和译文读者的主体性，把译者看成具有充分的创造性和能动性的艺术家、雕刻家、书法家、文字的铸造者，也关注诗歌中语言文字的形式本身，不是把语言文字看成一种只代表其他事物的

---

① 谭秀江，从"平动"到"流变"：翻译的概念嬗变，《外国语》，2006 年第 4 期，第 57—65 页。

② Edwin Gentzler. *Contemporary Translation Theories* (2nd ed.). Clevedon：Multilingual Matters, 2001, pp.5—43；蔡毅、段京华，《苏联翻译理论》，武汉：湖北教育出版社，2000年，第 161—199 页。

单纯符号,而是将其视为一种由艺术家雕刻出来的具有"能量"(energy)的"意象"(images),从而强调译者对原文中的有能量的、闪光的细节、具体的词语、整体的甚至碎片化的意象的精细的把握和重新塑造。可见,庞德认为诗歌翻译就是原作意象的传达和美感经验的再创造过程。

与庞德不同,加切奇拉泽作为前苏联文艺学译论的主要代表在马克思主义的认识论(特别是列宁的反映论)的指导下探讨文学翻译,倡导现实主义翻译方法,既看到原文作者根据生活现实创作出艺术现实的过程,由此尊重原文及原文作者的地位,特别是原作中赋予语言外壳以生命的思想内容的重要性,同时又强调译者的创造作用和译文读者的主体地位,认为文学翻译是一种艺术交流方式和艺术再创造活动,是按照现实主义艺术规律(内容和形式统一规律)根据原作所提供的第一次的艺术现实为译作读者创造出一个第二次的艺术现实的过程,是对原作的艺术现实(内容和形式的统一)的反映过程[①]。

当代时期,霍姆斯、伊文—佐哈尔、图瑞、列费维尔、巴斯奈特等文艺学译论者开始采用宏观文艺学、文化诗学乃至文化学的视角审视文学或其他诗化话语翻译,关注目标文学和文化大系及其中的诗学、意识形态、赞助人等因素,强调翻译策略、译文特色与目标文学、文化语境的关系,重视译文与原文之间在诗学风格、文化功能方面的差异、竞争关系,将翻译视为一种改写或操纵过程。

其中,霍姆斯在《诗歌翻译的形式与诗歌形式的翻译》一文中,借用巴特的"元语言"概念探讨翻译的本质,将文学翻译看成一种"元文学"活动,看成一个文学大系中的一种特殊的文学批评阐释活动。巴特将文学

① 加切奇拉泽,《文艺翻译与文学交流》,蔡毅、虞杰编译,北京:中国对外翻译出版公司,1987年,第10—46页。

分为两类，一类是描述外在于和先于语言的真实或虚构事物的诗歌、小说、戏剧等文学语言，而另一类则是以现成的文学语言而不是以外在于语言的世界为对象的文学评论语言即"元语言"。① 霍姆斯认为，按这种"元语言"的概念，诗歌翻译就可以被看作一种特殊的文学评论或"元文学"，既像其他文学评论一样依赖于作为首位文学的诗歌，又使用诗歌手法使自己成为像首位文学一样的诗歌即"元诗歌"，从而再衍生或引发对它的批评即"元文学"②。可见，霍姆斯提出的这种诗歌翻译既是次位文学又是生成次位文学的首位文学的双重概念既看到了作为次位文学的译文与原语文化中原文的关系，又强调了作为首位文学的译文与目标文化的关系③。另外，如前所述，霍姆斯在《翻译学的名与实》一文中还提出一个"翻译研究"的框架，其中将理论翻译学划分为普通理论研究和按媒介、领域、体裁、专题、时间等标准划分的局部翻译理论研究，将描写翻译学划分为对翻译产品、过程、功能的分项研究。④ 可见，他的翻译概念中已包含了翻译的不同类型以及译文、过程、功能等翻译活动的若干方面。

伊文—佐哈尔作为一个文化学家主要从系统论的角度认识翻译，主要关注翻译文学或整个文学系统中的翻译生产。他借鉴后期的俄罗斯形

① Roland Barthes. Criticism as language, in *The Critical Moment*：*Essays on the Nature of Literature*. London：Faber & Faber, 1964, pp. 123—129：p. 126.

② James S. Holmes. Forms of verse translation and the translation of verse form, in James S. Holmes, *Translated*！*Papers on Literary Translation and Translation Studies*. Amsterdam：Rodopi, [1970]1988, pp. 23—34：p. 24.

③ Edwin Gentzler. *Contemporary Translation Theories* (2nd ed.). Clevedon：Multilingual Matters, 2001, pp. 91—94.

④ James S. Holmes. The name and nature of translation studies, in James S. Holmes, *Translated*！*Papers on Literary Translation and Translation Studies*. Amsterdam：Rodopi, [1972]1988, pp. 67—80.

式主义者梯雅诺夫(Jurij Tynjanov)的多等级文学系统的概念从整体上描写包含翻译文学在内的文学系统。他用"多元系统"(polysystem)一词指特定文化中由核心和边缘文学等相互作用的系统构成的整体网络,并提出了"多元系统"论,用以解释包括翻译文学在内的各类文学在特定社会历史文化环境中的功能和演化过程。他将文学系统按其在文化中的功能分为高级和低级系统、首要和次要系统等不同等级,并发现翻译文学在强势文学中扮演次要角色,而在弱势、边缘、年轻、处于危机或转折中的文学中却可成为首要系统。他认为,翻译文学地位的这种不确定性决定了翻译活动(如材料、技巧的选择等)的动态性:翻译是一种随着特定目标文化中各种文学和文化关系的变化而变化的活动①。可见,伊文-佐哈尔的翻译概念强调了翻译与目标文化的关系以及翻译随整个目标文化的演化而系统演化的特性。

图瑞采用了伊文-佐哈尔的文学或文化"多元系统"的概念,专门探讨翻译及其与目标文化的关系,描写支配着翻译过程的语言、文学、文化规律。他通过调查发现,文学翻译中原作、翻译策略的选择都受目标文化中诗学和意识形态的制约,不等值的翻译照样可被目标文化认可。他在《翻译理论探索》一书中指出,用维特根斯坦(Ludwig Wittgenstein)的家族相似论的眼光来看,原文就是一个由许多相似特征、意义和功能构成的家族,任何译文都只能突出原文的某些方面而牺牲其他方面,因而谈不上语言或文学上正确与否②。这样,翻译就成了一个随文化而变化的相对概

① Theo Hermans. *Translation in Systems: Descriptive and System-oriented Approaches Explained*. Manchester: St. Jerome Publishing, 1999, pp. 102—119; Edwin Gentzler. *Contemporary Translation Theories* (2nd ed.). Clevedon: Multilingual Matters, 2001, pp. 114—123.

② Gideon Toury. *In Search of a Theory of Translation*. Tel Aviv: The Porter Institute for Poetics and Semiotics, 1980, p. 18.

念,其本身谈不上等值和优劣,译文生产受到各种限制因素的制约(包括普遍的、客观的、约束力强的"规则"、主体间的文化"常规"和个人的、主观的、约束力弱的"癖好";其中,文化"常规"包括支配翻译方针和整体翻译策略先决常规,支配具体选择面向原文的篇章关系和规范还是面向目标文化的语言和文学规范的初始常规,以及支配翻译过程中的具体决策的操作常规)①。显然,图瑞将翻译文学视为目标文化中由核心和边缘文学等相互作用的系统构成的文学大系中的子系统,关注目标文化环境对翻译的制约而忽略翻译对文化的作用。

列费维尔从文化诗学和文化学的视角综合探讨了翻译与目标文化的关系,认为翻译如同同一文化内的文学批评、传记、文学史、电影、戏剧、拟作、读者指南、编纂历史、编选文集、批评和编辑等一样是一种参照某一文本并创造另一个文本的活动,是一种既受相关或目标文化的诗学和意识形态常规制约同时又作用于这些常规的中介活动,是为了迎合某一种诗学和意识形态而对原文进行的"改写"或"操纵",而所有的改写和操纵又反过来影响文学在特定文化中发挥特定作用②。他在《翻译、历史与文化论集》一书中详细论述了意识形态、赞助人、诗学、论域、语言发展、教育、文本在文化中的地位、文化的地位等一系列制约翻译当然也受翻译操纵的文学、文化、社会环境因素,大大地扩展了翻译的概念③。

巴斯奈特倡导从语言学、文艺学、文化学、历史学等多学科融合及共

---

① Gideon Toury. *Descriptive Translation Studies and Beyond*. Amsterdam/Philadelphia: John Benjamins Publishing, 1995, pp. 53—69; Edwin Gentzler, *Contemporary Translation Theories* (2nd ed.). Clevedon: Multilingual Matters, 2001, pp. 123—131, pp. 139—144.

② André Lefevere. *Translation, Rewriting, and the Manipulation of Literary Fame*. London: Routledge, 1992, p. vii.

③ André Lefevere, ed. *Translation/History/Culture: A Sourcebook*. London: Routledge, 1992.

时与历时相结合的研究角度考察翻译,重视翻译与语言、诗学、目标文化、翻译历史等各个方面的关系①。她认为,翻译不是一种纯语言的行为,而是一种文化交流行为,深深根植于语言所处的文化中,其单位不是词语、句子甚至篇章而是文化,翻译等值只能是文化功能等值②。

女性主义、后殖民主义等其他关心权利、政治等问题的文化研究视角也从各自的角度认识翻译,大大拓宽了翻译的概念,改变了人们对翻译中各种因素之间的关系的认识。其中,以西蒙为代表的加拿大女性主义译论家从性别学的角度探讨翻译,以对抗将译文比作女性并贬低译文和女性的文学和社会地位的翻译观念和实践。西蒙指出,传统译论经常在原文与译文、作者与译者之间设置绝对化的二元对立,将原文比作强壮的、主导的男性,将译文比作低弱的、派生的女性;女性主义译论就是要摧毁这种两极对立,将对立中的各项都看成是相对的、差异平等的、相互转化的,而女性主义译者就应通过对原文的操纵凸现译者和女性的角色和地位③。与女性主义译论类似,以德坎波斯兄弟为代表的巴西后殖民主义译论为对抗老牌帝国主义观点提出了"食人主义"的翻译观,认为翻译就是吞食殖民者,并按一种符合后殖民地需要的、崭新的、净化强化了的方式,让其生命力和精华为后殖民地提供营养和赋予力量④。另外,美籍意大利学者韦努蒂也极关心翻译与权利和政治的关系,针对英美文化在世界文明发展和全球化过程中的文化霸权主义以及译者的"隐身"问题,区

① Susan Bassnett. *Translation Studies* (3rd ed.). London: Routledge, 2002, pp. 16—18.

② Susan Bassnett & André Lefevere, eds. *Translation, History and Culture*. London: Pinter, 1990, pp. 1—8.

③ Sherry Simon. *Gender in Translation: Cultural Identity and the Politics of Transmission*. London: Routledge, 1996, pp. 1—136.

④ Jeremy Munday. *Introducing Translation Studies: Theories and Applications*. London: Routledge, 2001, p. 136.

分了"归化"与"异化"策略，提出在以英美文化为目标的翻译中应采取反对译文通顺的抵抗式翻译即"异化"策略，以突出译者和原语文化的身份，对抗目标文化的民族中心主义，提倡文化的多样共存①。

这里值得注意的是，文化学译论对翻译的多元性、开放性、动态性的认识在思想来源上显然与后现代主义思潮特别是解构主义有关。解构主义是 20 世纪中叶兴起的一种为对抗基于逻各斯中心主义的结构主义而强调语言符号的能指形式与所指意义之间没有稳定关系的后现代思潮。解构主义者并非专门的译论家，但在探讨语言的哲学问题时却常涉及翻译的概念。其中，法国思想家德里达（Jacques Derrida）在其论著中逐步展示了其解构主义的符号观和翻译观。他认为，符号总是处于一种"异延"（différance）即差异和延搁的双重运动中：所指的在场总是在共时态上有赖于能指在与其他能指的差异关系中得以确定，而在历时态上却在与其他能指的区分过程中受到延搁。这样，所指并非如索绪尔（Ferdinand de Saussure）所言，与能指形影不离、保持现时的在场，而是处于由空间差异导致的时间延搁之中，只能留下似是而非或似非而是的"踪迹"，实现延时的在场。在符号的无限异延游戏中，能指与其他能指形成无穷回归的能指链，区别并依赖于其他能指的不断"替补"或翻译，而所指则被不确定地、非线性地、无限地"播撒"或扩展开来。这样，翻译并非像结构主义者所说，是将某种固定意义或深层结构从一种符号的能指复制到另一种符号的能指的过程，而是一种"异延"的实践，一种用某种符号的能指替补另一种或同一种符号的能指的操作。在无限循环的能指链上，原文与译文处于一种差异互补、平等共生的关系之中：原文也是其前的能指的

① Lawrence Venuti. *The Translator's Invisibility*：*A History of Translation*. London：Routledge, 1995, pp. 1—313.

译文，一开始就缺乏足够的原创性，是不完整的、开放的、流动的，因而祈求通过翻译得以存活；而译文则正如本杰明（Walter Benjamin）所言，与原文既平等又存异，具有一定的原创性，是原文的来世、原文生命的延续①。由此可见，解构主义虽如结构主义一样注视语言形式，却尖锐地抨击了结构主义孤立、封闭、静态的语言观，强调了文本的关联性、开放性和动态性，打破了以原文为中心的传统翻译观，因而大大推动了翻译的概念的发展。

2.2.3 综合性译论的翻译观

应当看到，除上述的语言学、文艺学和文化学译论者的翻译概念外，包括上述某些学者在内的一些学者还着眼于人类文化整体，崇尚科学与人文精神的结合，持有辩证综合的翻译观，从总体上把握翻译的不同成分、结构、环境、功能和过程。即使在科学与人文文化对峙的现代时期，有些学者还坚持辩证的翻译观。例如，如前所述，斯坦纳就认为，翻译存在着求同与存异的矛盾，翻译的本质是求同与存异、摹写与再造的对立统一②。

当代时期，辩证整体思维兴盛，若干学者走向辩证综合的翻译观。其中，斯奈尔—杭贝以格式塔整体性原理和原型理论为依据，摒弃了强调二元对立的二分法、划界清楚的还原主义类型法，采用了连续统和原型分类法，对话语的概念、类型及翻译方法进行了全面考察并创立了一种综合性译论模式。她认为，翻译是一种跨文化的话语活动，其话语类型跨越从文学、普通到特殊话语的整个连续统，其中每个话语类型都是

---

① Kathleen Davis. *Deconstruction and Translation*. Manchester：St. Jerome, 2001, pp. 7—46.

② George Steiner. *After Babel*：*Aspects of Language and Translation* (3rd ed.). London：Oxford University Press, [1975, 1992]1998, p. 246.

边界模糊的原型,由此翻译的概念就蕴涵了文学和各种非文学翻译;话语总是一种处于时空情景和文化语境中的整体,因而翻译中的话语分析应本着自上而下、由大到小的方式进行;话语总是体现着一种作者、译者、译文读者之间的动态活动过程,因而文学话语需要不断重译,永无止境①。

另外,我国学者黄振定以辩证法为指导,采用辩证思维的方法或曰矛盾分析的方法,通过对古今中外语言学和文艺学译论的分析和综合,运用具有相当覆盖面的实例,有力地论述了翻译理论就是科学论与艺术论的辩证统一,而翻译的本质就是科学性与艺术性的矛盾统一②。我国另一位学者郑海凌虽然主要着眼于文学翻译并将其视为译者审美接受与审美创造的过程,却在继承我国古代哲学和美学里的"中和"和"中和之美"观念并借鉴贝塔朗菲的一般系统论、巴赫金的对话理论和格式塔心理学理论等若干辩证综合性理论的基础上提出了翻译(标准)"和谐说",将翻译过程看作一个由原文作者、原文、译者、译文、原语、译语、读者等子系统构成的"相互作用的诸要素的复合体",将视野拓展到翻译活动整体及其各个方面,强调翻译活动中的译者与原文、译者与译文、译文与原文、译文内部、译文与读者等各种要素之间在相互对抗、相互对立、存在差异、存在隔膜的同时相互对话、相互融合、转化生成、达到和谐的辩证统一关系③。

① Mary Snell-Hornby. *Translation Studies: An Integrated Approach* (2nd ed.). Amsterdam/Philadelphia: John Benjamins, 1995, pp.1—37.
② 黄振定,《翻译学——艺术论与科学论的统一》,长沙:湖南教育出版社,1998年。
③ 郑海凌,《文学翻译学》,郑州:文心出版社,2000年。

第三节

走向翻译总体辩证系统论

从前述的翻译辩证系统概念和辩证关联原理框架来看，上述及其他各种翻译理论有些是采用分析方法从某一具体学科的角度对翻译内外的某些微观方面和微妙关系进行探讨的结晶，有些则是采用了直观甚至辩证综合方法对翻译的某些宏观方面及重要关系乃至翻译整体及其多种关系进行思考的成果。一方面，它们都或多或少地包含一些对翻译本质和特性的真知灼见，有些放大了翻译的内外共时或历时的某些具体方面和关系，凸显了翻译的某些具体本质和特性，有些还包含着对翻译本质和特性较为宏观的、辩证综合甚至辩证系统的认识。另一方面，现有的翻译观也各自存在一定程度的片面性或模糊性，有些忽略了翻译总体或其某些方面和某些关系，或用单向的、静态的联系代替了多向的、动态的辩证联系，将翻译的某个方面的属性和特征视为翻译整体的本质和特性，从而忽视了翻译的总体本质和重要特性，忽视了翻译的各种具体属性和特点之间的有机联系，有些则只是笼统地看到翻译的整体甚至辩证整体性质和特性，不能获得对翻译本质和特性既全面又清晰的认识。

其中，典型的语言学译论主要着眼于科技、经文及其他各类非文学翻译，却往往忽略文学翻译；主要关注原文、译文等客体要素，却往往忽视译者、原文作者、译文读者等主体要素；主要倡导求信、对等的(科学)方法，忽视求美、再造的（艺术）方法；主要看到了翻译的语言、信息和社会层面，却往往忽视翻译的艺术、审美和文化层面；主要放眼于原语和译语环境中的语言、信息和社会因素，却往往忽略这双重的环境中的艺术、审美和文化因素；主要重视翻译的符号更替、意义传达甚至社会沟通功能，却易于忽视其艺术创新、意象再现、文明塑造功能；主要看重译文与原文的语言形式、信息意义和社会功能的相对等值或相似关系，却易于忽视二者的艺术风格、审美意象和文化内涵的绝对差异或创新关系；主要看到了翻译中的语言转换、信息传递、甚至社会交往过程，却往往忽视翻译的艺术再造、审美交际和文化交流活动。总之，语言学译论主要看到了翻译的语言转换性、信息传递性、社会交往性，却往往忽视其艺术再造性、审美交际性和文化交流性。与此相反，典型的文艺学译论则往往注重语言学译论易于忽略的东西，但同时也常忽视语言学译论注重的方面。可以说，某些辩证综合的翻译理论能够最为全面地认识翻译整体或其某些宏观方面及其本质和特性，对解决语言学译论与文艺学译论的冲突、避免其各自的片面性具有重要的理论意义，然而它们本身在理论基础、研究方法和研究内容等方面却存在着注重宏观而忽略微观、注重整体而忽略部分、过分笼统或不够系统的缺陷。总之，上述对翻译本质和特性的认识有些是互不重叠、矛盾对立的，有些是部分重叠、差异竞争的，然而它们在总体上是潜在地辩证关联、互补协同的，共同为构成一个既完整又具体的翻译辩证系统概念和辩证关联原理提供了丰富的思想资源。以下拟分别以抽象的翻译辩证系统概念和辩证关联原理为组织框架，对上述各种对翻译本质和特性的具体认识予以系统选择、优化、归纳和综合，以形成一种既全面系统又较为清晰的翻译辩证系统概念和翻译辩证关联原理。

2.3.1　翻译总体辩证系统概念

根据前述的翻译辩证系统概念框架，一个完整的翻译概念应该首要地包含对翻译总体的本质属性的思维上最为浓缩的系统把握,同时还应当包含或隐含对翻译的内部成分和结构关系、翻译与外部环境的关系(特别是其在环境中的功能)及翻译的运作演进过程思维上较为浓缩的系统认识。因此,在对语言学译论、文艺学译论、综合性译论等各种翻译理论的翻译概念进行选择、优化、归纳和综合时,应当首要地将其对翻译总体的本质的认识提炼出来,同时尽量将其对翻译的内外共时和历时的各个方面和各种关系的认识总结出来,并在必要时对各种认识进行必要的补充、调整或优化,然后再参照翻译的辩证系统概念框架将其按一定的逻辑关系有机组织起来。以下仅以对翻译本质的最浓缩的认识为着眼点,主要按各种认识的抽象程度或外延大小对各种主要的翻译概念予以系统归纳和组合。

自然,因为翻译本质本身的立体性、多元性,加上认识的多维性、流变性,现有的各种翻译概念之间的逻辑关系实际上是错综复杂的。然而大致而言,就其抽象程度来说,现有的翻译概念有些较为抽象一些,外延较大一些,有些较为具体一些,内涵较多一些。显然,在翻译辩证系统概念框架的基础上,通过大致按照从抽象到具体的顺序系统融合上述及其他各种较为具体的翻译概念,就可获得越来越具体的翻译辩证系统概念。

根据前述抽象的翻译辩证系统概念,翻译是一种既具有与他类事物相同的性质又拥有使其"是其所是"的特殊性质的系统。首先,通过考虑上述的各种翻译概念特别是某些综合性译论和宏观译论中包含的一个不言而喻的概念,即翻译是一种人类活动,或者通过系统哲学或一般系统论在强调人类系统与一般的自然系统的共性的前提下将人类系统作为一个特殊的自然物种从整个自然系统中划分出来的做法,就可以将翻译的概念由一般系统的概念大跨度地具体化到人类活动系统。这一概念将翻译与所有的非人类活动系统区分开来,将其看成是一种特殊的自然活动系统,既强调了它与非人类活动系统的不同,同时又隐含着它与一般的自然系统的共性,使我们能够在人类活动与非人类活动系统的相同和差异的张力之中把握它的性质。然后,通过吸收社会符号学和文化学译论等某些较为宏观的译论的翻译概念,就可获得一个更为具体的翻译辩证系统概念:翻译是一种社会交往性的、文化交流性的人类活动系统。这一概念在逻辑上将翻译区别于各种非文化交流性的、非社会交往性的人类活动系统,同时揭示了翻译与所有其他文化交流性的、社会交往性的人类活动系统的共性。然后,再通过吸收某些交际学和美学译论的翻译概念,就可获得一个比上述概念更为具体的翻译辩证系统概念:翻译是一种信息传递性的、审美交际性的、社会交往性的、文化交流性的人类活动系统。这一概念将翻译区别于所有非信息传递性的、非审美交际性的、社会交往性的、文化交流性的人类活动系统,揭示了翻译与所有其他信息传递性的、审美交际性的、社会交往性的、文化交流性的人类活动系统的共性。

在此基础上,再通过吸收文艺学译论的翻译概念,就可形成一个更为具体的翻译辩证系统概念:翻译是一种艺术再造性的、信息传递性的、审美交际性的、社会交往性的、文化交流性的人类活动系统。这一概念将翻译区别于非艺术再造性的、信息传递性的、审美交际性的、社会交往性的、文化交流性的活动系统,揭示了翻译与所有其他艺术再造性的、信息传递性的、审美交际性的、社会交往性的、文化交流性的人类活动系统的共性。然后,再通过融合语言学译论的更为具体的翻译概念,就可获得一个更为具体的翻译辩证系统概念:翻译是一种语言转换性的、艺术再造性的、信息传递性的、审美交际性的、社会交往性的、文化交流性的人类活动系统。这一概念将翻译区别于非语言转换性的、艺术再造性的、信息传递性的、审美交际性的、社会交往性的、文化交流性的人类活动系统,使翻译辩证系统概念得到充分的具体化和清晰化。

值得强调的是,从逻辑的角度来看上述各种翻译概念或性质之间存在着大致的涵盖或蕴涵关系,即较为抽象的概念往往涵盖了较为具体的概念,而较为具体的概念则蕴涵了较为抽象的概念,这样看到了翻译的较为抽象的性质也就能把握其更为具体的性质,而把握了翻译的较为具体的性质就意味着已经看到了其更为抽象的性质。例如,把握了翻译的语言转换性就意味着把握了翻译的其他性质,因为其他性质都是由翻译的语言转换性负载出来的。然而,在形而上学、原子论、机械论的思维方式中,各个概念或性质之间的包含和被包含关系往往被忽略或割裂。例如,基于结构主义的语言学译论者往往着眼于翻译的语言转换性,虽然有时会想到翻译的信息传递性,却未必会看到翻译的社会交往性,尽管语言转换性在逻辑上涵盖了社会交往性。另外,翻译的各种具体性质之间的关系也并不是均等的、固定的,而是有一定的等级层次性,并随着翻译总体及其各个方面和各种关系的具体情况的变化而变化。例如,语言转换性和艺术再造性在通常情况下可能是翻译最为核心的性质,其他性质都是通过语言转换和艺术再造展示出来的。然而,在不同的情景语境或社会文化环境中,翻译的其他某一性质或某些属性可能得到凸显。例如,在科技翻译中,翻译的信息传递性就会得到强调,而在社会翻译语境中,翻译的社会交往性就得到突出。

综上所述,以唯物辩证法的辩证、联系和发展的观点为指导,在前述初步的翻译辩证系统概念框架的基础上,通过参照前述及其他多种具体的翻译概念对翻译的各种性质及其整体和各个方面、各种关系予以系统的分析,并在此基础上对具体的关于翻译性质和翻译整体及各个方面和各种关系认识的结果予以系统的选择、优化、归纳和综合,就可获得一种能够融合和超越多种具体的翻译概念的既较为全面又较为具体的翻译辩证系统概念,可大致表述如下:

翻译本质上是一种以语言转换性、艺术再造性为核心并融合了信息传递性、审美交际性、社会交往性、文化交流性等多重性质的复杂的人类活动系统，一种由非文学和文学翻译等多种类型、译者、原文作者、译文读者、原文、译文、方法等若干主体、客体和中介要素及其所跨越的语言、艺术、信息、审美、社会、文化等若干层面按多元互补、差异协同、排斥吸引甚至对立统一等特定的辩证关联的结构关系构成的辩证有机整体，受特定的原语环境、译语环境等双重的环境制约并在环境中执行(或达到)符号更替、风格创新、意义传达、意象再现、人际沟通、文明塑造等多重的功能(或目的)，体现为一种译者在特定的翻译语境中通过直译、意译等特定的方法在原语环境、原文作者、原文与译语环境、译文读者、译文之间进行的分为原语话语和译语话语等多重阶段的、集语言转换、艺术再造、信息传递、审美交际、社会交往、文化交流等多重活动于一身的运作和演进过程。

应当说明的是，上述对翻译辩证系统概念的语言表述试图体现翻译自身的多维立体结构，力求覆盖翻译的总体性质、翻译内外共时和历时的各个要素、层面和阶段及其关系情况，因而并不像一般的定义那么简短、精练。实际上，我们完全可以在必要时参照上述的基本概念选取其最主要的内容给翻译下一个较为简短的定义(其中为了更加精练起见括号中的内容还可以酌情部分或全部省略)：

翻译是译者(为了达到符号更替、风格创新、意义传达、意象再现、人际沟通、文明塑造等多重目的，采用直译、意译等特定的方法，)在原语环境、原文作者、原文与译语环境、译文读者、译文之间(并在语言、艺术、信息、审美、社会、文化等多重层面上)进行的(分为原语活动和译语活动等多重阶段的)集语言转换、艺术再造、信息传递、审美交际、社会交往、文化交流等多重活动于一身的复杂的人类活动。

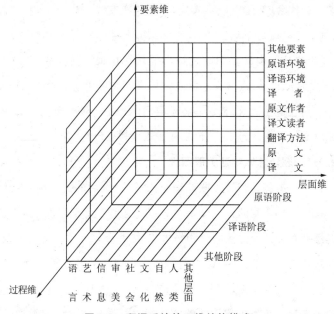

图 2.1　翻译系统的三维结构模式

　　另外,我们还可以根据上述翻译辩证系统概念中涉及的任何三个以上的翻译维度建立一种翻译总体的立体结构模式。例如,由翻译的要素维、层次维和过程维就可建立一个类似霍尔提出的系统工程三维结构[①]的翻译系统三维结构模式(大致如图 2.1 所示)。在这种三维结构模式中,每个维度(如图中的三个坐标轴)上的任何成分都会在逻辑上与其他两个维度上的任何成分交叉。这样,过程维(如图中斜向坐标轴所示)上的原语阶段和译语阶段必然与要素维(如图中纵向坐标轴所示)上的所有要素(即原语环境、译语环境、译者、原文作者、译文读者、翻译方法、原文、译文)以及层面维(如图中横向坐标轴所示)上的所有层面(即语言、艺术、

　　①　Arthur D. Hall. *A Methodology for Systems Engineering*. Princeton, New Jersey: Van Nostrand, 1962.

信息、审美、社会、文化、自然、人类)在逻辑上交叉。也就是说,在翻译系统中,每个要素在每个层面上都会在逻辑上经历翻译的每个阶段;或者说,每个阶段都至少潜在地涉及每个要素在每个层面上的运作和演化。例如,即使在原语阶段(译者通过原文与原文作者活动的阶段),译文这一要素已经潜在地在语言、艺术等各个层面上开始运作和演化(因为翻译的概念或原文的概念一旦产生,译文在逻辑上也就已经"存在"了)。

2.3.2 翻译总体辩证关联原理

根据前述的翻译辩证关联原理框架,一个全面的关于翻译特性的原理应该首要地包含对翻译总体特性思维上浓缩的系统把握,同时还应当预设或蕴涵对翻译的内部成分和结构关系、翻译与外部环境的关系(特别是它在环境中的功能)及翻译的运作演进规律及其各个阶段之间的关系思维上较为浓缩的系统认识。因此,在对语言学译论、文艺学译论、综合性译论等各种译论关于翻译特性的认识进行选择、优化、归纳和综合时,应当首先将其对翻译总体特性的认识归纳出来,同时也应尽量将其对翻译的内外共时和历时的各个方面和各种关系的特性的认识总结出来,并尽可能地对现有的各种观点进行必要的补充、调整或优化,然后再参照翻译的辩证关联原理框架将其按一定的逻辑关系融合起来。以下拟以对翻译总体特性的认识为重点,兼顾关于翻译各个方面及其各种关系的特性的观点,按各种观点的抽象程度大小及其所涉及到的翻译方面之间的逻辑关系对各种主要翻译特性观予以系统归纳和综合。

当然,与对翻译本质的认识情况相一致,由于翻译及其特性本身的多元性、复杂性,加之认识的多维性、动态性,现有的各种对翻译特性和规律的认识之间的逻辑关系实际上也是错综复杂的。但是粗略地说,就其抽象程度和涵盖面大小而言,对翻译特性的认识有些较为宏观一些,视野较广一些,有些较为具体一些,内涵较为丰富一些。显然,在翻译辩证关联原理框架的基础上，通过大致按照从宏观到微观的顺序系统融合各种各样较为具体的对翻译特性的认识，就可获得一种越来越清晰的认识。

根据前述的翻译辩证关联原理框架，翻译与其他系统一样，也在其内部的各个成分之间、内部与其所处的环境之间及其运作和演化的各个阶段之间存在着普遍的差异互补、竞争协同、排斥吸引等非线性相互作用，使翻译在其总体及其各个方面和各种关系上呈现出空间上和时间上的辩证关联性。首先，通过参照前述的某些综合性译论和宏观译论的以人与人、人与环境的关系为中心的翻译观，并考虑翻译作为一种人类的活动系统发生、运作和演进这一不言而喻的特点，就可以将翻译内部成分的关系限制到与其他自然的物种相对的人种意义上的人与人（即译者与原文作者、译者与译文读者）之间的辩证互动，将翻译与外部环境之间的辩证关联限制到翻译本体与原语和译语环境的外部自然生态环境中的包括人类活动在内的自然活动的辩证互动，使我们看到翻译一方面相对独立于自然环境系统，一方面又与自然环境系统发生着物质的、能量的、信息的交流，并在自然环境系统中执行天人合一的功能，而翻译与自然环境系统的这种关联性很可能是推动翻译发生、运作和演进的终极性动因。虽然对翻译的这种特性的认识表面上与翻译理论相关性不大，但它的确能使我们时刻意识到人类的翻译活动作为一种特殊的自然活动与包括人类在内的整个自然生态大系的辩证关联。

其次，通过吸收社会符号学和文化学译论等某些较为宏观的译论关于翻译的特性和规律的观点，就可获得一种更为具体的对翻译辩证关联性的认识：翻译作为一种社会交往性的、文化交流性的人类活动，在内部主要体现为社会和文化意义上的人与人之间、功能与功能之间的差异互补、竞争协同等各种辩证关联关系，始终出现在一定的社会文化环境中，受到环境中相关的社会、历史文化因素的制约，在环境中执行特定的人际沟通、文明塑造功能,并体现为一种不断的社会交往和文化交流过程。对翻译的这一特性的认识凸显了翻译的社会和文化方面的辩证关联,使我们能够时刻看到翻译与其社会文化环境大系的辩证关联特性。

再次,通过吸收信息论、交际学、认知语言学、美学译论等关于翻译特性和规律的观点,就可得到一种更为清晰的对翻译特性的认识:翻译作为一种信息传递性的、审美交际性的人类活动,在其内部主要体现为作为信息传递者和审美个体意义上的人与人之间、意义与意义、意象与意象之间的以单向联系(由原语向译语的)为主的辩证关联,始终出现在一定的情景语境中,受到语境中相关的时空、人物、事件等因素的限制,在环境中执行特定的意义传达、意象再现功能,并体现为一种不断的信息传递和审美交际过程。对翻译的这一特性的认识凸显了翻译的信息和审美方面以单向联系为主的辩证关联,使我们能够将翻译置于整个信息传递和审美交际过程中去考察。

然后,再通过融合文艺学译论关于翻译特性的认识,就可增添一种更为细致的对翻译特性的领悟:翻译作为一种艺术再造性的人类活动,在其内部还主要体现为作为艺术创造个体的人与人之间、特别是体现艺术风格的文本与文本之间的以由原语向译语的单向联系为主的辩证关联,始终出现在特定的艺术创造语境中,受到语境中相关的诗学和艺术因素的限制,在环境中执行特定的艺术创新功能,并体现为一种不断的文艺再造过程。对翻译的这一特性的认识凸显了翻译的艺术方面的以单向联系为主的辩证关联,使我们能够将翻译置于艺术创新的语境中去体验。

最后,通过吸收语言学译论关于翻译的特性和规律的观点,就可得到一种更加具体的对翻译特性的认识:翻译作为一种语言转换性的人类活动,在其内部主要体现为作为语言使用者意义上的人与人之间、特别是作为符号系统的语言与语言之间的以由原语向译语的单向联系为主的辩证关联,始终出现在一定的语言符号语境中,受语境中相关的语言符号因素的限制,在环境中执行特定的符号更新功能,并体现为一种不断的语言转换过程。对翻译的这一特性的认识凸显了翻译内外的语言符号方面的以单向联系为主的辩证关联,使我们能够将翻译置于语言符号演化的语境中去考察。

应当指出的是,从逻辑的角度来看上述各种对翻译特性的认识之间存在着大致的涵盖或蕴涵关系,即较为抽象的观点一般涵盖了较为具体的认识,而较为具体的观点则蕴涵了较为抽象的认识,因而看到了翻译的较为抽象的特性也就能把握其更为具体的特性,而把握了翻译的较为具体的特性就意味着已经看到了其更为抽象的特性。例如,关注翻译中的原语与译语、原文与译文之间的辩证关联特性就意味着把握了翻译的其他多种关系特性,因为其他的关系都是由原语和译语、原文与译文之间的辩证关联性体现出来的。但是,由于形而上学、原子论、机械论的思维方式的影响,各个方面的特性之间的包含和被包含关系常常被忽视或割裂。另外,翻译的各种具体特性之间的关系也不是地位均等的、一成不变的,而是有一定的等级关系,并随着翻译总体及其内外各个方面和各种关系的具体情况的变化而变化。例如,译语与原语、译文与原文的之间的辩证等值特性在通常情况下可能是翻译最主要的特性,其他特性都是通过这一特性体现出来的。然而,在不同的情景语境或社会文化环境中,翻译的其他某一方面的特性可能得到凸显。例如,在文化翻译语境中,原语语境与译文语境之间的辩证关联就可能得到突出。

综上所述,以唯物辩证法的普遍联系和发展的原理为指导,在前述初步的翻译辩证关联原理框架的基础上,通过参照前述及其他多种具体的对翻译特性的认识对翻译总体及其各个方面、各种关系的特性予以系统的分析,并在此基础上对具体的关于翻译整体及各个方面和各种关系的特性认识的结果予以系统的选择、优化、归纳和综合，就可获得一种能够融合和超越多种具体的关于翻译特性的观点的既较为全面又较为具体的翻译辩证关联原理，可以大致表述如下：

翻译作为一种复杂的人类活动系统，在其内部的非文学和文学翻译等多种类型、译者、原文作者、译文读者、原文、译文、方法等若干主体、客体和中介要素及语言、艺术、信息、审美、社会、文化等若干层面之间，在其内部与外部特定的原语和译语环境之间，以及在其包含语言转换、艺术再造、信息传递、审美交际、社会交往、文化交流等多重活动的运作和演进过程的各个阶段之间，存在着普遍的差异互补、竞争协同、排斥吸引甚至对立统一等非线性相互作用，其各个方面在保持相对分离或相互独立的情况下息息相关、密切相连，使其保持空间上的多向的、此强彼弱的辩证关联和时间上的单向的、时强时弱的辩证运作和演进，从而在总体上呈现以原语与译语、原文与译文之间形式、意义和功能上的辩证对等为核心的辩证关联特性。翻译内外各个方面之间的辩证关联程度或相互排斥与吸引的力量并不是均等的、恒定的，而是大小不一的、流变的，其中翻译内部的各个要素之间的排斥力量较小一些、吸引力量较大一些，因而在其内部呈现出翻译辩证整体性；翻译与环境之间的排斥力量较大一些、吸引力量稍小一些，因而在其外部呈现出翻译辩证开放性；翻译的运作演进过程的各个阶段之间的排斥力量较小一些、吸引力量较大一些，因而在其运作和演化过程上呈现出翻译辩证动态性。

应当说明的是，上述对翻译总体辩证关联原理的语言表述力求反映翻译系统多维的辩证关联情况，尽量覆盖翻译总体的特性，没有逐一刻画翻译的各个方面和各种关系的具体情况(因为这将主要是从属于翻译辩证关联原理的分原理——辩证整体原理、辩证开放原理和辩证动态原理的内容)，因而仍具有相当的抽象性、模糊性。然而，这一原理毕竟通过阐明翻译内外共时和历时的各个方面的辩证关联性，特别是译者、原文作者、译文读者、原文、译文、方法等翻译内部的各种主体、客体和中介要素、翻译环境、原语环境、译语环境等翻译外部的各种要素以及物理、生理、语言、艺术、信息、审美、社会、文化等翻译所跨的许多层面之间的辩证关联性，揭示了翻译各个方面多样丰富的辩证关联内容，为我们提供了一幅较为全面清晰的翻译辩证关联网络画面。

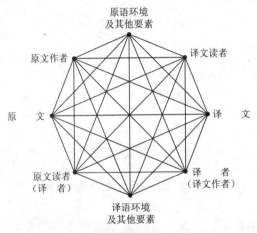

图 2.2　翻译系统的要素关联模式

　　其中，翻译内外各种要素之间的辩证关联情况可以大致隐喻为"太极—两仪—四象—八卦"式的关系（如图 2.2 所示）。也就是说，翻译作为一个辩证系统整体（如图中由八个圆点大致围成的圆形所示）包孕了原语话语系统（如图中由对应于原语环境、原文作者、原文、原文读者四个要素的四个圆点围成的半圆所示）和译语话语系统（如图中由其他四个圆点围成的半圆所示）两大部分；原语话语系统又包孕了原语话语客体系统和原语话语主体系统等子系统（图中无法精确表示），又进而包孕了原语环境、原文作者、原文、原文读者及其他要素（如图中相应的圆点所示)；译语话语系统也包孕了译语话语客体系统和译语话语主体系统等子系统(图中无法精确表示)，又进而包孕了译语环境、译文作者、译文、译文读者及其他要素(如图中相应的圆点所示)。翻译要素之间的关系都是多重的、多维的、立体的、交叉的，总之是辩证关联的(如图中圆点之间的连线大致所示)。

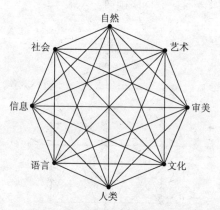

图2.3　翻译系统的层面关联模式

翻译的各种层面之间的辩证关联情况也可以大致隐喻为"太极—两仪—四象—八卦"式的关系(如图2.3所示)。也就是说，翻译作为一个辩证有机整体(如图中由八个圆点大致围成的圆形所示)包孕了科学性侧面(如图中由对应于自然、社会、信息、语言四个要素的四个圆点围成的半圆所示)和艺术性侧面(如图中由其他四个圆点围成的半圆所示)两大侧面；科学性侧面又包括自然、社会、信息、语言等层面(如图中相应的圆点所示)；艺术性侧面也包孕了人类、文化、审美、艺术等层面(如图中相应的圆点所示)。翻译层面之间的关系也是多重的、多维的、立体的、交叉的，总之也是辩证关联的(如图中圆点之间的连线大致所示)。

第四节

本章内容小结

综上所述，本章针对迄今对翻译本质和特性认识片面和不足的问题，以唯物辩证法最高概念和原理为指导，从辩证系统观关于系统本质和特性的最高概念和原理中演绎推理出关于翻译总体的本质和特性的初步的辩证系统概念和原理，借以获得对其思维上抽象的系统综合，然后参照现有的翻译理论中的相关认识对翻译的本质和特性予以具体的系统分析、归纳和综合，形成了对二者既全面又清晰的辩证系统认识，主要包括翻译辩证系统概念和翻译辩证关联原理。简言之，本章的主要理路如下：

哲学指导：根据唯物辩证法关于事物的辩证联系和发展的概念和原理，世界上所有事物都是普遍联系和永恒发展的辩证统一体系；它们在空间上在其内部各个要素之间以及在其外部与其他事物之间既存在差异、矛盾对立，又相互补充、有机统一，而在时间上则体现为不断的运动和发展过程。

理论基础：根据辩证系统观的辩证系统概念和辩证关联原理，世界上所有事物都是具有特定性质的系统，即在内部由若干成分按特定的非线性关系构成的、受特定的环境制约并在环境中执行特定功能的、始终体现为一种特定的运行和演化过程的辩证有机整体；系统在其内部的各个成分之间、在其与其环境之间以及在其运行和演化的各个阶段之间存在着普遍的非线性相互作用,从而在各个方面上呈现出辩证关联的系统特性。

系统演绎和综合:在辩证系统观的视野里,翻译作为一种特定的事物也是一种与他类(非翻译)事物既有共性又有个性的系统,也是一种在内部由特定的(翻译)成分按特定的非线性结构关系构成的、既受特定的(翻译)环境的制约又在环境中执行特定的(翻译)功能的、始终体现为一种特定的运作和演进过程的辩证关联整体;翻译在其内部、外部及其运作和演化过程上存在着各种特定的非线性相互作用,从而在总体上呈现出辩证关联的系统特性。

系统分析:迄今的各种译论各自看到了翻译的某些类型、要素、层面及其某些关系,抓住了翻译的某些方面的规定性,从而形成了各种较为具体的翻译概念以及对翻译特性的精细认识。其中,语言学译论主要着眼于各类非文学翻译,关注翻译中的原文、译文等客体要素及其语言、信息、社会层面,强调两种语言、两个文本之间形式、意义和功能的线性等值关系,将翻译视为一种语言转换、信息传递、社会交往过程;文艺学译论则关注文学翻译,关心译者的创造个性、译文或译文读者的地位以及翻译与译语文化语境的关系,重视译文与原文在文体风格、审美意象、文化功能方面的辩证对应关系,将其视为一种艺术再造、审美交际、文化交流过程;综合性译论则从总体上把握翻译的成分、结构、环境、功能和过程,将翻译看成求同与存异、摹写与再造的辩证统一,看成原文作者、译者、译文读者之间的跨文化的话语活动,或由原文作者、原文、译者、译文、原语、译语、译文读者等子系统构成的相互作用的诸要素的复合体。

系统归纳和综合:翻译本质上是一种以语言转换性、艺术再造性为核心并兼具信息传递性、审美交际性、社会交往性、文化交流性等多重性质的复杂的人类活动系统,一种由译者、原文作者、译文读者、原文、译文、方法等若干主体、客体和中介要素按特定的结构关系构成的辩证有机整体,受特定的原语和译语环境制约并在环境中执行多重的功能,体现为一种分为多重阶段的集多重活动于一身的运作和演进过程。

　　翻译在其内部的译者、原文作者、译文读者、原文、译文、方法等若干主体、客体和中介要素之间,在其与外部环境之间,以及在其包含多重活动的运作和演进过程的各个阶段之间存在着普遍的差异互补、竞争协同等非线性相互作用,使其在总体上呈现以原语与译语、原文与译文之间的辩证对等为核心的辩证关联特性。

第三章

翻译本体辩证系统论

世界是一个相互作用的整体（并不是一个相互没有差别的集合体），一个其组成部分微妙地相互联结并共同进化的系统，一个包括所有事物（从最小的微观粒子直到大宇宙整体）的多层次结构的整体。

——欧文·拉兹洛①

翻译中求同与存异的对立在戏剧般地起着作用。从一种意义上说，每一次翻译活动都是一种消除多元、将不同的世界图景重新统一起来的努力。从另一种意义上说，它又是一种重新发明意义的外形、寻找另一种说法并证明其正当性的尝试。……译者的工作甚为矛盾：它是在摹写的冲动与再造的冲动的巨大的张力中进行的。

——乔治·斯坦纳②

---

① 欧文·拉兹洛，《微漪之塘：宇宙中的第五种场》（第二版），钱兆华译，北京：社会科学文献出版社，2004年，第332页。

② George Steiner. *After Babel*: *Aspects of Language and Translation* (3ʳᵈ ed.). London: Oxford University Press, [1975, 1992]1998, p.246.

第二章作为对翻译总体的辩证系统探讨,针对迄今对翻译总体的性质和特性认识不足的问题,以唯物辩证法的最高概念和原理为指导,从辩证系统观关于系统本质和特性的概念和原理中演绎推导出关于翻译总体的本质和特性的初步的辩证系统概念和原理,借以获得对其思维上抽象的系统综合,并在此基础上参照几种主要的翻译理论中的相关认识对翻译总体的本质和特性予以思维上具体的系统分析、归纳和综合,形成了对二者既全面又较为清晰的辩证系统认识。为了能够全面而更加细致地认识翻译的本质、特性和规律,本章拟在上述总体探讨的基础上把讨论的中心放在翻译本体即内部的成分和结构上,针对目前对翻译本体认识不足的问题,以辩证法的相关概念和原理为指导,从辩证系统观的相关概念和原理中系统演绎出关于翻译本体及其各种成分和关系的概念和原理,借以获得对其思维上抽象的系统综合或辩证系统认识,并在此基础上参照几种主要的翻译理论中的相关认识对翻译本体及其各种成分和关系的本质和特性予以思维上具体的系统分析、归纳和综合,形成对其既全面又细致的辩证系统认识,主要包括翻译本体辩证系统概念和翻译辩证整体原理以及关于翻译类型、翻译主体、翻译文本、翻译方法的辩证系统概念和辩证关联原理等。

第一节　翻译本体辩证系统论

第一节

翻译本体辩证系统论

显而易见,第二章中形成的翻译总体辩证系统论已经包孕了对翻译本体的本质、特性和规律的基本认识，从对翻译总体把握（即总论）的层面上看已具有较大的详细度，然而这些基本观点从对翻译本体的专门认识（即分论）的层面上看还是不够清晰的。因而，有必要在上述对翻译本体的基本认识的基础上，以辩证法相关的概念、原理、范畴和规律为指导，从辩证系统观中更为详细的相关概念、原理和规律中演绎出关于翻译本体的初步的概念和原理框架，并在此基础上参照各种翻译理论中的相关认识对翻译本体的本质、特性和规律予以具体的系统分析、归纳和综合，以便形成对其既全面又细致的辩证系统认识，主要包括翻译本体辩证系统概念、翻译辩证整体原理、翻译差异协同规律、翻译层次转化规律、翻译整体涌现规律、翻译系统全息规律等。

3.1.1 翻译本体辩证系统论的框架

由唯物辩证法的辩证、联系的概念和普遍联系原理特别是其矛盾、对立、统一等范畴和对立统一规律可知，任何事物本身都是在与其他事物辩证联系的同时在其内部各个成分之间始终存在着既有一定的普遍性又有一定的特殊性、既使其具有与其他事物一样的共性又使其具有一定的个性的各种矛盾关系的辩证统一体；事物自身在与外部事物相互作用、对立统一的同时在其内部各个要素、方面、特性等成分之间既存在着相互斗争、相互对立的关系，又存在着相互依存、相互渗透的关系，始终处于既有斗争性又有同一性的多种矛盾关系之中，在整体上呈现出辩证联系或对立统一的特性。

与此一致，由辩证系统观的辩证系统概念、辩证关联原理特别是辩证整体原理可知，任何事物作为一种与其他事物既有共性又有个性的系统，在本体上都是由特定的成分按特定的非线性层次结构构成的（存在于特定的环境并体现为特定的运行演化过程的）辩证有机整体。从其成分的数量、种类和性质来看，系统往往包含两到多个在种类和性质上不同的相对独立的成分，具有一定的多元性、多样性、多质性、复杂性；从其成分之间的关系来看，系统又是按差异互补、竞争协同、排斥吸引、对立统一等空间上的非线性层次结构构成，拥有特定系统质，在与环境的相互作用中表现出一种非加和的整体性能，具有较强的内部关联性、辩证统一性、有机性、整体性；总之，系统在其成分和结构上呈现出辩证整体性（即多元性与整体性的辩证统一）①。

在上述观点的基础上，由辩证系统观的差异协同规律、层次转化规律、整体涌现规律、系统全息规律等更加具体的原理可以更加详细地看到事物内部的特性和规律：系统在本体上往往包含二至多个性质和种类不同的具有相对独立性的成分，并在其各个成分之间存在着差异互补、竞争协同、排斥吸引、对立统一等特定的空间上的非线性相互作用或层次结构关系。系统内部较低层次的成分通过特定的非线性的相互作用构成较高层次的成分，然后再通过进一步的非线性相互作用构成更高层次的成分或整个系统；或反过来说，系统整体总是由较低层次的成分通过非线性的相互作用逐层构成的。系统通过各个成分之间以及各个成分与整体之间（甚至整体与其环境之间）的非线性相互作用而形成一种其成分或成分的集合所没有的整体性能，即整体涌现性、非加和性或非还原性。由于系统内部的各个成分之间、各个成分与整体之间、系统与环境之间存在着普遍的辩证关联或相互作用，发生着物质的、信息的、能量的交换，因而系统的任何成分或系统整体都处于一个全息网络中，携带着有关其他成分、系统和环境的各种信息。

如前所述，在辩证系统观的视野里，翻译与其他事物一样也是一种特

---

① 参阅魏宏森、曾国屏，《系统论——系统科学哲学》，北京：清华大学出版社，1995年，第201—285页；苗东升，《系统科学精要》，北京：中国人民大学出版社，1998年，第26—50页；黄小寒，《世界视野中的系统哲学》，北京：商务印书馆，2006年，第521—542页。

定的系统。在唯物辩证法的相关的概念、原理、范畴和规律的指导下，从上述的辩证系统观的概念、原理和规律出发，并大致吸收第二章中形成的翻译总体辩证系统论的相关内容，就可以演绎推导出一种初步的翻译本体辩证系统概念和翻译辩证整体原理以及翻译差异协同规律、翻译层次转化规律、翻译整体涌现规律和翻译系统全息规律，依序分别表述如下：

翻译作为一种以语言转换性、艺术再造性为核心并融合了信息传递性、审美交际性、社会交往性、文化交流性等多重性质的人类活动系统，在本体上是一种由非文学和文学翻译等多种类型、译者、原文作者、译文读者、原文、译文、方法等若干主体、客体和中介要素及语言、艺术、信息、审美、社会、文化等若干层面按多元互补、差异协同、排斥吸引甚至对立统一等特定的辩证关联的结构关系构成的（存在于特定的环境中并体现为一种特定的运作和演进过程的）辩证有机整体。

翻译从其成分的数量、种类和性质来看，在本体上包含多个种类和性质不同的相对独立的成分，包括非文学和文学翻译等多种类型，译者、原文作者、译文读者、原文、译文、方法等若干主体、客体和中介要素，以及语言、艺术、信息、审美、社会、文化等若干层面，从而具有一定的多元性、多样性、多质性、复杂性；从其成分之间的关系来看，翻译本体又是按差异互补、竞争协同、排斥吸引、对立统一等非线性层次结构构成，拥有特定翻译系统质，在与环境的相互作用中表现出一种非加和的整体性能，具有较强的内部关联性、辩证统一性、有机性、整体性；总之，翻译在其成分和结构上呈现出辩证整体性。

翻译在本体上往往包含多个性质和种类不同的具有相对独立性的成分，包括非文学和文学翻译等多种类型，译者、原文作者、译文读者、原文、译文、方法等若干主体、客体和中介要素，以及语言、艺术、信息、审美、社会、文化等若干层面，并在其各个成分之间存在着差异互补、竞争协同、排斥吸引、对立统一等特定的空间上的非线性相互作用或层次结构关系。翻译内部较低层次的成分通过特定的非线性相互作用构成较高层次的成分,然后再通过进一步的非线性相互作用构成更高层次的成分或整个系统;或反过来说,翻译本体总是由较低层次的成分通过非线性的相互作用逐层构成的。翻译通过各个成分之间以及各个成分与翻译之间(甚至翻译与其环境之间)的非线性相互作用而形成一种其成分或成分的集合所没有的整体性能,即整体涌现性、非加和性或非还原性。由于翻译内部的各个成分之间、各个成分与整体之间、翻译与环境之间存在着普遍的辩证关联或相互作用,发生着物质的、能量的、信息的交换,因而翻译的任何成分或翻译整体都处于一个全息网络中,携带着有关其他成分、系统和环境的各种信息。

显而易见,上述从辩证系统观的相关概念、原理和规律演绎出来并吸收了翻译总体辩证系统论的相关内容的初步的翻译本体辩证系统论仍然具有高度的抽象性或涵盖性。其中,上述初步的翻译本体辩证系统概念因为从较为详细的翻译总体辩证系统概念中吸收了其相关内容而获得了较为详细的内容,但是其中的某些方面还需要进一步的具体化。同样,上述初步的翻译辩证整体原理也吸收了翻译总体辩证系统论中的相关认识,因而也获得了一定的具体内容,只是作为对翻译内部的成分结构的全面而清晰的认识还缺少相当的详细度,因而也需要进一步清晰化。应当说,翻译差异协同规律、翻译层次转化规律、翻译整体涌现规律和翻译系统全息规律是对翻译本体的成分和结构关系的各种特性和规律的更为细致的透视,而上述通过演绎而来的初步规律还只是一种笼统的认识框架,需要通过结合现有的观点对翻译自身的详细分析实现对它们的具体化。

总之,上述初步的翻译本体辩证系统论通过说明翻译本体拥有一般系统自身的本质、特性和规律揭示了翻译本体与其他各类系统本身共同的存在方式和规律,提供了一个关于翻译本体及其各个方面的组织方式的粗略的整体图像,使我们可以自觉地通过一般系统的本质、特性和规律来认识翻译本体的性质及其内部各个方面的特性和规律。可见,上述初步的翻译本体辩证系统论为融合现有的对翻译本体的本质、特性和规律的具体认识并形成一种既全面又清晰的翻译本体辩证系统论提供了一个系统的组织模式。以下就以这一组织框架为参照,以现有的语言学译论、文艺学译论和综合性译论中的相关认识为主要理论资源,对翻译本体的本质、特性和规律予以思维上较为具体的系统分析和探讨。

3.1.2　翻译本体辩证系统论的资源

我们在第二章曾对现有的主要译论对翻译总体的本质和特性的认识进行过较为全面的综述,其中已经大致涵盖了各种译论对翻译本体的本质、特性和规律的认识。就这些译论各自依赖的理论视角和探讨的重心不难看出,语言学译论中的微观语言学、交际学甚至某些社会符号学译论通常对翻译本体给予了足够的重视并进行了精细的分析性研究;文艺学译论中的文艺学、美学译论虽然没有对翻译本体进行细致的逻辑分析,却也比较重视对翻译本体的各个方面的具体探讨;而分别从语言学和文艺学译论发展起来的某些社会符号学译论、多数文化学译论及某些综合性译论由于受后现代思潮影响较大则主要关心翻译的外部环境因素从而淡化了对翻译本体的关注。为此,在对翻译本体进行专门探讨时应以语言学译论和文艺学译论中的多数译论为主要理论来源,当然也不能忽略宏观和综合性译论的相关观点。

3.1.2.1　语言学译论对翻译本体的认识

如前所述,语言学译论者主要将翻译视为一种遵循某种普遍的客观规律的语言转换、信息传递、社会交往过程。应当看到,即使微观语言学译论者也并非绝对地从语言系统内部的形式结构探讨翻译本体。实际上，他们总是会意识到翻译中非语言因素的存在。然而，较之文艺学译论者，语言学译论者往往更崇尚科学精神，倾向于关注对象事物中的客体或物的方面，将包括主体在内的研究对象客体化或物化，即看成一种不以人的意志为转移的客观实在。他们所采用的学科视角，包括微观语言学、宏观语言学、语用学、功能语言学、话语语言学、信息论、交际学、心理语言学、社会语言学、社会符号学等，虽然大多仍属于人文社会科学的范围，却往往比文艺学和美学更多地采用了自然科学常用的逻辑分析和经验实证的方法，注重对对象事物本身的成分和结构的细致分析。

因而，语言学译论者在翻译的类型及其关系上，主要着眼于各类非文学翻译，或即使将文学翻译纳入视野，也只是强调其作为一般话语的特性，忽略非文学翻译与文学翻译的差异；他们在翻译内部包含的要素上，主要关注原文、译文等客体要素及其中客观化的语言、信息、社会层面，即使将原文作者、译者和译文读者等主体要素考虑进来，也将其客体化而主要关注其具有普遍性和共性的方面，忽略其具有差异性和个性的东西。在原语和译语、原文和译文、原文作者和译文读者的关系上，除了少数社会符号学译论者(如德国功能主义译论者)外，他们大多强调原语或原文的权威地位以及两种语言、两个文本之间在不同语言等级层次上的形式、意义甚至功能的近乎于线性的对等、对应、相似或平动关系。

其中，现代时期的奈达、卡特福德等语言学译论者主要从普通语言学的角度看待翻译，将翻译本体限制在非文学翻译的两种语言、两个文本及其对等或对应关系上。例如，奈达在早期阶段的语言和翻译研究虽然已经受到信息论、交际学甚至人类文化学思想的影响，但他主要还是将翻译本体看作一种可以进行严格描写的有规律可循的语言活动，一种根据某种固定的普遍意义由一种语言的各个层次上的形式结构(如词汇、句子等)转换生成另一种语言的形式结构的过程。他主要从美国描写语言学、结构语言学和生成语言学的角度出发，虽然看到了语言之间的形式和语体差异，但不是将语言差异当作语言之间不可逾越的障碍，而是当作具有共同本质的不同现象来对待，认为对等的双语转换是完全可能实现的。在翻译的类型、要素和层面及其关系上，他主要关注圣经翻译及其他各类非文学翻译以及翻译中的语言和文本要素，关注其中的语言形式(或表层结构)、信息内容(或深层结构)等客体性或客体化因素，重视原文与译文之间在语言形式和语义层面上的对等关系。即使在代表着其以信息论和交际学为理论框架的翻译理论的《翻译科学探索》一书中，他的其中一个重要的关注点仍然在两种语言的形式和语义关系上，在从语音到文本的各个语言等级上的语言形式和意义对等问题上①。

与奈达早期对翻译本体的语言学探索类似，卡特福德虽然采用了以系统功能语法为基础的普通语言学理论探讨翻译本体问题，但在其语言观和翻译观上却基本没有超越结构主义语言学的视野，将翻译理论看成普通语言学或比较语言学的一个分支，将翻译本身看成一项对语言进行操作的工作，即用一种等值的语言(译语)的文本材料去替换另一种语言(原语)的文本材料的过程，并认为翻译实践的中心问题就是在译语中寻找与原语等值的成分，而翻译理论的中心任务就是界定等值成分的性质和条件。自然，他主要以非文学翻译为着眼点，但没有按文学性大小划分翻译类型，而是分别根据翻译的范围、层次和等级将翻译本体划分成全文翻译和部分翻译、完全翻译和有限翻译等类型。他虽然从系统功能语言学的角度出发必然会意识到翻译所涉及的语境和文本的交际功能等外部因素，但还是把注意力放在两个客体化的文本之间的关系上，关注两个文

---

① Eugene A. Nida. *Toward a Science of Translating* : *With Special Reference to Principles and Procedures Involved in Bible Translating* . Leiden: E. J. Brill, 1964, pp. 30—119, pp. 165—166.

本在各个等级上的语言形式和意义结构(即文本或文本中包括音位和字形等句子以下等级的语言材料)及其等值或对应关系,关心一种语言的各个层次上的范畴(包括单位、结构、类别、系统)与另一种语言的各个层次上的范畴的系统转换或对应关系①。

当代时期的巴尔胡达罗夫、奈达、格特、诺伯特、赖斯、弗米尔、曼塔利等语言学译论者更多地从宏观语言学、交际学、社会符号学等视角认识以非文学翻译为主的翻译,将翻译本体的概念拓展到翻译的信息、社会层面以及原文作者、译者、译文读者、交际情景甚至社会环境等各种客体和主体要素,关注译文和原文在意义和功能上的对应、相似或关联。例如,巴尔胡达罗夫从话语语言学的角度探讨翻译,将翻译看成把一种语言的话语转换为在多个等级上与之等值的另一语言的话语的过程。他主要着眼于非文学翻译,但不是从是否具有文学性的角度划分翻译类型,而是根据翻译所用的物理渠道将翻译划分为笔语对笔语的翻译、口语对口语的翻译、笔语对口语的翻译、口语对笔语的翻译等类型。他从话语的概念出发将视野由翻译的语言因素扩展到两个话语整体以及它们所处的语言语境和包括参与者在内的非语言环境,注重原文与译文在意义和功能上的对应关系。他认为,翻译涉及的并不是抽象的语言系统,而是与超语言因素密不可分的话语;翻译所追求的不仅仅是词和句子等级上的等值,而是整个话语的等值;翻译等值的核心是语义的最大限度的转达和话语功能的对应;从音素、词素、词、词组、句子、话语六个等级看具有必要和足够等级的翻译即为等值翻译;等级偏低的翻译是直译,等级偏高的是意译②。

---

① 参阅 John C. Catford. *A Linguistic Theory of Translation*. London: Oxford University Press, 1965; J. C. 卡特福德,《翻译的语言学理论》,穆雷译,北京:旅游教育出版社,1991 年。

② 巴尔胡达罗夫,《语言与翻译》,蔡毅、虞杰、段京华编译,北京:中国对外翻译出版公司,1985 年,第 1—160 页。

　　如前所述,奈达在其早期对翻译本体的探讨中就已融入了信息论或通讯学的角度。进入当代时期,他越来越多地将翻译看成一种人与人之间的跨语言的信息传递、意义交流活动系统。他仍然保持对圣经翻译及各种非文学翻译的兴趣,但从信息论甚至系统论的视角将翻译本体包括的要素和层面由两种语言(语言信码)和两个文本(信息)等客体要素拓展到作为信息受体的译者、作为信息源点的原文作者、作为最终信息受体的译文读者等主体要素,同时也将信息背景、感觉(心理)信道和工具(物理)信道、噪音或干扰等若干情景因素纳入视野。奈达不仅强调翻译中的信息内容的对应,而且还注重信息风格的对等关系,不仅承认以原文为中心的形式对等关系,而且更注重动态(功能)对等关系,认为在翻译中应以译文读者为中心,尽量使用符合译语习惯的言语形式,最大限度地转达原文的信息内容,以使译文对读者产生的效果最接近原文对原文读者产生的效果①。

　　应当看到,奈达所采用的交际理论主要是将交际过程当成机械的解码和编码过程,而后来的格特则更进一步,将认知语言学的关联理论作为一种普通交际理论引入翻译研究,将翻译看成一种认知交际过程。关联理论是斯波伯和威尔逊在修正格赖斯的合作原则中的相关性分则的基础上提出来的②。通讯学的信码模式只注重明说意义的解码而忽略语境的作用和暗含意义的推导,格赖斯的推理模式又只注重借助语境对暗含意义的推导,忽视明说意义的解码,而关联理论者则汲取了信码模式和推理模式的优点,提出了涵盖明说意义解码和暗含意义推导的明示—推理模

　　① Eugene A. Nida & Charles R. Taber. *The Theory and Practice of Translation*. Leiden: Brill, 1969, pp. 12—32.

　　② Dan Sperber & Deirdre Wilson. *Relevance: Communication and Cognition*. Oxford: Blackwell, 1986.

式,将交际看作一个说话人通过某种向听话人"显映"的方式进行编码、表达意图的明示过程和听话人凭说话人所提供的显映方式解码,并将解码所得的证据作为前提的一部分再结合听话人本身的认知语境(旧信息)按一定方向推导出话语信息(新信息)的过程①。格特从关联理论的视角探讨翻译,将其视为一种跨语言的两轮的明示—推理交际过程,即译者在译语中转述用原语表达的内容的(原则上相当于语内交际的间接引述的)阐释性运用过程,也是译者在原语认知语境和译语认知语境之间寻求最佳关联性的过程。他主要着眼于各种非文学翻译,关注译者、原文作者、译文读者的心理认知因素及其关系,特别是原文作者的交际意图、译文读者的认知语境和交际期望以及译者的翻译策略三者之间的关联(包括原文作者的意图与译文读者的期望的对应关系、作为对原文的阐释的译文与原文的相似关系)。在他看来,在翻译交际中,译者期望译文读者在理解译文时能获得充分的语境效果而没有付出不必要的认知努力,译者本着用最小力气传达最多信息的原则,对原文进行适当改变以最大限度地增加译文对译文读者的关联性②。

上述学者尚没有关注社会环境等外部要素,而诺伯特则从社会符号学、语用学、话语语言学的角度探讨翻译,将外部的视角纳入对翻译本体的认识,将翻译视为在社会环境中执行特定语用功能的符号话语活动。他主要着眼于非文学翻译,关注翻译中的整体话语及话语的各个层面特别是其语用层面及其相互关系。他认为,符号的意义制约符号的组合,而符号的应用制约符号的意义和组合,这样语义对等就优于符组对等,语用

---

　　① 何兆熊(主编),《新编语用学概要》,上海:外语教育出版社,2003 年,第 182—187 页。

　　② Ernest-August Gutt. *Translation and Relevance*: *Cognition and Context* (2nd ed.). Manchester: St. Jerome Publishing, 2000, pp. 47—201.

对等制约语义对等和符组对等;翻译包括了符组对等和意义对等,却主要涉及语用对等,追求的是语用等值,即用译文的语用关系代替原文的语用关系,使之符合译语社会文化常规①。他指出,原文话语内在地具有多元的结构可能性,使其具有一种"马赛克"般的多元解读性,可以使其被翻译成多种不同译文,因而翻译是一种具有相对性的将原文创造性地转换成译文的过程②。他还认为,传统语言学翻译模式是一个从词及其互不关联的意思开始的自下而上的过程,其译文很难被目的语读者认同,而话语语言学翻译模式把整个话语作为翻译的基本单位,把翻译看作是一个自上而下的过程,即先决定译文在目的语文化中的属性或类型及其交际功能,再通过一个个的语言结构体现预定的话语③。

比诺伯特的翻译本体观更为激进的是,赖斯、弗米尔、曼塔利等德国功能派学者则在话语语言学、社会符号学等角度的基础上主要从功能理论和行为理论的角度考察翻译,将翻译本体视为一种在社会文化环境中执行特定功能或达到特定目的的人类行为。他们的视野覆盖了各类翻译,不仅看到了原文、译文等客体因素及其中的语言、意义特别是功能层面,不仅包括了译者(译文生产者)、原文作者(原文生产者)、译文读者(译文接受者)等主体要素,而且还把发起者(需要译文者)、委托人(与译者签订合同者)、译文使用者(译文用户)等更多的行为主体或角色纳入视野。他们注重文本的功能,突出翻译的目的、译者和译文读者的地位、翻译行为的社会文化语境等方面,强调翻译过程、方法策略、译文与翻译目的之间的关联,注重翻译(或翻译性行为)的行为性、目的性、人际性、交际性、跨文化性、文本处理性等多重性质①。可见,他们的翻译观具有相当的宏观性和系统性,但存在过分强调功能性、目的性的倾向,其中心由翻译本体问题偏向翻译的外部问题。

3.1.2.2 文艺学译论对翻译本体的认识

与语言学译论者不同,文艺学译论者通常不是将翻译视为一种遵循客观规律的语言转换、信息传递、社会交往过程,而将其视为一种艺术再造或风格模仿、审美交际或意象重构、文化交流或诗学改写过程。应当看到,文艺学译论者虽然大多都很重视文本本身及其中的语言风格和审美意象,但他们从一开始就不是单单从文本的角度来探讨翻译本体。较之语言学译论者,他们更崇尚人文精神,倾向于注重对象事物中的主体或人的方面,或将包括客体在内的研究对象主体化或人化,即看成一种具有灵性的东西。他们所采用的学科视角,包括文艺学、美学、文化诗学、文化学等,都属于典型的人文学科的范围,往往更多地采用直觉或直观的方法感性地把握对象,当然其中有些以马克思主义文艺学、结构主义文艺学等崇尚科学精神的理论为基础的文艺学译论也倾向于采用逻辑分析和经验实证的研究方法,注重对对象事物的系统分析。

自然,文艺学译论者在翻译的类型及其关系上,主要着眼于各类文学翻译,重视文学翻译的独特性及其与非文学翻译的差异;他们在翻译本体的成分上,主要关注原文作者、译者和译文读者等主体要素及其相互关系,关心译者的创造个性,虽然也能将原文、译文等客体要素考虑进来,但往往会不自觉地将其主体化,关注其中的艺术风格、审美意象和文化内涵

第一节 翻译本体辩证系统论

---

① Christiane Nord. *Translating as a Purposeful Activity: Functionalist Approaches Explained*. Manchester: St. Jerome Publishing, 1997, pp. 15—26.

层面,重视其具有特殊性和个性的方面,忽略其具有普遍性和共性的东西。在原语和译语、原文和译文、原文作者和译文读者的关系上,除了少数论者比较强调译文对原文在艺术风格和思想内容上的忠实外,他们大多强调译语或译文的中心地位以及译语和译文对原语和原文在文艺风格、审美意象甚至文化价值上的再造和超越关系。

例如,现代时期的庞德可谓现代文艺学译论的典型代表。他从意象派诗学的角度看待翻译本体,将其看成原作意象的传达和美感经验的再创造过程。如前所述,庞德着眼于诗歌翻译,关注诗歌翻译中译者、原文作者和译文读者的主体性,把译者看成具有充分的创造性和能动性的艺术家、雕刻家、书法家、文字的铸造者,也关注诗歌中语言文字的形式本身,不是把语言文字看成一种只代表其他事物的单纯符号,而是将其视为一种由艺术家雕刻出来的具有"能量"的"意象",一种与情感有关的、在瞬间呈现给我们一个理智与情感复合体的东西[1],从而不注重译文在语义内容上与原文的对应,而是强调译者对原文中的有能量的、闪光的细节、具体的词语、整体的甚至碎片化的意象的精细的把握和重新塑造。庞德认为,语言的能量来源于它的音韵、形象和意念,音韵和形象较易翻译,而意念是不可翻译的。因而,为了了解原文的意念并在译文中重建语言的能量,译者作为一个活的创造性主体必须了解原文所处的意识形态和时空环境,了解原文的情感、气氛、思维过程,然后根据新的文化和时空环境将原文的情感和理智传输到译文中[2]。

与庞德的翻译本体观不同,加切奇拉泽主要从马克思主义的认识论美学(特别是列宁的反映论美学)的角度看待文学翻译,将其视为一种艺术交

---

[1]　Ezra Pound. *Gaudier-Brzeska*：*A Memoir*. New York：New Directions, 1970, p. 92.

[2]　Edwin Gentzler. *Contemporary Translation Theories* (2nd ed.). Clevedon：Multilingual Matters, 2001, pp. 15—24.

流方式和艺术再创造活动,一种按照现实主义艺术规律(即内容和形式相统一的规律)根据原作所提供的第一次的艺术现实为译作读者创造出一个第二次的艺术现实的过程,是对原作的艺术现实(即内容和形式的统一)的反映过程①。他倡导现实主义翻译方法,既看到原文作者根据生活现实创作出艺术现实的过程,由此尊重原文及原文作者的地位,特别是原作中赋予语言外壳以生命的思想内容的重要性,同时又强调译者的创造作用和译文读者的主体地位。加切奇拉泽认为,翻译不是寻求译文与原文在语言上的一致性,而是在艺术上的一致性;译文可以在字面上摆脱原文的束缚,以便接近原文的艺术现实,产生由这种艺术现实所产生的整体艺术效果。

显然,上述的文艺学译论者基本上关注文学翻译中的文本和主体因素及其较为固定的相互关系。与此不同,当代时期的霍姆斯、伊文—佐哈尔、图瑞、列费维尔、巴斯奈特等宏观文艺学译论者则采用文化诗学乃至文化学的视角审视文学或其他诗化话语翻译,将文学翻译看成一种诗学或文化对原文的改写和操纵过程,随之将关注的中心由文学翻译本体转移到作为译文的翻译文学上,探讨文学翻译或翻译文学与目标文学和文化大系及其中的诗学、意识形态、赞助人等因素的关系,强调翻译策略、译文特色与目标文学、文化语境之间的关系。与此相近,女性主义、后殖民主义等其他关心权利、政治等问题的文化研究视角也只是从翻译外部角度探讨翻译,将翻译看成一种权利和政治活动,从而淡化了对翻译内部规定性的关注。

3.1.2.3 综合性译论对翻译本体的认识

除了多数的语言学和文艺学译论者各自不同的翻译本体观外,有些学者还持有对翻译本体更为综合整体的看法。虽然这些学者个人的学术

---

① 加切奇拉泽,《文艺翻译与文学交流》,蔡毅、虞杰编译,北京:中国对外翻译出版公司,1987年,第10—46页。

背景可能是宏观语言学或文艺学的，因而总会多多少少地有所侧重，但他们能够整体把握人类的文化精神，崇尚科学精神与人文精神的全面融合，既重视对象事物中的客体要素及其客体性，又重视对象事物中的主体要素及其主体性，注重物与人、物性与人性的有机统一。他们往往采用一些全面综合的理论视角，将翻译看成一种整体的或多元综合的人类活动，从而能够看到翻译的文学和非文学等各种类型及其有机统一的关系，看到翻译中的主体、客体、方法等各种要素以及语言、艺术、信息、审美、社会、文化等各个层面及其相互关系，并能较为辩证地把握原语与译语、原文与译文、原文作者与译文读者之间的关系。

例如，综合学派的代表人物斯奈尔-杭贝以格式塔整体性原理和原型理论为依据，将翻译看成一种整体的跨文化的话语活动，批评并超越了语言学和文艺学译论对翻译本体的片面认识，摒弃了强调二元对立的二分法、划界清楚的还原主义类型法，采用了体现当代整体论精神的连续统和原型分类法，对话语的概念、类型及翻译方法进行了全面考察并创立了一种综合性译论模式。她认为，翻译所涉及的话语类型跨越从文学话语、普通话语到特殊话语的整个连续统，而且其中每个话语类型都是边界模糊的原型，可见她的翻译本体观蕴涵了文学和各种非文学翻译，而且强调不同翻译类型之间的共性与个性、普遍性与特殊性关系。她不仅强调话语本身的整体性，而且还看到话语所出现的包括所有相关的主体要素在内的整个时空情景语境和社会文化语境，并且认为语境因素决定话语整体的意义和功能，因而主张翻译中的话语分析应本着自上而下、由大到小的方式进行①。

---

① Mary Snell-Hornby. *Translation Studies*: *An Integrated Approach* (2nd ed.). Amsterdam/Philadelphia: John Benjamins, 1995, pp. 1—37.

3.1.3　走向翻译本体辩证系统论

从前述的翻译本体辩证系统论框架来看,上述及其他各种翻译理论各自从内部或外部看到了翻译本体的某种本质、特性和规律。其中,语言学译论主要将翻译本体视为一种在原语、原文、原文作者甚至原语环境与译语、译文、译文读者甚至译语环境之间进行的一种语言转换、文本替代、信息传递甚至社会交往活动;主要着眼于经文翻译及其他各类非文学翻译,却往往忽略文学翻译或文学翻译与其他各种翻译之间的差异;主要关注原文、译文等客体要素及翻译的语言、信息和社会层面,却往往忽视译者、原文作者、译文读者等主体要素及翻译的艺术、审美和文化层面;主要看重原语、原文甚至原文作者的地位,却经常忽视译语、译文甚至译者、译文读者的地位;主要看重译文与原文的语言形式、信息意义和社会功能的相对对等或相似关系,却往往忽视二者的艺术风格、审美意象和文化内涵的绝对差异或创新关系;主要重视求信、对等的以原语、原文的形式和意义为中心的严密的翻译方法,忽视求美、再造等以译者和译文读者为取向的灵活的翻译方法。总之,语言学译论主要看到了翻译本体的语言转换性、信息传递性、社会交往性,却往往忽视其艺术再造性、审美交际性和文化交流性。与此相反,文艺学译论则主要将翻译视为一种艺术再造、审美交际甚至文化交流活动;关心各类文学翻译,并强调文学翻译的特殊性;往往注重语言学译论易于忽略的翻译要素和层面,但同时也常忽视语言学译论所关注的方面。就目前的综合性译论来说,它们能够最为全面地认识翻译本体的本质、特性和规律,对融合语言学与文艺学译论的观点具有一定的理论意义,然而它们本身在理论基础、研究方法和研究内容等方面还存在着过分注重整体而忽视部分、过分笼统或不够系统的倾向。

总之,上述对翻译本体的本质、特性和规律的认识有些是互不重叠、矛盾对立的,有些是部分重叠、差异竞争的,但是它们在总体上是辩证关联、互补协同的,共同为构成一个既完整又具体的翻译本体辩证系统概念和翻译辩证关联原理提供了丰富的思想资源。综上所述,以唯物辩证法的辩证、联系和发展的观点为指导,在前述的翻译本体辩证系统论框架的基础上,通过参照前述及其他多种具体译论对翻译本体的性质及其各个方面和各种关系予以系统的分析,并在此基础上对各种具体的关于翻译本体的认识予以系统选择、优化、归纳和综合,就可获得一种能够融合并超越多种现有理论的既全面又较为具体的翻译本体辩证系统认识,包括翻译本体辩证系统概念、翻译辩证整体原理以及翻译差异协同规律、翻译层次转化规律、翻译整体涌现规律和翻译系统全息规律,可依序分别表述如下(其中,基于图2.1,翻译本体的三维结构模式可大致如图3.1所示):

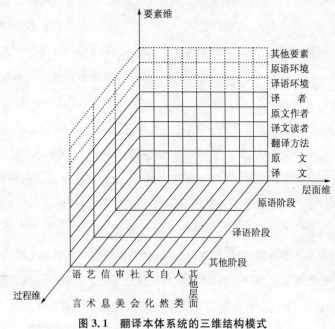

图 3.1　翻译本体系统的三维结构模式

翻译作为一种以语言转换性、艺术再造性为核心并融合了信息传递性、审美交际性、社会交往性、文化交流性等多重性质的人类活动系统,在本体上是一种由非文学和文学翻译、笔头和口头翻译等多种类型、译者、原文作者、译文读者等若干主体要素、原文、译文等若干客体要素、直译、意译或异化、归化等若干中介要素以及语言、艺术、信息、审美、社会、文化等若干层面等按多元互补、差异协同、排斥吸引甚至对立统一等特定的层次结构构成的(在外部受特定的环境制约、在环境中执行多重功能的并在时间上体现为一种运作和演进过程的)辩证有机整体。

翻译在本体上包含若干种类和性质不同的相对独立的成分,包括非文学和文学翻译、或笔头和口头翻译等多种类型,包括译者、原文作者、译文读者等主体要素、原文、译文、方法等客体和中介要素,以及包括语言、艺术、信息、审美、社会、文化等若干层面等,从而具有一定的多元性(多个翻译类型、要素、层面)、多样性(非文学和文学翻译等多种不同翻译类型、主体、客体和中介等不同性质的要素以及语言、信息、社会三个客体性层面和艺术、审美、文化三个主体性层面)、多质性(以语言转换性、艺术再造性为核心的多重属性)、复杂性(整个翻译本体的复杂要素及其复杂关系);从其成分之间的关系来看,翻译本体又是按差异互补、竞争协同、排斥吸引、对立统一等非线性相互作用关系构成的,主要包括原语与译语、原文与译文之间的辩证对等关系以及译者与原文作者、译者与译文读者之间的辩证互动关系为核心的各种关系,拥有特定翻译系统质,在与环境的相互作用中表现出一种非加和的整体性能,具有较强的(各种翻译类型、各个要素和层面之间的)内部关联性、辩证统一性、有机性、整体性;总之,翻译在其成分和结构上呈现出辩证整体性(即多元性与整体性的辩证统一)。

更具体地说,翻译在本体上往往包含多个种类和性质不同的具有相对独立性的成分，包括非文学和文学翻译、口头和书面翻译、或人工和机器翻译等多种类型，包括译者、原文作者、译文读者、原文、译文、方法等若干主体、客体和中介要素，也包括语言、艺术、信息、审美、社会、文化等若干层面，并在其各个成分之间存在着差异互补、竞争协同、排斥吸引、对立统一等特定的空间上的非线性相互作用关系，主要包括以原语与译语、原文与译文之间的辩证对等以及译者与作者、译者与读者之间的辩证互动为核心的各种复杂关系。

翻译内部较低层次的成分如译者、原文作者、译文读者、原文、译文、方法等要素通过特定的非线性相互作用构成翻译活动的主体、客体、方法等较高层次的成分，然后再通过进一步的非线性相互作用构成更高层次的成分或整个系统；或反过来说，翻译本体是由主体、客体和方法等较低层次的子系统通过非线性的相互作用构成的，而较低层次的子系统各自又是由更低层次的成分通过非线性的结构关系构成的，如翻译的主体系统是由译者、原文作者、译文读者等要素构成的，翻译的客体系统是由原文和译文等要素构成的，翻译的方法系统是由直译、意译或异化、归化等成分构成的。

翻译通过各个成分之间（甚至翻译与其环境之间）的非线性相互作用（如上述的原文与译文之间的辩证对等等）而形成一种其成分或成分集合所没有的整体性能，即整体涌现性、非加和性或非还原性。

由于翻译内部的各个成分之间、各个成分与整体之间、翻译本体与环境之间存在着普遍的关联或相互作用关系，发生着物质的、能量的、特别是信息的交换，因而翻译的任何成分以及翻译整体都处于一个全息网络中，携带着有关其他成分、系统和环境的各种相关的信息，如译文或译文中的语言由于处于整个翻译活动的全息系统中而必然携带着原语环境、原文作者、原文、译者、译文读者乃至译语环境的相关信息。

第二节

翻译类型辩证系统论

由前述的翻译总体和翻译本体辩证系统概念可知,翻译作为一种复杂的人类活动系统是由非文学和文学翻译、或口头和书面翻译、或人工和机器翻译等若干翻译类型按特定的非线性层次结构关系构成的辩证有机整体。也就是说,翻译本体从类型要素的角度来说就是由各种类型构成的翻译类型系统。自然,要全面地把握翻译本体就意味着辩证系统地把握翻译类型系统及其中的各种翻译类型。然而,同其他事物的类型问题一样,在翻译类型问题上目前还存在着很多不同的认识,对翻译类型系统的本质、特性和规律等问题还没有形成较为辩证系统的看法。因而,在对翻译进行辩证系统的考察中极有必要借助辩证系统观的视野对翻译类型问题予以系统考察。为此,以下拟以唯物辩证法的相关原理为指导,从辩证系统概念、辩证关联原理以及辩证整体原理、辩证开放原理和辩证动态原理中系统演绎出一种对翻译类型系统的初步的辩证系统认识,然后以此为框架对目前几种主要的翻译分类模式予以简要的系统分析,最后形成一种能够融合并超越多种现有的分类方法的翻译类型辩证系统模式。

3.2.1 翻译类型辩证系统论的框架

在事物的类型问题上,唯物辩证法特别是其普遍联系和发展原理、对立统一规律以及质变量变规律及其中的各种概念和范畴显然具有最高的指导意义。其中，普遍联系和发展原理认为，世界上所有事物都是普遍联系和永恒发展的，也就是说它们在空间上既保持界限、存在差异、相互矛盾、相互对立，又相互制约、相互依赖、相互补充、有机统一，而在时间上不断变化和发展。可见，这一原理从总体上揭示了事物在其各种类型之间所拥有的既有区别又有联系的辩证统一关系以及事物作为一个类型系统随着时间而变化和发展的规律。对立统一规律揭示，事物在其内部的不同要素、不同方面、不同性质之间以及在其与外部其他事物之间始终存在着斗争与合作、对立与统一的具有特殊性和普遍性的多种矛盾；事物内部存在着与其他事物不同的特殊矛盾(即地位不同的矛盾或矛盾双方)，使事物拥有了区别于其他事物的个性；事物与其他事物之间存在着普遍的矛盾，使事物与其他事物之间拥有了共性。质量互变规律则揭示，事物总是质和量的统一体；质是事物成为它自身并使它区别于其他事物的内在规定性，在事物与其他事物的相互联系中外在地表现为属性；量是事物的规模、程度、速度等可以用数量表示的规定性；度则是事物保持其质的量的限度，它的极限叫做关节点，超出关节点，事物就形成新的质量统一体，成为另一种事物；事物的发展变化都表现为由量变到爆发或非爆发式的质变和由质变到新的量变的质量互变过程。可见，唯物辩证法的上述规律和相应的范畴较为清晰地揭示了事物作为一个整体与其他事物之间以及事物内部的不同类型之间的共性和个性、联系和区别的原因和规律。

毋庸置疑，辩证系统观的辩证系统概念和辩证关联原理(以及辩证整体原理、辩证开放原理、辩证动态原理等其他各种原理)对于认识翻译类型问题都具有重要的本体论和认识论意义。在唯物辩证法的相关原理指导下，从辩证系统观的上述原理中可以直接演绎推导出以下对翻译类型系统的初步的辩证系统认识：

翻译类型系统是一个由在一至多个等级上按一至多个维度(或标准)

且在一个等级上只按一个维度所呈现或划分出来的所有的翻译类型按多元互补、差异协同、排斥吸引、对立统一等特定的非线性结构关系构成的、存在于特定的环境中并体现为一种特定的运行和演化过程的辩证有机整体。翻译类型系统在其内部的各个类型之间,在其与其所处的环境之间,以及在其运作和演化的各个阶段之间,存在着普遍的差异互补、竞争协同、排斥吸引、对立统一等非线性的相互作用或层次结构关系,使其保持空间上和时间上的辩证关联,从而在其总体上呈现出辩证关联的系统特性,并分别在其内部、外部和过程上呈现出辩证整体性、辩证开放性和辩证动态性。

显而易见,上述对翻译类型系统的初步的辩证系统认识揭示了翻译类型系统的系统本质、特性和规律,使我们可以自觉地通过一般系统的本质、特性和规律来把握翻译类型系统,为融合现有的各种对翻译类型系统的具体认识并形成一种既全面又具体的翻译类型辩证系统论提供了一个系统的组织模式。以下拟以这一组织框架为参照,以现有的语言学译论、文艺学译论和综合性译论中的相关认识为主要理论资源,对翻译类型系统的本质、特性和规律予以思维上较为具体细致的系统分析。

3.2.2 翻译类型辩证系统论的资源

翻译类型问题既是一个本体论又是一个认识论问题。一方面,翻译现象本身在其特定的要素和层面上会呈现出某种类型化的趋向;另一方面,认识翻译的主体会自觉不自觉地以翻译的某个要素、层面为维度将翻译现象在不同的等级上划分为不同性质和数量的类型。实际上,来自语言学译论、文艺学译论、综合性译论等不同背景的学者往往以不同的理论为基础提出各种分类方法,按不同维度在不同等级上将其心目中的翻译整体划分成各种性质和数量不同的类型。作为实例,以下仅对以上各种译论的某些学者提出的一些常见的分类方法予以简要综述。

3.2.2.1 语言学译论者对翻译的分类

语言学译论者主要着眼于以非文学性翻译为主的各类翻译,关注翻译活动中的原文和译文文本等客体要素以及方法手段等中介要素,着眼于翻译的形式、语义、功能三大层面或语言(符号)、信息、社会、甚至物理和生理等侧面,所以他们自然会倾向于将上述各个方面中的某个方面作为分类的维度对翻译进行不同等级的不同性质和数量的划分。

例如,雅各布森主要根据翻译所涉及的语言符号的种类将翻译区分为三种类型:(1)语内翻译(intralingual translation),即同一种语言内的不同变体之间的转换;(2)语际翻译(interlingual translation),即两种具体的语言之间的转换;(3)符际翻译(intersemiotic translation),即某种语言或非语言符号与某种非语言符号之间的转换。当然,雅各布森所面向的划分对象远远超过了一般意义上的翻译范围,虽然他本人也只是将其中的一个种类即语际翻译看成一般意义上的翻译,并将其定义为借助另一种语言来解释某种语言符号的过程[①]。他没有对语际翻译予以进一步的分类,但显然我们可以按他的思路将语际翻译进一步按原语和译语具体的语种进行分类,就可以分出若干两种具体语言之间的翻译类型,如英汉翻译、汉英翻译、俄汉翻译、英法翻译等等。

卡特福德则从翻译涉及的原语文本的范围将翻译区分为全文翻译(full translation)和部分翻译(partial translation)两大类型,其中前者指原语文本的每一部分都要用译语文本的材料来替换的翻译,后者指原语文本的某一部分或某些部分因不可译或不必译或故意保留而不被翻译并简单转移到译语文本中去的翻译。另外,他还根据翻译所涉及的语言层次

---

① Roman Jakobson. On linguistic aspects of translation, in Rainer Schulte & John Biguenet, eds. , *Theories of Translation*: *An Anthology of Essays from Dryden to Derrida*. Chicago: The University of Chicago Press, 1992, pp. 144—151.

将翻译分为完全翻译(total translation)和有限翻译(restricted translation)两大类型,前者指原语文本的所有层次都被译语材料所替换的翻译,即其中原语的语法和词汇层次都被等值的译语的语法和词汇所替换、而原语的音位和字形被不等值的译语的音位和字形所替换的翻译,后者则指原语的文本材料仅仅在一个层次上被等值的译语文本材料所替换的翻译,即仅在音位或字形层次或仅在语法或词汇层次中的某一层次上进行的翻译。卡特福德还将完全翻译按其在各个语言单位等级上的对应关系分为等级限制的翻译(rank-bound translation)和等级不限的翻译(unbounded translation),前者指译语等值成分的选择有意局限于语言单位等级中的一个或几个较低的等级(如单词或词素)上的完全翻译,而后者则指等值关系可以在语言单位等级上上下自由转移的完全翻译;他认为,通常所说的意译(free translation)总是等级不限的翻译,其等值关系往往在较高的(句子甚至更高的)等级上上下变动,逐词翻译(word-for-word translation)是在单词甚至词素等级上建立等值关系的翻译,而直译(literal translation)则是介于意译和逐词翻译之间但趋向于逐词翻译的一种翻译①。

奈达从翻译对等关系所涉及的层面将翻译分为两大类型,即形式对等翻译(formal equivalence translation)和动态对等翻译(dynamic equivalence translation)。前者指以原文为中心的能够最大限度地在文本的形式和内容层面上实现译文与原文对等的翻译,后者指以译语及译语环境和译文读者为中心的能够最大限度地在功能或效果上实现译文与原文对等(特别是译文读者对译文的反应与原文读者对原文的反应对等)的翻译②。奈达还

---

① J. C. 卡特福德,《翻译的语言学理论》,穆雷译,北京:旅游教育出版社,1991 年,第 24—31 页。

② Eugene A. Nida. *Toward a Science of Translating : With Special Reference to Principles and Procedures Involved in Bible Translating*. Leiden: E. J. Brill, 1964, pp. 165—171.

从语际交际的物理渠道将翻译分为口头翻译和书面翻译,并进而将口译区分为连续传译和同声传译,将笔译按文本涉及的内容分为事务翻译、政论翻译、科技翻译和文学翻译;另外,他还根据翻译译文与原文的对应层面和程度将翻译分为五类:死译、直译、最贴近的自然对等翻译、改译和文化翻新等①。

纽马克根据布勒(Karl Bühler)的语言功能理论将翻译文本区分为三大类型,即表情文本(expressive texts)、信息文本(informative texts)与唤情文本(vocative texts),并根据这三种文本功能类型将翻译区分为主要适合表情文本的语义翻译(semantic translation)和主要适合信息和唤情文本的交际翻译(communicative translation)两类:前者类似奈达的形式对等翻译,要求译文在译语的句法和语义结构能够允许的范围内最大限度地传达原文的语义内容,后者则类似奈达的动态对等翻译,要求重组译文语言结构,使其流畅、地道、易懂,在译文读者身上产生一种最大限度地接近原文读者得到的那种效果②。应当指出的是,早在纽马克之前,赖斯就已根据布勒的语言功能理论将翻译文本划分为以内容为中心的说明文本、以形式为中心的表情文本、以呼唤为中心的唤情文本等功能类型,并依这三种文本类型划分了翻译类型③。

巴尔胡达罗夫根据原文和译文各自所用的物理渠道将翻译划分为笔语对笔语的翻译、口语对口语的翻译、笔语对口语的翻译、口语对笔语的

① 谭载喜(编译),《新编奈达论翻译》,北京:中国对外翻译出版公司,1999 年,第 56—59 页。

② Peter Newmark. *Approaches to Translation*. Oxford: Pergamon, 1981, pp.38—56; Peter Newmark. *A Textbook of Translation*. New York: Prentice Hall, 1988, pp.39—53.

③ Katharina Reiss. *Translation Criticism: The Potentials and Limitations: Categories and Criteria for Translation Quality Assessment*, trans. Erroll F. Rhodes. Manchester: St. Jerome Publishing, [1971] 2000, pp.24—47.

翻译等类型。其中，他认为笔语对笔语的翻译是最常见的一种翻译形式，可以像费道罗夫那样根据原文的性质再分为几类，如新闻报道、应用文和专业科技文章的翻译，社会政治文献、政论文和演说词的翻译，文艺作品的翻译等；口语对口语的翻译也可以根据其运作方式分为两种，即所谓随声翻译和同声翻译①。

3.2.2.2 文艺学译论者对翻译的分类

文艺学译论者主要着眼于以文学翻译为主的各类翻译活动，关注翻译活动中的译者、原文作者、译文读者等主体要素以及方法手段要素，着眼于翻译的艺术、审美、文化等层面，一般不善于对翻译进行细致的划分。然而，有些文艺学译论者（特别是当代的宏观文艺学译论者、文化学译论者）也受到科学精神的影响，能够放眼于翻译整体并将上述及其他某些方面作为分类的维度对翻译进行不同等级的不同性质和数量的划分。

如前所述，霍姆斯曾提出了一个"翻译研究"的学科框架，其中将理论翻译学划分为普通理论研究和按媒介、领域、体裁、专题、时间等标准划分的各种局部翻译理论研究。显然，他的翻译概念中已包含了按媒介(medium)、领域(area)、等级(rank)、体裁(text-type)、时间(time)、专题(problem)等维度划分出的不同翻译类型。在他看来，翻译可按不同手段、媒介或物理渠道划分为人工翻译、机器翻译、机助翻译或口译和笔译等若干类型；按领域或范围划分为任意两种语言文化（如英法语言文化）之间或多种语言文化（如欧洲语言文化群体）之间的翻译多种类型；按语言等级或翻译单位可以分为从词素到篇章的各个不同语言等级上的翻译；按体裁或文本类型可以划分为科技翻译、诗歌翻译、圣经翻译等多种类型；按时

---

① 巴尔胡达罗夫，《语言与翻译》，蔡毅、虞杰、段京华编译，北京：中国对外翻译出版公司，1985年，第31—32页。

间可以划分为当代翻译、过去各个时代的翻译或跨时代翻译等各种类型；按专题可以划分为隐喻翻译和专用名词翻译等各种以某一问题为中心的翻译类型①。

图瑞曾从原文和译文在原语和译语文化中充当的文本类型的视角将文学翻译区分为两种，一种是原文为文学的翻译，即对任何在原语文化中被看成文学作品的文本的翻译，另一种则是译文为文学的翻译，即为了使译文在译语文化中被看成文学而对任何类型的原文的翻译。就原文为文学的翻译而论，他根据翻译方法将其分为三个类型：(1)语言取向的翻译(linguistically-motivated translation)，即生成符合译语文化的语法和词汇规范而不完全符合译语文化的篇章规范的译文的翻译行为；(2)篇章为主的翻译(textually-dominated translation)，即生成符合译语文化的篇章规范但不符合译语文化的认可的文学模式的译文的翻译行为；(3)文学取向的翻译(literary translation)，即生成大致服从目标文化的文学规范但可能需要对原文的语言、篇章甚至文学特征进行重构的翻译行为②。

值得一提的是，我国学者张今也对翻译类型进行过划分。他首先根据翻译采用的物理渠道将其分为口头翻译和文字翻译两种，然后又从文本所属领域的角度将文字翻译分为非文学翻译与文学翻译，进而又将非文学翻译分为广义非文学翻译和狭义(即句本位)非文学翻译两种(其中又将狭义非文学翻译分为应用文翻译、新闻报道翻译、科技作品翻译、社科作品翻译等)，又将文学翻译相应地分为广义文学翻译和狭义(句本位)

---

① James S. Holmes. The name and nature of translation studies, in James S. Holmes, *Translated！Papers on Literary Translation and Translation Studies*. Amsterdam：Rodopi，[1972]1988, pp. 67—80.

② Gideon Toury. *Descriptive Translation Studies and Beyond*. Amsterdam/Philadelphia：John Benjamins, 1995, pp. 168—171.

文学翻译两种(其中又将狭义文学翻译分为文学评论翻译、包括小说和戏剧等在内的散文翻译、诗歌翻译等类型)。张今还特别指出,狭义的非文学翻译和狭义的文学翻译中的各个类型之间存在着文学性逐步增强的关系,可见他看到了不同翻译类型之间的性质过渡关系①。

3.2.2.3 综合性译论者对翻译的分类

可以说,在翻译类型问题上取得重大突破的当属综合性译论的代表人物斯奈尔—杭贝。如前所述,她以格式塔整体性原理、原型理论和连续统概念为依据,摈弃了划界清楚的还原主义类型法和强调二元对立的二分法,采用了强调每个类型自身中心突出、边界模糊的原型分类法(prototypology)和强调不同类型之间相互连接、有机统一的连续统模式,对翻译的类型进行了全面深入的考察。她将翻译类型系统看成一个在纵向上由高到低或由上向下包含多个逐层细化的等级层次而每个层次又在横向上由一端到另一端包含多个逐渐过渡的原型的复杂的类型体系,同时也将其中的每个翻译原型看成一个在更低等级上由若干相互连接的更小原型构成的、与同一层次上的其他原型共同连接构成整个原型连续统的一个翻译类型。其中,在第一个等级上,翻译的类型体系呈现为一个由文学翻译(literary translation)、普通语言翻译(general language translation)和特殊语言翻译(special language translation)三大由文学性向科技性翻译逐步过渡的原型构成的连续统;而在第二个等级上,文学翻译原型又相应地大致分为圣经翻译、古典文学翻译、影剧翻译、20世纪前文学翻译、诗歌翻译、儿童文学翻译、现代文学翻译、通俗小说翻译等文学性依次减弱的若干更小原型,普通语言翻译又包括报刊翻译、一般信息文本翻译等更小的原型,而特殊语言翻译又包括法律翻译、经济翻译、医学翻译和科技翻译等

① 张今,《文学翻译原理》,开封:河南大学出版社,1987年,第10页。

科技性依次增强的更小原型①。

3.2.3 走向翻译类型辩证系统论

综观上述及其他现有的各种翻译分类方法可以看到,目前对翻译类型的认识已取得一些成就,但同时也存在一定的问题。其中,从分类维度来说,现有的翻译分类模式各自根据具体情况确定了特定数量、性质或地位的分类维度,包括翻译所跨越的语言符号的种类、翻译所跨越的原语和译语语种、翻译覆盖的原语文本的范围、翻译所跨越的语言等级、翻译在不同语言等级上的对应方式、翻译对等所跨越的层面、翻译采用的物理渠道或媒介、翻译的方法、翻译运作方式、翻译的时间、翻译的专题或具体对象、原文和译文在原语和译语文化中充当的文本类型、文本的功能类型或体裁等多种维度。显然,其中有些分类模式已初步认识到翻译类型系统的多维性,并在同一分类体系的不同的等级上使用了不同的分类维度。然而,有些分类模式尚未充分认识到翻译类型系统的多维性,不能整体把握数量较大、性质或地位不同的各种分类维度,缺乏足够的立体性。

从分类等级或层次来说,现有的翻译分类模式各自在一到多个等级层次上对翻译进行了分类。其中有些翻译分类模式较为重视翻译类型系统的多等级特性,各自根据具体情况确定了特定数量、性质或地位的分类等级。然而,有些翻译分类模式尚未完全采用层次化的翻译类型观,没有充分重视翻译类型系统的多级性,不能整体把握数量较大、性质或地位不同的各种分类等级,缺乏足够的层次性。

从划分出来的类型的性质和数量来看,现有的翻译分类模式都根

---

① Mary Snell-Hornby. *Translation Studies: An Integrated Approach* (2nd ed.). Amsterdam/Philadelphia: John Benjamins, 1995, pp. 26—35.

据某个维度在某一层面上对翻译进行了二至多个类型的划分。其中，多数翻译分类模式都能够把握翻译的多成分特性，并按特定的维度在特定的等级上具体确定了特定数量、性质或地位的各种成分或类型。然而，有些翻译分类模式尚未采用多元化的翻译类型观，没有充分重视翻译类型的多元性，不能整体把握数量较多、性质或地位不同的各种成分或类型，缺乏足够的多元性。它们倾向使用二分法，往往不能体现翻译在某个等级上的详细分布情况。当然，有时在某些较高等级上进行大略的二分也是必要的，但这样的分类应当在某一较低等级上走向多元分类。

从分类与分类环境的关系来看，现有的各种分类模式都是在特定的翻译研究或实践环境中根据实际情况的需要而对翻译进行的类型划分。实际上，有些翻译分类方法已初步注意到翻译或翻译的类型因其所处的时空环境及观察者的背景和目的不同而在各个方面动态变化的特点，从而能够在一定程度上变换其分类维度、等级、成分的性质、数量和主次地位。当然，有些分类法尚未完全采用动态化的翻译类型观，没有充分认识到翻译分类的动态性，不能灵活变换其分类维度、等级、成分的数量、性质或地位，因而缺乏足够的灵活性。

总之，目前对翻译类型的认识已取得一定的成就，现有的翻译分类方法已初步认识到翻译类型系统的多维度、多等级、多成分、动态化特性，从而根据具体情况确定了特定数量、性质或地位的分类维度、等级和成分，并能在一定程度上变换其分类维度、等级、成分的性质、数量或主次地位。然而，还有一些翻译分类法尚未完全采用系统的翻译观，没有充分认识到翻译的多维性、多级性、多元性、动态性，不能宏观把握数量较大、性质或地位不同的各种分类维度、等级、成分，不能灵活变换分类维度、等级、成分的数量、性质或地位，缺乏足够的立体性、层次性、多元性、全面性和灵活性。

综上所述，以唯物辩证法的普遍联系原理、对立统一规律以及质变量变规律及其中的各种概念和范畴为指导，在前述的翻译类型辩证系统论框架的基础上，通过参照前述及其他多种具体的翻译分类模式对翻译类型系统的各个方面予以系统的分析，并在此基础上对具体的关于翻译类型的认识予以系统的选择、优化、归纳和综合，就可获得一种能够融合和超越多种现有观点的对翻译类型的辩证系统认识，主要包括翻译类型辩证系统概念、翻译类型辩证关联原理以及翻译类型辩证整体原理、辩证开放原理和辩证动态原理，可依序分别大致表述如下：

翻译类型系统是一个由在一至多个等级上按一至多个维度（或标准）且在一个等级上只按一个维度（如翻译的内外要素和层面中的任何一个）所呈现或划分出来的所有翻译类型（如按文本体裁这一维度所呈现出来的文学翻译、普通语言翻译和特殊语言翻译三大类型）按多元互补、差异协同、排斥吸引、对立统一等特定的非线性结构关系（如一个维度或连续统上的各种类型之间的差异互补以及两个极端类型之间的对立统一关系）构成的、存在于特定的翻译活动和翻译研究的时空情景和社会文化环境中并体现为一种其内外各个要素和关系随着时间而不断运作和演化的过程的辩证有机整体。

翻译类型系统在其内部的各个成分即翻译类型之间、在其与翻译活动或翻译研究的环境之间以及在其运行和演变过程的各个阶段之间，总是在保持相对分离的同时存在着多元互补、差异协同、排斥吸引甚至对立统一等特定的非线性的相互作用，呈现出空间上和时间上的辩证关联性（即分离性与关联性的辩证统一），分别体现为其内部各种类型之间的辩证整体性（即在同一等级按同一维度所呈现或划分出来的性质和数量不同的翻译类型总是处于差异互补的关系之中，体现为多元性与整体性的辩证统一)，它与翻译活动和翻译研究环境之间的辩证开放性(即其分类等级、维度、成分的数量、性质和地位总是在保持相对独立的同时受其环境特别是观察者的背景和目的的影响而变化，体现为自主性与开放性的辩证统一)，以及它在运行或演变过程上的辩证动态性(即其分类维度、等级、成分的数量、性质和地位在保持相对稳定的同时随着时间的变化而不断变化，体现为稳态性与动态性的辩证统一)。

显而易见，由上述的翻译类型辩证系统论可以推出，翻译可根据不同情况按数量、性质或地位不同的维度在数量、性质或地位不同的等级上分为数量、性质或地位不同的类型。换言之，翻译可根据其发生的具体环境及对其分类的背景和目的按翻译的所有潜在的维度中的一至多个维度，在所有潜在的等级中的一至多个等级上，分为所有潜在的成分或类型中的二至多个成分或类型。具体而言，在实际分类中，有时翻译可按同一维度在同一等级上分成二至多个类型。有时，翻译可按同一维度在多个等级上分为越来越多、越来越细的类型。然而，必要时，翻译还可按不同的维度在不同等级上分类，即首先按某个维度在第一或更多等级上分类，然后按另一维度在下一个或多个等级上分类，然后再按某个新的维度在更下一个或多个等级上分类，依次类推。例如，翻译通常可按原文和译文的体裁大致分为科技翻译、新闻翻译、政论翻译、广告翻译、文学翻译等许多种类；也可按所跨符号的种类分为语内翻译、语际翻译、符际翻译等类型，其中语际翻译又可按所跨语种类型分为英汉翻译、俄汉翻译、汉日翻译等类别；按物理渠道分为口头翻译、书面翻译等种类；按工具手段分为人工翻译、机助翻译、机器翻译等类型；按方法策略分为直译和意译、异化和归化、全译和变译等种类，其中变译又可进而分为摘译、编译、缩译、改译等类型。

第三节

翻译主体辩证系统论

　　根据前述的翻译总体和翻译本体辩证系统概念,翻译作为一种复杂的人类活动系统,不仅是由原文、译文和方法等活动客体和中介要素而且更重要的是由原文作者、译者和译文读者等若干使翻译得以实现的行为主体要素按特定的非线性结构关系构成的辩证有机整体。也就是说,原文作者、译者和译文读者等各种主体要素及由其构成的主体系统是翻译这种人类活动系统中必不可少的成分或子系统。自然,要系统地把握翻译活动就意味着辩证系统地认识翻译主体系统的各个主体的各个方面、各个主体之间、主体与翻译活动及其环境之间的相互关系以及翻译主体系统随着时间的变化而演化的规律。然而,在翻译主体问题上目前仍存在着许多不同的认识,对翻译主体系统的本质、特性和规律等问题还没有形成辩证系统的看法。因而,在对翻译进行辩证系统的考察中极有必要借助辩证系统观对翻译主体问题予以系统的探讨。为此,以下拟以唯物辩证法的相关原理为指导,从辩证系统概念、辩证关联原理以及辩证整体原理、辩证开放原理和辩证动态原理中系统演绎出一种初步的对翻译主体系统的辩证系统认识,然后以此为框架对目前主要的相关观点予以简要的系统分析,以形成一种能够融合并超越多种现有观点的翻译主体辩证系统论。

3.3.1 翻译主体辩证系统论的框架

在唯物辩证法的普遍联系和发展原理、对立统一规律以及相关的概念或范畴的指导下，从前述的辩证系统观的辩证系统概念和辩证关联原理以及辩证整体原理、辩证开放原理、辩证动态原理等其各种原理中可以直接演绎推导出以下对翻译主体系统的初步的辩证系统认识，可以大致表述如下：

翻译主体系统是一种由译者、原文作者、译文读者等参与翻译活动的若干特定的主体要素按差异互补、竞争协同、排斥吸引甚至对立统一等特定的非线性的结构关系构成的辩证有机整体，出现于特定的翻译活动及翻译环境中，与翻译活动及翻译环境发生特定的非线性的相互作用，并始终体现为一种不断的运作和演化过程。翻译主体系统在其内部的各个成分即各个主体之间，在其与其所处的翻译活动及其环境之间以及在其运作和演化的各个阶段之间，存在着普遍的差异互补、竞争协同、排斥吸引甚至对立统一等各种非线性相互作用关系，使翻译主体系统保持空间上和时间上的辩证关联，从而在其总体上呈现出辩证关联的系统特性，并在其成分和结构上、在其与翻译活动及翻译环境的关系上以及在其运作和演化的过程上，分别呈现出辩证整体性、辩证开放性和辩证动态性。

显而易见，上述对翻译主体系统的初步的辩证系统认识虽然比较抽象和笼统，但揭示了翻译主体系统的一般系统本质、特性和规律，为融合现有的各种对翻译主体系统的本质、特性和规律的具体认识并形成一种既全面又具体的翻译主体辩证系统论提供了一个系统的组织框架。以下拟以这一组织模式为参照，以现有的语言学译论、文艺学译论和综合性译论中的相关认识为主要理论资源，对翻译主体系统的本质、特性和规律予以思维上较为具体详细的系统考察。

3.3.2 翻译主体辩证系统论的资源

与其他对象事物一样,翻译的主体问题既是一个本体论又是一个认识论问题。从本体论的角度来说,翻译作为一种复杂的人类活动(主体—客体)系统总是离不开特定的人类行为主体,参与翻译活动的人类主体各自具有一定的语言、艺术、信息、审美、社会、文化、生理甚至自然特征,他们通过彼此间复杂的相互作用形成一个主体系统,在翻译活动中各自扮演着不同的角色,拥有不同的地位,执行着不同的功能,使翻译活动得以实现。从认识论的角度来说,来自语言学译论、文艺学译论、综合性译论等不同的理论背景的学者各自从不同的角度来看待翻译主体问题,各自关注翻译主体系统中不同主体的不同特性、地位和作用以及不同主体之间的相互关系,形成了不同的翻译主体观。

3.3.2.1 语言学译论对翻译主体的认识

如前所述,语言学译论者往往崇尚以物为准、尊重客体、推崇理性、探索真知、追求实效的科学精神,分别从结构主义语言学、交际学、社会符号学等角度考察翻译,将翻译视为一种客观的机械的语言转换、信息传递、社会交往过程,关注翻译中的原文、译文等客体要素及其中客体化的语言、信息、社会因素,强调原文的权威地位以及两个文本之间的线性对等关系,因而他们往往忽略翻译活动的主体要素及其地位特别是其主体性,或虽然看到了各种主体要素及其地位,却倾向强调原文作者的权威地位或译文读者的中心地位从而贬低译者的地位,同时也忽视了原文作者、译文读者特别是译者的个性或主体性及各个主体之间的关系或主体间性。

实际上,在结构主义语言学出现之前的古典语言学译论时期,翻译过程中的主体角色或者被神秘化了,或者被程式化和固定化了。原文作者作为翻译交际过程的逻辑发起者而被赋予了至高无上的地位,译者则沦为作者忠实的奴仆或"戴着脚镣跳舞"的人,而同时无论原文作者还是译

者的个性都被统统忽视了。当时，语言被视为具有权威地位的作者用来
表达和再现其思想的透明工具，而通过书写固定下来的被客体化了的文
本则被看成作者意义的忠实记录。人们根深蒂固地坚信，文本中客观潜
藏着作者所赋予的超然于读者的理解之外、先在于读者的理解之前而存
在的固定不变的意义，它像一种深埋于地下的矿物，可通过一定途径的发
掘而完全获得，因而古代时期无论是圣经阐释还是世俗作品的解释，全都
以发现作者的原意为目标，甚至即使在中世纪后以圣经解释为开端的传
统解释学逐渐褪去了神学色彩，但由最初神学规定的探寻作者原意的宗
旨却仍然谨遵不改①。显然，在基于这种传统语言观的古典语言学译论
者看来，翻译的目的就是要忠实地复制原文作者赋予原文的意义，而为此
译者就要尽可能在理解原文的过程中排除各种主观因素的干扰，心甘情
愿地居于从属或次要地位，做原文和原文作者忠实的仆人。

　　进入现代，典型的语言学译论者以结构主义语言学为视角，切断了原
文与原文作者之间的联系，形成了翻译理论中的语言逻各斯中心主义，关
注翻译中的语言和文本等客体要素，强调语言和文本的客观性和规律性，
强调不同语言或文本之间的共性或普遍性，导致原文作者、译者甚至译文
读者等主体因素在他们的翻译理论中的缺场，或虽然意识到这些要素的
存在却无视他们的主体地位和主体性，将这些主体要素看成了语言牢笼
中的存在物，"认为人们只要遵循语言规律，人人都可以把一种语言所表
达的内容用另一种语言表达出来，从而就把人的主观创造性忽视了"②。

　　例如，卡特福德虽然采用了以系统功能语法为基础的普通语言学理

---

　　①　金元浦，作者中心论的衰落——现代西方文学批评史上的一次重大转折，《文艺理
论研究》，1991 年第 4 期，第 23—29 页。

　　②　吕俊，结构、解构、建构——我国翻译研究的回顾与展望，《中国翻译》，2001 年第 6
期，第 8—11 页。

论探讨翻译问题，却在其语言观和翻译观上基本没有超越结构主义语言学的视阈，只是将翻译看成一种单向的、线性的语言操作过程，或一种用译语文本替换原语文本的机械的复制过程，忽视了翻译的双向交际过程及其中的主体要素①。他虽然采用了韩礼德的系统功能语法的基本范畴考察翻译中的语言问题，甚至采用了弗斯(John R. Firth)的语义理论结合情景语境探讨了翻译中的意义问题，认为语义与包括说话者在内的情景语境不可分割，并指出那些认为原文和译文"具有相同的意义"或认为在翻译中发生了"意义的转移"的观点是站不住脚的②，却没有很多地关注翻译所涉及的主体要素，在很大程度上将译者、原文作者、特别是译文读者排除在视野之外，更谈不上关注其主体地位和主体性了。

与结构主义语言学译论不同，以信息论、通讯学、交际学、心理语言学、认知语言学等为基础的交际学译论者则将原文作者、译者、译文读者等主体要素纳入视野，将其看成翻译信息通讯或交际过程中不可或缺的基本要素。然而，由于交际学译论者主要关心信息的单向的、线性的、客观的、普遍的传递或交际过程，因而他们只是将原文作者、译者、译文读者等主体要素分别视为信息内容的机械的编码者、解码—编码者和解码者，或充其量将其分别视为遵守普遍的交际规律的发话人、受话—发话人和受话人，倾向于忽视这些主体要素的地位、主体性及其主体间性。其中，交际学译论者虽然看到了译者居于整个翻译过程的中心位置，却只是将其视为一个失去自我、或忠实原文作者或服务于译文读者的奴仆或隐形人，忽视了译者在整个翻译过程中的主体性，当然

---

① 穆雷，卡特福德与《翻译的语言学理论》，J. C. 卡特福德，《翻译的语言学理论》，穆雷译，北京：旅游教育出版社，1991年，第157—158页。

② J. C. 卡特福德，《翻译的语言学理论》，穆雷译，北京：旅游教育出版社，1991年，第42—50页。

也忽视了译者与原文作者和译文读者之间双向的、能动的相互作用关系。

例如,奈达认为,任何一种交际活动都包含八大要素,即信息源点、信息内容、信息受体、信息背景、信码、感觉信道、工具信道、噪音,其中的信息源点和信息受体自然是交际中的主体要素。这样,翻译作为一种跨语言的信息传递、通讯或交际过程,就是译者作为信息受体在一定的信息背景下借助某种语言信码通过某种感觉信道和工具信道克服某些噪音从作为信息源点的原文作者那里接受并解码信息,然后又作为一个信息源点通过另一种语言信码将信息编码并传递给作为最终信息受体的译文读者的客观过程。在翻译交际中,原文作者即最初的信息源点通常是具有特定背景的某一个人,但有时也可以是具有不同特征的多人组成的群体;原文作者所面向的对象即原语的信息受体也可以是某一个人或群体;同样,译文读者作为翻译交际最终的信息受体有时可以是某一个人,但多数情况下却可能是背景不同的某一群体,往往具有不同的文化程度、学习经历、年龄结构、兴趣爱好、语言知识、文化背景、价值观念、读书动机、需求和期望。奈达认为,译者既是原语交际中的受体又是译语交际中的源点,必须精通通常作为其母语的译语和作为原语的另一种语言以及与这两种语言相关的文化背景知识,而且还必须对这两种语言持有客观的态度,不能在感情上过多地偏向其中任何一种,既不能把原语的生硬形式移植到译语中,也不能在译语中清除一切外来成分以使其"纯化";译者同时受到两种力量的牵制:一方面知道原文作者并不是直接向译语读者写作,另一方面又希望译语读者能够充分理解这种异样的文化、历史信息的相关性和重要性;译者既要从知识和感情上了解原作者的意旨,又要了解译文读者所关心的东西,必须用一种能有效满足译文读者要求的形式忠实地再现原文的意思;译者必须充当知识桥梁,让译语读者能够跨越语言和文化的鸿沟,尽可能充分地理解原文的含义①。

奈达认为,译者是翻译活动的焦点要素,由于他与他所处的文化语境不可分割,因而他的工作不可能具有绝对的客观性,所以他在翻译活动的基本原则和程序中扮演着核心角色;译者承担的是一种既异常困难又出力不讨好的工作,想使自己的翻译得到认可,就必须精通原语和译语两种语言文字,并能够用译语创造出一种新的语言形式来传达原语所表达的思想概念。也就是说,译者不仅需要精通两种语言,还必须通过复杂的解码和编码等心理程序实现两种语言之间的转换,并通过自己的语言文化能力跨越原语和译语文化差异的障碍以求得译语读者反应与原语读者反应相同。理想的译者能够熟练掌握原语和译语,并且还要熟悉文本所涉及的专业知识,拥有一种向原文和原文作者移情的能力,拥有与原文作者一样的译语表达天赋,并端正自己的翻译动机。当不能同时拥有上述所有的特征时,译者就需要改变自己的角色,充当"开创者",即先翻译出初稿然后借助译文读者的反应修改完善,或充当"助产者",即只是对原文的意义和语言予以解释而依赖于以译语为母语的人的建议写出译文,或充当"合作者",即与其他多个译者形成一个翻译团队并通过分工合作共同完成翻译任务。奈达特别指出,译者在翻译过程中难免会留下自己个性的烙印,因而他必须尽力将自己的主体性减小到最小程度②。显然,奈达的交际学译论虽然看到了翻译的主体要素甚至其个性,却基本上将其视为交际过程中机械的编码和解码者,不主张将其主体性带到翻译过程中,

---

① Eugene A. Nida. *Toward a Science of Translating : With Special Reference to Principles and Procedures Involved in Bible Translating* . Leiden: E. J. Brill, 1964, pp. 120—144; 谭载喜(编译),《新编奈达论翻译》,北京:中国对外翻译出版公司,1999 年,第 26—33 页。

② Eugene A. Nida. *Toward a Science of Translating : With Special Reference to Principles and Procedures Involved in Bible Translating* . Leiden: E. J. Brill, 1964, pp. 145—155.

也没有重视译者与原文作者和译文读者之间的主体间性。

与奈达不同，格特从认知语言学的关联理论的角度提出了关联翻译理论，将翻译看成了一种具有不同认知特征的主体之间的认知交际活动，不仅看到了翻译主体对明示意义的编码和解码过程，而且还看到了翻译主体借助认知语境的作用对暗含意义的主观能动的推导过程。关联翻译理论关注译者、原文作者、译文读者的心理认知因素及其相互关系，特别是原文作者的交际意图、译文读者的认知语境和交际期望以及译者的翻译策略三者之间的联系，并且认为在翻译交际过程中译者始终期望译文读者在理解译文时能取得充分的语境效果而不会付出不必要的认知努力，因而会本着用最小力气传达最多信息的原则，对原文进行适当改变以最大限度地增加译文对译文读者的关联性[1]。当然，关联理论一方面强调翻译主体在交际过程中具有心理认知上的能动性，特别是译者可以从原文语言形式的藩篱中解放出来，一方面却仍然坚持译者应完全按照交际规则服务于译文读者的交际需要，因而并没有在很大程度上重视译者的主体性以及译者与原文作者和译文读者之间的主体关系。

与结构主义语言学译论和交际学译论不同，社会符号学译论者则将翻译活动中的主体要素视为具有特定目的的能动的社会交往者，在一定程度上重视他们的主体地位、主体性和主体间性，但同时又主要将其视为遵守社会交往规范、符合社会交往规律的交往者，因而忽略了他们作为个体所具有的主观能动性。例如，赖斯、弗米尔、曼塔利等德国功能派学者主要从功能理论和行为理论的角度考察翻译，将翻译视为一种具有不同特征的主体要素在特定的社会文化环境中达到某种社会交往目

---

[1]　Ernest-August Gutt. *Translation and Relevance*：*Cognition and Context* (2nd ed.). Manchester：St. Jerome Publishing, 2000, pp. 47—201.

的的复杂的人类活动或翻译性行为。他们不仅看到了译者(译文生产者)、原文作者(原文生产者)、译文读者(译文接受者)等主要的翻译主体要素,而且还把翻译活动的发起者(译文需要者)、委托人(与译者签订合同者)、译文使用者(译文用户)等更多的行为主体或角色纳入理论视野。他们注重翻译活动的目的性和人际性(或主体间性),强调翻译方法与翻译目的之间的联系,强调翻译中各种主体要素之间的相互作用关系,突出了译者的角色和翻译目的的关键地位①。然而,这些学者主要着眼于翻译活动的社会方面,因而没有对译者及其他主体要素的个人能动性予以足够的重视。

3.3.2.2　文艺学译论对翻译主体的认识

如前所述,与语言学译论者倡导科学精神不同,文艺学译论者崇尚以人为本、张扬主体、推崇觉智、追求善美、注重感受的人文精神,强调人是万物之灵、是万物的尺度,认为人可以通过想象赋予万物以灵性和生命,强调人的灵感和悟性,大多从文艺学、美学、文化诗学甚至文化学的角度探讨文学和诗化话语的翻译,将翻译视为一种通过译者独特的创造性而实现的一种艺术再造、审美交际、文化交流过程,虽然也很重视文本本身及其中的语言风格和审美意象,但从一开始就注重对象事物中的主体个性或差异性,关注原文作者、译者和译文读者等主体要素的个人特征、个体方面,特别关心译者的主体地位和创造个性,有时也能注意到这些具有个性的主体之间的相互作用关系或主体间性。

例如,前述的现代文艺学译论的代表人物庞德主要从意象派诗学的角度将翻译看成译者对原作意象的传达和美感经验的再创造过程,

---

① Christiane Nord. *Translating as a Purposeful Activity*: *Functionalist Approaches Explained*. Manchester: St. Jerome Publishing, 1997, pp. 15—26.

关注诗歌翻译中译者、原文作者和译文读者等主体要素特别是译者的主体性，把译者看成具有充分的创造性和能动性的艺术家、雕刻家、书法家、文字的铸造者和驾驭者，而将语言文字视为一种由艺术家雕刻出来的具有"能量"的"意象"，从而强调译者对原文中的意象的精细的把握和重新塑造，同时也赋予译者以更多的创造自由。而且，庞德通过自己的翻译实践，还展示了他对译者与原文作者之间的关系的看法：他的译作处处贴着自己的标签，隐现着自己的特色，"他是一个叛逆者，一个极富创造性的叛逆者"①。

与庞德的翻译主体观相比，加切奇拉泽对文学翻译中的主体要素特别是译者主体性的认识更为客观一些。他从列宁的反映论美学的角度将翻译视为一种艺术交流方式和艺术再创造活动，一种按照现实主义艺术规律根据原作所提供的第一次的艺术现实为译作读者创造出一个第二次的艺术现实的过程。他既看到原文作者根据生活现实创作出艺术现实的过程，由此尊重原文及原文作者的地位，同时又强调译者的创造个性的作用以及译文读者的主体地位。特别值得指出的是，加切奇拉泽将翻译看成原文作者的创造性和译者创造性的结合，反对忽视译者主体性的做法，认为"译者的创作个性是实际存在的，无论怎样想把它排除于理论之外，它仍'照常在运转'，如果我们不想在泼水时把孩子（即整个翻译）也一起泼掉，就应当判明创作个性的规律，而不要佯作视而不见"②。当然，他对译者创造性和译者与原作的主体间性的认识是建立在现实主义文艺理论的基础上的：在他看来，"创造性就是译者想用自己的语言按照原文创造

---

①　祝朝伟，《构建与反思——庞德翻译理论研究》，上海：上海译文出版社，2005 年，第 58 页。

②　加切奇拉泽，《文艺翻译与文学交流》，蔡毅、虞杰编译，北京：中国对外翻译出版公司，1987 年，第 78 页。

一部等值的文艺作品,其中对原作艺术上的忠实是主要的,而语言修辞上的忠实则处于从属地位"①。

与典型的文艺学和美学译论者不同,当代时期的列费维尔、巴斯奈特等宏观文艺学译论者则从文化诗学和文化学的视角探讨文学翻译,将其视为译者为了某种目的面向目标文化的诗学、意识形态、赞助人等因素而对原文进行的改写和操纵过程。显然,他们的观点突出了译者的地位和主体性,也看到了译者与目标文化中的赞助人等作为个人或群体的主体之间的互动关系。与此相近,有些译论者还从女性主义、后殖民主义等文化研究视角将翻译看成一种男性与女性、文化与文化之间的权利和政治活动。其中,加拿大女性主义译论者反对把译文比作女性并贬低译文和女性地位的翻译观念和实践,强调译者作为翻译主体在把原文转化成译文的过程中的能动作用,认为女性主义译者不应该自甘埋没,而应通过对原文的操纵凸现译者和女性的主导角色和地位②。同样,巴西后殖民主义译论者为对抗老牌帝国主义观点也提出了"食人主义"的翻译观,认为清楚无疑的原文原意是不存在的,真正的译者不是对原文亦步亦趋地顶礼膜拜,而是主动地把握甚至吞食原文,为自己所用③。另外,韦努蒂还针对英美文化霸权主义以及译者的"隐身"问题提出了译者应在以英美文化为目标的翻译中采取反对译文通顺的抵抗式翻译即"异化"策略,以突出译者和原语文化的身份,对抗目标文化的民族中心主义④。可见,上述

---

① 加切奇拉泽,《文艺翻译与文学交流》,蔡毅、虞杰编译,北京:中国对外翻译出版公司,1987年,第79页。

② Sherry Simon. *Gender in Translation*: *Cultural Identity and the Politics of Transmission*. London: Routledge, 1996, pp. 1—136.

③ Jeremy Munday. *Introducing Translation Studies*: *Theories and Applications*. London: Routledge, 2001, p. 136.

④ Lawrence Venuti. *The Translator's Invisibility*: *A History of Translation*. London: Routledge, 1995, pp. 1—313.

几种翻译理论大大地张扬了译者的地位，凸显了译者的主体性，看到了译者与原文（作者）之间的冲突和矛盾关系及其与译文读者之间的亲密关系。

值得指出的是，在当代各种背景的学者当中，解构主义译论者对提升译者的地位起了较大的促进作用。虽然他们只是关注文本形式即能指，将翻译的过程看成是一种能指的无限"异延"的实践，一种用某种符号的能指替补另一种或同一种符号的能指的运作，从而在表面上将原文作者、译者、译文读者等主体要素从翻译过程中统统驱逐出去，但他们却通过把原文与译文看作在无限循环的能指链上处于一种差异互补、平等共生的关系之中的前后相邻的文本（即原文是其前的能指的译文，一开始就缺乏足够的原创性，因而祈求通过翻译得以存活，而译文则与原文既平等又存异，具有一定的原创性，是原文的来世、原文生命的延续），或通过将译文看作译文的译文，结果就将译者看成了与原文作者差异互补、平等共生的符号替补者①。

3.3.2.3　综合性译论对翻译主体的认识

除了语言学和文艺学译论者各自不同的翻译主体观外，有些综合性译论者还持有对翻译主体更为综合甚至系统的看法。虽然这些学者个人的理论背景可能是宏观语言学或文艺学的，因而总会多多少少地有所侧重，但他们能够整体把握人类的文化精神，崇尚科学精神与人文精神的全面融合，既重视对象事物的客体性方面，又重视对象事物的主体性方面，注重主体要素的物性与人性的有机统一。他们往往采用一些全面综合的理论视角，从而能够看到翻译主体系统整体及其中各个主体要素的特征、

---

① Kathleen Davis. *Deconstruction and Translation*. Manchester: St. Jerome, 2001, pp. 7—46.

地位、主体性等各个方面及其相互关系。

例如,综合学派的代表人物斯奈尔—杭贝虽然没有专门论及翻译的主体要素问题,却在其对翻译过程的描述中显露了她对翻译活动主体及其地位、主体性甚至主体间性的认识。她采用菲尔摩(Charles Fillmore)的场景—框架语义学(scenes-and-frames semantics)的角度对翻译过程进行了这样的描述:翻译是通过原文作者、作为原文读者和译文作者的译者以及译文读者之间的相互作用而形成的一种复杂的交际行为。译者首先着手处理原文文本及其语言成分,这是原文作者从其具有一定的原型性质的场景库中提取出一部分场景而生成的一种框架。在原文框架的基础上,译者根据自己的经验水平以及关于相关文本材料的知识建构起自己的场景。如果译者与原文作者不属于一个民族,译者很有可能会激活一种不同于作者期望的或不同于以译语为母语的人所激活的场景的场景(因而会导致翻译偏差)。然后,基于他已激活的场景,译者必须寻找合适的译语框架;这是一种完全依赖于他的译语水平而不断决策过程①。由这种描述可以看出,斯奈尔-杭贝比较重视译者在翻译过程中经历的创造性的认知过程及译者与其他主体之间的相互作用关系。

应当看到,除了国外学者对翻译主体的关注外,我国一些学者还从不同的理论(特别是阐释学理论,如伽达默尔的阐释理论和哈贝马斯的交往理论)的视角对翻译主体性和主体间性进行了较为深入的探讨。其中,有些学者(如杨武能②)将译者与参与翻译的其他主体一起看作翻译主体,

---

① Mary Snell-Hornby. *Translation Studies*: *An Integrated Approach* (2nd ed.). Amsterdam/Philadelphia: John Benjamins, 1995, p. 81.

② 杨武能,阐释、接受与再创造的循环——文学翻译断想,《中国翻译》,1987 年第 6 期,第 9—12 页。

对其地位和主体性进行了较为全面的研究。有些学者(如袁莉①)则将译者作为翻译的唯一主体,对其作用和主体性进行了较为深入的考察。有些学者则倡导翻译研究从主体性向主体间性的转向。如陈大亮认为,翻译研究已历经三个范式:作者中心论过分突出了作者主体,蒙蔽了译者和读者;文本中心论切断了文本与所有主体的联系,导致主客两分;译者中心论则过分张扬了译者主体,导致文本过度诠释。这三个范式反映的都是狭隘的个体主体性,忽视了主体间的平等关系。因此,翻译研究应随哲学一道从主体性向主体间性转向。"真正的主体间性转向首先表现在翻译的内部研究上,把翻译当作一个复杂的系统工程来研究,作者、文本、读者与译者等要素之间应该相互依存,相互渗透,取消二元对立,消解任何占有性个体中心主义和不含主体间性的单独主体性……。其次表现在翻译的外部研究上……。只有靠内部和外部的辩证统一,我们才能在一种平等交往关系中真正建立起人类共同的精神家园,主体之间才能达到一种无遮蔽的敞开的澄明之境,最终实现人类之间本真自由的存在方式。"②

　　许钧则在总结各种观点的基础上提出了自己对翻译主体的较为综合的认识。他指出:"从目前我们搜集到的国内外有关资料看,对'谁是翻译主体'这一问题,大致有四种答案:一是认为译者是翻译主体,二是认为原作者与译者是翻译主体,三是认为译者与读者是翻译主体,四是认为原作者、译者与读者均为翻译主体。"他认为:"当人们以现代阐释为理论指导,对翻译进行新的定位时,理解、阐释与再创造便构成了翻译活动的循环,

---

　　① 袁莉,关于翻译主体研究的构想,《面向 21 世纪的译学研究》,张柏然、许钧(主编),北京:商务印书馆,2002 年,第 397—409 页。
　　② 陈大亮,翻译研究:从主体性向主体间性转向,《中国翻译》,2005 年第 2 期,第 3—9 页。

在这一过程中,作者、译者、读者都有着其相对独立但又相互作用的地位,形成一个各种因素起着相互制约作用的活跃的活动场,而在这个活动场中,从传统的原作者独白和无限度的读者阐释,走向了作者、译者与读者之间的积极对话,而译者处于这个活动场最中心的位置,相对于作者主体、读者主体,译者主体起着最积极的作用。在这个意义上说,我们可以把译者视为狭义的翻译主体,而把作者、译者与读者当作广义的翻译主体。而当我们在定义翻译主体性的时候,我们显然要考虑到作者、读者的主体作用,但居于中心地位的,则是译者这个主体。"①另外,许钧还专门对翻译主体间性进行了探讨,认为翻译活动不是一种孤立的语言转换活动,而是一种主体间的对话;翻译活动中作者、译者与读者这三个主体间的关系的和谐是保证涉及翻译的各种因素发挥积极作用的重要条件;而积极、互动的主体间性使作者、译者和读者三者之间的和谐共存成为可能,也为从视界融合导向人类灵魂的沟通开辟了一条必由之路②。

值得注意的是,有些学者最近还依据更为宏观的理论提出了一些总体的或整体的翻译主体观。其中,胡牧主要以马克思关于人的三大本质的观点为基础从"人的总体性"的角度出发对翻译主体、主体性和主体间性进行了探讨。在马克思看来,人的本质属性就是人的类本质(自由自觉的活动)、社会本质(一切社会关系的总和)和单个人的本质(自我独特性)的辩证统一;也就是说,人具有由自然实践性、社会关系性和独特个性共同形成的总体性。胡牧认为,"翻译主体的实践本性呼唤总体性关怀,而追求总体性正是人的实践本性使然。从这个角度来看,无论是哈贝马斯

① 许钧,"创造性叛逆"和翻译主体性的确立,《中国翻译》,2003 年第 1 期,第 6—11 页。

② 许钧,翻译的主体间性与视界融合,《外语教学与研究》,2003 年第 4 期,第 290—295 页。

以理解和对话为基础建立的交往关系，还是胡塞尔从自我的意向性系统出发实现了主体间的联系，都没有为交往找到现实基础，或者说基本上是局限于精神交往的范畴。要想理解全面的交往关系，并说明人在这种交往关系中所获得的丰富性，还是应该回到马克思。因为，完整意义上的交往范畴，概括了全部社会物质生活和精神生活，是人与人之间的物质的和精神的交换过程，是人与人之间交换及其活动的过程，是人与人之间以一定的物质和精神的手段为媒介的互为主客体的相互作用过程。交往活动是人的个体活动如何转化成社会活动总体的基本形式，同时也是社会活动总体的各要素在不同个体或集团中分配的基本形式。"①可见，胡牧从马克思关于人的本质的理论视角进一步了拓展翻译主体研究的空间，倡导关注作为"总体性的人"的译者主体在翻译实践活动中的价值实现，不仅看到译者主体与其他各种个人的或群体的社会主体之间的双向建构性，而且还强调社会认识和理解对译者主体的制约性。

3.3.3 走向翻译主体辩证系统论

综观上述语言学译论者、文艺学译论者、综合性译论者及其他译论者对翻译主体的认识可以看到，迄今为止的各种观点已经在总体上看到了翻译主体系统的多个方面和多种关系，同时也各自存在一定的片面性或模糊性，或只看到其中的某个或某些要素或关系，或只看到了翻译主体系统的某种整体或总体情况但是没有涉及其中的各种要素和关系的具体情况。

在对翻译主体及其主体性的认识上，古典语言学译论者趋向于崇拜原文作者，并将其视为一个具有至高无上的地位的神学意义上的主体，而

---

① 胡牧,主体性、主体间性抑或总体性——对现阶段翻译主体性研究的思考,《外国语》,2006 年第 6 期,第 66—72 页。

将译者视为忠实的仆人;典型的结构主义语言学译论者则倾向于忽视包括译者在内的翻译主体,只是将其视为自然意义上的人,并将译者看成了隐形人;交际学译论者则将各种主体要素纳入视野,但只是将其视为信息的编码和解码者,其中将译者看成了信息的机械复制者;社会符号学译论者则看到了各种翻译主体,并关注他们的社会性、目的性、功能性,强调译者的社会交往目的性。总之,上述各种语言学译论者在总体上看到了各种翻译主体要素,但倾向于关注他们作为一个群体所拥有的语言转换、信息传递和社会交往角色,忽略了他们的个性。与此不同,多数的文艺学、美学、文化学译论者则主要着眼于文学翻译中的原文作者、译者和译文读者,凸显各个主体特别是译者在艺术创造、审美交际、文化交流方面的个体能动性和主体作用,但倾向忽略它们在语言、信息和社会活动方面的受动性或被动性。与语言学和文艺学译论者相比,综合性译论者特别是我国学者在对翻译主体要素及其地位的认识上可谓更加全面和综合,在总体上能够放眼于整个翻译主体系统,看到各种主体要素及其由自然、社会和个人特性构成的总体性,但是迄今尚没有形成既全面又深入的认识。

在对翻译主体之间的关系问题的认识上,古典语言学译论者看到了原文作者与译者之间固定的单向的主仆关系;结构主义语言学译论者则看到了译者与其他主体和客体之间的独立关系;交际学译论者则看到了各种主体的线性的信息传递关系;社会符号学译论者则看到了各种主体的制度化了的有规律的社会交往关系。总之,上述各种语言学译论者在总体上看到了各种翻译主体之间有规律的、封闭的、稳定的语言、信息和社会活动关系。与此不同,多数的文艺学、美学、文化学译论者则主要着眼于文学翻译中的原文作者、译者和译文读者等主体之间个性化的、特殊的、动态的艺术、审美、文化活动关系。然而,无论是语言学还是文艺学译论者,他们都没有对翻译的主体间性予以足够的重视,因而或者是过分强调各个主体之间的无条件的统一性、合作性、互补性，或是过分夸大各种主体之间的差异性、矛盾性、斗争性。综合性译论者特别是我国学者在对翻译主体之间的关系的认识上可谓更加中和，强调各种主体要素之间在自然、社会和个人层面上的平等和谐关系，然而这只是用一种笼统的期望或规定代替了对翻译主体间性的真实的描写。另外，尤其值得指出的是，大多数学者在探讨翻译主体和主体间性的时候，往往忘记了翻译主体所处的环境甚至使他们所以成为翻译主体的翻译活动整体特别是其中的客体要素，同时也忽视了翻译主体和整个翻译活动在时间维上的演化过程。

综上所述，以唯物辩证法的相关原理为指导，在前述的翻译主体辩证系统论框架的基础上，通过参照前述及其他多种具体的翻译主体观对翻译主体系统的各个方面予以系统的分析，并在此基础上对具体的关于翻译主体的认识结果予以系统的选择、优化、归纳和综合，就可获得一种能够融合和超越多种具体观点的对翻译主体的辩证系统认识，主要包括翻译主体辩证系统概念和翻译主体辩证关联原理以及翻译主体辩证整体原理、辩证开放原理和辩证动态原理，可依序分别大致表述如下：

翻译主体系统是一种由具有特定的语言、艺术、信息、审美、社会、文化等多个方面的多重本质和特性的、其角色、地位、目的和作用各自不同的译者、原文作者、译文读者等若干特定的翻译主体要素按以译者为中心的差异互补、竞争协同、排斥吸引甚至对立统一等特定的非线性的相互作用关系构成的复杂的人类主体系统，出现于特定的翻译活动及翻译环境中，受翻译活动和翻译环境各个方面的制约，并在翻译活动及其环境中执行各种使翻译的语言转换、艺术再造、信息传递、审美交际、社会交往、文化交流等过程得以实现的功能，并始终体现为在各个主体的本质和特性及主体之间的关系上、在主体系统与外部环境的关系上不断的发展和演化的过程。

翻译主体系统在其内部的具有语言、艺术、信息、审美、社会、文化等不同方面的多重本质和特性的、其角色、地位、目的和作用各自不同的译者、原文作者、译文读者等各个翻译主体之间，在其与其所处的翻译活动和翻译环境之间，以及在其发展演化的各个阶段之间，总是在保持相对分离的同时存在着普遍的差异互补、竞争协同、排斥吸引甚至对立统一等各种非线性相互作用关系，使翻译主体系统保持空间上和时间上的辩证有机关联，从而在总体上呈现出辩证关联的系统特性，分别体现为其内部各个翻译主体之间在其语言、艺术、信息、审美、社会、文化等特征上及其在翻译活动和翻译环境中的角色、地位、目的、功能等方面上的辩证整体性（即多元性与整体性的辩证统一）或辩证主体间性，体现为它与翻译活动和翻译环境的其他要素之间的辩证开放性（即自主性与开放性的辩证统一），以及它随着翻译活动的运作和演进而发展变化的过程中的辩证动态性（即稳态性与动态性的辩证统一）。

第四节

翻译文本辩证系统论

根据前述的翻译总体和翻译本体辩证系统概念，翻译作为一种复杂的人类活动系统不仅是由各种主体和方法手段要素而且还由原文、译文等客体要素按特定的结构关系构成的辩证有机整体。也就是说，原文、译文等文本要素及由其构成的翻译文本系统是翻译这种人类活动系统中必不可少的子系统。因此,要系统地把握翻译活动就意味着辩证系统地认识翻译文本系统中的各个文本、各个文本之间、文本与翻译活动及其环境之间的相互关系以及翻译文本系统随着时间的变化而演化的规律。然而,在翻译文本问题上目前仍存在着不同的认识,对翻译文本系统的本质、特性和规律等问题还没有形成辩证系统的看法。因而,在对翻译进行辩证系统的考察中必须借助辩证系统观的视野对翻译中的文本问题予以辩证系统的考察。为此,以下拟以唯物辩证法的相关原理为指导,从辩证系统概念、辩证关联原理以及辩证整体原理、辩证开放原理和辩证动态原理中系统演绎出一种初步的对翻译文本系统的辩证系统认识,然后以此为框架对目前主要的相关观点予以简要的系统分析,以形成一种能够融合并超越现有若干观点的翻译文本辩证系统论。

3.4.1 翻译文本辩证系统论的框架

以唯物辩证法的辩证联系和发展原理、对立统一规律及其相关的概念或范畴为哲学指导,从前述的辩证系统观的辩证系统概念和辩证关联原理以及辩证整体原理、辩证开放原理、辩证动态原理等其各种原理中,可以直接演绎推导出对翻译文本系统的初步的辩证系统认识,可以大致表述如下:

翻译文本系统是一个由原文和译文等具有特定的本质和特性的翻译文本要素按差异互补、竞争协同、排斥吸引甚至对立统一等特定的非线性的结构关系构成的辩证有机整体,出现于特定的翻译活动及其环境中,与翻译活动及其环境发生特定的辩证关联的相互作用,并始终体现为一种不断的演化过程。翻译文本系统在其内部的各个成分即各个文本之间,在其与其所处的翻译活动及其环境之间,以及在其运作和演化的各个阶段之间,存在着普遍的差异互补、竞争协同、排斥吸引甚至对立统一等各种非线性相互作用关系,使翻译文本系统保持空间上和时间上的辩证关联，从而在总体上呈现出辩证关联的系统特性，并在其内部的成分及其相互关系上、在其与翻译活动及其环境的关系上以及在其运作和演化的过程上，分别呈现出辩证整体性、辩证开放性和辩证动态性。

显然，上述对翻译文本系统的初步的辩证系统认识虽然比较抽象和笼统，却能够揭示翻译文本系统的一般系统本质、特性和规律，为融合现有的各种对翻译文本系统的具体认识并形成一种既全面又具体的翻译文本辩证系统论提供了一个系统的组织模式。以下拟以这一组织框架为参照，以现有的语言学译论、文艺学译论和综合性译论中的相关认识为主要理论资源，对翻译文本系统的本质、特性和规律予以思维上较为具体详细的系统探讨。

3.4.2 翻译文本辩证系统论的资源

与翻译主体系统和其他事物一样，翻译文本系统也可以从本体论和认识论两个不同的角度来看待。从本体论的角度来说，翻译文本系统是翻译这一复杂的人类活动(主体—客体)系统中必不可少的有机组成部分或子系统，其中的原文和译文各自具有一定的语言、艺术、信息、审美、社会、文化、生理甚至物理特征，在内部由不同的语言成分按特定的层次结构构成，在外部出现于翻译过程及翻译的情景和社会文化语境中并在翻译过程和翻译语境中拥有不同的地位，执行特定的功能，而在两个文本之间则根据翻译过程和翻译语境的具体情况在各个不同层面上建立起对应或不对应的复杂关系，而整个文本系统在时间上则体现为一种不断的运作和演化过程。从认识论的角度来说，来自语言学译论、文艺学译论、综合性译论等不同的理论背景的学者各自从不同的角度看待翻译文本问题，关注翻译文本系统中原文与译文的不同的本质和特性以及两个文本之间的相互关系，形成了对翻译文本系统的本质、特性和规律的不同认识。

3.4.2.1 语言学译论对翻译文本的认识

如前所述,语言学译论者往往崇尚科学精神,倾向于关注对象事物中的客体方面或将研究对象客体化,主要关注其具有普遍性和共性的方面,善于采用逻辑分析和经验实证的方法,注重对事物本身的成分和结构的细致分析。在结构主义之前的古典语言学译论者曾将文本看成原文作者意义的忠实记录,将其中的语言视为原文作者表达思想的透明工具,重视文本的语义层面,关心原文与原文作者和作为原文读者的译者之间、译文与作为译文作者的译者之间的关系,注重译文对原文或原文作者在意义层面的忠实。到了现代,语言学译论者分别从结构主义语言学、交际学、社会符号学等角度将翻译视为一种符合客观规律的语言转换、信息传递、社会交往过程,从而相应地将原文、译文两个文本看作翻译活动的关键要素,关注两个文本及其语言形式、信息内容甚至社会功能层面,倾向于忽视文本与文本以外的翻译主体和翻译环境之间的复杂关系,或将文本与翻译主体和翻译环境的关系线性化、单向化、固定化,强调原文的权威地位以及译文与原文之间近乎线性的对等或对应关系。

其中,奈达、卡特福德等人主要从结构主义语言学的角度看待翻译中的文本、文本与其环境之间以及两个文本之间的关系。例如,奈达在早期主要从美国描写语言学、结构语言学和生成语言学的角度出发,将文本看作一种自足的由特定的语言成分按不同的层次结构构成的携带着某种固定的意义的信息(message),主要关注文本本身的语言形式(即表层结构)、信息内容(即深层结构)等客体性层面。在文本与外部因素的关系上,奈达从一开始就没有将文本完全从语境中孤立出来,并看到了文本在语境中的功能特别是文本对读者的效果,但是总体而言,他在早期的注意力主要集中在文本的形式和内容层面上。在文本之间的关系上,尽管他越来越注重两个文本之间在总体效果上的对应关系(即动态对等),但还是很关注原文与译文在文本本身的形式和意义层面上的对等关系(即形式对等),即使在《翻译科学探索》一书中,他还主要关注两个文本的形式和语义关系,强调在从语音到话语的各个等级上达到语言形式和意义的对等或对应①。

与奈达早期对翻译文本要素的探索类似,卡特福德主要从系统功能语言学的角度出发,将语言视为特定的行为者和受话者在特定的语境中进行的一种模式化的行为,显然把文本看成了这种活动中使用的由属于特定的范畴(即单位、结构、类别、系统)的语言成分按特定的层次结构构成的具有形式(音位和字形、语法和词汇)和意义(形式意义、语境意义)层面的语言材料②。他虽然意识到翻译所涉及的语境因素,却在实质上还是把注意力放在两个客体化的文本本身上。相应地,他关心的是两个文本在各个等级的形式和意义层面上的等值或对应关系(包括文本等值和形式对应),关心一种语言的文本材料与另一种语言的文本材料的转换或替代关系③。

当代时期的奈达、格特等语言学译论者更多地从交际学、认知语言学的视角看待翻译中的文本、文本与环境之间以及两个文本之间的关系。如前所述,奈达在其早期阶段就开始关注文本的语境要素特别是文本与读者的关系,并关心译文与原文在其对读者的效果上对等。进入当代,他越来越多地从信息论、通讯学或交际学的角度看待文本,将其置于跨语言的信息传递过程中,把它看成与翻译交际过程中的所有其他要素特别是

① Eugene A. Nida, *Toward a Science of Translating : With Special Reference to Principles and Procedures Involved in Bible Translating*. Leiden: E. J. Brill, 1964, pp. 165—171, pp. 193—225.

② J. C. 卡特福德,《翻译的语言学理论》,穆雷译,北京:旅游教育出版社,1991 年,第 1—23 页。

③ 同上,第 1—41 页。

作为原语信息受体和译语信息源点的译者、作为原语信息源点的原文作者、作为译语信息受体的译文读者等主体要素(以及信息背景、感觉信道和工具信道、噪音或干扰等若干情景因素)不可分割的一种具有形式和意义的信息。相应地,奈达不仅仍然注重译文在信息形式(风格)和信息内容(意义)上与原文对等,即注重以原文文本为中心的形式对等,而且越来越强调译文对译文读者产生的效果最大限度地接近原文对原文读者产生的效果,即强调以译文读者为中心的动态或功能对等①。

与奈达将文本看成可以被客观地解码和编码的信息不同,格特则从认知语言学的关联理论的角度将翻译视为一个两轮的明示—推理交际过程,即译者在译语中转述用原语表达的内容的阐释性运用过程,从而将文本看成一种对翻译主体要素在跨语言交际过程中的心理认知过程的体现,不仅看到文本中的语言形式所包含的既可以被解码和编码的明说意义,而且还看到文本通过与交际主体的认知语境发生作用可以产生的暗含意义。由此,格特更加清楚地认识到文本与整个翻译交际过程中的译者、原文作者、译文读者等主体要素特别是其认知要素之间的紧密关联,特别是与原文作者的交际意图、译文读者的认知语境和交际期望以及译者的翻译策略等认知要素之间的联系。相应地,格特强调翻译过程中作为对原文的阐释的译文与原文的相似关系,特别注重原语认知语境和译语认知语境之间的关联性,即原文作者的意图与译文读者的期望的对应关系②。

诺伯特等人也很重视文本体现的认知过程,并融入了话语语言学、语

---

① Eugene A. Nida & Charles R. Taber. *The Theory and Practice of Translation*. Leiden: Brill, 1969, pp. 12—32.

② Ernest-August Gutt. *Translation and Relevance: Cognition and Context* (2nd ed.). Manchester: St. Jerome Publishing, 2000, pp. 47—201.

用学、社会符号学的视角看待翻译中的文本。他们认为文本(或篇章、语篇、话语)不是一个静态的物体，而是一种抽象的知识结构的表达，一个传播和激活读者大脑中的知识框式的动态机制，它之所以成为真实的交际中文本是因为它具有文本性(textuality)。他们主要根据博格兰特(Robert de Beaugrande)提出的七个文本性标准①来把握文本的内部和外部的规定性，包括衔接性(cohesion)、连贯性(coherence)、意图性(intentionality)、可接受性(acceptability)、信息性(informativity)、情景性(situationality)和篇际性(intertextuality)。其中，衔接性和连贯性是文本内部的规定性，分别指文本在表层语言和知识内容上的组织性；意图性(或目的性)和可接受性是来自文本的作者和读者的规定性，分别指文本对作者意图的反映和能够被读者作为有目的交际文本而接受的特性；信息性是来自文本中的信息与读者的已有信息之差的规定性，指的是文本新信息的含量；情景性指文本作为一种能够监控和改变情景的行为与所处的社会文化语境之间的关联性；篇际性(或互文性)指文本与先前经验中的其他文本之间的关联性②。可见，诺伯特等人将文本性看作翻译的一种指导原则，主张在翻译过程中时刻看到原文和译文内外多种联系，并倾向于注重译文与原文在各种文本性上的对应关系，或译文达到各种文本标准。

与结构主义语言学和交际学译论者的翻译文本观不同，赖斯、弗米尔、诺德(Christiane Nord)等德国功能派学者则主要从行为理论的角度将翻译视为一种在社会环境中执行特定功能或达到某种目的的人类行为，从而将文本看成一种对人类行为的体现，即一种不仅具有形式和内容而

---

① Robert de Beaugrande. *Text*, *Discourse*, *and Process*: *Toward a Multidisciplinary Science of Texts*. New Jersey: Ablex, 1980, pp. 16—22.

② Albrecht Neubert & Gregory M. Shreve. *Translation as Text*. Kent/London: Kent State University Press, 1992, pp. 69—123.

且还具有一定的功能或目的的话语。由此，功能派学者不再仅仅关注文本内部的形式和意义以及文本的表达和理解的心理过程，而是将文本置于更加广阔的社会环境中，看到了文本与译者、原文作者、译文读者、发起者、委托人、译文使用者等更多的行为主体的密切关系。正如诺德所说，"文本的意义或功能并非某种内在于语言符号的东西，不能简单地被任何懂得这种符号的人提取出来。文本的意义是来自并面向它的接受者的，不同的接受者（甚至相同的接受者在不同的时候）就会从文本中的不同语言材料中理解出不同的意思来。我们甚至可以说一个文本有多少个接受者就等于多少个文本。"①相应地，功能派学者也不再仅仅关注两个文本本身在形式、意义甚至功能上的对等或对应关系，而是强调两个文本的对应程度随着社会环境的需要和翻译主体具体的翻译目的确定而灵活确定的特性②。其中，弗米尔认为，翻译就是"在特定目的语背景中为特定的目的语目的和处于目的语环境中的目的语受众生成一个文本"③的过程。可见，这一翻译概念在强调了译文的同时也降低了原文的地位，突破了对等原则，不再一味追求译文与原文的等值关系，而是首先遵循目的性法则，其次遵守译文内部及其与环境之间连贯性法则，最后才考虑译文对原文的忠实性法则。

3.4.2.2 文艺学译论对翻译文本的认识

虽然有些文艺学译论者，如马克思主义文艺学译论、结构主义或形式主义文艺学译论以及当代的一些文化学译论者，也曾受到科学精神的熏

---

① Christiane Nord. *Translating as a Purposeful Activity*：*Functionalist Approaches Explained*. Manchester：St. Jerome Publishing, 1997, p. 31.

② 同上，第15—26页。

③ Hans J. Vermeer. What does it mean to translate? *Indian Journal of Applied Linguistics*13(2), 1987, pp. 25—33：p. 29.

陶,因而与语言学译论者拥有在某些方面相似的翻译文本观,但是总的来说,典型的文艺学译论者与语言学译论者不同,他们往往崇尚人文精神,倾向于关注对象事物中的主体方面或将对象事物主体化或人化,即通过想象和灵感赋予其灵性或心性,关心其具有个体特殊性和个性的东西,善于采用直觉主义的感悟方法,注重对事物的主观体验和直觉感悟。他们往往采用文艺学、美学、文化诗学、文化学等学科视角,将翻译视为一种艺术再造或风格模仿、审美交际或意象重构、文化交流或诗学改写过程,从而将文本视为一种具有灵性或生命的艺术作品,具有特殊的品格和个性(即所谓"文如其人"),集艺术风格、审美意象和文化内涵于一身。由此,文艺学译论者关注文本与原文作者、译者、译文读者等主体要素及其他语境要素的关系,认为作品的生命力和能量与作者和读者主体因素息息相关、密不可分。在译文与原文的关系上,他们除注重译文对原文在艺术风格和审美意象上基本忠实外,往往强调译文的重要地位以及译文对原文在文学风格、审美意象甚至文化价值上的再造和超越关系。

例如,庞德作为文艺学译论的典型代表从意象派诗学的角度看待文本,关注文本的语言文字形式,不是将其看成一种只代表其他事物的单纯符号,而是将其视为一种由艺术家雕刻出来的具有"能量"的"意象",一种与情感有关的、在瞬间呈现给我们一个理智与情感复合体的东西,一种最大的能量或辐射中心,"它是我可以而且必须称之为'旋涡'(vortex)的一种许多思想不断涌出、涌入和穿流其中的东西"[1]。庞德认为,文本的语言文字的能量来源于它的音韵、形象和意念,音韵、形象较易把握,而意念则与原文所处的文化意识形态和时空环境更为密切。由此,在原文与译文的关系上,他注重在原语的时空和文化语境中的原文不是在字面的意义内容上

① Ezra Pound. *Gaudier-Brzeska*：*A Memoir*. New York：New Directions, 1970, p. 92.

而是在能量、意象或情感和理智上与译文的对应或重新塑造关系①。

文化学译论者往往不再单纯地关注文本本身的形式和意义，而主要关心文本与文本、文本与文化之间的关系。例如，图瑞作为文化学译论的代表之一看到了文本的多重内容和多重属性及原文和译文分别与原语文化和目标文化的关系。他借用维特根斯坦的家族相似论，将原文看成一个由许多相似特征、意义和功能构成的家族，认为原文在不同的语境中就会得到不同的理解②。（可以说，他的文本观有些类似于鲁迅关于《红楼梦》的说法："经学家看见《易》，道学家看见淫，才子看见缠绵，革命家看见排满，流言家看见宫闱秘事。"③）这样，在图瑞看来，译文就只能突出原文的某些内容和属性而牺牲原文的其他方面，译文的地位高低不再取决于其是否在各种特征、意义和功能上与原文等值，而主要取决于它所处的目标文化的具体情况及其与目标文化的"常规"之间的关系④。与此接近，列费维尔从文化诗学和文化学的视角看待文本与文本、文本与文化之间的关系，认为译文与原文之间只是存在着参照关系，译文像同一文化内的文学批评、传记、文学史、电影、戏剧、批评和编辑等一样也是一种参照原文创造出来的另一个文本，译文是面向目标文化的诗学和意识形态常规而对原文进行操纵或改写的结果⑤。另外，加拿大女性主义译论者则从性别学的角度看待文本之间的关系，反对原文和译文之间的绝对化的二

第四节　翻译文本辩证系统论

---

① Edwin Gentzler. *Contemporary Translation Theories*(2nd ed.). Clevedon：Multilingual Matters, 2001, pp. 15—24.

② Gideon Toury. *In Search of a Theory of Translation*. Tel Aviv：The Porter Institute for Poetics and Semiotics, 1980, p. 18.

③ 鲁迅，《绛洞花主》小引，《鲁迅全集》（第7卷），北京：人民文学出版社，1957年，第419页。

④ Edwin Gentzler. *Contemporary Translation Theories*(2nd ed.). Clevedon：Multilingual Matters, 2001, pp. 123—131, pp. 139—144.

⑤ André Lefevere. *Translation，Rewriting，and the Manipulation of Literary Fame*. London：Routledge, 1992, p. vii.

元对立,反对将原文比作强壮的、主导的男性而将译文比作低弱的、派生的女性,反对贬低译文和女性的文学和社会地位,主张将对立中的原文和译文各项都看成是相对的、差异平等的、相互转化的,主张通过对原文的操纵凸现译文和女性的角色和地位①。

显而易见,上述各种文化学译论者对文本的看法体现了解构主义的符号观或文本观。如前所述,解构主义是一种为对抗结构主义而强调语言符号的能指形式与所指意义之间没有稳定关系的后现代思潮。解构主义反对结构主义孤立、封闭、静态的文本观,强调文本的关联性、开放性和动态性。在解构主义者的视野中,文本的意义并非与文本的形式形影不离、保持现时的在场,而是处于由空间差异导致的时间延搁之中,飘忽不定。文本总是处于一个由无数文本构成的无穷回归的文本链条上,即与其前后的文本处于一种互文关系之中。在无限循环的文本链上,原文与译文处于一种差异互补、平等共生的关系之中:原文也是其前的文本的译文,一开始就缺乏足够的原创性,是开放的、流动的,因而祈求通过译文的替补或翻译得以存活;而译文则是其后的文本的原文,具有一定的原创性,与原文既平等又存异,是原文的来世、原文生命的延续②。用帕斯(Octavio Paz)的话来说,"每个文本都是独一无二的而同时又是另一文本的翻译。任何文本都不是完全原创性的,因为语言本身在本质上已经是一种翻译:首先,它是对非言语世界的翻译;其次,每个符号、每个短语都是对另一符号、另一短语的翻译。然而,这一论点可以反转过来而照样有效:所有文本都是原创性的,因为每一种翻译都是独具特色的。每种翻译

---

① Sherry Simon. *Gender in Translation*: *Cultural Identity and the Politics of Transmission*. London: Routledge, 1996, pp. 1—136.

② Kathleen Davis. *Deconstruction and Translation*. Manchester: St. Jerome, 2001, pp. 7—46.

在一定程度上都是一种发明创造，从而成为一个独特的文本。"①总之，如帕斯所说，所有文本，作为派生自其他文学系统的某个文学系统的一个部分，都是译文的译文的译文②。

3.4.2.3　综合性译论对翻译文本的认识

在语言学和文艺学译论者的翻译文本观以外，有些学者还持有对文本更为全面的见解。虽然这些学者个人的学术背景不同，因而总会或多或少地有所侧重，但他们往往崇尚科学精神与人文精神的融合，既重视事物的客体要素及其客体性，又重视对象中的主体性，注重物性与人性的融合。他们相应地采用一些综合的理论视角，将文本看成一种处于一定的语境中的有机整体，看到文本内外的各个方面及其相互关系，并能较为辩证地把握原文与译文之间的关系。

其中，斯奈尔—杭贝以格式塔整体性原理为依据来看待翻译中的文本、文本与环境以及译文与原文的关系问题。她指出，随着话语语言学和翻译学自身的发展，人们越来越多地认识到文本或话语并不是由其本身来自更小的词汇和语法项目的孤立的句子构成的链条，而是一个其整体不等于其各个部分的简单加和的复杂的多维结构或格式塔；而且，文本并不是一种纯粹的语言现象，而是存在于一个特定的情景语境和更大的社会文化语境中，受语境的制约并在语境中执行特定的交际功能的单位。可见，她不仅强调文本本身的整体性，而且还看到文本所出现的整个时空情景和社会文化语境，并认为语境因素决定话语整体的意义和功能。在她看来，文本内部成分与成分、文本整体与情景语境、情景语境与社会文化语境构成了一种复杂的"关系之网"，其中的任何项目的重要性

---

① Octavio Paz. *Traducción*：*literatura y literalidad*. Barcelona：Tusquets Editores, 1971, p. 9.

② Susan Bassnett. *Translation Studies*(3rd ed.). London：Routledge, 2002, p. 44.

都是由它与其所处的更大的项目之间的相关性决定的①。在原文与译文的地位和关系问题上,斯奈尔-杭贝反对不同文本一概而论的观点,认为原文与译文的地位高低和两者之间的对应关系是因文本的类型或功能、语体特征和非语言因素的不同而不同:一般而论,原文的专门性或实用性越强,它就越紧密地与某一特别的情景语境相关,其译文的功能就越容易限定,译文就越会面向译语语境(即译文与原文的关系就越远);反之,原文或译文的文学性越强,其情景语境和功能就越取决于读者的激活,原文作为一种语言艺术作品的地位就越高(即译文与原文的关系就越紧密)②。

3.4.3　走向翻译文本辩证系统论

综观上述语言学译论者、文艺学译论者及综合性译论者对翻译文本的探讨可以看到,迄今为止的各种翻译文本观在总体上已经看到了作为翻译文本系统的原文和译文各自的内部成分和结构及其与外部环境之间的各种关系,看到了两个文本之间的各种关系,也看到了整个翻译文本系统随着翻译活动整体及其环境因素的变化而变化的情况。同时,迄今的各种观点也各自存在一定的片面性或模糊性,或只看到翻译文本系统中的某个或某些要素或关系,或只看到了其整体或总体情况却没有涉及其中的各种要素和关系的具体情况,或忽略了翻译文本系统时间维上的变化性。

在对翻译文本系统中的两个文本的认识上,古典语言学译论者主要将文本视为一种作者用来表达意义的透明工具,重视文本的语义层面及其与作者之间的关系;结构主义语言学译论者则将文本看作一种独立于

---

① Mary Snell-Hornby. *Translation Studies*: *An Integrated Approach* (2nd ed.). Amsterdam/Philadelphia: John Benjamins, 1995, p. 35, p. 69.

② 同上,第114—115页。

语境的由特定的语言成分按不同的结构构成的具有固定意义的语言结构,主要关注文本的语言形式、语义内容等层面,往往忽视文本与其语境的关系;交际学(和认知语言学)译论者则把文本看作原文作者、译者、译文读者在一定的情景(和认知)语境中编码、解码(和推理)的形式、内容(和语境意义)的复合体,主要看到了文本内部的形式和内容层面以及文本与各种主体要素及情景(和认知)语境的关系,同时也看到了交际主体的编码、解码(和推理)的心理(认知)过程;社会语言学译论者则将文本看成原文作者、译者、译文读者等主体之间进行的人际交往活动的体现,主要看到文本的社会功能层面以及文本与社会语境及主体的交往目的之间的关系;典型的文艺学和美学译论者则将文本视为一种具有生命或灵性的艺术作品,主要关注其中的艺术风格和审美意象,当然也关注文本与原文作者、译者、译文读者等主体及其他语境要素的关系;受解构主义思潮影响的文化学译论者则将文本看成了具有个性(差异性)的文化群体之间进行的政治或权力活动的体现,关注文本的文化层面及其与主体和文化语境之间的关系;而综合性译论者则将文本看成存在于特定的情景语境和社会文化环境中的复杂的交际整体,关注文本的整体意义及其在环境中的功能。

　　在对译文与原文关系的认识上,古典语言学译论者主要重视译文对原文中的作者旨意的忠实,关注译文与原文在意义上的相似关系;结构主义译论者主要重视译文对原文中的语言、文本材料和内容的转换、替代或复制,关注译文与原文在从语音到篇章的各个等级上的语言形式和信息内容上的对等或对应关系;交际学译论者更注重译文对原文效果的模拟,关注译文对译文读者产生的效果与原文对原文读者产生的效果的相似关系(当然,其中认知语言学译论者则强调译语认知语境与原语认知语境之间的关联性,关注译文与原文在信息内容和认知语境意义上的相似关系);社会符号学译论者认为译文与原文之间的关系的确立取决于翻译目的和各种情景及社会语境要素的情况,强调译文对原文在功能或目的上的变通或调整,认可译文与原文在功能为主的各个层面上的辩证相似(差异中的相似)关系;典型的文艺学和美学译论者注重译文对原文在艺术风格和审美意象上的再造、模仿、再现,强调译文与原文在风格和意象上的辩证差异(相似中的差异)关系;文化学译论者则强调译文在文化内涵上对原文的改写或操纵,注重译文在地位和权力上与原文的平等或对原文的超越,认可译文与原文之间在文化思想上的差异关系;综合性译论者则认为原文与译文之间的各个层面的对应关系及二者的地位高低是随着文本的类型或功能等因素的不同而变换。

综上所述,以唯物辩证法的相关原理为指导,在前述的翻译文本辩证系统论框架的基础上,通过参照前述及其他多种具体的翻译文本观对翻译文本系统的各个方面予以系统的分析,并在此基础上对具体的关于翻译文本的认识予以系统的选择、优化、归纳和综合,就可形成一种能够融合和超越若干具体观点的对翻译文本的辩证系统认识,主要包括翻译文本辩证系统概念和翻译文本辩证关联原理以及翻译文本辩证整体原理、辩证开放原理和辩证动态原理,可依序分别表述如下:

翻译文本系统是一个由各自由特定的语言成分按一定的层次结构构成的在语境中执行特定功能的原文和译文按其在形式(语言、艺术)、意义(信息、审美)、功能(社会、文化)等不同的层面上实现的辩证对等、对应、相似或差异等特定的非线性关系构成的辩证有机整体,出现于特定的翻译活动及其时空情景和社会文化环境中,与翻译活动中的译者、原文作者、译文读者、方法等各种主体和方法要素及翻译环境中的各种要素发生特定的非线性的相互作用，并始终体现为一种其内外各个方面和各种关系随着时间的变化而不断运作和演化的过程。

翻译文本系统在其内部的原文和译文两个文本之间，在其与翻译活动中的主体、方法等各种要素及翻译活动的具体情景和社会文化环境之间，以及在其运作和演化的各个阶段之间，总是在保持相对分离的同时存在着普遍的差异互补、竞争协同、排斥吸引、对立统一等非线性的相互作用关系，使其保持空间上和时间上的辩证关联，从而在总体上呈现出辩证关联的系统特性。其中，翻译文本系统在其内部的分别由特定的语言成分按一定的层次结构构成的具有特定的功能的原文和译文之间，在其形式（语言、艺术）、意义（信息、审美）、功能（社会、文化）等不同的层面上，一方面存在着差异甚至对立的关系，一方面又存在着对等、对应、相似的关系，使其呈现出两个文本之间的二元性与整体性的辩证统一，即具有辩证整体性或曰以辩证对等为核心的辩证互文性；翻译文本系统在其与翻译活动中的原文作者、译者、译文读者等主体要素之间，在其与各种翻译方法等中介要素之间，以及在其与翻译活动的具体情景和社会文化语境之间，一方面保持相对的自主性和独立性，一方面又存在着普遍的差异互补、竞争协同、排斥吸引、对立统一等非线性的相互作用关系，使其在空间上呈现出自主性与开放性的辩证统一，即具有辩证开放性；翻译文本系统的两个文本及其相互关系以及两个文本与翻译活动和翻译环境之间的关系不断地随着时间的变化而演化，并在其运作和演化过程上呈现出稳态性与动态性的辩证统一，即具有辩证动态性。

第五节

翻译方法辩证系统论

　　根据前述的翻译总体和翻译本体辩证系统概念,翻译作为一种复杂的人类活动系统不仅是由各种主体系统和客体系统而且还由作为主体和客体之间的中介的方法系统按特定的结构关系构成的辩证有机整体。由此可见,翻译方法系统是翻译这种人类活动系统中必不可少的成分或子系统。因此,要全面地认识翻译就意味着辩证系统地认识翻译方法系统中的各种方法、各种方法之间、翻译方法与翻译活动及其环境中的各种要素之间的相互关系,以及翻译方法随着时间的变化而变化的规律。然而,在翻译方法问题上目前仍存在着很多不同的认识,对翻译方法系统的本质、特性和规律等问题还没有形成辩证系统的看法。因而,在对翻译进行辩证系统的考察中必须借助辩证系统观的视野对翻译方法问题予以辩证系统的探讨。为此,以下拟以唯物辩证法的相关原理为指导,从辩证系统概念、辩证关联原理以及辩证整体原理、辩证开放原理和辩证动态原理中系统演绎出一种大略的对翻译方法系统的辩证系统认识,然后以此为框架对目前主要的相关观点予以简要的系统分析,以形成一种能够融合并超越现有若干不同认识的翻译方法辩证系统论。

3.5.1　翻译方法辩证系统论的框架

　　以唯物辩证法的辩证联系和发展原理、对立统一规律、质变量变规律及其相关的概念或范畴为最高哲学指导，从前述的辩证系统观的辩证系统概念和辩证关联原理以及辩证整体原理、辩证开放原理、辩证动态原理等其各种原理中，可以直接演绎推导出以下对翻译方法系统的初步的辩证系统认识，可以大致表述如下：

翻译方法系统是一个由在一至多个等级上按一至多个维度（或标准）且在一个等级上只按一个维度所呈现或划分出来的具有不同性质的各种方法或策略按差异互补、竞争协同、排斥吸引甚至对立统一等特定的非线性的结构关系构成的辩证有机整体，运用于特定的翻译活动和翻译环境中，与翻译活动中的主体和客体要素及翻译环境发生特定的非线性相互作用，并始终体现为一种不断的运作和演化过程。翻译方法系统在其内部的各个方法或策略之间，在其与其所处的翻译活动的各种主体和客体要素及翻译环境之间，以及在其运作和演化的各种状态之间，存在着普遍的差异互补、竞争协同、排斥吸引甚至对立统一等各种非线性相互作用关系，使翻译方法系统保持空间上和时间上的辩证关联，从而在总体上呈现出辩证关联的系统特性，并在其内部的各种方法及其相互关系上、在其与翻译活动的其他要素及翻译环境的关系上以及在其运作和演化的过程上，分别呈现出辩证整体性、辩证开放性和辩证动态性。

显然，上述对翻译方法系统的大略的辩证系统认识虽然比较抽象和笼统，却能够揭示翻译方法系统的一般系统本质、特性和规律，为融合现有的各种对翻译方法系统的本质、特性和规律的具体认识并形成一种既全面又具体的翻译方法辩证系统论提供了一个系统的组织框架。以下拟以这一组织模式为参照，以现有的语言学译论、文艺学译论和综合性译论中的相关认识为主要理论资源，对翻译方法系统的本质、特性和规律予以思维上较为具体详细的系统探讨。

3.5.2 翻译方法辩证系统论的资源

与翻译主体和文本系统及其他事物一样,翻译方法系统实际上也可以从本体论和认识论两个不同的角度来看待。从本体论的角度来说,翻译方法系统是翻译这一复杂的人类活动系统中必不可少的有机组成部分或子系统,是连接翻译主体和客体系统的中介系统,在内部由不同的方法按特定的层次结构构成,在外部出现于翻译过程及特定的情景和社会文化语境中,受翻译过程和翻译环境的制约,并在翻译活动及其环境中执行特定的功能,而在时间上则体现为一种不断的运作和演变过程。从认识论的角度来说,来自语言学译论、文艺学译论、综合性译论等不同的理论背景的学者各自从不同的角度看待翻译方法问题,各自看到了翻译方法系统的不同的本质和特性以及方法与方法之间、方法与翻译活动及其环境之间不同的相互关系,形成了对翻译方法系统的本质、特性和规律的若干不同甚至矛盾的认识。

3.5.2.1 语言学译论对翻译方法的认识

如前所述,语言学译论者倾向于关注研究对象中的客体方面或将对象事物客体化,主要关注其具有普遍性和共性的方面,注重对事物本身的成分和结构的细致分析。因而,他们通常从原文和译文的语言形式、信息内容、社会功能等客体性的层面来看待翻译方法,将其作为一种客体性系统在上述客体性的层面上客观地划分成二至多个界限清楚的类型,并强调那些注重原文和译文在形式、内容、功能等方面的共性的方法在整个方法系统中的地位,注重翻译方法在与翻译过程和翻译环境其他要素的关系上的相对自主性或线性的关联性,强调翻译方法在运作和演化过程上的相对稳定性。

其中,古典语言学译论者主要从译文和原文的语言形式和思想内容的层面来看待翻译方法或策略,将其按译文与原文在语言形式和思想内容方面的对应情况分成直译和意译两种相对的方法,其中直译就是面向原语、原文或原文作者的语言和意义的翻译方法,追求译文在相对较小的语言单位(如音素、字素、词素、单词等)的形式和意义层面上与原文的对应,而意译就是面向译语、译文(或译文读者)的翻译方法,只能达到在相对较大的语言单位(如词组、短语、小句、句子、篇章等)的形式和意义上的对应,而在较小的语言单位上则顺应译语的特点或译文读者的习惯。在直译和意译的关系上,古典语言学译论者主要将其看成相互对立和矛盾的,并推崇直译,反对过分的意译。在对翻译方法与翻译过程中其他要素及翻译的时空环境的关系上,古典语言学译论者主要将直译与经文翻译和其他非文学文本的翻译联系在一起,较少考虑翻译方法和文学翻译的关系,忽视原文作者和译者的个人风格对翻译方法的制约,忽视翻译方法随着时空环境的变化而动态运作和演化的过程。

现代时期,卡特福德分别从译文与原文在文本范围、语言等级上的对应情况看待翻译方法。他根据译文与原文在文本范围上的对应情况将翻译方法区分为全文翻译(全译)和部分翻译(节译)两种方法,其中前者指用译语文本的材料来替换原语文本的所有部分的翻译方法,后者指因故不翻译原语文本的某些部分并简单地将其转移到译语文本中去的翻译方法。他还根据翻译所涉及的语言层次多少将翻译方法分为完全翻译和有限翻译两种,前者指原语文本的所有层次都被译语材料所替换的方法,即其中原语的语法和词汇层次都被等值的译语的语法和词汇所替换,而原语的音位和字形被不等值的译语的音位和字形所替换的方法,后者则指原语的文本材料仅仅在一个层次上被等值的译语文本材料所替换的翻译方法,即仅在音位或字形层次或仅在语法或词汇层次中的某一层次上进行翻译的方法。卡特福德还将翻译方法按译文与原文在各个语言单位等级上的对应关系分为等级限制的翻译方法和等级不限的翻译方法,前者指译语等值成分的选择有意局限于语言单位等级中的一个或几个较低的等级(如单词或词素)上的翻译方法(相当于通常所说的逐词翻译或直译)，而后者则指等值关系可以在(特别是较高的)语言单位等级上上下自由转移的翻译方法(相当于通常所说的意译)①。在各种方法之间、方法与翻译过程和时空环境的其他要素之间的关系上，卡特福德较为注重他所划分出的每对方法中的前者，但认为各种方法各自有其运用的时空环境。

当代时期，巴尔胡达罗夫从对比话语语言学的角度看待翻译，并从译文与原文在不同语言单位等级上的对应情况看待翻译方法。他根据当代语言学中划分出来的从音位(字位)一直到话语的六个语言单位层次，确立了六个翻译单位(即原语在译语中能找到对应物的最小的语言单位)，即音位(字位)、词素、词、词组、句子、话语，并相应地把翻译(方法)分为六个类型，即音位(字位)层翻译、词素层翻译、词层翻译、词组层翻译、句子层翻译、话语层翻译。他认为，翻译层次的概念与等值翻译、逐词翻译、意译等概念有关。一般说来，从音位、词素、词、词组、句子、话语六个等级看，具有必要的和足够的(即传达与原语相同的内容并遵循译语规范的)等级的翻译即为等值翻译，等级偏低的(即比传达不变内容和遵循译语规范所必要的层次为低的)翻译则是逐词翻译或直译，而等级偏高的(即比传达不变内容并遵循译语的规范所足够的层次为高的)翻译就是意译②。(另外，巴尔胡达罗夫还论述了四种翻译转换法或语际改变法，即移位法、替换法、加词法、减词法，并强调指出，它们只是被相对地大致地划分开

第三章　翻译本体辩证系统论

① J. C. 卡特福德，《翻译的语言学理论》，穆雷译，北京：旅游教育出版社，1991年，第24—31页。

② 巴尔胡达罗夫，《语言与翻译》，蔡毅、虞杰、段京华编译，北京：中国对外翻译出版公司，1985年，第145—204页。

的,其实往往难分彼此、错综复杂地交织在一起,综合运用于翻译的。)他认为,在实际翻译中到底采用何种翻译方法,要看原著是什么样的体裁。如果是文艺作品,意译是完全可以采用的,且屡见不鲜;至于翻译公文、法律和外交文件,恐怕就得采用直译的方法。

奈达从翻译对等关系所涉及的层面将翻译方法分为两大类型,即形式对等翻译和动态或功能对等翻译。前者指以原文为中心的能够最大限度地在文本的形式和内容层面上实现译文与原文对等的翻译方法,后者指以译语、译语环境特别是译文读者为中心的能够最大限度地在功能或效果上实现译文与原文对等(特别是译文读者对译文的反应与原文读者对原文的反应对等)的翻译方法①。另外,他还更加细致地将翻译方法分为五类:死译、直译、最贴近的自然对等翻译、改译和文化翻新等②。在各种方法之间、方法与翻译过程和时空环境的其他要素之间的关系上,奈达看到了同一种方法系统中的各种方法之间的差异和互补关系,认为它们各自有其运用的时空环境,但从信息论和交际学的角度出发越来越注重他所划分出的每组方法中的面向译文、译语、译语读者、译语文化的方法。

纽马克根据布勒的语言功能理论将翻译文本区分为三大类型,即表情文本、信息文本与唤情文本,并根据这三种文本功能类型将翻译区分为适合表情文本的语义翻译和适合其他文本类型的交际翻译两种:前者类似奈达的形式对等翻译,要求译文在译语的句法和语义结构能够允许的范围内最大限度地传达原文的语义内容,后者则类似奈达的动态对等翻

① Eugene A. Nida. *Toward a Science of Translating : With Special Reference to Principles and Procedures Involved in Bible Translating*. Leiden: E. J. Brill, 1964, pp.165—171.

② 谭载喜(编译),《新编奈达论翻译》,北京:中国对外翻译出版公司,1999年,第56—59页。

译，要求重组译文语言结构，使其流畅、地道、易懂，在译文读者身上产生一种最大限度地接近原文读者得到的那种效果①②。在各种方法之间、方法与翻译过程和时空环境的关系上，纽马克与奈达一样，也看到了翻译方法系统中的各种方法之间的差异互补关系，认为它们各自有其适用的包括文本的功能类型在内的时空环境，但他从交际学的角度出发较为注重面向译文、译语、译语读者、译语文化的交际翻译方法。

格特采用了认知语用学的关联理论的视角将翻译视为一种两轮的明示—推理交际过程，即译者在译语中转述用原语表达的内容的阐释性运用过程。因此，他从译文与原文在阐释或理解上的对应程度将翻译方法区分为直接翻译和间接翻译两种。直接翻译指的是，使译文在语言形式和信息内容上直接与原文对应，必要时在译文以外提供理解原文所必需的认知语境信息，使译文的阐释最大限度地相似于原文在原文认知语境中的阐释的一种翻译方法；而间接翻译则指的是，不求译文在语言形式和信息内容上直接对应于原文，而把理解原文所必需的认知语境信息直接融入译文文本中，使译文的阐释基本接近原文的阐释的一种翻译方法。格特认为，直接翻译和间接翻译构成了翻译方法连续统的两个极端，自然还有许多介于两者中间的方法；直接翻译是一种特殊的阐释性运用，主要用于译文读者了解原语语境或译读者期望知道原文的本来面目的场合，间接翻译则是一种常见的阐释性运用，主要运用于译语环境与原语环境差异较大的场合③。

德国功能派学者诺德则主要从翻译和译文功能的角度将翻译方法区

①② Peter Newmark. *Approaches to Translation*. Oxford：Pergamon, 1981, pp. 38—56；Peter Newmark. *A Textbook of Translation*. New York：Prentice Hall, 1988, pp. 39—53.

③ Ernest-August Gutt. *Translation and Relevance*：*Cognition and Context* (2nd ed.). Manchester：St. Jerome Publishing, 2000, pp. 168—201.

分为纪实翻译(documentary translation)和工具翻译(instrumental transla-tion)两种。纪实翻译指的是使译文成为对原文作者在原语文化中通过原文与原文读者进行的交际活动(的某些方面)的纪实文本(即元文本)的翻译方法,可根据翻译涉及的原文方面进一步区分为逐词(interlineal)纪实翻译、字面(literal)纪实翻译、注释(philological)纪实翻译、异化(exoticiz-ing)纪实翻译等更小的方法类型。工具翻译则指使译文以原文(的某些方面)为模型成为原文作者与译文读者在译语文化中进行的新的交际活动的工具文本(即执行元文本以外的其他文本功能的文本)的翻译方法,又可根据功能对应的程度进一步区分为等功(eqifunctional)工具翻译、异功(heterofunctional)工具翻译、同体(homologous)工具翻译等更小的方法类型①。在诺德看来,上述两种大的翻译方法类型或各种更小的方法类型是差异互补的,与翻译过程和翻译的时空环境特别是翻译的目的或功能密切相关。

3.5.2.2　文艺学译论对翻译方法的认识

如前所述,文艺学译论者通常倾向于关注对象事物中的主体方面或将对象事物主体化,主要关注其具有特殊性和个性的方面,注重对事物的主观体验和直觉感悟。因而,文艺学译论者往往从原文和译文的艺术风格、审美意象、文化内涵等主体性的层面来看待翻译方法,将其作为一种主体性系统在上述主体性层面上主观地划分成二至多个大致的类型,并强调那些注重原文和译文在风格、意象、内涵等方面的个性的方法在整个方法系统中的地位,注重翻译方法在与翻译过程和翻译环境其他要素的关系上的密切关联性,强调翻译方法在运作和演化过

---

①　Christiane Nord. *Translating as a Purposeful Activity*: *Functionalist Approaches Explained*. Manchester: St. Jerome Publishing, 1997, pp. 47—52.

程上的动态性。

其中，文艺学译论者主要从译文和原文的艺术风格和审美意象的层面来看待翻译方法或策略，将其按译文与原文在艺术风格和审美意象方面的对应情况分成直译和意译两种方法，其中直译就是面向原语、原文或原文作者的风格和意象的翻译方法，追求译文在较小的言语单位（如词素、单词等）的风格和意象层面上与原文的对应，而意译就是面向译语、译者或译文读者的风格、意象的翻译方法，追求在较大的语言单位的风格、意象和效果上的对应。在直译和意译的关系上，文艺学译论者与语言学译论者一样也将二者看成是相互矛盾的，但是他们推崇意译，反对过分的直译。在对翻译方法与翻译过程和翻译的时空环境的关系上，文艺学译论者主要将意译与文学文本的翻译联系在一起，较少考虑翻译方法与非文学翻译的关系，强调译者的个人风格对翻译方法的制约，重视翻译方法随着时空环境的变化而灵活变化的特性。

文化学译论者伊文—佐哈尔和图瑞根据译文在语言、文本和文化层面上是面向原语还是面向译语（的语言文化常规）将翻译方法区分为两类，即"充分"翻译（adequate translation）和"可接受"翻译（acceptable translation）两种：前者指在不违反译语的基本语言系统规范的情况下在译语中实现原文的文本关系的翻译，或译者选择受原文及其语言文化常规的支配的翻译；后者则指译文受译语语言文化的价值和规范同化或支配的翻译①。这两种翻译策略是对立互补的，是根据不同的翻译环境需要而选择使用的：其中，伊文—佐哈尔认为，当翻译文学在目标文学系统中处于首要地位时，译者就会采用"充分"翻译，而当翻译文学在目标文学系统中

---

① Gideon Toury. *Descriptive Translation Studies and Beyond*. Amsterdam/Philadelphia: John Benjamins Publishing, 1995, pp. 56—67.

处于次要地位时，译者就会采用"可接受"翻译[①]；图瑞则认为，不同策略的选择运用取决于翻译与原语文化和与译语文化常规之间的张力[②]。

韦努蒂根据译文在文体风格上是迁就原文作者还是译文读者将翻译方法区分为两类，即异化（foreignizing translation）和归化（domesticating translation）。异化指的是在译文中通过保留原文语言中的异国情调故意违反译语习惯的翻译方法；而归化则指在译文中通过采用一种透明流利的文体风格以最大限度地减少译文读者对原文的陌生感的方法。具体来说，异化包括以下做法：不完全服从于译语语言和文本规范，在适当时候选择不通顺、艰涩难懂的文体，有意保留原语中的实观材料或采用译语中的古词语，旨在为译语读者提供一种异样的阅读经历。归化则通常包含以下措施：认真选择适合归化的文本，有意采取一种自然流畅的译语文体，调整译文使其符合译语话语类型，插入解释性资料，删去原文中的实观材料，按照译语的观念和习惯总体协调译文。实际上，正如韦努蒂所说，异化和归化分别来源并对应于施莱尔马赫所区分的两种不同的翻译方法："译者要么尽量迁就作者，让读者向作者靠拢；要么尽量迁就读者，让作者向读者靠拢"[③]。施莱尔马赫从近代神学、阐释学或语言学的角度在这两种对立的方法中倾向于崇尚"迁就作者"的方法，而韦努蒂从当代文化学和政治学的角度却也主张在强势文化中采用异化的方法。在他看来，强势文化把归化作为通常的翻译方法，"盲目自大地运用单语，把外来文化

① Itamar Even-Zohar. The position of translated literature in the literary polysystem. *Polysystem Studies*, *Poetics Today* 11, 1, 1990, pp. 45—51.

② Gideon Toury. *Descriptive Translation Studies and Beyond*. Amsterdam/Philadelphia: John Benjamins Publishing, 1995, p. 56.

③ Friedrich Schleiermacher. On the different methods of translating, trans. Douglas Robinson, in Douglas Robinson, ed., *Western Translation Theory: From Herodotus to Nietzsche*. Manchester: St. Jerome Publishing, 1997, pp. 225—238.

拒于门外"，"习惯于流畅的译文，将本国的价值观隐身地写入外国文本之中，令读者自我陶醉于在文化他者中欣赏自我的文化"。因此，他把异化当成一种对现时世界状况进行文化干预的策略，其作用是"标记外国文本中的语言和文化差异，把读者送到国外去"，提出在英美文化这种强势文化中应采用异化，以向压制文化他者的强势文化思想挑战①。显然，韦努蒂认为异化和归化是两种矛盾的翻译方法，与翻译活动和翻译的时空环境的各种因素特别是文化因素密切相关，对这两种方法的选择和使用应视译语文化的性质（即是强势还是弱势）而定。

3.5.2.3 综合性译论对翻译方法的认识

在语言学和文艺学译论者的翻译方法观以外，有些学者还持有对翻译方法更为全面的见解。他们既重视对象事物的客体要素及其客体性，又重视对象事物中的主体方面和主体性，注重物性与人性的有机统一。因而，他们相应地采用一些全面综合的理论视角，将翻译方法看成一个与特定的环境不可分割的辩证有机整体，看到了翻译方法内外的各个方面及其相互关系，其中的各种方法既相互差异和对立，又相互补充和统一，并能较为辩证地把握翻译方法与翻译过程和翻译的时空环境之间的联系。

近代翻译学时期，常被誉为第一个系统的翻译理论家的德莱顿就在《奥维德书信序》（1680）中总结指出，翻译是由直译（metaphrase）、意译（paraphrase）和仿译（imitation）三种类型构成的一个翻译方法连续体，其中直译与仿译是连续体的两个不太理想的极端，而意译则是两个极端之间的理想翻译；直译犹如"戴着脚镣走钢索"，而仿译则"利于译者自我炫

① Lawrence Venuti. *The Translator's Invisibility*：*A History of Translation*. London：Routledge, 1995, pp. 17—39.

耀,有损已故作者名声",因而译者应采用既不受原文词语束缚又能表达原作思想的意译;但是采用何种翻译类型最终应视原作的具体情况而定:对于粗犷奔放的作品要采用仿译,对于明白易懂的作品要采用意译或直译①。

当代综合性译论的代表人物斯奈尔-杭贝虽然没有专门提出一个翻译方法系统,但她的翻译研究综合模式明显地包孕了她的翻译方法论。显而易见,在她看来,翻译方法不是一个由孤立的方法要素构成的、封闭的、一成不变的集合,而是一个由各种适合不同情况的具体方法原型按照某种维度(如迁就作者还是读者)从一个极端(如文学翻译方法)到另一个极端(如专门语言翻译方法)组合而成的多元综合的、开放的、动态的方法连续统。其中,这个连续统大致分为文学翻译方法、普通语言翻译方法、专门语言翻译方法三大原型,而每个方法原型则又可再分为若干更小的方法原型,如仅文学翻译方法原型就可再分为圣经翻译方法、古典文学翻译方法、影剧翻译方法、20世纪前文学翻译方法、诗歌翻译方法、儿童文学翻译方法、现代文学翻译方法、通俗小说翻译方法等更小方法原型,而且连续统的各种方法原型都处于一种差异互补、密切关联的关系中,并随着翻译过程和翻译的时空情景和社会文化环境中的各种其他因素特别是文本体裁、语体特征和非语言环境因素的变化而变化。就翻译方法与文本体裁来说,一般情况下,原文的专门性或实用性越强,它就越紧密地与某一特别的情景语境相关,其译文的功能就越容易限定,译文就越会面向译语语境(即越应当采用迁就读者的方法);反之,原文或译文的文学性越强,其情景语境和功能就越取决于读者的激活,原文作为一种语言艺术作

① John Dryden. The three types of translation: from "Preface" to *Ovid's Epistles*, in Douglas Robinson, ed., *Western Translation Theory: From Herodotus to Nietzsche*. Manchester: St. Jerome Publishing, 1997, pp. 172—174.

品的地位就越高(即越应当采用迁就作者的方法)①。

另外,我国当代的一些学者也对翻译方法或策略持有较为辩证综合的观点。例如,葛校琴曾指出,当前西方学者大多从后殖民主义的角度出发讨论归化和异化翻译的选择问题,揭示在强势文化中采用归化翻译的文化殖民主义本质,从而提倡采用异化翻译作为一种抵抗以求达到文化交流上的平等;国内有些学者也在对归化和异化翻译的探讨中追随西方潮流,出现了"贬归化,扬异化"的势头,而其认识基础却仍然停留在传统翻译研究的语言论范畴上,这实际上是翻译研究中的一种错位和严重问题。她认为,后殖民主义视阈中的归化和异化翻译在其内涵和论域上都有明确的所指和定位;在一个具体的翻译环境中是采用归化还是采用异化翻译不能一味跟风,而应当具体问题具体分析,结合翻译活动的具体的社会和文化环境来决定②。

3.5.3 走向翻译方法辩证系统论

综观上述语言学译论者、文艺学译论者及综合性译论者对翻译方法的探讨可以看出,就迄今为止的各种翻译方法观在总体上的情况来说,它们已经从多个维度和等级上看到了多种不同翻译方法或策略,看到了各种方法的本质、特性和规律,各种方法之间的相互关系以及翻译方法与翻译活动和翻译环境中的其他要素的联系,也看到了翻译方法随着翻译活动及其时空和社会文化环境因素的变化而变化的情况。同时,也应当看到,就迄今的各种观点各自的情况来说,它们往往各自存在一定的片面性或模糊性,或只看到翻译方法系统中的某些要素或关系而不能把握各种

① Mary Snell-Hornby. *Translation Studies: An Integrated Approach* (2nd ed.). Amsterdam/Philadelphia: John Benjamins, 1995, pp. 114—115.

② 葛校琴,当前归化/异化策略讨论的后殖民视阈——对国内归化/异化论者的一个提醒,《中国翻译》,2002 年第 5 期,第 32—35 页。

要素和各种要素之间的关系，或只看到了其整体或总体情况却没有涉及其中的具体要素、层次和结构关系，或忽略了翻译方法对翻译过程和环境的开放性及其在时间维上的动态性。

在对翻译方法及其关系的认识上，古典语言学译论者一般按译文与原文在语言形式和思想内容层面的对应程度将翻译方法分成直译和意译两大类型，并往往注重直译；卡特福德主要按译文与原文在各个语言等级上的对应关系将翻译方法清楚地区分为等级限制和等级不限的方法，并倾向于关注前者；奈达主要按翻译对等关系所涉及的语言、信息、效果或功能层面将翻译方法分为形式对等翻译和动态或功能对等翻译两大类型，并往往重视后者；纽马克也类似地将翻译方法粗略地区分为语义翻译和交际翻译，并趋于注重后者；格特则按译文与原文在阐释上的对应程度将翻译方法区分为直接翻译和间接翻译两个相互关联的类型，并将后者看成常态的方法；诺德则主要根据译文与原文在功能层面的对应程度将翻译方法区分为纪实翻译和工具翻译两大类型，并特别关注后者。古典文艺学译论者通常按译文与原文在艺术风格和审美意象层面的对应程度将翻译方法分成直译和意译两个不同的类型，并往往注重意译；韦努蒂根据译文与原文在文化内涵层面的对应程度将翻译方法区分为异化和归化两种不同类型，并特别倡导异化。古典综合性译论者德莱顿则按译文与原文在语言风格、信息意象等层面的对应程度将翻译方法区分成同一个连续统上的直译、意译和仿译等类型，并看到各种方法的差异互补；而斯奈尔—杭贝则主要根据译文与原文的文本体裁类型将翻译方法看成一个由各种适合不同文本类型的方法原型构成的方法连续统。可以看到，由近代到当代的各种语言学译论者似乎在对各种翻译方法的地位的认识上经历了一个由原语为中心（迁就作者）向译语为中心（迁就读者）的转向，而同时由近代到当代的各种文艺学译论者似乎在对各种翻译方法的地位的认识上经历了一个由译语为中心(迁就读者)向原语为中心(迁就作者)的转向,而综合性译论者则往往能够辩证地把握各种翻译方法之间的关系。

在对翻译方法与翻译和翻译的时空环境的关系的认识上,古典语言学译论者主要看到了直译与经文翻译和其他非文学文本的翻译之间的联系;卡特福德、奈达、纽马克等现代和当代语言学译论者注重翻译方法的相对自主性和稳定性,但也认识到不同翻译方法与翻译及其环境的某些联系;格特看到直接翻译主要用于译文读者了解原语语境或译文读者期望知道原文的本来面目的场合,间接翻译主要用于译语环境与原语环境差异较大的场合;而诺德则主要关心翻译方法与翻译目的和功能的密切关系。文艺学译论者主要将意译与文学文本的翻译联系在一起,强调译者的个人风格对翻译方法的制约,重视翻译方法的灵活变化性;文化学译论者韦努蒂则认为异化和归化与翻译活动和翻译环境的各种因素特别是文化因素密切相关,对这两种方法的选择和使用应视译语文化的性质而定。综合性译论者德莱顿则认为采用何种翻译方法应视原作的具体情况而定;而斯奈尔—杭贝也认为各种翻译方法都随着翻译过程和翻译环境中的各种其他因素特别是文本类型、语体特征和非语言的环境因素的变化而变化。

综上所述,以唯物辩证法的相关原理为指导,在前述的翻译方法辩证系统论框架的基础上,通过参照前述及其他多种具体的翻译方法观对翻译方法的各个方面予以系统的分析,并在此基础上对具体的关于翻译方法的认识予以系统的选择、优化、归纳和综合,就可获得一种能够融合和超越多种具体观点的对翻译方法的辩证系统认识,主要包括翻译方法辩证系统概念和翻译方法辩证关联原理以及翻译方法辩证整体原理、辩证开放原理和辩证动态原理,可依序分别大致表述如下:

　　翻译方法系统是一个由在一至多个等级上按一至多个维度或标准且在一个等级上只按一个维度(如译文与原文在形式、内容、功能等层面上的对应关系)所呈现或划分出来的各种翻译方法(如直译与意译、等级不限与等级限制的翻译、形式对等翻译与功能对等翻译、语义翻译与交际翻译、直接翻译与间接翻译、纪实翻译与工具翻译、或异化翻译与归化翻译)按差异互补、竞争协同、排斥吸引、对立统一等特定的非线性关系(如一个维度或连续统上的各种方法之间的差异互补以及两种极端方法之间的对立统一关系)构成的辩证有机整体,出现于特定的翻译活动及其时空情景和社会文化环境中,与翻译活动中的主体、文本等各种要素及翻译环境中的各种要素发生特定的非线性相互作用,并始终体现为一种其内外各个方面和各种关系随着时间的变化而不断运作和演化的过程。

　　翻译方法系统在其内部的在某一等级上按某一维度所呈现或划分出来的各种方法类型之间,在其与翻译活动中的主体、文本等各种要素及翻译活动的具体时空情景和社会文化环境之间,以及在其运作和演化的各个阶段之间,总是在保持相对分离的同时存在着普遍的差异互补、竞争协同、排斥吸引、对立统一等非线性的相互作用关系,使其保持空间上和时间上的辩证关联,从而在总体上呈现出辩证关联的系统特性。其中,翻译方法系统在其内部的在某一等级上按某一维度划分出来的各种翻译方法类型之间,一方面存在着差异甚至对立的关系,一方面又存在着互补、统一的关系,使其呈现出各种方法类型之间的两极性、差异性与整体性、互补性的辩证统一,即具有辩证整体性或差异互补性;翻译方法系统在其与翻译活动中的原文作者、译者、译文读者等主体要素之间,在其与译文、原文、译语、原语等客体要素之间,以及在其与翻译活动的具体时空情景和社会文化环境之间,一方面保持相对的自主性或独立性,一方面又发生着普遍的差异互补、竞争协同、排斥吸引、对立统一等非线性的相互作用,既受到翻译活动及其环境要素的制约,又在翻译和环境中执行特定的功能(如作为主体与客体之间的中介,被主体根据具体情况灵活地选择使用,使翻译活动得以实现),使其在空间上呈现出自主性与开放性的辩证统一,即具有辩证开放性;翻译方法系统内部的各种方法及各种方法之间的关系以及翻译方法系统与翻译活动和翻译环境之间的关系不断地随着时间的变化而演化,并在其运作和演化过程上呈现出稳态性与动态性的辩证统一,即具有辩证动态性。

第六节

本章内容小结

综上所述,本章针对目前对翻译本体即翻译内部的成分和结构认识不足的问题,以唯物辩证法的相关概念和原理为指导,从辩证系统观的相关概念和原理中演绎推导出关于翻译本体及其各个成分和关系的概念和原理,借以获得对其思维上抽象的系统综合或辩证系统认识,并在此基础上参照几种主要的翻译理论中的相关认识对翻译本体及其各种成分和关系的本质和特性予以思维上具体的系统分析、归纳和综合,形成了对其既全面又细致的辩证系统认识,主要包括翻译本体辩证系统概念和翻译辩证整体原理以及关于翻译类型、翻译主体、翻译文本、翻译方法的辩证系统概念和辩证关联原理等。简言之,本章的主要结论如下:

(1) 翻译本体辩证系统论:翻译作为一种复杂的人类活动系统,在本体上是一种由非文学和文学翻译等多种类型、译者、原文作者、译文读者等若干主体要素、原文、译文等若干客体要素、直译、意译等若干中介要素以及语言、艺术、信息、审美、社会、文化等若干层面等按多元互补、差异协同、排斥吸引、对立统一等特定的层次结构构成的(存在于一定的环境并体现为一种不断运作和演进过程的)辩证有机整体。

翻译在本体上包含若干不同的成分,包括非文学和文学翻译、或笔头和口头翻译等多种类型、译者、原文作者、译文读者等主体要素、原文、译文、方法等客体和中介要素,以及语言、艺术、信息、审美、社会、文化等若干层面,从而具有一定的多元性、多样性、多质性;然而,从其成分之间的关系来看,翻译本体又是按差异互补、竞争协同、排斥吸引、对立统一等非线性相互作用关系构成的,主要包括原语与译语、原文与译文之间的辩证对等关系以及译者与原文作者、译者与译文读者之间的辩证互动关系为核心的各种关系,拥有特定的翻译系统质,在与环境的相互作用中表现出一种非加和的整体性能,具有较强的内部关联性、有机性、整体性;总之,翻译在其成分和结构上呈现出多元性与整体性的辩证统一,即辩证整体性。

翻译在本体上包含的各种成分之间,包括非文学和文学翻译等多种类型之间,译者、原文作者、译文读者、原文、译文、方法等若干主体、客体和中介要素,语言、艺术、信息、审美、社会、文化等若干层面之间,一直存在着差异互补、竞争协同等各种非线性相互作用关系,主要包括以原语与译语、原文与译文之间的辩证对等以及译者与作者、译者与读者之间的辩证互动为核心的各种差异协同关系。

翻译内部较低层次的成分如译者、原文作者、译文读者、原文、译文、方法等要素通过差异互补和竞争协同等非线性相互作用构成翻译活动的主体、客体、方法等较高层次的成分,然后再通过进一步的非线性相互作用构成更高层次的成分或整个翻译活动系统。

翻译通过各个主体、文本和方法等成分之间(及其与环境之间)的差异互补、竞争协同等非线性的相互作用而形成一种其成分或成分集合所没有的整体性能,即整体涌现性、非加和性或非还原性。

由于翻译内部的各个成分之间、翻译本体与环境之间存在着普遍的相互作用关系,发生着物质的、能量的、信息的交换,因而翻译的任何成分以及翻译整体都处于一个全息网络中,携带着有关其他成分、系统和环境的相关的信息。

(2)翻译类型辩证系统论:翻译类型系统是一个由在一至多个等级上按一至多个维度且在一个等级上只按一个维度所呈现或划分出来的所有翻译类型(如按文本体裁这一维度所呈现出来的文学翻译、普通语言翻译和特殊语言翻译三大类型)按多元互补、差异协同、排斥吸引、对立统一等特定的非线性结构关系(如一个维度上的各种类型之间的差异互补以及两个极端类型之间的对立统一关系)构成的、存在于特定的翻译活动和翻译研究的时空环境中并体现为一种其内外各个要素和关系随着时间而不断运作和演化的过程的辩证有机整体。

翻译类型系统在其内部的各个类型之间、在其与翻译活动和翻译研究的环境之间以及在其运行和演变过程的各个阶段之间,总是在保持相对分离的同时发生着多元互补、差异协同、排斥吸引、对立统一等特定的非线性的相互作用,从而在总体上呈现出空间上和时间上的辩证关联性,并分别体现为其内部各种翻译类型之间的辩证整体性、它与翻译活动和翻译研究环境之间的辩证开放性以及它在运行和演变过程上的辩证动态性。

(3)翻译主体辩证系统论:翻译主体系统是一种由具有特定的语言、艺术、信息、审美、社会、文化等方面的多重本质和特性的、其角色、地位、目的和作用各自不同的译者、原文作者、译文读者等特定的主体按以译者为中心的差异互补、竞争协同、排斥吸引、对立统一等非线性相互作用关系构成的复杂的人类主体系统,出现于特定的翻译活动及其环境中,受翻译活动及其环境的制约,并在翻译活动及其环境中执行各种使翻译得以实现的功能,始终体现为一个在各个主体、主体之间、主体系统与外部环境之间的关系上不断的发展和演化过程。

翻译主体系统在其内部的具有多重本质和特性的、其角色、地位、目的和作用各自不同的译者、原文作者、译文读者等各个主体之间,在主体与其所处的翻译活动及其环境之间,以及在主体发展和演化的各个阶段之间,总是在保持相对分离的同时存在着差异互补、竞争协同、排斥吸引甚至对立统一等各种非线性相互作用关系,使翻译主体系统保持空间上和时间上的辩证有机关联,从而在总体上呈现出辩证关联性,并分别体现为其内部各个主体之间的辩证整体性或辩证主体间性、它与翻译活动及其环境之间的辩证开放性以及它在运作和演化过程上的辩证动态性。

(4) 翻译文本辩证系统论:翻译文本系统是一个由各自由特定的语言成分构成的在语境中执行特定功能的原文和译文按其在形式(语言、艺术)、意义(信息、审美)、功能(社会、文化)等不同的层面上实现的辩证对等、对应、相似或差异等特定的非线性关系构成的辩证有机整体,出现于特定的翻译活动及其环境中,与翻译活动及其环境中的各种要素发生特定的非线性相互作用,并始终体现为一种随着时间的变化而不断运作和演化的过程。

翻译文本系统在其内部的各自由特定的语言成分构成的在语境中执行特定功能的原文和译文之间,在其与翻译活动中的主体、方法等各种要素和翻译环境要素之间,以及在其运作和演化的各个阶段之间,总是在保持相对分离的同时存在着普遍的差异互补、竞争协同、排斥吸引、对立统一等非线性的相互作用关系,使其保持空间上和时间上的辩证关联,从而在总体上呈现出辩证关联性,并分别体现为其内部的译文与原文之间的辩证整体性或以辩证对等为核心的辩证互文性,它与翻译活动及其环境之间的辩证开放性以及它在运作和演化过程上的辩证动态性。

(5)翻译方法辩证系统论:翻译方法系统是一个由在一至多个等级上按一至多个维度且在一个等级上只按一个维度(如译文与原文在形式、内容、功能等层面上的对应关系)所呈现或划分出来的各种翻译方法(如直译与意译、形式对等翻译与功能对等翻译、纪实翻译与工具翻译、或异化与归化)按差异互补、竞争协同、排斥吸引、对立统一等特定的非线性关系构成的辩证有机整体,出现于特定的翻译活动及其环境中,与翻译活动及其环境中的各种要素发生非线性的相互作用,并始终体现为一种不断的运作和演化过程。

翻译方法系统在其内部的在某一等级上按某一维度所呈现出来的各种方法类型之间,在其与翻译活动中的主体、文本等各种要素及翻译环境之间,以及在其运作和演化的各个阶段之间,总是在保持相对分离的同时存在着普遍的差异互补、竞争协同、排斥吸引、对立统一等非线性的相互作用关系,使其保持空间上和时间上的辩证关联,从而在总体上呈现出辩证关联性,并分别体现为其内部的各种翻译方法之间的辩证整体性或差异互补性、它与翻译活动及其环境之间的辩证开放性以及它在运作和演化过程上的辩证动态性。

第四章

翻译环境辩证系统论

经典的世界观是原子论的和个体主义的；在它的视野中，物体是与环境分离的，人也是相互分离并与环境分离的。系统观看到了人与人之间、人与自然之间的关联和交流，强调自然界和人类社会的统一性和整体性。

——欧文·拉兹洛①

每个文本都是为某个特定的目的生成并应当为这个目的服务。因此，"目的性规则"可以表述如下：翻译或说写时，力求能使译文或文本在它被使用的情景中、对要使用它的人、按他们希望它执行的功能来执行功能。

——汉斯·弗米尔②

① Ervin Laszlo. *The Systems View of the World: A Holistic Vision for Our Time*. New Jersey: Hampton Press, 1996, p. 11.

② 转引自 Christiane Nord. *Translating as a Purposeful Activity: Functionalist Approaches Explained*. Manchester: St. Jerome Publishing, 1997, p. 29.

第三章以唯物辩证法的相关概念和原理为指导，从辩证系统观的相关概念和原理中系统演绎出关于翻译本体及其各种成分和关系的概念和原理，并获得了对其抽象的辩证系统认识，然后参照几种主要的翻译理论中的相关观点对翻译本体及其各种成分和关系进行了较为具体的系统分析、归纳和综合，并形成了对其既全面又较为清晰的辩证系统认识，主要包括翻译本体辩证系统概念和翻译辩证整体原理以及关于翻译类型、翻译主体、翻译文本、翻译方法的辩证系统概念和辩证关联原理等。在第三章的基础上，本章拟把讨论的中心由翻译内部转移到翻译的外部环境及翻译与环境的关系上，针对迄今对翻译环境及翻译与环境的关系认识片面和不足的问题，以唯物辩证法的相关概念和原理为指导，从辩证系统观关于系统环境的概念、系统对环境的辩证开放原理及其他相关的概念和原理中演绎推理出关于翻译环境及翻译与环境的关系的初步的辩证系统概念和原理，以获得对其思维上抽象的系统综合，并参照几种主要译论中的相关认识对翻译环境及翻译与环境的关系予以思维上具体的系统分析、归纳和综合，以形成对其既全面又较为清晰的辩证系统认识，主要包括翻译环境辩证系统概念和翻译对环境的辩证开放原理等。

第一节

翻译环境辩证系统论的框架

由唯物辩证法的辩证联系原理和对立统一规律及相关的概念和范

畴可知,世界上的事物不仅在其内部的各个部分之间存在着包括对立统一在内的具有一定的普遍性和特殊性的各种辩证联系,使事物成为辩证统一的整体,而且还在每个事物与其外部的其他各种事物之间存在着既保持界限、维持差异、相互矛盾、相互对立,又相互制约、相互依赖、相互补充、有机统一的具有一定的共性和个性的辩证联系,使每个事物都能在周围环境中保持相对独立的同时又与环境保持绝对的联系。

与唯物辩证法的基本思想一致,辩证系统观不仅重视事物内部各个成分之间的辩证关联,看到事物的辩证整体性,而且还非常重视事物与其外部环境之间的联系,看到事物的辩证开放性。根据辩证系统观关于系统环境的概念及系统对环境的辩证开放原理可知:系统环境是由与其具有不可忽略关系的其他系统按特定的非线性结构构成的存在于更大的系统中并体现为特定的运行和演化过程的超系统。系统一方面通过其边界(即系统质从存在到消失的界限)将其本体与环境划分开来,在环境中保持相对封闭、独立、自主,具有一定的封闭性、环境独立性、自主性、自组性,另一方面又与环境密切关联、相互作用,不断地进行着物质、能量和信息的交换,受环境的制约并在环境中执行特定的功能,具有永恒开放性、外部关联性、环境依赖性、他组性。总之,系统在与环境的关系上呈现出自主性与开放性的辩证统一,即辩证开放性。

辩证系统观特别强调系统与环境之间的非线性的、双向的相互作用以及系统在环境中执行的多重功能。根据辩证系统观的系统环境互塑共生规律以及系统功能转化规律可知:系统与环境不断地发生非线性的相互作用,一方面依赖于环境向其提供必要的输入和资源条件(当然也同时承受环境对它施加的压力),一方面又向环境提供一定的输出和功能服务(当然也同时对环境造成某种污染或破坏)。系统往往根据其外部环境的情况而确定其目的和欲执行的功能，总是相对于其环境做出一些成分和结构上的变化，表现出一定的目的性行为，并凭借它在内外关联中表现出的特性和能力即性能、通过其特定的行为，对环境中的某些事物（即功能对象）发生有益的作用或改变，执行特定的功能。

不言而喻，在辩证系统观的视野里，翻译与世界上其他事物一样作为一种特定的系统也处于一定的环境中并与环境发生各种各样的辩证关联。在唯物辩证法的普遍联系原理和对立统一规律及相关的概念和范畴的指导下，从上述关于系统环境的概念及系统对环境的辩证开放原理、系统与环境的互塑共生规律以及系统功能转化规律出发，并结合第二章形成的翻译总体辩证系统论对翻译环境及翻译与环境的关系的认识，就可以演绎推导出一种初步的翻译环境辩证系统概念、翻译辩证开放原理、翻译环境互塑共生规律以及翻译功能转化规律，分别依序表述如下：

翻译环境是由与翻译具有不可忽略的关系的原语和译语的具体情景和社会文化环境等要素，语言、艺术、信息、审美、社会、文化等层面，按特定的非线性结构关系构成的，其本身又存在于一个更大的系统中并体现为特定的运行和演化过程的超系统。翻译总是存在于一定的具体情景和社会文化环境中，一方面通过其边界（即翻译质从存在到消失的界限）将其本体与环境相对地划分开来，在环境中保持相对封闭、独立、自主，具有一定的封闭性、环境独立性、自主性、自组性；另一方面又与环境密切关联、相互作用，不断地进行着物质、能量、语言、艺术、信息、意象、社会、文化的交换，受环境制约并在环境中执行特定的功能，具有永恒开放性、外部关联性、环境依赖性、他组性。总之，翻译在与环境的关系上呈现出辩证开放性。

就其与环境的相互关系而言，翻译与其情景和社会文化环境不断地发生非线性的相互作用，一方面依赖于环境向其提供一定的人力、物力及其他资源条件(当然也同时承受环境给它施加的压力或约束)，一方面在其环境中执行一定的功能，发生一定的有益的作用或影响(当然也同时会对环境造成某种污染或破坏)。就其目的和功能与其环境的关系而言，翻译总是根据翻译环境的具体情况特别是翻译环境的需要来确定其目的和欲执行的功能，总是相对于其环境做出一些成分和结构上的变化，表现出一定的目的性行为，并凭借它在内外关联中表现出的特性和能力即性能，通过其特定的行为，在翻译环境中执行语言、艺术、信息、审美、社会、文化等特定的功能。

显而易见，上述从辩证系统观演绎出来的初步的翻译环境辩证系统概念、翻译辩证开放原理、翻译环境互塑共生规律以及翻译功能转化规律仍具有较高的抽象性或涵盖性。其中，上述的翻译环境辩证系统概念只是说明了翻译环境是一种特定的与翻译具有不可忽略关系的超系统，尚没有描述翻译环境的具体成分、结构及其更大的环境等各种具体情况；同样，上述的翻译辩证开放原理、翻译环境互塑共生规律以及翻译功能转化规律也只是说明了翻译作为一个普通系统与作为一个更大的普通系统的翻译环境之间的一般关联，尚没有揭示翻译与其环境系统之间的各种具体的相互作用关系，没有揭示翻译在其环境中的各种目的和功能情况。然而，上述通过演绎而来的对翻译环境及翻译与环境之间的关系的认识却为融合现有的各种具体的相关认识并形成一种既全面又较为细致的翻译环境辩证系统论提供了一个广阔的组织框架。以下拟以这一组织模式为参照，以现有的语言学译论、文艺学译论以及综合性译论中的相关认识为主要理论资源，对翻译环境及翻译与环境的关系予以思维上较为具体详细的系统探讨。

第二节

翻译环境辩证系统论的资源

从上述初步的翻译环境辩证系统概念、翻译辩证开放原理、翻译环境互塑共生规律以及翻译功能转化规律可以看出，要全面而具体地把握翻译环境及翻译与环境的关系，就必须较为详细地了解翻译环境的主要成分和结构(甚至翻译环境与其所处的更大环境之间的关系以及翻译环境的运作和演化过程等方面)、翻译整体及其各个方面与翻译环境整体及其各个方面的关系，特别是翻译环境对翻译的制约以及翻译在翻译环境中的作用或功能等方面。有幸的是，迄今为止的各种译论，包括各种语言学译论(特别是其中的社会符号学译论)、各种文艺学译论(特别是其中的文化学译论等)以及多数的综合性译论，已经包含了对翻译环境及翻译与环境的关系虽然有些片面却细致精深的探索，各自看到了翻译环境的某些方面及翻译与环境的某些关系，形成了各种各样较为具体的关于翻译环境的概念以及对翻译与环境的关系的认识，为对翻译环境及翻译与环境的关系的辩证系统研究提供了相当丰富的理论资源。

4.2.1 语言学译论对翻译环境的认识

如前所述，语言学译论者多是科学精神的倡导者，往往倾向于关注翻译活动中以及翻译活动所涉及的事物中的物的方面，或倾向于把翻译活动及其环境物化、客体化、普遍化、规律化，关注翻译活动本身特别是译文与原文之间的线性化的对等关系,从而经常忽略翻译的其他要素及包括译语语境和原语语境在内的翻译环境方面。当然,他们有时也关心翻译环境,但主要关注译文和原文所出现的客体化、共时化、规律化或制度化的语言、信息和社会环境层面,或只注重翻译环境特别是译语环境对翻译活动的制约,或只强调翻译在译文语境中具有的目的或执行的功能。

　　一般而言,结构主义语言学译论者由于将其主要的关注点放在翻译中的译文与原文及其对应关系上,因而很少关心翻译的环境以及翻译的内部要素与环境要素的关系。然而,应当看到,在翻译研究中从来就没有纯粹的结构主义的语言观、文本观和绝对孤立的脱离环境的翻译观,包括卡特福德、奈达在内的现代语言学译论者都在翻译研究中比较注重语境问题。其中,卡特福德从系统功能语言学的视角探讨翻译,注意到翻译所涉及的情景语境甚至更大的时空环境以及语言的交际功能等外部因素。他采用了弗斯的语义学理论探讨翻译中的语义问题,认为特定文本或文本中的语言成分的意义就是它潜在地进入的所有内外关系的总网络,包括形式关系和语境关系。前者指同一语言中的形式条目与其他条目之间的关系,它们构成了该形式条目的形式意义,而后者则指形式条目与其所处的情景语境中与语言相关的要素之间的关系,这些与语言相关的语境特征的聚合就构成了该形式的语境意义①。他还在语境意义的基础上界定了翻译等值关系的条件,认为译语与原语的语言单位很少具有相同的形式意义,但他们可以在相同的语境中起到相同的作用,当译语与原语文本成分在一定的语境中可以互换时,

---

　　① 　J.C.卡特福德,《翻译的语言学理论》,穆雷译,北京:旅游教育出版社,1991年,第42—50页。

它们就成为翻译等值成分,因而翻译等值关系的条件可以概括为:当原语与译语文本或其中的语言单位与相同的(至少部分相同的)语境实体特征相关时,就构成了翻译等值关系①。另外,卡特福德还探讨翻译中的语言变体问题,认为每种"整体语言"实际上都实现为各种不同的语境中使用的各种变体,包括个人方言、(社会、地域和时间)方言、语域、风格和语式,而每种变体则是各种情景语境甚至社会语境在语言中的反映②。可见,卡特福德将语境看成了与语言或文本的意义及语体具有密切关联的外部关系网络,主张在翻译中追求译语与原语在语境层面的等值或对应。

巴尔胡达罗夫较早地从宏观语言学或对比话语语言学的角度探讨翻译,强调在翻译话语分析中了解话语的超语言环境因素的重要性。他认为,翻译过程涉及的不是抽象的语言体系,而是具体的言语产物即话语,而言语产物不仅是由语言材料组成的,它还必须具备三个超语言要素,即通报主题或话语内容、交际环境和言语活动的参加者;这些超语言要素并不是某种超语言的残迹,而就是话语活动本身不可分割的组成部分,没有它们也就谈不上话语活动;这样,不考虑这些超语言因素与话语的语言形式以及上下文因素的相互作用,就不能理解言语产物;因而,译者作为一种特殊的言语行为的参加者,在话语分析的过程中为了获得必要的信息,就不仅要考虑上下文因素,而且还必须求助于超语言环境,了解超语言信息,否则就不能进行翻译③。

---

① J.C.卡特福德,《翻译的语言学理论》,穆雷译,北京:旅游教育出版社,1991年,第58—65页。

② 同上,第97—107页。

③ 巴尔胡达罗夫,《语言与翻译》,蔡毅、虞杰、段京华编译,北京:中国对外翻译出版公司,1985年,第18—25页,第139—144页。

奈达最早主要从描写语言学、结构主义语言学及生成语言学的角度考察翻译活动,虽然主要关注圣经翻译中的文本要素特别是其中语言形式、信息内容等层面,但是他从来就没有将翻译所涉及的语境因素完全排除在视野之外。实际上,他总是从翻译实践的角度考察翻译,看到了翻译的时空情景语境甚至社会文化环境。早在最能代表他的翻译科学观的《翻译科学探索》一书中,他就在语言学译论中融入了信息论和交际学的视角,除了探讨两种语言和两个文本、译者、原文作者、译文读者等翻译内部要素以外,同时还把视野拓展到信息背景、感觉信道和工具信道、噪音或干扰等若干情景因素①。后来,奈达还从社会语言学和社会符号学的角度探讨翻译与目标社会和文化环境的关系,主张把翻译置于广阔的文化符号背景中来考察。在《语言、文化与翻译》一书中,他系统地阐述了语言与文化的密切关系、语言的各种心理功能和社会功能以及影响翻译过程的各种外部因素(如翻译的定向、译文受众的性质、译文的用途、出版社和编辑的性质、译文的市场情况等)②。

纽马克主要从交际学的角度探讨翻译,不仅注重文本的形式和意义等各种翻译内部因素,而且还将原文作者的个人风格、译语读者的期望、原语和译语的语言和文本规范、原语和译语的文化内容、原语和译语的排版模式、文本所指向的事件、译者的个人特征等若干文本和翻译环境因素纳入视野,认为在翻译过程中文本始终处于上述及其他诸多要素的相互作用的张力之中③。其中,纽马克还专门探讨了翻译与文化的关系,将文

① Eugene A. Nida. *Toward a Science of Translating : With Special Reference to Principles and Procedures Involved in Bible Translating* . Leiden: E. J. Brill, 1964, pp. 120—144.

② 参阅 Eugene A. Nida. *Language, Culture and Translating* . Shanghai: Shanghai Foreign Language Education Press, 1993.

③ Peter Newmark. *A Textbook of Translation*. New York: Prentice Hall, 1988, pp. 3—10.

化定义成"以某种语言为表达工具的某个社团所独有的生活方式及其表现"，特别将具有文化内涵的语言区别于普遍的或个人的语言，并参考奈达对文化的分类[①]将其区分成五种大致的类型，即生态文化、物质文化、社会文化、政治、宗教和艺术、手势和习惯文化等类型，分别讨论了具有文化内涵的语言成分的翻译处理方法[②]。另外，他还论述了翻译的各种作用或功能，包括信息交流、文化传播、真理传达、外语学习、个人娱乐功能等[③]。

与其他各种学者的观点不同，格特从认知语言学的关联理论的角度看待翻译，关心翻译的认知环境及翻译与认知环境的关系。在他看来，翻译是一种跨语言的按照关联原则(即"每个明示交际行为都传达着对其自身的最佳关联性的假设")进行的两轮的明示—推理的认知交际活动：在第一轮的交际中，原文作者根据关联原则在预测原文读者的认知环境的基础上进行明示(编码)和隐含活动，即为原文读者提供关于其意图的明示刺激即原文，而译者则作为原文读者按照关联原则根据自己的认知环境形成一种具体的语境假设对原文进行解码和推理，理解原文作者的意义和意图；在第二轮的交际中，译者根据关联原则在预测译文读者的认知环境的基础上进行明示和隐含，即为译文读者提供关于原文作者意图的明示刺激即译文，而译文读者则按照关联原则根据自己的认知环境形成一种具体的语境假设对译文进行解码和推理，理解原文作者的意义和意图。可见，格特的关联翻译理论作为一种关于跨语言交际的心理认知过

---

① Eugene A. Nida. *Exploring Semantic Structures*. München：Wilhelm Fink Verlag, 1975.

② Peter Newmark. *A Textbook of Translation*. New York：Prentice Hall, 1988, pp. 94—103.

③ 同上，第7—8页。

程的理论,关心的是交际者大脑中的认知环境在翻译交际中的运作和演化规律。在关联翻译理论中,环境不是存在于交际者大脑以外的包括上下文、情景语境和文化语境在内的外在环境,而是由交际者各方从外在世界中感知的信息、从记忆中提取的信息以及从前述的两种信息中推导出来的信息构成的心理结构体即认知环境;而且,在每次明示—推理的交际过程中,交际者各方并非动用其全部的认知环境,而只是根据关联性原理为获得最佳关联性(即在阐释上用最小的认知努力取得充分的语境效果)而选择使用其中的一部分形成一个具体的语境假设。可见,认知环境虽然不是直接的外部世界,却终究是交际者通过经验或思维对外部世界的内在化或认知化。从这个角度看,关联翻译理论实际上用认知环境将外部环境与交际过程连在了一起,认为外部环境只有首先被内在化为认知环境才能参与交际过程。同时,关联翻译理论也看到了被选择运用于交际过程的实际的认知环境是潜在的认知环境与交际过程发生相互作用的体现,而潜在的认知环境只有根据每个交际行为的具体情况调动其中一部分假设构成一个实际的语境假设,才能参与交际活动①。

与上述交际学和认知语言学译论者的探讨不同,赖斯、弗米尔、曼塔利、诺德等德国功能派学者则主要从功能语言学、话语语言学、社会符号学、行为理论等角度考察翻译,注重文本以外的语境要素及翻译与语境之间的关系。其中,赖斯主要从功能语言学的角度考察翻译和翻译批评,对影响翻译的超语言决定因素进行了探讨。她认为,超语言决定因素指的是能够使原文作者在写作原文时在各种可以被原文读者看懂的语言形式

---

① Ernest-August Gutt. *Translation and Relevance: Cognition and Context* (2nd ed.). Manchester: St. Jerome Publishing, 2000, pp. 24—201.

之间进行选择、甚至能够使原文作者省略一些语言手段，从而影响文本形式的所有语言以外的因素，主要包括直接语境、话题、时间、地点、受众或读者、说话人或作者以及情感因素等。就前四个方面来说，她认为，直接语境会使原文作者省略一些不言而喻的东西，将语言形式的使用降低到最少的程度，译者对它的了解有利于对原文中隐含的语义信息的阐释，也会影响译文的词汇、语法、文体方面的选择；话题主要影响译者对原文词语的理解和对译文词语的选择，译者必须掌握相关的领域的专门术语才能理解和翻译原文；时间是一个非常复杂的因素，它会使原文作者选择某一历史阶段的语言和文体(时间方言)进行写作，因而也会影响译者对原文中的词素、词汇、句法、修辞格的看法以及对其翻译方法的选择；地点要素指与原文相关的文化或国家中所有地点的所有事实和特征(即所有的文化因素)，包括原文中描述的事件发生的场所，它能影响对含有文化成分的词语的理解和翻译；受众要素指原文作者所面向的某个时代、社会和文化的一个群体，即所有他心目中的原文读者，这会影响原文作者对各种具有特色的习语、说法、比喻等的使用情况，译者应当妥善处理两种受众之间的这些文化差距；说话人要素指与原文作者相关的各种影响其个人的语言风格的要素，包括其个人身世、所处时代、地理位置、文化程度、宗教信仰、职业身份、个人爱好等若干要素，这些都可能反映到原文中，也会影响译者的理解和翻译；情感要素指带有各种主观感情色彩的东西，它们会影响原文和译文的词汇、文体甚至语法层面[1]。另外，赖斯还从布勒的语言功能理论的角度来看待翻译的功能问题，认为翻译或译文的功能一般可分为以内容为中心的说明功能、以形式为中心的表情功能、以呼唤为

---

[1]　Katharina Reiss. *Translation Criticism*：*The Potentials and Limitations*：*Categories and Criteria for Translation Quality Assessment*，trans. Erroll F. Rhodes. Manchester：St. Jerome Publishing，[1971] 2000，pp. 66—87.

中心的唤情功能等类型①。然而,她还同时看到了上述功能只是一般情况下的常规功能,而除此以外译文还有许多特殊的功能②。

弗米尔从冯·赖特等人的行为理论的视角考察翻译,提出了目的论这一更为普通的翻译理论模式,认为翻译是发生在一定的文化系统中的某种语言和非语言情景中、属于情景的一部分同时又改变着情景的一种有目的的、有意图的人类行为,从而将翻译置于人类交际活动的情景语境和更大的社会文化环境中,强调翻译行为与翻译环境之间的关联,更加突出了决定翻译策略的翻译目的以及决定翻译目的的(具有特定的背景知识、期望和需要的)译文读者和译语文化环境的地位③。其中,弗米尔对文化和文化个性特征的概念进行了特别的探讨。受美国文化学家古迪纳夫(Ward H. Goodenough)的文化观④的影响,他认为文化就是"作为一个社会成员的个人为了能够'像大家一样'或能够不像大家一样而必须了解的整套的规范和习俗"⑤;特定的文化具有特定的文化特征(culturemes),即特定文化中的成员所注重的、与另一特定的文化中(在形式或功能上)相应的社会现象不同的社会现象;因而,所谓某种文化中特有的现象是相对于比较中的两种文化而言其中一种文化中存在而另一种文化中不存在的现象。翻译的过程就是文化比较的过程,(以译语为母语的)译者只能

① Katharina Reiss. *Translation Criticism*:*The Potentials and Limitations*:*Categories and Criteria for Translation Quality Assessment*, trans. Erroll F. Rhodes. Manchester:St. Jerome Publishing, [1971] 2000, pp. 24—47.

② 同上,第92—101页。

③ Christiane Nord. *Translating as a Purposeful Activity*:*Functionalist Approaches Explained*. Manchester:St. Jerome Publishing, 1997, pp.10—12.

④ Ward H. Goodenough. Cultural anthropology and linguistics, in D. H. Hymes, ed., *Language in Culture and Society*:*A Reader in Linguistics and Anthropology*. New York:Harper & Row, 1964, pp. 36—40:p. 36.

⑤ Hans J. Vermeer. What does it mean to translate? *Indian Journal of Applied Linguistics* 13(2), 1987, pp. 25—33:p. 28.

借助于他们自己的文化中特有的对原语文化的了解(而不是从某个中间立场上)来理解原语文化,译者所看到的不同于译语文化的东西就是原语文化中特有的东西。译者对于自己文化的看法就成了检验是否在原语文化中观察到文化他者的标准。

曼塔利也运用了冯·赖特等人的行为理论考察翻译,提出了翻译性行为的概念,将翻译与不涉及任何语言文本的各种跨文化传播活动一起都纳入理论视野,并将一系列的包括各类主体在内的环境因素当成了翻译性行为的环境要素。其中,她认为,翻译性行为的参与主体或角色就应至少包括发起者(需要译文者)、委托人(与译者签订合同者)、原文生产者(作者)、译文生产者(译者)、译文使用者(译文用户)、译文接受者(读者或最终接受译文者)等多个。另外,曼塔利还同时注重翻译行为发生的时间、地点和媒介①。

另外,诺德作为德国功能派译论的一个成员也自然采用了功能主义的理论来研究翻译,并形成了对翻译的环境、翻译与环境的关系的较为全面系统的认识。在她提出的一个翻译文本分析模式中,她将需要分析的各种要素划分成文本外部要素、文本内部要素以及连接文本内部与其外部使用者的内外连接要素,其中文本内部要素包括主题、内容、预设、(微观和宏观)结构、(插图、斜体等)非语言因素、词汇、句子结构、超音段特征等,文本内外连接要素是效果,而文本外部要素则包括发送者及其意图、接受者、媒介、交际场所、交际时间、交际动机、文本功能等。在文本外部要素中,文本发送者和生产者可以是一个人,也可以是两个人,其中发送者就是使用文本发送信息或获得某种效果的人,而生产者就是根据发送

① Christiane Nord. *Translating as a Purposeful Activity*: *Functionalist Approaches Explained*. Manchester: St. Jerome Publishing, 1997, p. 13.

第二节 翻译环境辩证系统论的资源

者的指示及相关文化中的文本规范去生产文本的人;文本发送者的意图就是文本发送者对用文本达到的目的、执行的功能、产生的效果的打算;受众就是文本的接受者或文本所针对的受话人,包括原文受众和译文受众,或主要受众、次要受众和偶然受众等类型;文本媒介指文本传递的渠道或工具,如口头或书面等;交际的地点包括原文和译文生产的地点和原文和译文接受的地点;交际的时间也包括原文和译文生产的时间和原文和译文接受的时间;交际动机指原文(和译文)生产和接受的原因;文本功能指文本在某种具体的生产和接受环境中所执行的交际功能,比如文学性就是一种文本功能,由于有些文本功能频繁出现就会使文本具有某种习惯形式,构成体裁。更为重要的是,诺德还强调了上述各种文本外部因素之间以及文本外部与文本内部要素之间的相互依赖关系①。

4.2.2　文艺学译论对翻译环境的认识

文艺学译论者与语言学译论者不同,他们往往受人文文化熏陶,崇尚人文思想,关注翻译活动及翻译所涉及的事物中的人的方面,关心译者、原文作者和译文读者等使翻译活动得以实现的人的要素,或倾向于把翻译活动及其环境人化、主体化、个性化、特殊化,看到了译文与原文之间的非线性的、动态的、灵活的再造关系,看到了译文和原文所处的历时化、差异化、个性化的具体语境和文化环境,看到了翻译环境特别是译语环境对翻译或译文的操纵,或看到了翻译对译文文化的塑造作用。

大致而言,现代的庞德、加切奇拉泽等文艺学译论者从文艺学和文艺美学的视角看待文学翻译环境以及文学翻译与环境的关系,关注文本的主体要素及其具体的情景和历史文化环境要素,强调翻译活动中文本与

---

① Christiane Nord. *Text Analysis in Translation : Theory, Methodology, and Didactic Application of a Model for Translation-Oriented Text Analysis* (2nd ed.), trans. Christiane Nord & Penelope Sparrow. Amsterdam: Rodopi, 2005, pp. 41—153.

主体、翻译与环境之间息息相关、密不可分的关系。例如,庞德从意象派诗学的角度看待原文和译文的词语与原文作者和译者主体之间及其与其他词语之间的关系。他认为,原文和译文的词语不是孤立的、静止的、一成不变的物体,而是一种被赋予了能量和意象的、具有生命的、其意义永远流变的事物;词语的能量除了来源于它的听觉上的音韵、视觉上的形象以外,主要来源于由它的直接意义与它在语境中的灵活运用而构成的"意念"。更具体地说,原文和译文的词语之所以具有能量,就是因为作为具有特定心境的艺术家、雕刻家的原文作者和译者总是将词语按照一种新颖的方式运用于特定的历史环境中,使词语与处于特定的时空环境的属于同一或不同主体的其他词语建立了互文关系。也就是说,在庞德看来,文本的词语的能量与原文作者和译者等创作主体以及文本创作的意识形态和时空环境不可分割,词语体现了作者的情感、心境和思维过程,反映了文本创作所处的历史文化环境的气氛①。

应当看到,就对翻译环境的注重而言,古典文艺学和现代文艺学译论者都是相当有限的。当代时期,伊文—佐哈尔、图瑞、列费维尔等文艺学译论者开始采用宏观文艺学、文化诗学乃至文化学的视角审视文学翻译,将整个目标文学和文化大系看成翻译的环境,关注翻译与目标文学和文化大系及其中的诗学、意识形态、赞助人等各种因素之间的关系,强调翻译策略、译文特色随着目标文学和文化语境的变化而动态变化的关系。他们虽然受到科学精神的影响,提出了一些系统综合的观点,甚至采用了描写或实证的认识方法,但仍然以人文精神为中心,强调差异性、历史性、动态性。

---

① Edwin Gentzler. *Contemporary Translation Theories* (2nd ed.). Clevedon: Multilingual Matters, 2001, pp. 15—24.

其中,伊文-佐哈尔主要采用了俄罗斯形式主义和捷克结构主义引入文学和语言符号研究的强调异质性和历史性的动态系统理论来认识目标文学和文化大系以及翻译文学与目标文学和文化的关系。他看到了普通的功能主义和结构主义理论中的系统概念的积极作用,但同时又意识到这种系统概念的同质化、共时化、静态化的倾向,因而通过吸收俄罗斯形式主义者梯雅诺夫的多等级文学系统的思想,专门创造了"多元系统"这一术语,主要指特定的文化中由核心和边缘文学等相互作用的系统构成的异质的、动态的整体文学网络系统,也用以指包括文学、语言在内的各种社会符号系统甚至它们所处的整个文化环境系统,并由此演绎出一整套的文化理论——"多元系统"论,用以描述和解释包括翻译文学在内的各类文学在特定的社会历史文化环境中的功能及其运作和演化规律。正如伊文—佐哈尔所说:"在系统概念指导之下的研究,重点不再是物质和材料的描述、罗列和分类,而是现象之间的相互关系,因此只需要较少的假说,就能解释各种现象,从而令人类学科发生了巨大的变革。但是,为了发展出纯质的系统理论,多样性、冲突、矛盾、变化和时间的推移都被排除在一切系统分析之外;显然是异质的现实因此被简约为同质的。多元系统论尝试改变这个传统,把上述参数纳入系统之内,令系统概念与异质性和时间的推移完全兼容。"①

在伊文—佐哈尔看来,文学系统与其他各种社会符号现象一样都是多元系统,其各个子系统各有不同的行为,却又互相依存,并作为一个有组织的整体运作于一个更大的系统即特定的文化整体之中,同时它又可能与其他文化中的相应系统共同构成一个文学"大多元系统",运作于一

---

① 伊塔马·埃文-佐哈尔,多元系统论,张南峰译,《中国翻译》,2002 年第 4 期,第 19—25 页。

个范围更大的文化系统乃至于整个世界文化这个人类社会中最大的多元系统中。他将文学系统按其在文化中的功能分为高级和低级系统、首要和次要系统等不同等级，并发现翻译文学在强势文学中扮演次要角色，而在弱势、边缘、年轻、处于危机或转折中的文学中却可以成为首要系统。他认为，翻译系统的行为模式往往与它在文学多元系统中的地位有关，当它处于中心地位时，就往往参与创造首要模式，不惜打破本国的传统规范，而当它处于边缘时，则常常套用本国文学中现成的次要模式；翻译文学地位的这种不确定性决定了翻译活动（如翻译材料、技巧的选择等）的动态性：翻译是一种随着特定目标文化中各种文学和文化关系的变化而变化的活动[①]；例如，当翻译文学在目标文学系统中处于首要地位时，译者就会采用着重译文的充分性的"充分"翻译策略，而当翻译文学在目标文学系统中处于次要地位时，译者就会采用着重译文的可接受性的"可接受"翻译策略[②]。可以看出，伊文—佐哈尔的多元系统论比以往其他所有理论都更加系统地揭示了目标文学和文化系统的多元性、层次性、开放性、动态性，更加系统地描述了文学翻译或翻译文学与目标文学和文化的密切关联，特别是翻译文学随着整个目标文学和文化系统的运作和演化而动态地运作和演化的特性，因而对于翻译环境及翻译与环境的关系的系统研究具有重要的理论价值。同时，他的理论还有一定的片面性，为了反对静态系统论而有时过分强调系统的多元性、动态性，从而在某种程度上忽略了系统的整体性和稳态性。另外，他主要关心的是文学和文化系

---

① Theo Hermans. *Translation in Systems：Descriptive and System-oriented Approaches Explained*. Manchester：St. Jerome Publishing, 1999, pp. 102—119；Edwin Gentzler. *Contemporary Translation Theories*（2nd ed.）. Clevedon：Multilingual Matters, 2001, pp. 114—123.

② Itamar Even-Zohar. The position of translated literature in the literary polysystem. *Polysystem Studies*, *Poetics Today* 11, 1, 1990, pp. 45—51.

统的总体规律，而不是专门为了翻译研究的目的而探讨文学翻译与文学和文化系统的关系。

毋庸置疑，专门从翻译学角度采用多元系统论探讨文学翻译与文学和文化的关系的主要是图瑞。他采用了伊文—佐哈尔的"多元系统"的概念，从霍姆斯提出的翻译学框架中的(与理论翻译学相对的)描写翻译学的角度，探讨文学翻译与目标文学和文化多元系统的关系，描写支配文学翻译过程的既具有普遍性和客观性又具有特殊性和主体性的语言、文学和文化常规。他通过实际调查发现，文学翻译中原作、翻译策略的选择都受目标文化中诗学和意识形态的制约，不等值的翻译照样可以被目标文化接受①。他认为，原文是一个由许多相似特征、意义和功能构成的家族，任何译文都只能根据目标文学和文化系统的实际情况突出原文的某些方面而牺牲其他方面，因而谈不上与原文等值与否，谈不上它在语言或文学上正确或优劣与否②。他指出，翻译(译文生产)是一种受语言、文本、社会文化和译者自身认知的局限性等各种各样的约束因素制约的活动。就其约束力强弱来说，这些约束因素构成一个连续统，其中约束力最强的一端是普遍的客观的规则(rules)，约束力最弱的一端是纯粹的主观的个人癖好(idiosyncrasies)，居于两极之间的宽泛区域则是主体间的"常规"(norms，又译"规范")，而常规本身又可视其在连续统上的位置划分成约束力强、中、弱等若干相互联系的类型；从时间轴上看，上述各种约束因素会通过盛衰的过程不断转化，癖好会逐渐变成常规，常规会慢慢变成规则，反之亦然③。

第四章　翻译环境辩证系统论

---

① Edwin Gentzler. *Contemporary Translation Theories* (2nd ed.). Clevedon: Multilingual Matters, 2001, pp. 123—131, pp. 139—144.

② Gideon Toury. *In Search of a Theory of Translation*. Tel Aviv: The Porter Institute for Poetics and Semiotics, 1980, p. 18.

③ Gideon Toury. *Descriptive Translation Studies and Beyond*. Amsterdam/Philadelphia: John Benjamins Publishing, 1995, pp. 53—69.

图瑞认为,翻译作为一种涉及至少两种语言和文化传统的活动,在语言和文化层面上都涉及至少两套常规系统,因此译者总是面临着两种不同的往往不可调和的选择:(1)译文作为译语文本在目标文化中占有一定位置或填补空缺;(2)译文是特定的预先存在于原语文化并在原语文化中占有一定位置的原文在目标语言文化中的再现。可以说,译者在两种不同语言、文本、文化传统常规之间的取舍就造就了翻译常规(translational norms)中的初始常规。译者可以选择受原文及其语言文化常规的支配,从而倾向于采用"充分"翻译策略;也可以选择受译文的语言文化常规的支配,从而倾向于采取"可接受"翻译策略。大致而言,包括上述的初始常规在内,图瑞区分了三种(在逻辑上先后运作的)翻译常规:(1)先决常规(preliminary norms),支配着对翻译方针和整体翻译策略的选择,如选择何种文本材料来翻译,选择直接从原文翻译还是间接地从另一语言的译文翻译(甚至选择从外语向母语还是从母语向外语翻译);(2)初始常规(initial norms),支配着对面向原文的语言文化规范还是面向目标语言文化常规的选择;(3)操作常规(operational norms),支配着对翻译过程本身中的具体决策的选择,又分为宏观结构常规(即支配对文本的宏观结构的确定的常规)和文本语言常规(即支配句子以下的语言结构的选择)①。另外,他还强调指出翻译常规的多元性,认为其多元性源于它的两大内在特征,即它因社会文化的不同而不同的特性以及它的不稳定性。显然,图瑞从多元系统论的角度采用描述的方法将翻译文学视为目标文化中由核心和边缘文学等互动系统构成的文学大系中的子系统,广泛探讨了文学翻译

---

① Theo Hermans. *Translation in Systems*: *Descriptive and System-oriented Approaches Explained*. Manchester: St. Jerome Publishing, 1999, pp. 75—77; Gideon Toury. *Descriptive Translation Studies and Beyond*. Amsterdam/Philadelphia: John Benjamins Publishing, 1995, pp. 53—69.

与目标文化环境的密切关系，形成了识别和分类各种翻译规范的方法，大大推动了对翻译环境及翻译与环境的关系的系统研究。当然，他的观点尚有一定的片面性：他主要关注翻译与目标文化环境的关系，忽略了翻译与原语文化的关系；主要关注译语文化对翻译的制约，从而忽略翻译在译语文化中的作用。

作为文化学译论的又一主要代表，列费维尔将翻译视为像文学批评、传记、文学史、电影、戏剧、拟作、读者指南、编纂历史、编选文集、批评和编辑一样的一种在特定的文化中参照特定的文本创造另一个文本的"改写"或"操纵"活动，主要以系统论为指导从文化诗学和文化学的宏观视角综合探讨了文学和文化的概念以及包括翻译在内的改写与目标文化的关系①。由其专著《翻译、改写及对文学名声的操纵》可以看到，他认识到俄罗斯形式主义者引入文学理论的系统概念的当代意义，尽管指出系统论的高度抽象性可能影响文学研究者对它的接受，却仍然坚持以系统思维为理论指导，探讨包括翻译在内的改写活动与整个文学和文化整体的关系。他认为，用系统论的眼光看，文学就是一个不同于纯粹客观性的物理或生物系统的"人工"系统，因为它是由作为客体的文本和作为活动主体的文本读者、作者和包括译者在内的改写者一起构成的；文学不是一个剥夺了读者、作者和改写者的个人自由的决定论系统，而是一种作为一系列对读者、作者和改写者的约束因素而运行的系统；正如俄罗斯形式主义者所描述的一样，文学存在于特定的作为复杂的"系统之系统"的社会文化中，文学系统与社会文化整体中的科学、技术等各种其他系统"按照一种由它们所属文化的逻辑所决定的互动方式"相互影响、相互作用；而保障

① André Lefevere. *Translation, Rewriting, and the Manipulation of Literary Fame*. London: Routledge, 1992, p. vii.

文学系统不至于与社会文化中其他系统脱节的"文化的逻辑"则似乎来自两个方面:一方面是文学系统内部的控制因素,即包括批评家、评论家、教师和译者等改写者在内的文学专业人员,(但不包括作家,因为作家往往喜欢冲破制约,而改写者则力图迎合制约,)他们主要从内部控制文学系统,通过遏制或改写不符合在特定时代和地区占主导地位的文学观念(诗学)和社会观念(意识形态)的文学作品,使之纳入由外部控制因素指定的常规;另一方面是文学系统外部的控制因素,即赞助人(patronage),包括任何可能有助于文学作品的产生和传播、同时可能妨碍、禁止、毁灭文学作品的个人、宗教组织、政党、阶级、皇室、出版社、大众传播机构(如报纸、杂志和电视公司)等赞助者,他们按特定时代的诗学和意识形态规范对文学系统内部的阅读、写作和改写施加影响①。

列费维尔主要关注改写与文学和文化系统的关系,只是将翻译看成一种最明显的改写形式加以研究。在他编辑的《翻译、历史与文化论集》一书中,他论述了翻译与意识形态、赞助人、诗学、论域、语言发展、教育、文本的文化地位、文化地位等一系列制约翻译并被翻译操纵的文学、文化、社会环境因素的关系②。他主要看到以下几个方面:(1)意识形态对翻译的塑造作用:翻译并非在两种语言的真空中进行的,而是在两种文学传统的语境中进行的;译者在特定时间的特定文化之中执行功能,他们对自己和自己的文化的认识是影响他们翻译方法的诸多因素之一;意识形态是赞助人、群众与要求翻译和出版的机构强加给译者的。(2)赞助人的权力:在与赞助人的交涉中,译者若想使自己的翻译得到出版,则享有很小

---

① André Lefevere. *Translation, Rewriting, and the Manipulation of Literary Fame*. London: Routledge, 1992, pp. 11—25.

② André Lefevere, ed. *Translation/History/Culture: A Sourcebook*. London: Routledge, 1992.

的自由度。(3)诗学：译者往往以译语文化的诗学规范来改写原文,目的是为了取悦于译语读者,确保他们的译作有人阅读;译者也经常以自己的译作影响译语诗学的演化进程,在原语诗学与译语诗学之间寻求中和,显示了文化移植的过程和诗学的力量。(4)论域：译者必须在对原文作者所处的论域(即属于某一特定文化的一整套的概念、意识形态、人物和事物)与译语读者所处的另一个论域之间取得平衡;译者并不总是认为原语作者的一切观点都是楷模,在翻译过程中往往有所取舍,即取其所好,舍其所恶;在大部分情况下,译者不是直接舍弃原文,而是在内容和风格上对其改写;"忠实"不仅仅是甚至不主要是体现于语言层面上的对应,而是涉及意识形态、诗学和论域层面上的一整套决定。(5)翻译、语言发展和教育：译者遇到表达原语论域中独有事物的词语而译语论域中又不存在相应的词语时,译者就只能创造新的表达方式,这样翻译就丰富了译语语言的表达的方式;翻译也历来被认为是作家最好的学校,因为翻译使作家丰富了自己的表达方式;同时,翻译也是学习外语有用的工具,从公元100年至第二次世界大战结束,欧洲的学童就是通过翻译法来学习外语的。(6)翻译技巧：在翻译中,想给出达到"忠实"的规则是徒劳的,因为翻译不仅仅是寻求语言层次上的对等;因而,把翻译研究仅仅看作是寻找翻译规则无疑是简单化到了荒谬的程度,无视了翻译这一现象的复杂性,无视了其他研究方法在文化和文化移植方面所做出的贡献。(7)中心文本和中心文化：如果某一文本体现了某一文化的核心价值观,在该文化中起着中心文本的作用,其译文必将受到仔细的审视,因为"不能接受的"翻译会被看作从根本上对该文化的颠覆;相反,如果某一文化认为自己是中心文化,那么这种文化在对待其他文化所生产的文本时,则采取一种简慢随便的态度;正是在对特定文化中起中心作用的文本的处理上,正是在中心文化翻译边缘文化的文本所采取的方法上,才体现了意识形态、诗学和论域在翻译中的重要作用。

4.2.3 综合性译论对翻译环境的认识

除上述的各种微观和宏观语言学、文艺学译论者对翻译语境的认识外，有些综合性译论者还着眼于人类文化整体，崇尚科学与人文精神的系统融合，对翻译语境及翻译与语境的关系持有辩证综合的看法。其中，斯奈尔-杭贝将翻译视为一种跨文化的话语活动，将话语视为一种处于时空情景和文化语境中的整体①。她认为，文化不仅仅指人在艺术学科方面的高级智力因素，而是人的生活受社会制约的所有方面。与前述的弗米尔一样，她也采用了美国文化学家古迪纳夫的文化观："在我看来，一个社会的文化包括某个人为了按其成员可以接受的方式并按其每个成员能够认可的角色来行动而需要了解或相信的所有东西。文化不同于人的生物特征，是人需要学习的东西，因而必须由学习的最终产物——相对但最一般意义上的知识——构成。由上述定义可以看出，文化不是物质现象，不是由实物、人物、行为或情感组成，而是这些东西的某种组织形式，是这些东西在人们头脑中的形态，是他们对这些形态进行认识、联系并加以解读的种种模式。因此，人们的言行、社会活动和事件都是人们将文化运用于观察和处理环境的任务而形成的文化产品或副产品。对于了解该文化的人来说，这些言行和事物作为文化的物质表征，也是代表文化形态或模式的符号。"②这样，文化就包括了知识、能力和观念的总体，与行为和活动直接有关，并依赖于社会行为或语言运用的期望和规范。

第二节 翻译环境辩证系统论的资源

---

① Mary Snell-Hornby. *Translation Studies: An Integrated Approach* (2nd ed.). Amsterdam/Philadelphia: John Benjamins, 1995, pp. 1—37.

② Ward H. Goodenough. Cultural anthropology and linguistics, in D. H. Hymes, ed., *Language in Culture and Society: A Reader in Linguistics and Anthropology*. New York: Harper & Row, 1964, pp. 36—40: p. 36.

由此，斯奈尔-杭贝指出，既然文化包括了知识、能力和观念的总体，语言就只是文化的一个不可分割的部分，那么译者就不仅必须精通两种相关的语言，而且还必须熟练掌握两种相应的文化，而他的文化知识程度不仅会影响他的译文生产，还会影响对处于原语文化中的原文的理解；既然文化与行为或活动直接相关，那么语言就可以被视为一种有目的的或在环境中执行特定功能的文化行为或活动，文本就成了文化语境和情景语境中的行为表征，译者就必须从语境着手理解原文、生产译文；既然文化依赖于社会行为或语言运用的常规，就不要像结构主义语言学家那样过分强调"系统"或规则，也不要像文艺学家那样只关注具有独特风格的文学"话语"或言语，而应当看到具有一定的动态性的可以偏向系统也可以偏向话语的"常规"，从而将系统、常规和话语看成一个语言连续统上的相互关联的三大原型，在翻译中妥善处理译语语言规则与原文话语风格之间的关系①。

第三节

走向翻译环境辩证系统论

从前述的翻译环境辩证系统论框架来看，上述及现有的各种译论者当中，有些采用了一些微观具体的视角，关注翻译环境的某些成分的较为

① Mary Snell-Hornby. *Translation Studies: An Integrated Approach* (2nd ed.). Amsterdam/Philadelphia: John Benjamins, 1995, pp. 39—51.

微观的层面,并对翻译与环境的某些较为微观的关系进行了分析;有些则采用了相当宏观的视角看到了翻译环境的某些要素的宏观层面,并对翻译与环境的某些较大的联系进行了考察。一方面,它们都或多或少地包含一些对翻译环境及翻译与环境的关系的重要见解,或者凸显了翻译环境的某些具体要素及翻译与环境的某些细致的关联,或者形成了对翻译环境及翻译与环境的关系的较为辩证综合的真知灼见。另一方面,也应当看到,迄今为止对翻译环境及翻译与环境的关系的认识也各自存在一定程度的片面性或模糊性,有些忽略了翻译环境的总体情况或其某些重要方面,在翻译与环境的关系上用单向的、线性的、静态的关系代替了多向的、非线性的、动态的辩证关联,有些则只是笼统地看到翻译环境的整体或某些宏观方面以及翻译与环境之间的某些大致的联系,没有形成对翻译环境及翻译与环境的关联既全面又细致的认识。

4.3.1　翻译环境辩证系统概念

根据前述的初步的翻译环境辩证系统概念,一个完整的翻译环境概念应该首要地包含对翻译环境总体的思维上浓缩的系统把握,同时还应当包含或隐含对翻译环境的内部成分和结构关系、翻译环境与更大的系统之间的关系及翻译环境的运作和演进过程的思维上较为浓缩的系统认识。因此,在对语言学译论、文艺学译论、综合性译论等各种翻译理论的翻译环境概念进行选择、优化、归纳和综合时,应当首要地将其对翻译环境总体的认识提炼出来,同时尽量将其对翻译环境的共时和历时的各个方面和各种关系的认识总结出来,并在必要时对各种认识进行必要的补充、调整或优化,然后再参照翻译环境辩证系统概念框架将其按一定的逻辑关系有机组织起来。

就现有的对翻译环境的内部成分和结构关系的认识来说,现代语言学译论者主要关注原语环境,而倾向于忽略译语环境要素,主要关注翻译环境的语言和信息层面,而倾向于忽视翻译环境的艺术、审美、社会、文化、自然、人类等层面;宏观语言学译论者则重视译语环境,而倾向于忽视原语语境要素,主要关心翻译语境中的社会因素,不太重视翻译环境的语言、信息、艺术、审美、甚至文化层面;而无论是微观还是宏观语言学译论者都倾向于关注翻译语境的客观性、普遍性、确定性的东西,从而对一些主观性、特殊性、变异性的因素重视不够,倾向于看到翻译语境的不同要素和层面之间的相对分离性,不够重视它们之间的关联性。典型的文艺学译论者与微观语言学译论者一样也主要关心原语环境,忽视译语环境,但与微观语言学译论者不同,他们主要关注翻译环境的艺术和审美层面,而倾向于忽视翻译环境的语言、信息、社会、文化、自然、人类层面;宏观文艺学或文化学译论者则与宏观语言学译论者一样主要关心译语环境,但不同的是,他们主要重视译语环境中的文化层面,不太关注社会和其他层面;而无论是微观文艺学还是文化学译论者都倾向于关注翻译语境中的特殊性、个别性、变异性的东西,从而对一些普遍性、规律性、确定性的东西重视不够,倾向于看到翻译语境的不同要素和层面之间的有机统一性,不够重视它们各自的相对独立性。应当说综合性译论者对翻译语境的认识还是比较全面系统的,融合了语言学和文艺学译论者的基本观点,能够同时注重原语和译语语境要素,注重翻译语境的语言、艺术、信息、审美、社会、文化等各个层面,同时还看到翻译语境中的普遍性、规律性、确定性的东西和特殊性、个别性、变异性的东西,看到翻译语境的不同要素和层面之间、普遍性和特殊性的方面之间的有机统一;然而,综合性译论往往在注重翻译环境整体性和有机统一性的同时又忽略其相对独立性。

对于翻译环境与其所处的更大的环境系统的关系,现有的各种译论尚没有予以专门探讨。根据前述的初步的翻译环境辩证系统概念(即翻译环境是由与翻译具有不可忽略关系的原语语境和译语语境等要素按一定的结构关系构成的其本身又存在于更大的系统中的超系统)可以推出,翻译环境存在于一个更大的由与它具有不可忽略关系的——但其中有些部分与翻译具有可以忽略关系的——要素构成的环境系统之中。应当看到,不可忽略与可以忽略之间在现实中往往会体现为一种量的差异而非质的区别,而且即使二者之间出现了质的差别,它们也会在一定的情况下相互转化。因而,翻译环境与翻译环境的环境之间的区分只能是相对的、大致的、模糊的、动态的,当然在操作的意义上却又是必要的、可行的。可以这样说,相对于某一特定的翻译活动来说,凡是能够直接或间接地影响它的整体及其各个方面(如原文和译文及其理解与表达)的原语和译语的语言、文学、信息、审美、社会、文化、乃至人类和自然系统因素都可以视为它的环境要素,而与这些翻译环境要素相关的但一般不会影响该翻译活动的若干其他要素就可以被相对地看成翻译的环境的环境系统,它们会一直与翻译环境发生非线性的相互作用,相互影响、相互依赖,甚至相互渗透、相互转化。

就现有的对翻译环境的运作和演化过程的认识来说,结构主义语言学译论者主要关注翻译环境的语言和信息层面,受其客观的、静态的语言观影响,倾向于忽略翻译与翻译环境的历时运作和演化过程,将翻译和翻译环境一起客体化、固定化、静态化,过分强调其稳定性;宏观语言学译论者则主要关心翻译语境中的社会层面,也受其动态的功能理论或行为理论影响,因而较多地注重翻译语境的运作和演变过程,看到其过程性和动态性。典型的文艺学译论者与微观语言学译论者不同,主要关注翻译环境的艺术和审美层面,受其主观的、动态的艺术观影响,将翻译与翻译环境一起主体化、个性化、动态化,强调其流变性;宏观文艺学或文化学译论者主要重视译语环境中的文化层面,倾向于关注翻译语境的独特性、变异性、不确定性。应当说综合性译论者对翻译语境的运作和演化过程的认识还是比较全面系统的。

综上所述,以唯物辩证法的辩证联系原理和对立统一规律及相关的概念和范畴为指导,在前述的翻译环境辩证系统概念框架的基础上,通过参照前述及其他多种具体的翻译环境概念对翻译环境的整体和各个方面、各种关系予以系统的分析,并在此基础上对具体的关于翻译环境整体及其各个方面和各种关系的认识结果予以系统的选择、优化、归纳和综合,就可获得一种能够融合并超越多种具体认识的既较为全面又较为具体的翻译环境辩证系统概念,可大致表述如下(另外,基于图 2.1,由要素维、层次维和过程维构成的翻译环境立体结构可大致如图 4.1 所示):

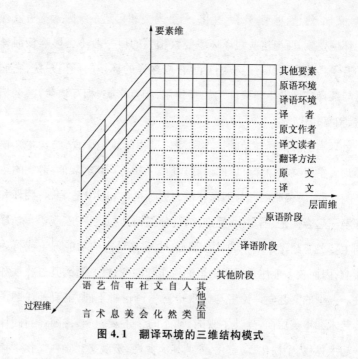

图 4.1　翻译环境的三维结构模式

翻译环境是由与翻译具有不可忽略关系的原语和译语的情景语境和社会文化环境等要素以及语言、艺术、信息、审美、社会、文化、自然、人类等层面按特定的差异互补、竞争协同、排斥吸引、对立统一等各种非线性的结构关系构成的、其本身又存在于包含与翻译具有可以忽略关系的要素的更大的系统中并体现为特定的由翻译之前、翻译之中和翻译之后三大阶段构成的运行和演化过程的超系统。其中，具体而言，原语和译语环境本身又各自是由与原文或译文文本具有不可忽略关系的原文作者、原文读者、译者、译文读者、时间、地点、渠道、事件等各种具体的情景要素以及语言或符号系统、艺术或诗学常规、信息或意义资源、审美或意象传统、社会或人际交往规范、历史或文化意识形态、政治、经济、科技、民族、国家、生态等更大的社会、文化乃至自然环境要素按非线性的相互作用关系构成的复杂的系统，存在于整个翻译环境甚至更大的人类和自然系统中，并随着时间的变化而不断运作和演化。

需要说明的是，上述概念之所以将原文作者、原文读者、译者、译文读者等我们已经看作翻译本体要素的人的要素纳入了翻译环境即视为翻译的外部要素，不是因为他们是原语、原文或译语、译文的环境要素，也不是因为有些学者已经把他们看作翻译的语境要素，而是出于以下的哲学思考：从本体论的角度来说，这些主体作为实际的"在者"无论在共时态还是历时态上都可以属于不同的"存在"。当"存在"等于"翻译活动"时，这些"在者"就是翻译活动的主体，他们就属于翻译活动的本体要素；当"存在"等于"写作"、"阅读"或其他"存在"时，这些"在者"就不再是"原文作者"、"译者"、"译文读者"，而只是"作者"、"读者"和其他类型的"在者"，如作家、评论家、作曲家、画家、教师等。换言之，作为"存在"的翻译活动决定了"在者"的翻译活动主体身份。正如张柏然就译者所说，"译者是何物？译者是人，是一个具有主体性的人。但这个主体性的人不一定就是译者，虽然它可能成为译者，而有可能转化为现实的决定条件就是这个主体已经投身于翻译活动。是活动这个事件，才使一个主体性的人成为一个译者……"①这样，一旦参与翻译活动的同一个人还在共时态或历时态上属于"写作"、"阅读"或其他"存在"场，那么他也就同时或不同时地是"作者"、"读者"或其他类型的"在者"。对于翻译活动来说，他就既是内部要素又是外部要素了。例如，严复在从事翻译活动时同时属于不同的"在者"，他既是翻译活动中的译者主体，属于翻译活动的一个内部成分，又同时是译语社会文化中的其他一些"存在"场的"在者"（如思想家或教育家），因而又是他进行的翻译活动的语境要素。由此可见，原文作者、原文读者、译者、译文读者等主体要素既是翻译活动的内部要素，又是影响翻译活动的环境要素。实际上，按同样的道理，原文、译文、方法等其他翻译系统的内部要素也同时是作为翻译环境要素而存在的，只不过我们在这里先姑且忽略它们作为外部要素的属性罢了。

4.3.2 翻译辩证开放原理

从前述的翻译对翻译环境的辩证开放原理、翻译环境互塑共生规律以及翻译功能转化规律框架来看，各种语言学译论、文艺学译论及综合性译论者在总体上看到了翻译与翻译环境的多种关系，特别是翻译与其环境的相互作用以及翻译在环境中的多重功能。

其中，语言学译论者较为强调翻译中的语言相对于语言环境的独立性、封闭性或自主性，同时也看到原语和译语与其所用于的语境之间的一些客观性、规律性、普遍性的相互关系，特别是翻译或语言受语境制约的情况，当然有时也注重翻译或语言在环境中执行的功能。其中，卡特福德借助功能语言学看到了语言相对地独立于语境同时又有规律地随语境的变化而呈现出的个人语言、方言、语域、风格和语式等各种变体；奈达从信息论的视角看到了两种语言和两个文本与译者、原文作者、译文读者、信

---

① 张柏然，翻译本体论的断想，《外语与外语教学》，1998 年第 4 期，第 46—49 页。

息背景、感觉信道和工具信道、噪音或干扰等若干要素的相互关联,还从社会符号学角度看到了语言与文化的密切关系以及翻译与译文受众、出版社和编辑的性质、译文的市场情况等各种外部环境因素之间的辩证关联;纽马克从交际学的角度看到了文本与原文作者的个人风格、译语读者的期望、原语和译语的语言和文本规范、文化内容、排版模式、文本所指向的事件、译者的个人特征等若干环境因素之间的张力,看到了翻译与文化的关系以及翻译在环境中执行的信息交流、文化传播、真理传达、外语学习、个人娱乐等各种功能;格特从认知语言学的角度强调翻译与交际主体的认知环境的相互依赖、相互作用的关系,并用认知环境将外部环境与翻译的交际过程关联起来;赖斯主要从功能语言学的角度看到了翻译中的文本理解与直接语境、话题、时间、地点、受众或读者、说话人或作者以及情感因素等超语言决定因素之间的关系,并从布勒的语言功能理论的角度看到了翻译或译文的说明功能、表情功能、唤情功能及许多特殊的功能;弗米尔从行为理论的视角关注翻译作为一种目的性的人类行为与人类交际活动的情景语境和更大的社会文化环境的关系,强调决定翻译策略的翻译目的以及决定翻译目的的译文读者和译语文化环境的地位;曼塔利也从行为理论的角度关注翻译性行为与包括发起者、委托人、原文生产者、译文生产者、译文使用者、译文接受者等多个主体要素以及时间、地点和媒介等其他环境要素之间的关联;诺德则同样从功能主义的角度全面关注翻译中的文本分析与包括发送者及其意图、接受者、媒介、场所、时间、动机、文本功能等文本外部要素的关系,强调了上述各种文本外部因素之间以及文本外部与文本内部要素之间的相互依赖关系。

与语言学译论者不同,文艺学译论者往往关注翻译活动与译者、原文作者和译文读者等主体要素以及翻译与译文和原文所处的个性化的具体情景和文化环境之间的非线性关联,注重翻译环境特别是译语环境对翻译或译文的操纵，同时也看到翻译对译文文化的塑造功能。其中，庞德从文艺美学的视角强调文学翻译中文本要素与文本的主体及其具体的情景和历史文化环境之间息息相关、密不可分的关系，认为文本的词语的能量与创作主体的情感、心境和思维过程以及创作的历史文化环境不可分割；伊文—佐哈尔主要采用了强调动态性和多元性的系统思想来看待翻译文学与目标文学和文化的关系，关注翻译文学和各类文学在特定的社会历史文化环境中的功能及其运作和演化规律，系统地描述了文学翻译及其方法随着整个目标文学和文化系统的变化而动态变化的特性；图瑞从伊文—佐哈尔的"多元系统"论的角度将翻译文学视为目标文化中由核心和边缘文学等互动系统构成的文学大系中的子系统，广泛描写文学翻译与目标文学和文化多元系统的关系，关注文学翻译过程和方法与语言、文学和文化常规之间的关系；而列费维尔则主要以系统论为指导从文化诗学和文化学的宏观视角综合探讨了翻译作为一种明显的改写活动与目标文化中的各种控制因素的关系，注视批评家、教师和译者等改写者以及赞助人等文学系统内外的控制因素对翻译交际活动的操控，看到了翻译与意识形态、赞助人、诗学、论域、语言发展、教育、文本地位、文化地位等一系列制约翻译并被翻译操纵的文学、文化、社会环境因素的关系。

　　综上所述，以唯物辩证法的辩证联系原理和对立统一规律及相关的概念和范畴为指导，在初步的翻译辩证开放原理以及翻译环境互塑共生规律和翻译功能转化规律框架的基础上，通过参照前述及其他多种对翻译与翻译环境的关系的具体认识对翻译与翻译环境的关系予以系统的分析，并在此基础上对具体的关于翻译与翻译环境关系的认识结果予以系统的选择、优化、归纳和综合，就可获得一种能够融合和超越多种现有观点的既较为全面又较为具体的翻译辩证开放原理以及翻译环境互塑共生规律和翻译功能转化规律，可依序大致表述如下（其中，翻译与翻译环境之间的相互作用关系可大致如图 4.2 所示)：

　　翻译作为一种复杂的人类活动系统,总是出现于由原语和译语的情景语境和社会文化环境等要素以及语言、艺术、信息、审美、社会、文化、自然、人类等层面按特定的结构关系构成的翻译环境中,一方面通过其相对的翻译系统边界(即作为以语言转换为核心的人类活动系统的翻译系统质从存在到消失的界限)将其本身(即由译者、原文作者、译文读者等主体、原文、译文、方法等客体和中介要素构成的翻译本体)与其环境中的其他系统(如同一语言内的人类活动系统)相对地、大致地划分开来,并在环境中保持相对封闭、独立、自主,因而具有一定的封闭性、环境独立性、自主性、自组性,另一方面又与环境密切关联、相互作用,不断地进行着物质的、能量的、符号的、艺术的、信息的、意象的、社会的、文化的交流或交换,对环境保持永恒的开放,受环境的制约并在环境中执行特定的功能,因而具有永恒开放性、外部关联性、环境依赖性、他组性。总之,翻译在与环境的关系上呈现出相对的自主性与绝对的开放性的辩证统一,具有辩证开放性。

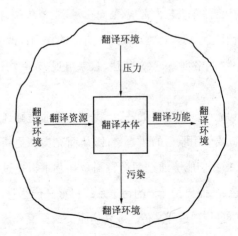

图 4.2　翻译与环境的辩证关联模式

就翻译与翻译环境的相互关系而言，翻译与其具体情景和社会文化环境不断地发生差异互补、竞争协同、排斥吸引、对立统一等各种非线性相互作用：一方面，翻译依赖于环境对它的需要和选择（否则它就根本不会出现），依赖于环境提供的人力、时间、地点、渠道、事件等各种具体条件以及语言系统、艺术常规、信息资源、意象传统、社会交往规范、历史、文化意识形态、政治、经济、科技、民族、国家、生态等更广泛的社会、文化乃至自然条件或资源，同时也受到所有的情景语境和社会文化乃至自然环境因素的影响和约束，即承受其各种各样的压力；另一方面，翻译在其环境中发生特定的有益的影响和作用，执行特定的语言更替、风格创新、意义传达、意象再现、人际沟通、文明塑造等多重的功能，当然也同时会对环境造成上述或其他方面的污染甚至破坏。

就翻译目的和功能与其环境的关系而言，翻译总是根据其原语环境和译语环境及其相互关系等各个方面的环境情况特别是环境的需要来确定其目的和欲执行的功能，做出一些内部成分和结构上的变化，表现出一定的目的性行为，并凭借它在内外关联中拥有的性能，通过其特定的行为，对环境中的语言系统、艺术常规、信息资源、意象传统、社会交往规范、历史、文化意识形态等某些功能对象发生有益的作用或改变，在翻译环境中执行语言更替、风格创新、意义传达、意象再现、人际沟通、文明塑造等特定的功能。

就翻译的功能而言，"语言更替"指我们能够通过翻译特别是其语言转换过程来移植或借用原语的语言特征，从而充实和更新译语的语言系统；"风格创新"指我们能够通过翻译特别是其艺术再造过程来引入或创造新的风格特色，从而更新译语的诗学系统；"意义传达"指我们能够通过翻译特别是其信息传递过程来传达或转述原文或原文作者表达的思想内容或意义，从而增加或改变译文读者的知识或认知系统；"意象再现"指我们能够通过翻译特别是其审美交际过程来传达或再现原文或原文作者表达的审美意象或意境，从而给译文读者带来一种新的审美体验，丰富或更新其美学系统；"人际沟通"指我们能够通过翻译特别是其跨语言的社会交往过程来达到原文作者、译者、译文读者间的人际或社会关系的建立、维持或改变，促进人与人之间的和谐，创造一个新的社会系统；文明塑造指我们能够通过翻译特别是其跨语言的文化交流过程来达到不同语言、不同民族、不同国家、不同文化之间的和谐关系的建立、维持或改变，促进民族间、国家间、文化间乃至整个人类的精神文明和物质文明优化，建设一个既有共性又有特色的、差异协同的人类文化系统。应当指出的是，上述的翻译功能只是根据翻译的主要层面而言的，因而只是列举性的（尽管是最主要的）而并非穷尽性的。我们完全可以在上述的功能基础上再追加上一些其他功能，或从别的维度上划分翻译的功能。

第四节

本章内容小结

综上所述，本章针对迄今对翻译环境认识片面和不足的问题，以唯物辩证法的相关概念和原理为指导，从辩证系统观关于系统环境的概念、系统对环境的辩证开放原理及其他相关的概念和原理中演绎推理出关于翻译环境及翻译与环境的关系的初步的辩证系统概念和原理，从而获得了对其思维上抽象的系统综合，并参照几种主要译论中的相关认识对翻译环境及翻译与环境的关系予以思维上具体的系统分析、归纳和综合，并形成了对其既较为全面又较为具体的辩证系统认识，主要包括翻译环境辩证系统概念和翻译辩证开放原理等。简言之，本章的主要理路如下：

哲学指导：根据唯物辩证法的辩证联系原理和对立统一规律，世界上的事物不仅在其内部存在着各种辩证联系从而成为辩证统一的整体，而且还在每个事物与其外部的其他各种事物之间存在着既保持界限、维持差异、甚至相互矛盾、相互对立，又相互制约、相互依赖、相互补充、有机统一的辩证联系，使每个事物都能既在环境中保持相对独立又与环境保持绝对联系。

理论基础：根据辩证系统观关于系统环境的概念及系统辩证开放原理，系统环境是由与其具有不可忽略关系的其他系统按特定的结构关系构成的存在于更大的系统中并体现为特定的运行和演化过程的超系统；系统在与环境的关系上，一方面通过其边界将其本体与环境划分开来，在环境中保持相对封闭、独立、自主，具有一定的自主性，一方面又与环境辩证关联，具有开放性，因而在总体上呈现出辩证开放性；系统一方面依赖于环境向系统提供必要的输入和资源条件，一方面又向环境提供一定的输出和功能服务；系统总是相对于其环境做出一些变化，表现出一定的目的性行为，并通过其行为对环境发生作用。

系统演绎和综合：在辩证系统观的视野里，翻译环境是由与翻译具有不可忽略关系的原语和译语环境等要素按特定的结构构成的超系统。翻译在与环境的关系上，一方面通过其翻译系统质将翻译本体与翻译环境相对地划分开来，在环境中保持相对封闭、独立、自主，具有一定的自主性，一方面又与环境密切关联，具有对翻译环境的开放性，因而在总体上呈现出辩证开放性；翻译与环境不断地发生非线性的相互作用，一方面依赖于环境向翻译提供人力、物力和其他资源条件，一方面又在环境中执行特定的功能;翻译总是根据其环境的特点和需要确立翻译目的和预期的功能,做出一些成分和结构变化,表现出一定的目的性行为,并通过其行为对环境发生各种作用,在环境中执行语言、艺术、文化等各个方面的功能。

系统分析:迄今的各种译论各自看到了翻译环境的某些方面及翻译与环境的某些关系,抓住了翻译环境及翻译与环境的关系的某些特性,从而形成了各种较为具体的认识。其中,语言学译论者主要关心译文和原文所出现的客体化、共时化、规律化的具体情景语境和社会语境,关注语言、信息和社会等层面,或注重翻译环境特别是译语环境对翻译活动的制约,或强调翻译在译文语境中具有的目的或执行的功能;文艺学译论者则看到了译文和原文所处的历时化、差异化、个性化的具体语境和文化环境,关注艺术、审美和文化等层面,或看到翻译环境特别是译语环境对翻译或译文的操纵,或看到翻译对译文文化的塑造作用;而综合性译论者能够较为全面综合地把握翻译环境的总体情况,看到了翻译与环境的有机关联,将原文和译文看成具体情景和社会文化环境中的有机部分。

系统归纳和综合:翻译环境是由与翻译具有不可忽略关系的原语和译语的具体情景和社会文化语境等要素以及语言、艺术、信息、审美、社会、文化、自然、人类等层面按特定的差异互补、竞争协同、排斥吸引、对立统一等各种非线性的结构关系构成的、其本身又存在于更大的系统中并体现为特定的运行和演化过程的超系统。

翻译总是出现于特定的翻译环境中,一方面通过其相对的翻译系统质将其本身与其环境中的其他非翻译系统相对地划分开来,并在环境中保持相对封闭、独立、自主,因而具有一定的封闭性、独立性、自主性,一方面又与环境密切关联,不断地进行着语言的、艺术的、信息的、审美的、社会的、文化的交流,受环境的制约并在环境中执行特定的翻译功能,具有对环境永恒的开放性，从而在与环境的关系上呈现出辩证开放性。

就翻译与环境的相互关系而言，翻译一方面依赖于环境对它的需要和选择，依赖于环境提供人员、时间、地点、渠道等各种具体条件以及语言系统、艺术常规、信息资源、意象传统、社会交往规范、意识形态等更广泛的资源条件，同时也受到环境的影响和约束，另一方面在环境中执行语言更替等若干特定的功能。

就翻译目的和功能与环境的关系而言，翻译总是根据其环境情况来确定其目的和预期的功能，表现出一定的目的性行为，并在环境中执行语言更替、风格创新、意义传达、意象再现、人际沟通、文明塑造等特定的功能。

第五章

翻译过程辩证系统论

进化并不是朝着不存在的目标摸索前进,也不是一种充满偶然性和机会性的随意游戏。它是一种朝着产生于过程本身的目标前进的有计划的(实际上是有规律的)发展。它的逐渐展现是因为(像我们人类已经在漫长的时间中通过直觉所知道的)我们(与宇宙中的所有要素一样)是彼此联系在一起。

——欧文·拉兹洛①

翻译的过程在形式上犹如一场完全信息博弈,其中的每一个接下来的步骤都受到对弈者对此前作出的决策的了解的影响,并受到这些决策导致的局势的影响。

——吉瑞·列维②

① 欧文·拉兹洛,《微漪之塘:宇宙中的第五种场》(第二版),钱兆华译,北京:社会科学文献出版社,2004 年,第 220 页。
② Jiří Levý. Translation as a decision process, in *To Honor Roman Jakobson: Essays on the Occasion of his 70th Birthday*, vol. II. The Hague: Mouton, 1967, pp. 1171—1182: p. 1172.

前面两章主要在共时态上分别对翻译本体和外部环境进行了较为全面而具体的探讨,其中第四章针对迄今对翻译环境及翻译与环境的关系认识不足的问题,以唯物辩证法的相关原理为指导,从辩证系统观关于系统环境的概念、系统对环境的辩证开放原理及其他相关的概念和原理中演绎推理出关于翻译环境及翻译与环境的关系的初步的辩证系统概念和原理,借以获得对其抽象的系统综合,并参照几种主要译论中的相关认识对翻译环境及翻译与环境的关系进行了具体的系统分析、归纳和综合,形成了对其全面和较为具体的辩证系统认识。本章拟在前面两章的基础上把讨论的中心由翻译的共时态转移到历时态上,针对目前对翻译过程认识不足的问题,以辩证法的相关原理为指导,从辩证系统观的相关概念和原理中系统演绎出关于翻译运作和演进过程整体及其各个阶段的概念和原理,借以获得对其思维上抽象的系统综合,然后参照几种主要的翻译理论中的相关认识对翻译过程予以思维上具体的系统分析、归纳和综合,以形成对其既全面又细致的辩证系统认识,主要包括翻译过程辩证系统概念和翻译过程辩证动态原理。

第一节

翻译过程辩证系统论的框架

由唯物辩证法的最高原理即普遍联系和发展原理及相关的概念可知:世界上所有事物都是辩证联系和发展的,也就是说它们在空间上在一事物与他事物之间,或在事物内部的不同要素、层面、性质之间,既保持界限、存在差异、相互矛盾、相互对立,又相互制约、相互依赖、相互补充、有机统一,发生着普遍的、客观的、有条件的、多样化的相互联系,而在时间上则在其内部和外部的辩证联系的推动下逐步按特定的(机械的、物理的、化学的、生物的、社会的等各种各样的)方式从一点到另一点、从低级到高级、从简单到复杂,不断运动、不断变化、不断发展、不断更新。

由唯物辩证法的质量互变规律及相关的范畴可以更加清楚地获知,事物作为质(即区别于其他事物的内在规定性或在与其他事物的联系中外在地表现出的属性)和量(即事物的规模、程度、速度等可以用数量表示的规定性)的统一体,其发展变化都表现为量变和质变两种最基本的状态之间的交替,即由保持其度(质的量的限度)的量变到爆发或非爆发式的质变(即超出度的关节点而形成新的质量统一体即新的事物的变化)以及由质变到新的量变的质量互变过程。

另外,根据唯物辩证法的否定之否定规律及相关的范畴可以进一步看到,事物在内部同时包含着肯定和否定两个对立统一的方面;肯定方面是维持其存在的方面,否定方面是促使事物灭亡或转化为他物的方面;事物的发展是以辩证否定(即包含着肯定的否定或既克服旧事物消极因素又保留其积极因素的"扬弃")为环节的,跨越三个阶段(肯定、否定、否定之否定)和两次否定(即对肯定的否定、对否定的否定),在内容上是自我发展和完善,在形式上是波浪式前进或螺旋式上升;在肯定阶段,事物的肯定方面在肯定与否定方面的矛盾中占主导地位,矛盾的运动使事物经历第一次辩证否定发生质变,从而进入否定阶段;在否定阶段,事物的否定方面占主导地位,矛盾的进一步运动使事物经历第二次辩证否定发生新的质变,从而进入否定之否定阶段;在否定之否定阶段,事物在两次否定或扬弃之后,克服了矛盾双方的消极因素,从而得到充分的发展和完善。

　　与唯物辩证法的基本精神相一致,辩证系统观关于系统过程的概念及其辩证动态原理更为具体地揭示了事物运作和演化过程的本质和特性:系统的过程是由系统在其整体及其各个方面上发生的运行和演化的各个阶段(即更小的过程)或各种状态(即系统在某阶段中或时间点上的性质状况)按特定的非线性的结构关系构成的辩证有机整体,出现于系统所属的超系统的整个过程之中,并体现为系统运作和演化的各种状态在时间上的延续性(和空间上的延伸性)。系统在其内部成分之间及其与外部环境之间的相互作用的推动下,一方面在其整体及其各个方面的性质或状态上随时间的变化而不断更替,具有绝对的动态性、前后系统质的差异性、发展方向或目的不确定性,另一方面仍能保持相对平衡的运作和演进,坚持表现出一定的稳态性、前后系统质的相似性、某种趋向性或目的确定性,这样就在总体上呈现出其运行和演化过程的辩证动态性,即稳态性与动态性的辩证统一。

　　由辩证系统观的自组他组规律、渐变突变规律、正负反馈规律及整体优化规律可更加详细地获知,系统在其成分之间及其与环境之间的相互作用(即内因和外因)的共同推动下,不断从相对稳态走向逐渐放大的失稳和涨落以及更为广泛强烈的长程关联,由一种平衡状态过渡(即相变或质变)到另一种平衡状态、由一种结构转变为另一种结构,由混沌转化为有序、由低级组织发展到高级组织,从而不断运作和演进;系统从一种状态向另一种状态的过渡有时是渐变(即中介态稳定的变化),有时为突变(即中介态不稳定的变化),有时则是渐变和突变的辩证统一;系统与环境时刻处于信息交换过程中,进行着正负信息反馈,其中负反馈使系统在有限的阈值内向既定目标方向稳定地运作和演化,实现自我调控,正反馈则使系统趋于偏离既有目标阈值,导致系统解体或通过涨落达到新的有序,这样正负反馈相辅相成,保持系统稳定性和动态性的辩证统一;系统在整体上具有一定的演化方向:系统从无到有、从内外无界到内外有界、从无序到有序、从低级组织到高级组织的演化是系统的发生和优化(或进化)过程,反之则为系统的退化和消亡(或结束)过程,而系统在其运作和演化的方向上往往在允许局部劣化的同时走向整体优化。

　　不言而喻,在辩证系统观的视阈里,翻译作为一种人类活动系统与其他事物一样也在历时态上体现为一种不断的运作和演化过程。在唯物辩证法的普遍联系和发展原理、质变量变规律和否定之否定规律及相关的概念和范畴的指导下,从上述关于系统过程的辩证系统概念、系统的辩证动态原理、自组他组规律、渐变突变规律、正负反馈规律、整体优化规律及相关的概念和范畴出发,并结合第二章形成的翻译总体辩证系统论对翻译过程的认识,就可以演绎推导出一种初步的翻译过程辩证系统概念、翻译辩证开放原理、自组他组规律、渐变突变规律、正负反馈规律、整体优化规律等,依序分别表述如下:

　　翻译过程是由翻译系统在其整体及其内部各个主体、文本、方法等要素、形式、意义、功能等层面、及其内外各种关系上发生的运作和演进的各个阶段(如原语活动阶段、译语活动阶段)或各种状态按特定的非线性的层次结构关系构成的辩证有机整体,出现于翻译所属的超系统(如特定的社会文化交际活动)过程之中,并体现为翻译活动的各个阶段或各种状态在时间上的延续性。

　　翻译在其内部各种主体、文本、方法等要素之间及其与外部的原语和译语环境之间的相互作用(即内因和外因)的共同推动下,一方面在其整体及其各个方面的性质或状态上随时间的变化而不断更替,由一个阶段(如酝酿或准备阶段)发展到另一个阶段(如发生或出现阶段),具有绝对的动态性、飞跃性、翻译目的不确定性,另一方面仍能保持相对稳定的翻译操作，坚持表现出一定的稳态性、前后连续性、翻译目的的确定性，这样就在总体上呈现出翻译的操作和演进过程的辩证动态性。

翻译在其内部的各种主体、文本和方法等要素之间及其与外部的原文和译文的具体情景和社会文化环境之间的相互作用（即内因和外因）的共同推动下，由一个阶段（如原文理解阶段）发展到另一个阶段（如译文表达阶段），从而不断地运作和演进；翻译从一个阶段（如原语活动阶段）向另一个阶段（如译语活动阶段）、从一种状态（如原语认知状态）向另一种状态（如译语认知状态）的过渡有时是渐变，有时是突变，有时则是渐变与突变的辩证统一；翻译与环境时刻处于语言、艺术、意义、意象、社会、文化等层面的信息交流过程中，进行着正负信息反馈，其中负反馈使翻译在有限的阈值内向既定目标方向稳定地运作和演化，正反馈则使翻译越来越偏离既有目标阈值，导致翻译活动趋于变动或涨落，这样正负反馈相辅相成，保持翻译活动的稳定性和动态性的辩证统一；翻译的运作和演化在整体上总是呈现一定的方向性：翻译从无到有、从酝酿到发生、从混沌到有序、从低级组织到高级组织的运作和演化是翻译的发生和优化的过程，反之则为翻译的退化和结束过程，而翻译在其运作和演化的方向上往往在允许局部劣化的同时走向整体优化。

显而易见，上述从辩证系统观演绎出来的初步的翻译过程辩证系统论仍具有较高的抽象性或涵盖性。其中，上述的翻译辩证系统概念只说明了翻译过程是由翻译系统在其整体及其内部各个要素和层面及内外各种关系上发生的运作和演进的各个阶段按特定的层次结构关系构成的并出现于翻译所属的超系统过程之中，尚没有描述翻译过程的具体阶段及其相互关系以及它所在的更大系统过程的具体情况；同样，上述初步的翻译辩证动态原理、自组他组规律、渐变突变规律、正负反馈规律、整体优化规律也只是说明了翻译作为一个普通系统所呈现出的各种运作和演化规律,尚没有揭示翻译作为一种特殊的系统在运作和演化上的具体情况。然而,上述通过演绎而来的对翻译过程及其运作和演化规律的认识却为融合现有的各种相关观点并形成一种既全面又较为具体的翻译过程辩证系统论提供了一个充分宽广的组织框架。以下拟以这一组织框架为参照,以现有的语言学译论、文艺学译论、综合性译论中的相关认识为主要理论源泉,对翻译过程及翻译的运作和演化规律予以思维上较为具体细致的系统探究。

第二节

翻译过程辩证系统论的资源

从上述的翻译过程辩证系统论框架可以看出,要全面而具体地把握翻译运作和演化的过程及其规律,就必须较为详细地了解翻译系统整体及其各个要素和各个层面的运作和演进过程,了解翻译运作和演化过程整体及其各个阶段以及各个阶段之间的主要关系,甚至还要了解翻译过程与其所属的更大的语言、艺术、信息、审美、社会、文化活动过程之间的相互关系。毋庸置疑,现有的语言学译论、文艺学译论、综合性译论等各种译论已经包含了对翻译运作和演化过程虽然有些片面却细致精深的认识,各自看到了翻译过程的某些方面及翻译运作和演化的某些规律,形成了各种对翻译过程较为具体的认识,为对翻译过程的辩证系统研究提供了较为充分的理论资源。

5.2.1 语言学译论对翻译过程的认识

如前所述,语言学译论者从科学精神出发,往往倾向于关注翻译活动中的物的方面,或倾向于把翻译活动中的各种要素乃至翻译过程本身物化、客体化、普遍化、静态化,将翻译看作一种机械的语言转换、文本替代、意义搬运、思想复制过程,关注翻译活动本身特别是译语与原语、译文与原文之间在形式和意义层面上的线性化、固定化的对等关系,从而趋于忽略翻译运作和演化的动态过程。当然,以交际学和认知语言学译论者、德国功能主义译论者为代表的宏观语言学译论者还是很关心翻译的动态性,虽然他们主要关注翻译过程中具有普遍性和共性的规律,从而忽视了具有特殊性和个性的东西。

其中,现代语言学译论者的主要代表之一卡特福德从普通语言学的角度看待翻译过程,主要将其视为一种等值的、线性的、单向的文本替换过程。他在《翻译的语言学理论》一书中开门见山地指出,"翻译是一项对语言进行操作的工作:即用一种语言的文本来替代另一种语言的文本的过程。"①然后,他又在该书的第二章将翻译更加严密地定义为"用一种等值的语言(译语)的文本材料去替换另一种语言(原语)文本材料"②的过程,并指出翻译实践的中心问题是寻找译语的翻译等值成分,而翻译理论的中心任务就是界定翻译等值关系的性质和条件。另外,他还指出,"翻译是一个过程,它始终是单向性的:它始终在一个给定的方向上进行,即从原语到译语。"③当然,他没有关注翻译过程本身,而把注意力都放在了译语与原语的等值关系上。

奈达则主要从乔姆斯基的转换生成语法和交际学的角度看待翻译过

---

① J.C. 卡特福德,《翻译的语言学理论》,穆雷译,北京:旅游教育出版社,1991年,第1页。

②③ 同上,第24页。

程。在《翻译科学探索》一书中，他将翻译程序划分成组织程序和技术程序两大类型。其中，翻译组织程序指译者进行翻译活动的一般组织程序，分为单人和团体翻译组织程序。单人翻译组织程序包括：(1)阅读整个文件，(2)获取背景信息，(3)比较原文已有译本，(4)以长句或段落为单位译出初稿，(5)隔一段时间后修改初稿，(6)朗读译文并调整其文体和节奏，(7)由他人阅读译文以观察译文读者反应，(7)递交其他翻译专家审阅，(8)最终修改译文以便出版。团体翻译往往指由编辑委员会、评论委员会和顾问委员会进行的翻译活动，其组织程序一般包括：(1)在编辑委员中分工，(2)由编辑委员按分工进行翻译，(3)将译稿递交其他编辑委员并由其提出修改意见，(4)由译者按提出的意见修改译稿，(5)将译稿递交评论委员会，(6)按评论委员会的意见修改译稿，(7)由编辑委员会秘书形成修改稿，(8)将修改稿递交顾问委员会，(9)按顾问委员会的意见修改，(10)形成一份终稿，(11)出版译文的某些部分，(12)研究读者对出版部分的反响，(13)润色终稿，(14)出版全文，(15)在以后的印刷中消除版后发现的错误，(16)版后修订译文①。

翻译技术程序指即译者将原文转换成译文的过程，主要包括三个程序：(1)分析原语和译语的语言特征，(2)分析原文，主要包括分析词汇语法、篇章语境、交际语境、原语和译语的文化语境等相互关联的步骤，(3)确立对等成分，包括将信息分解为简单的相互联系的意义结构，按形式对等、功能对等或折中翻译的原则并按适合译文读者的信息含量用译语重新组合信息②。后来在《翻译理论与实践》一书中，奈达批评了把翻译过程主要看成简单的(通过或不通过一种中介语的)为译文选择与原文等值

① Eugene A. Nida. *Toward a Science of Translating : With Special Reference to Principles and Procedures Involved in Bible Translating* . Leiden: E. J. Brill, 1964, pp. 245—251.
② 同上，第241—245页。

的形式的"单阶段程序"模式,提出了一个更为复杂的翻译过程模式。根据这一模式,翻译过程包括三个阶段:(1)分析,即从语法关系和语义内容两个层面对原文的表层结构即原文的信息进行分析;(2)传译(或转换、转移),即在译者在脑子里把分析出来的内容从原语传译到译语中去;(3)重组,就是把传递过来的信息重新加以组织,最后使之完全符合译语的要求。奈达指出,这种翻译过程模式似乎比那种"单阶段程序"复杂和繁琐得多,但却能更好地反映语言结构的性质,因而也就能更准确地反映出质量较好的翻译的实际过程①。

值得指出的是,奈达时刻意识到,他所划分出来的翻译过程步骤只是一种大致的、方便的分类而已,并非与实际翻译过程完全机械地对应。例如,他指出,他所提出的翻译组织程序在有些情况下需要灵活改变②;他看到,他所描述的分析原文的词汇语法、篇章语境、交际语境、文化语境等步骤并非是相互独立的,而是相互依赖的③。他特别强调指出,虽然对翻译过程的各个阶段的描述是按分析、传译、重组三大阶段依次排列的,然而这并不意味着译者在翻译过程中必须分析完整个文本之后方可开始传译,然后才重组整个文本,而"在实际的翻译过程中,译者会不断地通过传译方式在分析与重组过程之间来回变换"④。

如前所述,格特是从认知语言学的关联理论的角度探讨翻译的心理过程的。从他对翻译的认知过程的解释可见,他认为翻译作为一种跨语

第二节　翻译过程辩证系统论的资源

---

① Eugene A. Nida & Charles R. Taber. *The Theory and Practice of Translation*. Leiden: Brill, 1969, pp. 33—34.

② Eugene A. Nida. *Toward a Science of Translating: With Special Reference to Principles and Procedures Involved in Bible Translating*. Leiden: E. J. Brill, 1964, p. 247.

③ 同上,第 243 页。

④ Eugene A. Nida & Charles R. Taber. *The Theory and Practice of Translation*. Leiden: Brill, 1969, p. 104.

言的认知交际活动可以划分为两个明示—推理的过程。其中，第一个翻译交际过程是原语的明示—推理过程，包括原文作者的明示和隐含以及译者的解码和推理两个阶段。在第一个阶段中，原文作者根据关联原则（即"每个明示交际行为都传达着对其自身的最佳关联性的假设"）对原文读者的认知环境进行预测，然后运用原语进行明示和隐含活动，即为原文读者提供关于其意义和意图的明示刺激即原文；在第二个阶段中，译者作为原文读者按关联原则根据自己的认知环境形成一种具体的语境假设对原文进行解码和推理，理解原文作者的意义和意图。第二个翻译交际过程就是译语的明示—推理过程，包括译者的明示和隐含以及译文读者的解码和推理两个阶段。在第一个阶段中，译者根据关联原则在预测译文读者的认知环境的基础上进行明示和隐含，即为译文读者提供关于原文作者意义和意图的明示刺激即译文；在第二个阶段中，译文读者则按照关联原则根据自己的认知环境形成一种具体的语境假设对译文进行解码和推理，理解原文作者的意义和意图①。

在翻译过程研究中不能忽略语言学译论的另一位代表人物贝尔（Roger T. Bell）的翻译信息处理理论模式②。他反对认为翻译是艺术从而不能被客观地描述的观点，认为完全可以运用心理语言学、社会语言学、话语语言学等宏观应用语言学的方法对其进行描述和解释；他区分了三种不同的翻译概念，即翻译过程、翻译产品和包含翻译过程和产品的翻译总体，认为迄今翻译总体研究主要关注翻译产品从而忽视对翻译过程和译者的探讨，而要建立一个跨学科的普通翻译学理论就必须首先建立

① Ernest-August Gutt. *Translation and Relevance*：*Cognition and Context*（2nd ed.）. Manchester：St. Jerome Publishing, 2000, pp. 24—201.

② Roger T. Bell. *Translation and Translating*：*Theory and Practice*. London：Longman, 1991, pp. 1—78.

关于翻译过程的模式。他主要从信息论和心理语言学的角度将翻译作为一种译者运用知识和技能进行的人类信息处理活动对其过程进行了探讨。他认为,译者要想胜任翻译工作,必须具备相应的翻译能力,包括两种语言各自的和对比的词汇、句法、语义、篇章、篇章类型、内容等方面的知识基础以及阅读理解原文和写作理解译文的推理机制或技能。他指出,普通的语内信息交际过程主要包括以下要素和步骤:(1)发送者选择信息和信码,(2)将信息编码,(3)选择信道,(4)发送包含信息的信号,(5)接受者接受包含信息的信号,(6)识别信码,(7)解码信号,(8)提取信息,(9)理解信息;而翻译过程基本上是从上述交际过程的第 5 步接下来的,主要包括以下要素和步骤:(1)译者接受包含信息的信号 1,(2)识别信码 1,(3)解码信号 1,(4)提取信息,(5)理解信息,(6)译者选择信码 2,(7)用信码 2 编码信息,(8)选择信道,(9)发送包含信息的信号 2。可见,翻译过程总是比普通语言交际过程涉及更多的要素和步骤[①]。

在心理语言学、人工智能研究对实际语言处理的研究成果的基础上,贝尔提出了一个较为完备的翻译过程模式。他认为,翻译过程(1)是人类信息处理的一个特例,(2)在信息处理的心理方面具有特定的地位,(3)通过原文解码(分析)、中间经由不分语种的语义表征、译文编码(综合)的手段,发生于短时和长时记忆中,(4)运作于小句层次,(5)遵循自下而上和自上而下相结合、串联与互动相结合(即前后阶段重叠、交叉)的运作方式,(6)要求两种语言各自具备一个视觉词汇识别系统、文字系统、句法处理器、常见词汇集、常见结构集、语法分析器、词汇搜寻机制、语义处理器、语用处理器、思维组织器、计划器等要素[②]。他特别强调指出,翻译过程

① Roger T. Bell. *Translation and Translating: Theory and Practice*. London: Longman, 1991, pp. 17—19.

② 同上,第 44—45 页。

并非是线性的,其各个阶段并非严格按前后顺序排列,而是一个综合的过程,其各个阶段相互交叉重叠,充满对前面的决定的修正和撤销;我们只是为了研究的缘故,才将整个过程划分成一个个的阶段和步骤。他将整个翻译过程划分成原文分析和译文综合两大阶段,其中各自包含句法、语义、语用三个主要层面(以及文字层面):

在原文分析阶段,译者主要通过记忆系统中的原语知识和技能分析原文的句法、语义、语用内容:(1)文字识别:译者首先着眼于原文文本中的从句单位,通过视觉词汇识别系统来区别原语中的文字和非文字符号,将物理刺激转化为一个线性符号串整体;(2)句法分析:译者通过句法分析器对作为线性符号串的从句进行语法和词汇分析,将其分解为相应的语法或语气结构并赋予词汇以意义,其捷径是使从句直接被常见结构集和常见词汇集分解成相应的语法和词汇项目,但当从句中任何语法和词汇项目不能通过常见结构集和常见词汇集分解时,就必须使其经由语法分析器和词汇搜寻机制进行分解;(3)语义分析:在把从句从一串符号分析成相应的语法和词汇结构后,译者便开始通过语义分析器对这些结构进行语义分析,恢复整个从句的概念或意义,提取从句的句法结构下面隐藏的及物关系,即从句法结构中派生出内容或逻辑形式;(4)语用分析:在获得从句的语义内容后,译者就开始通过语用分析器进行语用分析,包括主位结构分析和语域分析,其中语域分析又分为语式、语旨、语场分析,并由此分别了解从句的主位结构和语域特征,另外通过对语场(和语义)的认识还获悉从句的言外行为和原文作者的目的并了解它是何种言语行为,并在上述所有语用信息的基础上通过文体分析器推出该从句属于何种文本类型(至此,通过对原文从句的句法、语义和语用分析,译者获得了从句由句法、语义和语用三种信息构成的语义表征;一般的语内交际中的读者在获得从句的语义表征后可能会把其句法形式从记忆中删除,而译者却往往会保留某些这样的句法信息,以用于译语写作);(5)语义整合:在一个从句的分析结束后,译者将整个分析结果输入思维组织器,以便通过它将该从句的语义与此前和此后分析的其他从句的语义整合起来,也通过它对不断累积的语义信息进行监控和修改;(6)运作计划:译者还把从句的语义表征输入计划器,并决定是继续阅读下去还是进行翻译。如果译者打算继续阅读,那么就立即开始下一个从句的分析过程;如果准备翻译,那么就进入下一个阶段,即译文综合阶段。

在译文综合阶段,译者主要利用记忆系统中的译语知识和技能把从原文从句中获得的语用、语义和语法信息综合到译文中去,其过程大致与分析过程相反:(1)语用综合:译者把语义表征中所有的信息输入译语语用综合器中,并分别确定与原文相同或不同的目的、主位结构和文体,并相应地选择译文的语式、语旨、语场等语用特征;(2)语义综合:译者运用译语语义综合器根据所确定的译文目的或言外行为生成相应的语义结构来表达相应的命题内容;(3)句法综合:译者运用句法综合器接受来自语义综合阶段的命题内容,在常见词汇集和常见结构集里寻找合适的词汇和句法结构来表达命题内容,并在没有合适的结构时就令命题经由词汇搜寻机制和语法分析(综合)器实现综合;(4)文字表达:译者把形成的句法结构用译语的文字表达出来,构成译文的物理形式,就此结束了该从句的翻译并进入另一循环①。

威尔斯最初主要是从信息论和交际学的角度探讨翻译过程的。他在《翻译学:问题与方法》一书中就翻译过程的阶段或步骤问题指出,根据翻译过程三阶段模式(即间接传译模式),译者首先对原文进行宏观结构和

---

① Roger T. Bell. *Translation and Translating : Theory and Practice*. London: Longman, 1991, pp. 45—60.

微观结构解码,然后通过一对一或非一对一对应的原则或语际转换策略将原文成分与译语对应起来,最后在译语中把各种操作综合起来生成译文;根据两阶段模式,翻译过程只包括两个在时间上先后排列、中间由反馈圈连接的运作步骤,即原文识别和译文重构步骤。他认为,三阶段模式更好地体现了基于某种句法语义中介语进行的机器翻译程序;而与三阶段模式相比,两阶段模式则更为简练合理,既能更加清楚地反映译者作为原文接受者和译文发送者双重的角色,又能更加逼真地反映译者的翻译活动过程,但是它仍存在不足,只涉及翻译对等的内容层面,而忽略了形式或文体风格层面。因此,他又描述了一种两阶段两层面模式,其中译者从原文解码出来并用于译文重构的信息总是处于原文与译文之间、语义与语体之间的两种张力之中。他认为,最好能在这两种张力中保持平衡;如果偏向原文,就会忽略译文的利益,反之亦然;如果偏向文体,就会牺牲意义,反之亦然①。

后来,威尔斯也从心理语言学和认知语言学的角度考察翻译,将翻译视为一种以知识为基础的行为,一种以意义为基础的信息处理活动,或一种决策和选择的过程。他在《翻译行为中的知识与技能》一书中指出,翻译过程是一个在特定的翻译环境中原文作者生产原文、译者理解原文并生产译文、译文读者理解译文的整个活动过程;从翻译方法的角度来看,翻译过程本身最好被看成由原文分析和译文综合两个阶段构成的运作过程,而不是被看成由原文解码、传译和译文编码构成的三个阶段的运作过程;两阶段(外加两个阶段之间的反馈圈)模式更符合翻译的实际情况,而三阶段模式可能更符合机器翻译的程序特征,因为机器翻译在解码与编

---

① Wolfram Wilss. *The Science of Translation: Problems and Methods*. Tübingen: Gunter Narr Verlag, 1982, pp. 78—84.

码之间还要运用一种中介语；翻译的两个阶段之间存在着不断的相互作用，译者在原文分析过程中一方面看到原文的各个方面，一方面有意识或下意识地关注翻译敏感点并启动解决问题的方法①。

另外，诺伯特等人也很重视翻译的认知过程，并融入了话语语言学、语用学、社会符号学的视角看待翻译过程。他们认为，翻译过程是文本生产和文本理解活动流程的一种特殊情形，译者对这一流程进行了干预，将另一个文本理解与文本生产流程嵌于其中②。

与上述交际学和认知语言学译论者的探讨不同，诺德则主要从功能语言学、社会符号学、行为理论等角度考察翻译过程。她认为，翻译过程可以区分为广义和狭义两种，其中前者称为"跨文化文本传译"过程，可以指整个翻译所赖以出现的交际过程及其各种相关要素总体，后者则指从原文分析到译文生产为止的翻译过程本身（另外她还指出，她所说的这两种过程都不是心理语言学意义上的过程）③。她首先论述分析了跨文化文本传译过程④，然后分析评价了两种狭义上的翻译过程模式。第一种模式（如上述贝尔和威尔斯所认可的模式）认为翻译过程按时间顺序依次包含原文分析（或解码、理解）和译文综合（或编码、重构）两个阶段，其中译者首先在第一个阶段中阅读原文、分析所有的相关方面并获得其意义，然后在第二个阶段中把原文意义作为一个中介环节用译语重新表达出来。第二种模式（如前述奈达提出的模式）认为翻译过程包含原文分析

①　Wolfram Wilss. *Knowledge and Skills in Translation Behavior*. Amsterdam/Philadelphia：John Benjamins Publishing, 1996, p. 127, p. 155.

②　Albrecht Neubert & Gregory M. Shreve. *Translation as Text*. Kent/London：Kent State University Press, 1992, pp. 69—123.

③　Christiane Nord. *Text Analysis in Translation*：*Theory, Methodology, and Didactic Application of a Model for Translation-Oriented Text Analysis* (2nd ed.), trans. Christiane Nord & Penelope Sparrow. Amsterdam：Rodopi, 2005, p. 5.

④　同上，第1—24页。

(或解码、理解)、传译(或语码转换)和译文综合(或重新编码、表达)三个阶段,其中译者在第一阶段里通过对原文的语法、语义、语体等各种要素的分析,把握原文中的内涵和外延等各种显性和隐性意义;在第二阶段里把从原文中获得的意义与译文的意图联系起来,并策划翻译方案,选择适当的翻译策略,或者按各个词汇项目之间对等的关系或者根据译文新的文本功能,将原文的意义传译到译语中去;在第三个阶段里把传译进译语的各种原语项目都按照译文读者的需要重新建构成译文。诺德认为,第一种翻译过程模式显然是建立在将翻译看成一种符号对符号的语码切换过程的假设之上,而这种假设只适用于某些程序化、公式化的文本体裁(如天气预报等),因此这种模式容易使人错误地认为译者所需要的只是一种用原语接受并用译语表达信息的能力;第二种翻译过程模式更接近(专业性)翻译的实际,显然是建立在翻译的目的就是在操不同语言的人之间实现语言交际的观点之上,这样就不能将译者既看成原文接受者又看成译文发送者:在原文作者与译文读者之间的语言交际中,原文作者并没有放弃作为发送者的地位,因而译者只能是一个听从原文发送者指示的译文生产者。诺德指出,上述两种模式都错误地假设原文具有一种固定不变的功能必须传译到译语语境中去,原文携带着对它自己的翻译要求(translation brief)并规定译者如何翻译。然而,翻译过程实际上并非如此,文本没有固定的功能,文本的功能是由其用于的环境决定的,翻译要求往往是由翻译活动的发起者(可能与译者一起)确定的。因而,上述两个模式都没能满意地反映实际的翻译过程①。

诺德认为,翻译过程并不是一种以原文为起点以译文为目标的一直

---

① Christiane Nord. *Text Analysis in Translation : Theory, Methodology, and Didactic Application of a Model for Translation-Oriented Text Analysis* (2nd ed.), trans. Christiane Nord & Penelope Sparrow. Amsterdam: Rodopi, 2005, pp. 34—36.

向前的、线性的过程，而是一种包含着无穷无尽的反馈圈（即其后面的阶段往往会返回到前面的阶段）的往返式、循环式的过程，由此她提出了一个翻译过程"循环模式"。其中，在第一个步骤（即领会翻译要求）中，译者分析和理解发起者（有时与译者合作）规定的翻译要求，弄清译文在译语环境中能够实现的目的，以便根据译文目的来处理原文的各个方面；在第二个步骤（即分析原文）中，译者分析在原语语境中由原文生产者和发送者为原文接受者生产和发送的原文，首先大致弄清原文中的材料是否与当前的翻译要求相符（即进行相符性测试），如果相符，再对原文文本进行全面而细致的分析，特别注意那些根据翻译要求在译文生产中比较重要的地方；在第三个步骤（即策划翻译策略）中，译者根据对原文的分析，确定原文中与译文（翻译）相关的成分，必要时按翻译要求对其进行调整，并与相应的译语成分对应起来，决定译语中各种语言成分中哪些适合译文预期的功能，并选定适当的翻译策略；在第四个步骤（即生产译文）中，译者按选定的策略进行传译，生成将被译文接受者在译语环境中接受的译文，其质量会通过发起者的翻译要求得到控制（即如果译者成功地生产出符合发起者需要的译文，译文将会与译文目的相符）。整个翻译过程中的四个环节或步骤，从领会翻译要求、分析原文、到策划翻译策略、生产译文，形成一个大的循环运作活动，而这个大的循环活动在其各个步骤之间以及在这些步骤所涉及的各种要素之间，又包含了众多的小的循环活动，其中在任何一个步骤中译者都可能回顾前面的步骤中分析过的东西，对其修正或更改，也能用该步骤中的知识影响后面的步骤的内容①。

① Christiane Nord. *Text Analysis in Translation : Theory, Methodology, and Didactic Application of a Model for Translation-Oriented Text Analysis* (2nd ed.), trans. Christiane Nord & Penelope Sparrow. Amsterdam: Rodopi, 2005, pp. 36—39.

5.2.2 文艺学译论对翻译过程的认识

如前所述，文艺学译论者崇尚以人为本、推崇觉智、注重感受的人文精神，倾向于关注翻译活动中的译者、原文作者和译文读者等使翻译活动得以实现的人的要素，或倾向于把翻译活动中的各种要素乃至翻译过程本身人化、主体化、个性化、特色化，看到了译文与原文之间的非线性的、灵活的再造关系，关心翻译的动态的艺术再造、风格创新、审美交际、意象再现过程，擅长直观地、整体地把握翻译过程整体，不擅于对翻译过程的条分缕析，没有像语言学译论者那样对翻译过程予以细致入微的分析和描述。然而，受科学精神或结构主义影响的一些宏观文艺学译论者还是相当关心翻译过程的阶段、层面及各个步骤之间的关系问题。

首先，捷克学者列维从博弈论的角度对包括文学翻译在内的翻译过程进行了探讨。博弈论(或对策论，game theory)是数学或系统科学中的运筹学的一个分支，研究两方或多方人员之间为获取某种利益或达到某个目标而发生的竞争行为中的对策问题。在博弈论中，对策活动是以局中人、策略和得失三者为要素的事理系统。其中，策略活动中参与竞争、拥有选择策略的权利并直接承受竞争得失的(个人或团体)实体称为局中人；每个局中人可以选择的所有行动方案即策略构成一个策略集，在一局对策中各个局中人所选择的策略组称为一个局势。局中人在一局对策中的赢输胜负统称为得失；得失既取决于他选择的策略，也取决于对手选择的策略，因而是局势的函数，称为赢得函数。对策可以按赢得函数的性质划分为零和对策和非零和对策。甲方所得与乙方所失相当，即"零和对策"；甲方所得与乙方所失不相等，即"非零和对策"。博弈论的主要内容是运用数学方法探索最优化的对抗策略，从而把损失降低到最低限度。列维从博弈论中得到启发，将各类翻译都看作一种博弈和策略选择的过程,探讨译者在这个过程中进行决策的步骤以及这些步骤之间的关系。在他看来,虽然就目的而言翻译是一个把原文的信息传达给另一种语言的读者的交际过程,但从译者在翻译过程中各个阶段的实际工作情形来看,翻译却主要是一个进行决策的过程,很像下棋的过程。在下棋过程中,一步棋可能有多种走法,对弈者每走一步都要进行选择,而选择一经作出,就预先确定了自己随后棋步的走法,后面的每一步棋都受到前面决策的影响;开局选择不同,随后的走法也不同,结局也就会不同;对弈者要作出最佳的选择,运用极大中的极小策略(minimax strategy),使损失或风险的极大值达到极小,以达到最优化效果。列维认为,翻译过程也像走棋一样,一系列的情形犹如棋步,其各个层次的选择都为后面的选择设置了不同的前提,形成了不同的翻译结果;译者必须根据相关的情景,作出恰如其分的决定,力求最优化的翻译结果①。

霍姆斯作为一个受科学精神影响较大的宏观文艺学译论者,在前述奈达的三阶段翻译过程模式的基础上,提出了一个"两图式两层面文本级翻译模式",对文学翻译过程进行了类似于却又不同于奈达的三阶段模式的描述。根据这一模式,文学翻译过程同时跨越两个层面,即"序列层面"(serial plane)和"结构层面"(structural plane)。在序列层面上,翻译过程只体现为一个阶段,即句法转换:译者只是将原文接受后逐句转换并形成译文。在结构层面上,翻译过程呈现出原文理解、图式转换、译文表达三个阶段。其中,在原文理解过程中,译者遵循派生规则从原文中抽象出原文图式;在图式转换阶段,译者遵循对应规则(或称匹配规则或对等规则)将原文图式转换成译文图式;在译文表达阶段,译者按照投射规则利用译文

第二节　翻译过程辩证系统论的资源

---

① Jiří Levý. Translation as a decision process, in *To Honor Roman Jakobson: Essays on the Occasion of his 70th Birthday*, vol. II. The Hague: Mouton, 1967, pp. 1171—1182.

图式形成译语文本①。霍姆斯划分的"结构层面"和"序列层面"的转换过程动态地区分了(句法上的)机械对应与(意义或意象的)整体对应两个翻译层面,而他的图式结构更为如实地体现了翻译转换过程的中介环节。可见,他的模式超越了微观语言学译论的静态的翻译过程观,强调文学翻译过程的动态性,从对文本的语言认识进一步拓展到对译者的心理转换机制的认识,使译学研究不再囿于词句间的转换方式,即寻求词句的对应规律,而是从一个动态的层面分析翻译的整体转换与部分对应的心理差别。当然,这一模式尚不能充分描述两种图式各自的形成和运作方式及其相互关系②。

我国学者姜秋霞批判地吸收了语言学译论和文艺学译论中各种翻译过程模式,特别是上述霍姆斯的模式,运用格式塔审美心理模式对文学翻译的审美过程即译者的审美思维运作方式进行了动态的探讨,根据译者—读者这一特殊审美主体在对原文艺术客体接受过程中的审美特点,提出了一个具有文学翻译特质的格式塔意象再造模式③。她认为,文学文本作为一种艺术形式包含语言信息以外的美感因素,译者在阅读和理解原文的过程中,发生语言认知与美感体验的双重活动,译者通过这种双重活动来理解原文,并在大脑中形成一个格式塔意象,再用译语将此意象再造,以实现文学艺术的有效转换和再现。在理解—再造这一文学翻译过程中,译者不是一个机械的"刺激——反应"主体,不是通过译文—原文词句的结构对应完成其转换过程,不是通过直线运动来接受原文和构造

---

① James S. Holmes. Describing literary translation: models and methods, in James S. Holmes, José Lambert & Raymond van den Broecket, eds. , *Literature and Translation*: *New Perspectives in Literary Studies*. Leuven: Acco, 1978, pp. 69—83.

② 姜秋霞、权晓辉,文学翻译过程与格式塔意象模式,《中国翻译》,2000 年第 1 期,第 26—30 页。

③ 姜秋霞,《文学翻译中的审美过程:格式塔意象再造》,北京:商务印书馆,2002 年。

译文,而是通过其主体性或能动作用,建造了一个中介图式即格式塔意象,再将意象转换为译文语言。换言之,文学翻译不是词句的形式对应,而是语言信息与美感因素的整体吸收与再造。这一模式体现了翻译中主客体的相互作用,充分描述了译者的能动性。与霍姆斯一样,姜秋霞认为译者在接受原文和再造译文过程中应该有概念图式这种中介环节的运作,但不同于霍姆斯的是,她认为译者在大脑中形成的并用于译文构建的图式同时受原语和译语的双重作用,难以划分明确的转换界限,因而应被看成一个整体的"格式塔意象"。她还认为,文学文本是一个具有格式塔性质的艺术整体,霍姆斯的序列层面转换会导致支离破碎的形式对应而无法取得整体的艺术对等,译者只有通过中介作用,对原文进行整体认知并形成一个格式塔意象,再用译文语言重建译语文本,才能取得语言信息与艺术要素的整体转换,使译文的语言更加自然流畅,各个成分之间在更高层面上有机统一①。

5.2.3 综合性译论对翻译过程的认识

除上述的各种语言学、文艺学译论者对翻译过程的探讨外,有些综合性译论者也持有对翻译过程较为辩证综合的认识。其中,乔治·斯坦纳在其著名的《通天塔之后:语言与翻译面面观》一书中,从阐释学的角度提出了包括语际翻译在内的阐释活动(hermeneutic motion)的四个步骤(moves),即信任(trust)、侵入(aggression)、吸收(import)和补偿(compensation)。在第一个步骤中,译者凭借先前的经验并冒着危险对原文这个"他者"进行信任投资,大胆地相信原文是有意义的,相信他的翻译转换不会徒劳,但他在信任的同时还往往带着赌博和冒险的心理,去面对在极端的

---

① 姜秋霞、权晓辉,文学翻译过程与格式塔意象模式,《中国翻译》,2000 年第 1 期,第 26—30 页。

情况下可能会遭遇的两种辩证关联的形而上学的危险:或者发现原文指向所有意义,或者发现原文中根本没有能够脱离语言形式的意义。在第二个步骤中,译者对原文发起进攻和侵略以从中攫取意义,砸碎原文的外壳并夺取其精华,穷尽原文的思想并令其变得浅薄,驱散其令人反感或诱人的"他者"性,使译文优于原文从而扼杀了原文。在第三个步骤中,译者将通过侵略而攫取的东西"带回家",将从原文中获得的内容和形式吸收并融合到自己的语言文化中,但无论归化还是异化,都不可避免地改变了自己的语言文化,一方面丰富了自我,获得了能量和情感资源,同时也被吸收的东西所奴役。至此,在前三个步骤里,译者因先验的信任而失去平衡、向原文倾斜,因包围、进攻而扼杀了原文,因侵略他者、将其精华据为己有而导致系统失衡,因而必须予以补偿。这样,在第四个步骤中,译者在双向的交流和平衡的前提下在语言和文化层面上进行补偿,既要让受挫的信任得到恢复,又不能让掠夺性的侵入扼杀原文的意义,还要让吸收既丰富自我又不导致迷失自我;从双向的角度来看,译者通过生成既能彰显原文又能丰富译语文化的译文,就能做到双向补偿,达到系统平衡①。显然,斯坦纳的翻译过程模式关注的是翻译阐释活动的社会、文化、伦理层面,其各个步骤之间存在着辩证互补的关系。

如前所述,斯奈尔-杭贝以格式塔整体性原理、原型理论及其他一些宏观语言学理论为基础,对翻译或话语理解与表达的过程进行了全面的考察。就翻译的认知过程来说,她从菲尔摩的场景—框架语义学的角度进行了如下较为简要的论述:翻译是通过译者、原文作者、译文读者之间的相互作用而形成的一种复杂的交际行为;译者首先着手处理原文文本

---

① George Steiner. *After Babel*: *Aspects of Language and Translation* (3rd ed.). London: Oxford University Press, [1975, 1992]1998, pp. 312—319.

及其语言成分,这是原文作者从其具有一定的原型性质的场景库中提取一部分场景而生成的一种框架;在原文框架的基础上,译者根据自己的经验水平以及关于相关文本材料的知识建构起自己的场景;如果译者与原文作者不属于一个民族,译者很有可能会激活不同于作者期望的或不同于以译语为母语的人所激活的场景的一种场景(因而会导致翻译偏差);然后,基于他已激活的场景,译者必须寻找合适的译语框架,这是一种完全依赖于他的译语水平而不断决策的过程①。

就翻译中的话语分析过程来说,斯奈尔—杭贝认为,话语总是处于一定的时空情景和文化语境中,是整个世界连续统的一部分,在语境中执行特定的交际功能,而在其本身则是一个复杂的多维结构整体,即一个对其各个部分的分析不能产生对其整体的理解的格式塔;话语分析不是要把对象分割开来深入研究,而是去把握一个关系网络,其中每个具体成分的重要性都取决于它与更大的整体的关系及其在更大的整体中的功能;这样,翻译中的话语分析就应本着由外部到内部、由宏观到微观、由全文到词语的"自上而下"的方式进行:译者首先应当放眼于话语的情景和社会文化语境,关注话语与语境的关系,然后本着从宏观到微观的原则分析文本自身的结构,包括标题与正文之间的关系,最后根据话语分析的结果确定翻译策略②。另外,斯奈尔—杭贝还指出,翻译过程中的话语并不是一种静止的语言标本,而是体现了作者用它表达自己的意向、译者作为读者理解了它并为另一个文化中的读者重新创造这个整体的一种动态的活动过程,因而文学话语需要不断重译,永无止境③。

---

① Mary Snell-Hornby. *Translation Studies: An Integrated Approach* (2nd ed.). Amsterdam/Philadelphia: John Benjamins, 1995, p.81.

② 同上,第69页。

③ 同上,第2页。

第三节

走向翻译过程辩证系统论

从前述的翻译过程辩证系统论框架来看，上述语言学译论、文艺学译论和综合性译论者中，有些采用了一些较为具体的理论视角，关注翻译过程的某些阶段的某些微观的层面，并注意到翻译运作和演进过程的各个阶段之间的某些线性的联系；有些则采用了相当宏观的视角看到了翻译过程的某些要素的宏观层面，并对翻译过程中的某些较为重要的关系进行了考察。一方面，它们都或多或少地包含一些对翻译过程及其不同阶段之间的关系的重要见解，或者凸显了翻译过程的某些具体阶段及其关系，或者形成了对翻译过程及其各个阶段之间的关系的较为辩证综合的重要认识。另一方面，还应当看到，对翻译过程的探索也各自存在一定程度的片面性，有些忽略了翻译过程的总体情况或其某些重要层面，在翻译过程的各个阶段和各个层面之间的关系上用单向的、线性的、静态的关系代替了多向的、非线性的、动态的辩证关联，有些则只是笼统地看到翻译过程的整体或某些宏观层面及其各个阶段之间的某些粗略的联系，没有形成对翻译过程既全面又具体的辩证系统认识。

5.3.1　翻译过程辩证系统概念

根据前述的初步的翻译过程辩证系统概念，一个完整的翻译过程概念应该首要地包含对翻译过程总体的思维上浓缩的系统把握，同时还应当包含或隐含对翻译过程的各个阶段及其相互关系、翻译过程与其所处的超系统的运作和演化过程之间的关系及翻译过程的各个阶段或状态在时间上的关系思维上较为浓缩的系统认识。因此,在对语言学译论者、文艺学译论者、综合性译论者等各种学者的翻译过程概念进行选择、优化、归纳和综合时,应当首先将其对翻译过程总体的认识抽象提炼出来,同时尽量将其对翻译过程的各个层面、各个阶段、各种状态和各种关系的认识归纳总结出来,并在必要时对各种认识进行必要的补充、调整或优化,然后再参照翻译过程的辩证系统概念框架将其按特定的逻辑关系予以系统综合。

就其对翻译过程的内外划界来说,语言学、文艺学甚至综合性译论者等各种学者大都自觉不自觉地把从译者开始接受原文到译者生成译文为止的活动过程看成翻译过程的全部,这样就自然而然地将原文作者生产原文及在此以前的过程、译文读者接受译文及在此以后的活动排除在翻译过程以外。当然,同时还应看到,各种学者虽然把关注中心放在了从开始接受原文到生成译文的过程上,但大都能够意识到此前和此后的其他的活动过程的存在。例如,如前所述,贝尔就认为翻译过程是以普通交际过程中作者完成文本生产为起点到译者完成译文生产为终点的;奈达则将翻译程序区分为翻译组织程序和翻译技术程序,前者(就团体翻译而言)指从翻译分工开始到译文出版和被译文读者接受后的修订为止的翻译组织活动过程,而后者则指原语和译语分析、原文解码、译文编码的过程(或根据其后来的模式,指原文解码、传译和译文编码的过程);诺德则将翻译过程区分为广义和狭义两种,后者指从原文分析到译文生产为止的翻译过程,而前者指狭义上的翻译过程所赖以出现的整个"跨文化文本传译"过程。当然,也有些学者把从原文作者开始生产文本起到译文读者接受原文为止的过程一起看作翻译过程。例如,格特就把翻译看作一种包含两轮的明示—推理过程的跨语言认知交际活动;诺伯特等人也认为,翻译过程是译者将另一个文本理解与文本生产流程嵌于一个现有的文本生产与文本理解流程而形成的一种双重的话语交际过程。实际上,从形式(即语言符号和艺术风格)的层面上看,翻译过程的确可以被看作从译者开始接受作为客体的原文开始到他生成译文这一客体结束,然而从内容(即信息和审美)、功能(即社会和文化)等更高的层面上看,译者所从事的就不仅仅是把原文复制成译文,而是与原文作者、译文读者之间的信息和审美交际,因此翻译过程又必然包括原文作者生产文本和译文读者接受译文的过程。考虑到上述情况并为了便于问题讨论,本研究在必要时也采用狭义与广义翻译过程的区分,将前者限制到开始接受原文到生成译文为止的过程上,而用后者指包括前者在内的整个跨语言活动过程。

就其对翻译过程所涉及的层面的认识来看,语言学译论者主要关注翻译在语言、信息和社会层面的运作过程,而文艺学译论者则关心翻译在艺术、审美和文化层面的演化情况。其中,有些学者(如奈达和威尔斯)主要看到了翻译在语法形式及语义层面上的运作过程,有些学者(如格特)主要关心翻译在语义和语用层面的认知过程,有些学者(如贝尔)则看到了翻译在语法、语义和语用三个层面上的认知过程,有些学者(如霍姆斯等)则着眼于翻译在艺术、意象层面上的动态运作情况,有些学者(如斯坦纳)则主要关心文化(伦理)层面的翻译运作和演化过程。

就其对翻译过程包含的阶段及其性质的认识来说,前述各种译论者大都认为(狭义的)翻译过程必然包括原文接受(理解、分析、解码)阶段和译文生产(表达、综合、编码或重新编码、重建、重构、重组)两个阶段,但是他们却对这两个阶段之间是否存在另一个阶段有不同的看法。其中,威尔斯、贝尔等人倾向于认为(狭义的)翻译过程只包含原文理解和译文表达两个阶段,而奈达、诺德、霍姆斯、姜秋霞、斯奈尔—杭贝等人则认为这两个阶段之间还包含一个传译(或传递、转换、转移、搬运)阶段。实际上,认为翻译过程共有两个阶段的学者也意识到这两个阶段之间存在一种可以脱离具体的语言和文本而存在的信息或语义表征,它是译者对原文理解的结果,也是译者在译文中要表达的对象,从而作为一个中介环节将两个阶段连接起来;而认为(狭义的)翻译过程包含三个阶段的学者则强调连接原文理解与译文表达两个阶段的中介环节,对其进行了放大和刻画,将其看成一种独立于原语和译语的另一种符号系统,称之为中介语,或者将其看成一种心理结构、心灵图像、图式、框式或场景。可见,各种译论者大都看到了原文接受与译文生产这两个阶段及其中间的连接环节,只是对这个连接环节的性质有不同的认识。

我们认为,这种中介环节是译者参照译文及其环境对原文及其环境总体的各个层面和各个要素综合分析而形成的一种(语言、艺术)形式、(信息、意象)意义和(社会、文化)功能的辩证有机整体。它具有相对的整体性、自主性和稳态性,其各个要素和层面之间关系密切,能够相对独立于文本和语言,保持相对稳定的状态(因此,在机器翻译中体现为一种形式化的中介语系统)。然而,它同时也具有较强的多元性、开放性和动态性,由若干要素和层面构成并在必要时可以被分解为若干要素和层面,与原文理解和译文表达的过程密不可分,并随着理解与表达的运作和演进而不断变化。因而,这个中介环节不是与原文理解和译文表达阶段同等意义上的一个阶段,而只是原文理解阶段的最后一种状态,或是译文表达阶段开始的一种状态;换言之,它只是译者由理解阶段向表达阶段过渡的一种关节点、转折点状态,当译者完成对原文的理解时它就已经形成,而当译者开始对它作出任何处理即传译(转换、搬运)时它就已经从属于译文生产阶段了。由此可见,传译本身作为发生在关节点之后的活动,实际上是译文生产阶段的一个从属阶段,而不是原文理解与译文生产之间的一个阶段。这样,广义的翻译过程就可以方便地划分为两大阶段,即原语活动和译语活动阶段,其中的原语活动阶段可以进一步划分为原文生产和原文接受阶段,译语活动阶段可以划分成译语生产和译文接受两个阶段,而狭义的翻译过程当然就只包括原文接受和译文生产两个阶段,其中译文生产阶段又可以划分为传译和重组等更小的阶段。

就其对翻译过程各个阶段之间的关系的认识来看,除了少数学者(如卡特福德)将各个阶段之间的关系按时间顺序线性化(这的确是它们在时间上的关系特征)以外,大多数学者(特别是奈达、诺德、列维等)都看到了各个阶段或步骤之间非线性的相互作用、相互影响、相互依赖、差异互补关系,认为它们只是在逻辑上大致可以划分开来,而在时间上是无法真正分开的。就其对翻译过程与其所处的超系统过程的关系的认识而言,各种学者自然都会看到狭义的翻译过程是以广义的翻译过程中的其他阶段为环境过程的,而广义的翻译过程则是以更大的超系统的过程为环境过程的。也就是说,根据前述的初步的翻译过程辩证系统概念可以推出,翻译过程始终发生于一个更大的系统过程之中,是更大的系统运作和演化过程的一个有机组成部分,其运作和演化过程都受到这个更大的系统过程的制约,当然它也会对这个超系统过程发生作用。

综上所述,以唯物辩证法的普遍联系和发展原理、质变量变规律和否定之否定规律及相关的概念和范畴为指导,在前述的翻译过程辩证系统概念框架的基础上,通过参照前述及其他学者多种具体的翻译过程概念对翻译过程的整体和各个层面、各个阶段、各种状态、各种关系予以系统的分析,并在此基础上对具体的关于翻译过程及其各个方面的认识结果予以系统的选择、优化、归纳和综合，就可获得一种能够融合并超越多种具体认识的既较为全面又较为具体的翻译过程辩证系统概念，可大致表述如下（另外，基于图2.1，由要素维、层次维和过程维构成的翻译过程立体结构大致如图5.1所示）：

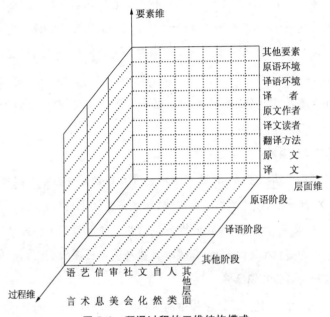

图 5.1　翻译过程的三维结构模式

　　翻译过程是由翻译系统在其整体及其内部的译者、原文作者、译文读者、原文、译文、方法等各种主体、文本、中介要素以及语言、艺术、信息、审美、社会、文化等层面及其内外各种关系上发生的运作和演进的各个阶段（如原文生产阶段、原文接受阶段、译文生产阶段、译文接受阶段等）或各种状态按相互作用、差异互补等各种非线性的层次结构关系构成的辩证有机整体，出现于翻译所属的超系统（如跨语言的社会文化交际活动甚至整个人类活动）运作和演化过程之中，受翻译所处的超系统过程制约并在其中执行特定的语言、艺术、信息、审美、社会、文化功能,体现为各个阶段或各种状态在时间上的不断延续性。就其包含的阶段而言,整个翻译过程大致包含两大阶段,即原语活动和译语活动阶段;其中,在第一个阶段中,译者根据特定语境因素的需要在原语语境中作为原文的读者通过原文与原文的作者进行原语活动,通过对语境和原文的分析理解原文或原文作者的语言特色、艺术风格、信息内容、审美心理、社会意图、文化内涵;进入第二个阶段,译者又根据语境的需要作为译文作者针对译文读者和目标语境的特点进行译语话语活动,通过在语境中设计译文来表达原文、原文作者或译者想传达的语言特色、艺术风格、信息意义、审美意象、交际意图、文化精神。

5.3.2 翻译辩证动态原理

从前述的初步的翻译过程辩证动态原理以及翻译自组他组规律、翻译渐变突变规律、翻译正负反馈规律、翻译整体优化规律来看,各种语言学译论者、文艺学译论者及综合性译论者在总体上看到了翻译过程各个阶段之间的多种类型的关系,有些学者还看到了翻译的运作和演化过程的一些更为具体的规律。

如前所述,奈达对翻译过程中的各个阶段或程序之间的关系就有较为动态的认识,认为对阶段的划分只是一种大致的、方便的分类而已,并非完全机械地与实际翻译过程一致,各种步骤并非相互独立,而是相互依赖,在实际的翻译过程中译者会不断地在各种程序之间来回变换。同样,贝尔也特别重视翻译过程中各个阶段和步骤之间的有机关联,认为翻译过程并非是线性的,而是一个复杂综合的过程,只是为了研究的缘故,才将整个过程划分成一个个的阶段和步骤,实际上其各个阶段并非相互独立,严格地按前后顺序排列,而是相互交叉重叠,其中后面的步骤可以对前面的步骤进行修正和撤销。更为显著的是,诺德对翻译过程的各个阶段之间的关系更为重视。她强调指出，翻译过程并不是一种以原文为起点、以译文为目标的一直向前的、线性的过程，而是一种包含着无穷无尽的反馈圈（即其后面的阶段往往会返回到前面的阶段）的往返式、循环式的过程，而且由此她还提出了一个翻译过程"循环模式"，其中的各个步骤之间以及在各个步骤所涉及的各种要素之间，又包含了众多的小的循环活动，其中在任何一个步骤中译者都可能回顾前面的步骤中分析过的东西，对其修正或更改，也能用该步骤中的知识影响后面的步骤的内容。当然，诺德的理论很可能是受到列维的观点的影响而形成的，因为她在其专著中直接引用过列维的翻译过程观①。列维从博弈论的角度看翻译过程，将各类翻译都看作一种博弈和策略选择的过程，认为翻译过程也像走棋一样，一系列的情形犹如棋步，其各个层次的选择都为后面的选择设置了不同的前提，导致了不同的翻译结果。

综上所述，以唯物辩证法的普遍联系和发展原理、质变量变规律和否定之否定规律及相关的概念和范畴为指导，在初步的翻译辩证动态原理、自组他组规律、渐变突变规律、正负反馈规律、整体优化规律及相关的概念和范畴的基础上，通过参照前述及其他学者的相关认识对翻译过程予以系统的分析，并在此基础上对具体的认识结果予以系统的选择、优化、归纳和综合，就可获得一种能够融合和超越多种现有观点的既较为全面又较为具体的翻译辩证动态原理以及翻译自组他组规律、翻译渐变突变规律、翻译正负反馈规律、翻译整体优化规律，可依序大致表述如下（其中，翻译过程各个阶段之间的相互关系大致如图 5.2 所示——本图的内涵类似图 2.2 或图 2.3）：

---

①　Christiane Nord. *Text Analysis in Translation : Theory, Methodology, and Didactic Application of a Model for Translation-Oriented Text Analysis* (2nd ed.), trans. Christiane Nord & Penelope Sparrow. Amsterdam: Rodopi, 2005, p. 39.

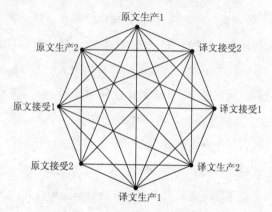

图 5.2　翻译过程的阶段关联模式

　　翻译在其内部的各种主体、客体和中介要素之间,在其语言、艺术、意义、意象、社会、文化等各个层面之间,以及在其与外部的原语和译语环境之间的非线性相互作用的共同推动下,不断地沿时间轴线展开,一方面在其整体及其内外各个方面的性质或状态上随时间的变化而不断更替,由一个阶段或步骤(如原语活动阶段或原文理解步骤)飞跃到另一个阶段或步骤(如译语活动阶段或译语表达步骤),由一种性质或状态(如原文语义表征或原语认知状态)突变为另一种性质或状态(如译文语义表征或译语认知状态)、从而具有绝对的动态性、突变性、前后系统质的差异性、翻译目的或方向的不确定性;另一方面却仍能在其整体甚至内外各个方面保持相对稳定的运作和演进,每个特定的状态和阶段,既是承前也是继后,坚持表现出一定的结构稳定性(如译者与原文作者和译文读者的关系保持相对稳定)、连续性(如翻译作为一种由许多动态的心理运作过程构成的自动控制系统,一直设法维持它的认知经验的连续性)、前后系统质的相似性、翻译目的的确定性;从而在总体上呈现出翻译运作和演进过程的动态性和稳态性的辩证统一,即具有辩证动态性。

翻译内部的译者、原文作者、译文读者、原文、译文、方法等各种主体、文本和方法等要素之间及其语言、艺术、意义、意象、社会、文化等各个层面之间的非线性相互作用构成了翻译运作和演进的内部动因(即内因)，翻译与其外部的原语和译语的具体情景语境和更大的社会文化乃至自然环境等要素之间的相互作用构成了翻译运作和演化的外部动力(即外因)，翻译是在内因和外因的共同推动下而不断地由一个阶段过渡到另一个阶段(如从酝酿阶段走向发生阶段)，由一种语言、艺术、认知、审美、社会、文化状态转化为另一种状态，从而不断地创生、运作、演化和维生的。

翻译由一个阶段或步骤(如原语活动阶段或原文理解步骤)向另一个阶段或步骤(如译语活动阶段或译语表达步骤)、由一种性质或状态(如原文语义表征或原语认知状态)向另一种性质或状态(如译文语义表征或译语认知状态)的转化或过渡，有时是缓慢的、渐变式的，有时是突变式或跳跃式的，有时则是渐变式和突变式的辩证统一。

翻译作为一种自动控制系统时刻处于与外部的情景和社会文化背景等环境要素之间的语言、艺术、意义、意象、社会、文化等层面的信息交流过程中，进行着正负信息反馈，其中负反馈使翻译在有限的阈值内向既定目标方向稳定地运作和演化，正反馈则使翻译越来越偏离既有目标阈值，导致翻译活动趋于涨落或嬗变；这样，翻译与环境的正负反馈相辅相成，保持翻译的稳定性和动态性的辩证统一。

翻译整体及其内部的各种成分的运作和演化总是呈现一定的方向性：翻译整体从无到有、从酝酿到发生、从低级组织到高级组织的运作和演化是翻译的发生和优化过程(同样，译文从无到有、从意义混沌到意义清晰、从简单结构到复杂结构的运作和演化是译文的创生和优化过程)，反之则为翻译整体或其成分的退化和消亡过程，但翻译在其运作和演化的方向上往往在允许局部(如文本的形式层面)劣化的同时走向整体优化。

第四节

本章内容小结

综上所述,本章针对迄今对翻译过程认识片面和不足的问题,以唯物辩证法的相关概念和原理为指导,从辩证系统观关于系统过程的概念、系统辩证动态原理及其他相关的概念和规律中演绎推理出关于翻译运作和演进过程的辩证系统概念和辩证动态原理,从而获得了对其思维上抽象的系统综合,并参照几种主要译论中的相关认识对翻译的运作和演化过程予以思维上具体的系统分析、归纳和综合,并形成了对其既较为全面又较为具体的辩证系统认识,主要包括翻译过程辩证系统概念和翻译辩证动态原理等。简言之,本章的主要理路如下:

哲学指导:根据唯物辩证法的普遍联系和发展原理、质量互变规律、否定之否定规律,事物在其内部的不同要素、层面、性质之间以及在其与其他事物之间,发生着普遍的、多样化的辩证联系,并在其内外辩证联系的推动下按特定的方式从低级到高级不断运动和发展;事物的运动和变化都表现为量变和质变的交替,即由保持其度的量变到爆发或非爆发式的质变以及由质变到新的量变的质量互变过程;事物的发展是以辩证否定为环节的,通过肯定、否定、否定之否定等阶段,在内容上自我完善,在形式上波浪式前进。

理论基础:根据辩证系统观关于系统过程的概念、系统辩证动态原理、自组他组规律、渐变突变规律、正负反馈规律及整体优化规律,系统过程是由系统的运作和演化的各个阶段或状态按非线性的结构关系构成的辩证有机整体,出现于一个超系统过程之中,并体现为其运作和演化的各个状态在时间上的延续;系统在其成分之间及其与环境之间的相互作用的推动下,一方面在其状态上不断更替,具有绝对的动态性,另一方面仍能保持相对平衡的运作和演进,具有一定的稳态性,在总体上具有辩证动态性;系统是在其内部成分之间及其与外部环境之间的非线性相互作用的共同推动下运作和演进的;系统从一个阶段到另一个阶段的过渡体现为渐变与突变的辩证统一;系统与环境时刻进行着正负信息反馈,保持动态性和稳定性的辩证统一;系统在其运作和演化的方向上往往会在允许局部劣化的同时走向整体优化。

系统演绎和综合:在辩证系统观看来,翻译过程是由翻译在其整体及各个方面发生的运作和演进的各个阶段或状态按非线性的结构关系构成的辩证有机整体,出现于翻译的超系统过程中,并体现为翻译过程的各种状态在时间上的延续;翻译在其要素和层次之间及其与环境之间的相互作用的推动下,一方面在其翻译系统质或状态上不断更替,具有绝对的动态性,一方面仍能保持相对平衡的运作和演进,具有一定的稳态性,这样在翻译总体上呈现出辩证动态性;翻译是在其内部主体、文本、方法等要素以及形式、意义、功能等层次之间及其与环境之间的相互作用的共同推动下运作和演进的;翻译从一种状态向另一种状态的过渡体现为渐变和突变的辩证统一;翻译与翻译环境时刻进行着正负信息反馈,保持其动态性和稳定性的辩证统一;翻译在其运作和演化的方向上往往会在允许局部劣化的同时走向整体优化。

系统分析:迄今各种译论各自看到了翻译过程的某些层面、阶段、关系、特性,从而形成了各种较为具体的认识。其中,就翻译过程的层面来说,有些学者关注语言、信息层面,有些关注艺术、审美层面,有些学者则放眼于社会和文化层面;就翻译过程的跨度来说,有些学者持从开始接受原文到生成译文的狭义翻译过程的观点,有些则持从开始生产原文到接受译文的广义翻译过程的看法;就翻译过程的阶段而言,有些学者认为狭义的翻译过程包括原文接受和译文生产两个阶段,其中介环节为语义表征,有些学者则认为狭义的翻译过程包括原文接受、译文生产和一个作为中介环节的传译运作阶段;就翻译过程各个阶段之间的关系而言,有些学者倾向于认为各个阶段之间的关系是线性的、静态的,有些学者则持有动态的、开放的观点;就翻译过程与其环境过程的关系来说,多数学者都能够看到狭义的翻译过程之外的环境过程整体。

系统归纳和综合:翻译过程是由翻译系统在其整体及其内部各个主体、文本、方法等要素以及语言、艺术、信息、审美、社会、文化等层面及其内外各种关系上发生的运作和演进的各个阶段(如原文生产、原文接受、译文生产、译文接受等)按非线性的结构关系构成的辩证有机整体,出现于翻译的超系统过程中,体现为各个阶段在时间上的延续。就其包含的主要阶段而言,整个翻译过程大致包含原语活动和译语活动两大阶段,或原文生产、原文接受、译文生产、译文接受四个更小的阶段。

翻译在其各个要素和层面之间以及在其与环境之间的相互作用的推动下,一方面在其阶段或状态上随时间不断更替,由一个阶段(如原语活动阶段)飞跃到另一个阶段(如译语活动阶段),由一种状态(如原文语义表征)突变为另一种状态(如译文语义表征),从而具有绝对的动态性,另一方面却仍能保持整体和各个方面的相对稳定的运作和演化,具有一定的稳定性,从而在总体上呈现出辩证动态性。

翻译是在其内部的各种要素和层面之间以及在其与外部环境之间的非线性相互作用(即内因和外因)的共同推动下而不断地由一个阶段过渡

到另一个阶段(如从酝酿走向发生)，从而不断地创生、运作、演化和维生的。

翻译由一个阶段(如原语活动阶段)向另一个阶段(如译语活动阶段)的过渡，往往是渐变式和突变式的辩证统一。

翻译时刻处于与环境之间的语言、艺术、意义、意象、社会、文化等层面的信息交流过程中，进行着正负信息反馈，从而保持翻译的动态性和稳定性的辩证统一。

翻译在其运作和演化的方向上往往在允许某个方面(如形式层面)或阶段的局部劣化的同时走向整体优化。

第六章

结　　论

T. S. 艾略特以诗人的洞察力问道,"什么是可以抓住的根? 什么是从这堆乱石堆中长出的枝叶? 作为人类的儿子,你不可能说出或猜到,因为你只知道一堆破碎的幻像……"新科学帮助我们越过这一困境。它们给予我们微漪之塘和万物都在一种基本的统一中相互联结的宇宙的图景。这种新出现的见解既是有意义的,也是合时宜的。它证实了心理学家—哲学家 W. 詹姆斯的想象:我们像大海中的岛屿——在表面上是相互分离的,但是在深处是联结着的。

——欧文·拉兹洛①

　　翻译学的目标就是要创立一种可以用于指导翻译实践的综合性翻译理论。该理论将通过沿着既非逻辑实证主义又非阐释学精神的研究方针的发展而逐步走向完善。该理论将通过以个案资料为背景的阐发以及不断的借助于个案资料的检验而逐步走向完善。这样,该理论就不会是静态的;它会随着参与争鸣的专家学者的动态共识而不断演进。

——安德瑞·列费维尔②

---

　　① 　欧文·拉兹洛,《微漪之塘:宇宙中的第五种场》(第二版),钱兆华译,北京:社会科学文献出版社,2004 年,第 226 页。

　　② 　André Lefevere. *Translation studies*: *The goal of the discipline*, in James S. Holmes, José Lambert, Raymond Van den Broeck, eds. , *Literature and Translation*: *New Perspectives in Literary Studies with a Basic Bibliography of Books on Translation Studies*. Leuven, Belgium: Acco, 1978: pp. 234—235: p. 234.

以上各章以唯物辩证法为哲学指导,以辩证系统观为理论基础,采用演绎与归纳、分析与综合相结合的辩证系统方法和相应的辩证系统程序,对翻译总体及其内外共时和历时的各个方面进行了辩证系统考察,并基本形成了对翻译总体、本体、环境和过程的辩证系统认识。本章作为本研究的最后一章,拟把辩证系统观用于本研究力图构建的翻译辩证系统论本身,在把握其总体的本质和特性的基础上简要论述一下其体系结构和内容、理论地位和作用及其创生过程和发展前景,借以对本研究的理论成果予以系统总结,说明其特色和创新之处、理论和实践价值,并指出本研究的局限性及今后的研究方向。

显然,用辩证系统观的眼光看,翻译辩证系统论在总体上是一个由若干关于翻译总体及其各个方面的理论总论、分支、概念、原理和规律按非线性的等级结构构成的辩证综合性翻译理论系统,存在于特定的翻译及与翻译相关的理论和实践环境中,受环境制约并在环境中执行特定的元理论、认识和实践功能,体现为一种不断的理论运作和演进过程,并在其内外共时和历时的各个方面呈现出普遍的辩证关联性,包括其本体的辩证整体性、对环境的辩证开放性以及过程上的辩证动态性。

第一节

翻译辩证系统论的结构和内容

就其本身的结构和内容而言,翻译辩证系统论是一个由翻译总体辩证系统论、翻译本体、环境、过程辩证系统论等若干关于翻译总体及其各个方面的理论总论、分支、概念、原理和规律按非线性的等级结构关系构成的辩证综合性翻译理论系统,在其内部的各个分支、概念和规律等成分之间存在着极为密切的逻辑关系,呈现出较强的辩证整体性。

6.1.1   翻译辩证系统论的体系结构

第六章   结   论

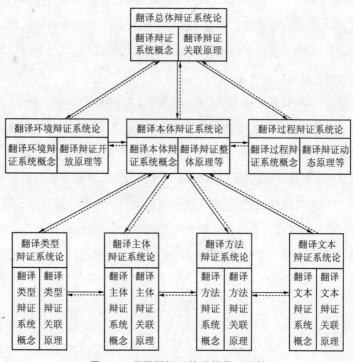

图 6.1   翻译辩证系统论的体系结构

就其主要的体系结构来说,翻译辩证系统论作为一个辩证综合的翻译理论体系在纵向上跨越多个等级,在横向上包含若干分支(大致如图6.1所示——图中实线箭头表示"包含"、"演绎"、"分析"或"指导"等关系,图中虚线箭头表示"属于"、"归纳"、"综合"或"依赖"等关系);在第一个等级或层次上由翻译总体辩证系统论单独构成;在第二个等级上由翻译本体辩证系统论、翻译环境辩证系统论和翻译过程辩证系统论三大分支构成,其中翻译本体系统论和翻译环境辩证系统论主要是对翻译的共时态的认识,而翻译过程辩证系统论则是对翻译的历时态的认识;在第三个等级上,翻译本体辩证系统论又由翻译类型辩证系统论、翻译主体辩证系统论、翻译文本辩证系统论和翻译方法辩证系统论等分支构成,其中翻译类型辩证系统论是从类型的角度对翻译本体的具体化认识,其他三个分支则分别是对翻译活动的三大要素或子系统的认识。另外,上述各个层面的各个分支各自都包含两个方面,即关于对象本质的概念和关于对象特性的原理,其中翻译本体辩证系统论的总论、翻译环境辩证系统论和翻译过程辩证系统论除了包括基本原理之外,还包含若干关于对象的更为具体的特性或运作演化规律的"规律"(只是为了简洁起见,没有在图中体现出来)。

6.1.2　翻译辩证系统论的主要内容

以下根据本研究各个相关章节所获得的结论,将翻译辩证系统论的总论和各个分论中的主要概念、原理和规律的主要内容较为系统地总结如下:

(1) 翻译总体辩证系统论是关于翻译总体的本质和特性的辩证系统认识,主要包括:

翻译总体辩证系统概念:翻译本质上是一种以语言转换性、艺术再造性为核心并兼具信息传递性、审美交际性、社会交往性、文化交流性等多重性质的复杂的人类活动系统,一种由译者、原文作者、译文读者、原文、译文、方法等若干主体、客体和中介要素按非线性的结构关系构成的辩证有机整体,受特定的原语和译语环境制约并在环境中执行多重的功能,体现为一种集多重活动于一身的分为多重阶段的运作和演进过程。

翻译总体辩证关联原理:翻译在其内部的译者、原文作者、译文读者、原文、译文、方法等若干主体、客体和中介要素之间,在其与外部环境之间,以及在其包含多重活动的运作和演进过程的各个阶段之间存在着普遍的差异互补、竞争协同等非线性相互作用,使其在总体上呈现以原语与译语、原文与译文之间的辩证对等为核心的辩证关联性。

(2)翻译本体辩证系统论是对翻译本体的本质、特性和规律的辩证系统认识,主要包括:

翻译本体辩证系统概念:翻译作为一种复杂的人类活动系统,在本体上是一种由非文学和文学翻译等多种类型、译者、原文作者、译文读者等若干主体要素、原文、译文等若干客体要素、直译、意译等若干中介要素以及语言、艺术、信息、审美、社会、文化等若干层面等按多元互补、差异协同等非线性的层次结构构成的(存在于一定的环境并体现为一种不断运作和演进过程的)辩证有机整体。

翻译辩证整体原理:翻译在本体上包含若干相对独立的成分,包括非文学和文学翻译等多种类型,译者、原文作者、译文读者、原文、译文、方法等主体、客体和中介要素,以及语言、艺术、信息、审美、社会、文化等若干层面,从而具有一定的多元性;但从其成分之间的关系来看,翻译本体又是按差异互补、竞争协同等各种非线性的相互作用关系构成的,包括以原语与译语、原文与译文之间的辩证对等关系以及译者与原文作者及与译文读者之间的辩证互动关系为核心的各种关系,拥有特定的翻译系统质,在与环境的相互作用中表现出一种整体性能,从而具有较强的整体性;这样,翻译在本体上呈现出多元性与整体性的辩证统一,即辩证整体性。

翻译差异协同规律:翻译在本体上包含的各种成分之间,包括非文学和文学翻译等多种类型,译者、原文作者、译文读者、原文、译文、方法等若干主体、客体和中介要素,语言、艺术、信息、审美、社会、文化等若干层面之间,一直存在着差异互补、竞争协同等各种非线性相互作用关系,主要包括以原语与译语、原文与译文之间的辩证对等以及译者与作者、译者与读者之间的辩证互动为核心的各种差异协同关系。

翻译层次转化规律：翻译内部较低层次的成分如译者、原文作者、译文读者、原文、译文、方法等要素通过差异互补和竞争协同等非线性相互作用构成翻译活动的主体、客体、方法等较高层次的成分，然后再通过进一步的非线性相互作用构成更高层次的成分或整个翻译活动系统。

翻译整体涌现规律：翻译通过各个主体、文本和方法等成分之间(及其与环境之间)的差异互补、竞争协同等非线性的相互作用而形成一种其成分或成分集合所没有的整体性能，即整体涌现性、非加和性或非还原性。

翻译系统全息规律：由于翻译内部的各个成分之间、翻译本体与环境之间存在着普遍的相互作用关系，发生着物质的、能量的、信息的交换，因而翻译的任何成分乃至翻译整体都处于一个全息网络中，携带着有关其他成分、系统和环境的相关的信息。

(3) 翻译类型辩证系统论是对翻译类型的本质和特性的辩证系统认识，主要包括：

翻译类型辩证系统概念：翻译类型系统是一个由在一至多个等级上按一至多个维度且在一个等级上只按一个维度所呈现或划分出来的所有翻译类型(如按文本体裁这一维度所呈现出来的文学翻译、普通语言翻译和特殊语言翻译三大类型)按多元互补、差异协同等特定的非线性结构关系构成的、存在于特定的翻译活动和翻译研究的时空环境中并体现为一种其内外各种要素和关系随着时间而不断运作和演化的过程的辩证有机整体。

翻译类型辩证关联原理：翻译类型系统在其内部的各个类型之间、在其与翻译活动和翻译研究的环境之间以及在其运行和演变过程的各个阶段之间,总是在保持相对分离的同时发生着多元互补、差异协同等非线性的相互作用,从而在总体上呈现出空间上和时间上的辩证关联性,并分别体现为其内部各种翻译类型之间的辩证整体性、它对翻译活动和翻译研究环境的辩证开放性以及它在运行和演变过程上的辩证动态性。

(4)翻译主体辩证系统论是对翻译活动的主体的本质和特性的辩证系统认识,主要包括:

翻译主体辩证系统概念:翻译主体系统是一种由具有特定的语言、艺术、信息、审美、社会、文化等方面的多重本质和特性的、其角色、地位、目的和作用各自不同的译者、原文作者、译文读者等特定的主体按以译者为中心的差异互补、竞争协同等非线性的相互作用关系构成的复杂的人类主体系统,受特定的翻译活动及其环境制约,并执行各种使翻译得以实现的功能,始终体现为一个在各个主体、主体之间、主体系统与环境之间的关系上不断的发展和演化过程。

翻译主体辩证关联原理:翻译主体系统在其内部的具有多重本质和特性的、其角色、地位、目的和作用各自不同的译者、原文作者、译文读者等各个主体之间,在主体与其所处的翻译活动及其环境之间,以及在主体发展和演化的各个阶段之间,总是在保持相对分离的同时存在着差异互补、竞争协同等各种非线性的相互作用关系,使其保持辩证有机关联,从而在总体上呈现出辩证关联性,并分别体现为其内部各个主体之间的辩证整体性或辩证主体间性、它与翻译活动及其环境之间的辩证开放性以及它在运作和演化过程上的辩证动态性。

(5)翻译文本辩证系统论是对翻译中的文本的本质和特性的辩证系统认识,主要包括:

翻译文本辩证系统概念:翻译文本系统是一个由各自由特定的语言成分构成的在语境中执行特定功能的原文和译文按其在形式(语言、艺术)、意义(信息、审美)、功能(社会、文化)等不同的层面上实现的辩证对等、对应、相似或差异等特定的非线性关系构成的辩证有机整体,出现于特定的翻译活动及其环境中,与翻译活动及其环境发生非线性相互作用,并始终体现为一种不断运作和演化的过程。

翻译文本辩证关联原理:翻译文本系统在其内部的原文和译文之间,在其与翻译活动中的主体、方法等各种要素和翻译环境要素之间,以及在其运作和演化的各个阶段之间,总是在保持相对分离的同时存在着普遍的差异互补、竞争协同等非线性的相互作用关系,使其保持空间上和时间上的辩证关联,从而在总体上呈现出辩证关联性,并分别体现为其内部的译文与原文之间的辩证整体性或以辩证对等为核心的辩证互文性、它与翻译活动及其环境之间的辩证开放性以及它在运作和演化过程上的辩证动态性。

(6) 翻译方法辩证系统论是对翻译方法的本质和特性的辩证系统认识,主要包括:

翻译方法辩证系统概念:翻译方法系统是一个由在一至多个等级上按一至多个维度且在一个等级上只按一个维度(如译文与原文在形式、内容、功能等层面上的对应关系)所呈现或划分出的各种翻译方法(如直译与意译、或异化与归化)按差异互补、竞争协同、排斥吸引、对立统一等特定的非线性关系构成的辩证有机整体,出现于特定的翻译活动及其环境中,与翻译活动及其环境中的各种要素发生非线性的相互作用,并始终体现为一种不断的运作和演化过程。

翻译方法辩证关联原理:翻译方法系统在其内部的在某一等级上按某一维度所呈现出来的各种方法类型之间,在其与翻译活动中的主体、文本等各种要素及翻译环境之间,以及在其运作和演化的各个阶段之间,总是在保持相对分离的同时存在着普遍的差异互补、竞争协同等非线性的相互作用关系,使其保持空间上和时间上的辩证关联,从而在总体上呈现出辩证关联性,并分别体现为其内部的各种翻译方法之间的辩证整体性或差异互补性、它与翻译活动及其环境之间的辩证开放性以及它在运作和演化过程上的辩证动态性。

(7) 翻译环境辩证系统论是对翻译环境及翻译与环境的关系的本质、特性和规律的辩证系统认识,主要包括:

翻译环境辩证系统概念:翻译环境是由与翻译具有不可忽略关系的原语和译语的具体情景和社会文化语境等要素以及语言、艺术、信息、审美、社会、文化等层面按特定的差异互补、竞争协同等各种非线性的结构关系构成的、其本身又存在于更大的系统中并体现为特定的运行和演化过程的超系统。

翻译辩证开放原理:翻译总是出现于特定的翻译环境中,一方面通过其相对的翻译系统质将其本身与其环境中的其他非翻译系统相对地划分开来,并在环境中保持相对封闭、独立、自主,因而具有一定的独立性、自主性,一方面又与环境密切关联,不断地进行着语言、艺术、信息、审美、社会、文化等层面的交流,受环境的制约并在环境中执行特定的功能,具有对环境永恒的开放性,从而在与环境的关系上呈现出辩证开放性。

翻译环境互塑共生规律:就翻译与环境的相互关系而言,翻译一方面依赖于环境对它的需要和选择,依赖于环境提供人员、时间、地点、渠道等各种具体条件以及语言系统、艺术常规、信息资源、意象传统、社会交往规范、意识形态等更广泛的资源条件,同时也受到环境的影响和约束,另一方面在环境中执行语言更替等若干特定的功能。

翻译功能转化规律:就翻译目的和功能与环境的关系而言,翻译总是根据其环境情况来确定其目的和预期的功能,表现出一定的目的性行为,并在环境中执行语言更替、风格创新、意义传达、意象再现、人际沟通、文明塑造等特定的功能。

（8）翻译过程辩证系统论是对翻译运作和演化过程的本质、特性和规律的辩证系统认识,主要包括:

翻译过程辩证系统概念:翻译过程是由翻译系统在其整体及其内部各个主体、文本、方法等要素以及语言、艺术、信息、审美、社会、文化等层面及其内外各种关系上发生的运作和演进的各个阶段(如原文生产、原文接受、译文生产、译文接受等)按特定的结构关系构成的辩证有机整体,出现于翻译的超系统过程中,体现为各个阶段在时间上的延续。

翻译辩证动态原理:翻译在其内部的各种要素和层面之间以及在其与环境之间的相互作用的推动下,一方面在其性质或状态上随时间不断更替,由一种状态(如原文语义表征)突变为另一种状态(如译文语义表征)、由一个阶段(如原语活动阶段)飞跃到另一个阶段(如译语活动阶段),从而具有绝对的动态性,另一方面却仍能保持整体和各个方面的相对稳定,具有一定的稳态性,从而在总体上呈现出辩证动态性。

翻译自组他组规律:翻译是在其内部的各种要素和层面之间以及在其与外部环境之间的相互作用(即内因和外因)的共同推动下而不断地从酝酿走向发生,由一个阶段过渡到另一个阶段,从而创生、运作、演化和维生的。

翻译渐变突变规律:翻译由一种状态(如原语认知状态)向另一种状态(如译语认知状态)的转化、由一个阶段(如原语活动阶段)向另一个阶段(如译语活动阶段)的过渡,往往是渐变式和突变式的辩证统一。

翻译正负反馈规律:翻译时刻处于与翻译环境之间的语言、艺术、意义、意象、社会、文化等层面的信息交流过程中,进行着正负信息反馈,保持翻译的动态性和稳定性的辩证统一。

翻译整体优化规律:翻译从酝酿到发生、从低级组织到高级组织的运作和演化是翻译的发生和优化过程,与此相反则为退化和消亡的过程,但翻译往往在允许局部劣化的同时走向整体优化。

由上可见,翻译辩证系统论在其内部包含若干分支、概念、原理和规律,各自具有一定的独立性,而且在各个分支、概念、原理和规律之间存在着各种差异(如对象方面的不同等),因而整个理论体系具有一定的多元性;然而,翻译辩证系统论的各个分支、概念、原理和规律之间又存在一定的互补性、同形性、统一性(因为它们都是建立在统一的概念、原理和规律的基础上),因而整个理论体系又呈现出较强的有机整体性。总之,作为一个以辩证系统观为理论基础的翻译理论体系,翻译辩证系统论自身也是多元性与整体性的辩证统一,具有辩证整体性。

第二节

翻译辩证系统论的地位和作用

就其与环境的关系而言,翻译辩证系统论不是一个理论"象牙塔",而是以翻译学及其他相关学科中的观点、理论、方法和程序为其理论环境,同时也以翻译及与其相关的其他活动为其实践环境,依赖于环境中的各种资源条件并在环境中执行特定的元理论、认识和实践功能。以下主要以翻译辩证系统论与翻译学及翻译实践的关系为主,简要论述一下它在翻译学学科体系中的定位、它对翻译学的各个层次以及翻译实践的依赖和作用。

6.2.1 翻译辩证系统论的地位

任何翻译理论体系都必然从属于翻译学纵向上的某个或某些层次及横向上的某个或某些分支。在翻译学的层次结构问题上存在若干不同的看法。例如,霍姆斯将翻译学首先划分为纯翻译学和应用翻译学,然后又把纯翻译学划分为理论翻译学和描写翻译学,其中又将理论翻译学划分为普通翻译学和特殊翻译学[1];威尔斯则直接将翻译学划分为普通翻译学、特殊翻译学和应用翻译学三个分支[2];另外,我国有些学者也对翻译学的体系结构进行了探讨,如刘宓庆提出了庞大的翻译学内部与外部系统[3]。这些对翻译学体系的认识虽然各有千秋,却往往在纵向层次或横向分支的划分标准上不够一致,不能很好的反映翻译学纵向上的各个层次之间和横向上的各个分支之间的逻辑关系,特别是纵向上从最接近实践的应用层次到最抽象的哲学层次之间的过渡关系,因而不能满意地体现翻译理论与实践的有机关联。

正如本研究第一章中所述,钱学森主张将总的科学体系在纵向上按抽象程度分为马克思主义哲学及其下面的"一座桥梁三个台阶",即亚哲学(即关于对象的哲学观点探讨)、基础科学(即关于对象的一般理论研究)、技术科学(即关于对象的共用方法研究)和工程技术(即关于对象的具体程序研制)四大学科层次,在横向上按研究的对象方面分为自然科学、社会科学、思维科学、数学科学、系统科学等若干门类。根据辩证系统观中的系统相似性原理和系统分形理论,各种系统虽然有一定的差异,却

① James S. Holmes. The name and nature of translation studies, in James S. Holmes, *Translated! Papers on Literary Translation and Translation Studies*. Amsterdam: Rodopi, [1972]1988, pp. 79—80.

② Wolfram Wilss. *The Science of Translation: Problems and Methods*. Tübingen: Gunter Narr Verlag, 1982.

③ 刘宓庆,《当代翻译理论》,北京:中国对外翻译公司,1999年,第14—21页。

在结构和功能、存在方式和演化规律上具有差异中的同一性或相似性，系统中的成分或子系统与作为分形体的系统整体在各个方面也具有一定的自相似性①。根据这一总的科学体系构架不难推出，科学大系中的所有学科都应在逻辑上跨越不同层次和对象范围，在纵向上由高到低跨越亚哲学、基础科学、技术科学和工程技术四大层次，分别形成关于对象的观点、理论、方法和程序，同时也在横向上跨越对对象总体及其各个方面的研究，对对象进行综合性、分析性或辩证综合性的探讨，并形成相应的观点、理论、方法、程序范式。毋庸置疑，翻译学作为一门综合学科也必然具有这样的体系结构。

从纵向上看，翻译学由高到低已基本形成亚哲学、基础科学、技术科学和应用科学四大学科层次，可分别称为翻译学哲学（对翻译和翻译学的亚哲学高度的认识）、基础翻译学（主要从总体上研究各类翻译的一般理论）、技术翻译学（侧重分别研究各类翻译的共用方法）和应用翻译学（注重分别研究各类翻译及与翻译相关活动的具体程序）。从横向上看，翻译学在每个纵向层次上都包含若干着眼于对象的全部或着眼于其不同方面的不同分支或理论范式，有些属于综合性研究，有些属于（分门别类的）分析性研究，有些着眼于翻译中的客体或客体性的东西（如语言、文本、信息、甚至社会），有些着眼于翻译中的主体或主体性的东西，这样就在每个层次上包含了各种以翻译全部为对象的普通理论和以翻译局部为对象的各种特殊或具体理论。其中，在翻译学哲学层次上形成翻译本体论、翻译认识（方法）论等；在基础翻译学层次上则产生普通翻译学和各种特殊翻译学分支；在技术翻译学层次上则形成一般翻译方法学和各种具体的翻

---

① 魏宏森、曾国屏，《系统论——系统科学哲学》，北京：清华大学出版社，1995年，第276—285页。

译方法学分支;而在应用翻译学层次上则形成各种人工翻译和机器翻译工程学、翻译批评工程学、翻译教学工程学等分支。

自下而上看,翻译学的四个层次层层相托,由实践到理论,由特殊到普通,由具体到抽象,一直上升到哲学高度,体现了翻译学的理论化过程;而自上而下看,四个层次则层层相依,由抽象到具体,由一般到个别,由理论直至具体的翻译实践,体现了翻译学的实践化过程。另外,值得强调的是,纵向上各个层次之间、横向上各个分支之间并非是相互分离的,而是存在各种纵向和横向的"桥梁",使翻译学的各个层次和分支都相互关联、相互衔接,从而成为一个辩证有机整体。

从上述的翻译学框架的纵向上看,翻译辩证系统论是一种居于翻译学哲学和基础翻译学两个学科层次之间但更倾向于翻译学哲学的一种翻译理论,可以被看作一种翻译本体论;同时,它(至少其中详细度较大的各个分论)又倾向于向基础翻译学延伸,力求既全面系统又较为具体详细地认识翻译总体及其各个方面,因而又可以被看成一种基础翻译学层次上的较为抽象的翻译理论。鉴于这种双重性,我们完全可以把翻译辩证系统论看作一个纵跨翻译学哲学和基础翻译学两个层次的"桥梁"。

从横向上看,翻译辩证系统论主要是一种综合性理论或一般性理论,但也兼有分析性或特殊性理论的特性,同时着眼于翻译总体及其各个方面,兼顾翻译内部方面和翻译环境方面,因而又是横跨在综合性和分析性、宏观性和微观性理论之间的一座"桥梁"。由此可见,翻译辩证系统论在翻译学体系中无论从纵向的学科层次还是横向的学科分支来看,都具有一种"桥梁"性的地位,兼顾抽象与具体、普通与特殊,因而是一种真正意义上的"辩证综合"或"辩证系统"理论。

每一种理论通常是通过其独特的研究对象和内容及其特别的哲学依据、理论基础、研究方法和程序与其他理论区分开来,从而成为一个具有一定特色的独立的理论。翻译辩证系统论的理论对象和内容在原则上包括翻译活动总体及其所有方面和各种关系,这一点将其与所有不是以翻译总体及其所有方面和所有关系为认识对象的理论区分开来;同时,翻译辩证系统论又在哲学依据、理论基础、研究方法和程序上采用了唯物辩证法、辩证系统观、辩证系统方法和程序,这一点又将其与所有不采用上述哲学依据、理论基础、研究方法和程序的翻译理论区分开来。可见,翻译辩证系统论能够通过它在认识对象和方法上的不同与翻译学中的其他理论区分开来,因而具有一定的理论特色或创新性,也具有独立的理论地位。当然,翻译辩证系统论的独立性或与其他理论的差异性是相对的,它作为翻译理论中的一种,自然与各种其他翻译理论息息相关,并与翻译实践密切联系,对其所处的理论和实践环境保持永恒的开放。

6.2.2 翻译辩证系统论的作用

如上所述,翻译辩证系统论在翻译学科体系中的定位决定了它与翻译学及相关学科中的其他观点、理论、方法和程序的关系,也决定了它与翻译实践及与翻译相关的实践活动之间的关系。从总体上说,翻译辩证系统论与其他理论及与实践活动总是处于一种辩证关联或非线性相互作用关系之中,既依赖或受制于其他理论和实践活动,又作用或服务于其他理论和实践。

显然,翻译辩证系统论直接或间接地依赖于翻译学及相关学科中其他的观点、理论、方法和程序,并间接或直接地依赖于翻译及与翻译相关的实践活动。就其对其他的各种观点、理论、方法和程序的依赖而言,翻译辩证系统论以整个人类科学大系(乃至文化大系)特别是翻译学学科整体的发展趋势和基本状况为背景,以居于更高、更抽象的学科层次的哲学观点特别是马克思主义的唯物辩证法为最高哲学指导,以处于相同或接近的学科层次上的系统科学哲学中的辩证系统观为主要理论基础,以与唯物辩证法和辩证系统观相一致的、系统融合各种方法和程序的辩证系统方法和程序为创生和优化手段,同时还要以翻译学乃至语言学、文艺学、交际学、美学、心理学、社会学、文化学等若干相关学科的各个层次的观点、理论、方法和程序为必要的资源。就其对实践的依赖而言,翻译辩证系统论在终极意义上还必须以翻译实践及与翻译相关的实践活动为自己的实践或经验基础。总之,没有哲学(唯物辩证法)、亚哲学(辩证系统观)、翻译学及临近学科的理论方法资源和实践经验,翻译辩证系统论就会变成一个纯粹的理论"乌托邦"。

当然,翻译辩证系统论并非单纯地依赖于其他各种观点、理论、方法、程序和实践活动,而同时又对这些观点、理论、方法、程序和实践活动具有一定的作用。首先,作为一种以擅长组织的辩证系统观为理论依据的翻译学哲学理论,它的一个最重要的功能就是元理论功能,即对同一学科层次或更低学科层次的其他理论、方法和程序的组织作用。它与其他各种范式的关系并不是用一种范式替代另一种范式的关系。其他的各种分析性和综合性的翻译观点、理论、方法和程序虽然各自存在片面或笼统的缺点,但它们却各自对翻译总体或某些方面具有微观的或宏观的独到见解,因而各自具有其重要的存在价值。以辩证系统观为理论基础并通过吸收和融合现有的各种具体翻译理论而形成的翻译辩证系统论则正好可以成为各种其他理论的一种组织或参照框架,使过分片面的理论(如只关心本体而忽略环境的现代语言学译论等)看到自己忽略了的东西,并能通过翻译辩证系统论的内容而不必通过逐一考察其他各种理论在某种程度上弥补自己的不足,同时也使过分笼统的理论(如某些综合性的文艺学译论等)从中获得一些较为具体的思想内容。

另外,翻译辩证系统论作为一种虽然较为抽象和一般而又较为具体和详细的翻译理论能够作为一种接近基础学科层面的翻译理论与其他基础翻译理论一样具有一定的认识(即描写和解释)和实践(即预测和规范)功能。一般而言,任何理论的作用都在于认识世界、保护或改造世界,因而翻译辩证系统论作为一种辩证系统的翻译理论显然具有很强的认识功能和实践功能。就其认识功能而言,它作为一种跨越亚哲学和基础学科层次的理论揭示了翻译的辩证系统本质、特性和规律,直接或间接地、辩证系统地(当然尚不够详细和具体地)描写和解释了所有的翻译现象,从而使人们能够更加辩证系统地了解翻译活动总体及其共时和历时的方方面面,提高对翻译实践及与翻译相关的各种活动的认识。

就其实践功能而言,虽然翻译辩证系统论居于亚哲学和基础学科层次,但是较高学科层次的理论完全可以通过对较低学科层次的理论、方法和程序的指导和组织以及通过其向较低学科层次的转化(即由翻译辩证系统论转化成或衍生出翻译辩证系统方法和翻译辩证系统程序)而间接或直接地对翻译实践或与翻译相关的实践活动发生作用,从而服务于真实的翻译活动,根据需要预测翻译活动的具体情况(如根据翻译环境互塑共生规律可以推断出某次具体翻译活动必然会利用其环境中的资源,并必然会对环境发生积极或消极的影响),规范翻译活动的原则和程序(如根据翻译辩证关联原理可以规定在翻译过程中应时刻考虑翻译的内外共时和历时的各个方面之间的联系),有助于人们更加自如地通过翻译活动来交换信息、沟通思想、促进和谐、共同繁荣。

由上可见,就其在翻译学及相关学科的各种理论中以及在翻译及与翻译相关的实践活动中的地位和作用来说,翻译辩证系统论一方面因其独特的对象范围(即以翻译总体及其各个方面为认识对象)和哲学依据、理论基础、方法和程序(特别是辩证系统观和辩证系统方法)而与现有的其他翻译理论不同,具有以"辩证系统性"为核心的理论特色和较强的创新性,因而在其所处的翻译理论和实践环境中具有相对的自主性,一方面又与其他各种翻译理论和翻译实践活动息息相关,既在某种程度上依赖于若干其他的翻译理论,又对它们具有一定的指导和组织作用,既最终依赖于翻译实践活动,又有助于对翻译实践的描写、解释、预测和规范,执行一定的认识功能和实践功能。因此,翻译辩证系统论在与其环境的关系上呈现出自主性与开放性的辩证统一,即辩证开放性。

第三节

翻译辩证系统论的创生和优化

就其创生和演化的过程来看,翻译辩证系统论像其他系统的创生和演化一样,也是在其内外动因的共同推动下创生和演化的,其发展和优化的过程也必然符合系统的一般发展和优化规律。根据辩证系统观中的辩证动态性原理,系统在内部各个成分之间以及在其与环境要素之间的相互作用(即内因和外因)的共同推动下不断发生失稳和涨落,由一个阶段过渡到另一个阶段,由一种状态转化为另一种状态,从而不断地运作和演化,并在其总体上呈现出一种波浪式、螺旋式或超循环式的(即不是一直往前的或直线上升的,而是非线性的和曲折的)发展和优化过程,既有较强的动态性又有一定的稳态性。显然,翻译辩证系统论的创生和演化也是这样的。因此,以下借助于辩证系统观的辩证动态性原理,简要论述一下翻译辩证系统论的创生和发展规律,并借以指出本研究的局限性和今后的研究方向。

6.3.1　翻译辩证系统论的创生

首先,翻译辩证系统论是在其内部(或创生后成为其内部)的各种观点、理论、方法、程序成分之间、在其本体与其他翻译理论和相关学科的各种理论之间以及在其与翻译实践及与翻译相关的实践活动之间的非线性的相互作用的共同推动下创生的。就其创生的翻译理论内部动因而言,进入当代时期,单纯强调精细性的分析性译论或单纯强调整体性的朴素综合性译论远远不能满足翻译学发展的需要,现有的各种理论范式和流派在相互排斥、相互竞争的同时,又相互吸引、相互协同,不断地发生着差异与互补、竞争与协同等各种非线性的相互作用,甚至产生了一些较为(辩证)综合的理论范式和流派,为翻译辩证系统论的创生提供了学科内部动因。

就其创生的外因而言,当代的科学大系乃至人类文化整体不断走向辩证综合,科学文化与人文文化、科学精神与人文精神、科学与美学、技术与艺术在继续纷争的同时日趋交融,而语言学、文艺学、交际学、美学、社会学、文化学等许多其他人文社会科学也都迎来了一个辩证综合时代,为翻译辩证系统论的创立提供了外部的理论或学科动因。同时,在当今这个"地球村"和"万维网"时代,在这个"不译则亡"①的全球化语境下,人们越来越强烈地感觉到翻译交际的重要性和紧迫性,也越来越希望得到更为有效的翻译理论的指导,这就为翻译辩证系统论的创生提供了外部的实践动因。

6.3.2　翻译辩证系统论的优化

其次,翻译辩证系统论的演化也离不开其内部各个成分之间、其本体

---

① Paul Engle & Hualing Nieh Engle. Foreword to *Writing from the World*：*Ⅱ*. Iowa City：International Books and the University of Iowa Press, 1985, p. 2.

与外部环境之间的非线性相互作用的推动。就其内部成分之间的关系而言，翻译辩证系统论体系的各个层次和分支之间并非相互分离而是相互影响、相互依赖、相互作用、密切关联，其成分和结构都会在这种相互关联中不断发展变化。就其与环境中的其他理论的关系而言，翻译辩证系统论会不断地与翻译学及相关学科中的其他观点、理论、方法和程序发生相互作用，在作用于其他理论的同时，不断地吸收和融合其他理论的思想内容，从而得到进一步的丰富和发展。就其与实践活动的关系而言，翻译辩证系统论与人类的各种其他认识一样，也会直接或间接地与翻译实践及与翻译相关的实践活动发生非线性的相互作用，一方面不断地用于指导实践，一方面又得到实践的检验和改进，呈现出"实践—理论—（再）实践—（再）理论"的螺旋式演进模式。

作为一个翻译理论系统，翻译辩证系统论与一般系统的演化一样，也必然具有自己明确的发展方向：从孕育到产生，从作为研究者大脑里的一种基本设想到通过一番实际的考察研究实现为一个明晰化的理论体系，然后再从不够优化走向优化，这是它的创生和演进过程。当然，一个理论体系的构建过程与系统的一般演化一样也不是一直往前的而是曲折的。由于本理论涉及翻译总体及其共时和历时的各个方面和各种关系，体系较为庞大，内容较为广泛，而且研究者水平、精力和时间投入有限，因而目前在本书中呈现出来的翻译辩证系统论尚存在许多问题和不足。

其中，它的体系结构的某些细节尚不够完善，现有的层次和分支的划分方式尚有不妥之处。例如，第二个层次上的三个理论分支实际上并非是按同一标准划分出来的。翻译本体与翻译环境辩证系统论之间的区分标准是内外关系，而这两个分支与翻译过程辩证系统论之间的划分标准则是共时态和历时态关系。从这个意义上说，目前的体系结构似乎应增加一个层次：第一个层次的翻译总体辩证系统论可以在第二个层次上先分为翻译共时和翻译历时辩证系统论，然后在第三个层次上再分为翻译本体、环境、过程辩证系统论。同样，目前第二层次上的翻译本体辩证系统论在更低的层面上划分为翻译类型辩证系统论与翻译本体、文本、方法辩证系统论四个分支，其中的翻译类型辩证系统论与其他分支的划分标准也是不完全统一的。

其次，一个最明显的问题就是翻译辩证系统论仍然缺乏足够的理论详细度或具体性。它虽然在思想内容或视阈上以辩证系统观为基础并融合了近现代和当代西方盛行的几种主要翻译观点和理论，也因为居于亚哲学层次而在视野上超越了基础学科及更低学科层次上的若干具体理论和方法，却在创生过程中尚且忽略了系统科学中更为具体的理论成分以及古今中外(特别是我国)的若干翻译观点和理论，还没能将这些观点和理论的精华系统融合进来，因而还不能在详细度上超越若干其他翻译理论。

另外，本研究中的翻译辩证系统论尚缺乏直接(甚至间接)的实证研究的支持和翻译实践的检验。如前所述，虽然作为一种亚哲学层次的翻译理论，它的主要运作和演化方式是从较低学科层次上的理论获得思想资源，并用于指导和组织较低学科层次上的理论和方法，但是作为一种关于翻译的观点理论体系，它最终必须与翻译实践联系起来，应用于翻译实践并通过翻译实践得到检验和发展。

当然，任何系统的运作和演化都体现为一种由低级到高级的不断优化过程。本研究只是对翻译辩证系统论的一种初步探讨，上述及其他各种问题在所难免。然而，这些问题的存在非但不会妨碍这一理论的进一步发展，反而会有助于确立进一步改进的方向，促进整个理论系统的优化，因为正如其他系统的情况一样，优化是系统发展的主导方向。而且，系统优化最为可贵的地方就是，它不仅可以在达到其各个成分的全部优化的情况下获得整体优化,而且还能允许在局部存在缺陷的情况下通过各种关系的协调达到整体优化。

第四节

本章内容小结

　　综上所述,本章从辩证系统观的视角探讨了本研究力图构建的翻译辩证系统论本身,在把握其总体本质和特性的基础上,简要论述了其体系结构和内容、理论地位和作用及其创生规律和优化方向,借以对本研究的理论成果予以系统总结,阐述其特色和创新之处、理论和实践意义,并指出本研究的局限性及优化方向。简言之,本章的内容可归纳如下:

　　翻译辩证系统论在总体上是一个由若干关于翻译的总论、分支、概念、原理和规律按特定的结构构成的跨越亚哲学和基础学科层面的辩证综合性翻译理论系统,存在于特定的翻译及与其相关的理论和实践环境中,受环境制约并在环境中执行特定的元理论、认识和实践功能,体现为一种不断的运作和演进过程,并在其内外各个方面呈现出辩证关联性。

　　就其结构和内容来说,翻译辩证系统论主要由翻译总体、本体、环境、过程辩证系统论按“一总三分”的结构构成。其中,翻译总体辩证系统论认为:翻译在总体上是一种以语言转换性、艺术再造性为核心并兼具信息传递性、审美交际性、社会交往性、文化交流性等多重性质的复杂的人类活动系统,一种由译者、原文、译文、方法等若干要素按非线性关系构成的辩证有机整体，受特定的环境制约并在环境中执行多重功能，体现为一种包含原语和译语活动等阶段的运作和演进过程；翻译在其内外共时和历时的各个方面存在着普遍的非线性关联，使其在总体上呈现以原文与译文之间的辩证对等为核心的辩证关联性。

翻译本体辩证系统论认为：翻译在本体上是一种由非文学和文学翻译等多种类型、译者、原文作者、译文读者、原文、译文、直译、意译等若干主体、客体、中介要素以及语言、艺术、信息、审美、社会、文化等若干层面按各种非线性的结构构成的辩证有机整体；翻译在其内部的各种类型、要素、层面之间存在着各种非线性的结构关系，从而呈现出辩证整体性，包括各种翻译类型、主体、客体或方法之间的辩证互补性、主体之间的辩证主体间性、原文与译文之间的辩证对等性。

翻译环境辩证系统论认为：翻译环境是由与翻译具有不可忽略关系的原语和译语的情景和社会文化语境按非线性关系构成的超系统；翻译总是存在于特定的环境中，一方面通过其翻译系统质将其本体与环境划分开来，一方面又与环境不断地进行着语言、艺术、信息、审美、社会、文化等层面的交流，受环境制约并在环境中体现为一定的目的性行为，执行语言更替、风格创新、意义传达、意象再现、人际沟通、文明塑造等多重功能，从而在其与环境的关系上呈现出辩证开放性。

翻译过程辩证系统论认为：翻译过程是由翻译在其整体及其内外各个方面和各种关系上发生的运作和演进的各个阶段或状态按非线性的关系构成的辩证有机整体，出现于一个超系统过程中，并体现为其各个阶段在时间上的延续；翻译在其内外动因的推动下总是处于一种不断的运作和演化过程中，由一个阶段或状态(如原文意象)渐变或突变到另一个阶段(如译文意象)，并在允许局部缺陷的情况下走向整体优化，从而在整个过程上呈现出辩证动态性。

就其与环境的关系而言，翻译辩证系统论以当代翻译学的辩证综合趋势及其片面和笼统的问题为研究背景，以翻译学及相关学科、翻译及相关实践为理论和实践环境，一方面依赖于环境中的相关观点、理论、方法、程序和实践，其中以唯物辩证法为哲学依据，以辩证系统观为理论基础，以各种翻译及其他相关理论为资源，以辩证系统方法和程序为创生和优化手段，以翻译及相关活动为认识对象和实践基础，一方面又对环境中各种理论和实践发生特定的作用，其中对其他若干译论具有元理论或组织功能，对翻译及相关实践具有认识和实践功能。就其创生和演化的过程而言，翻译辩证系统论是在各种相关的理论和实践要素的非线性相互作用的推动下应运而生并逐步发展完善的。当然，它在本研究中还存在若干局限性，必须通过进一步的研究不断走向优化。

参 考 文 献

埃文-佐哈尔,多元系统论,张南峰译,《中国翻译》,2002 年第 4 期,第 19—
　　25 页。

爱因斯坦、英费尔德,《物理学的进化》,上海科学技术出版社,1962 年。

巴尔胡达罗夫,《语言与翻译》,蔡毅、虞杰、段京华编译,北京:中国对外翻
　　译出版公司,1985 年。

贝塔朗菲,《一般系统论:基础、发展和应用》,林康义、魏宏森等译,北京:
　　清华大学出版社,1987 年。

蔡新乐,《翻译的本体论研究——翻译研究的第三条道路、主体间性与人
　　的元翻译构成》,上海:上海译文出版社,2005 年。

蔡毅、段京华,《苏联翻译理论》,武汉:湖北教育出版社,2000 年。

曹丽新,为辩证法辨,《学术交流》,2006 年第 6 期,第 21—24 页。

陈大亮,翻译研究:从主体性向主体间性转向,《中国翻译》,2005 年第 2
　　期,第 3—9 页。

董秋斯,论翻译理论的建设,《翻译论集》,罗新璋(编),北京:商务印书馆,
　　1984 年,第 536—544 页。

恩格斯,反杜林论,《马克思恩格斯选集》(第 3 卷),中共中央马克思恩格
　　斯列宁斯大林著作编译局编译,北京:人民出版社,1972 年,第 45—

364 页。

——，自然辩证法，《马克思恩格斯选集》(第 3 卷)，中共中央马克思恩格斯列宁斯大林著作编译局编译，北京：人民出版社，1972 年，第 444—573 页。

——，路德维希·费尔巴哈和德国古典哲学的终结，《马克思恩格斯选集》(第 4 卷)，中共中央马克思恩格斯列宁斯大林著作编译局译，北京：人民出版社，1972 年，第 207—254 页。

葛校琴，当前归化/异化策略讨论的后殖民视阈——对国内归化/异化论者的一个提醒，《中国翻译》，2002 年第 5 期，第 32—35 页。

贺来，论辩证法的当代意义，《社会科学战线》，1998 年第 7 期，第 45—54 页。

何兆熊(主编)，《新编语用学概要》，上海：外语教育出版社，2003 年。

黑格尔，《小逻辑》，贺麟译，北京：商务印书馆，1980 年。

胡牧，主体性、主体间性抑或总体性——对现阶段翻译主体性研究的思考，《外国语》，2006 年第 6 期，第 66—72 页。

黄小寒，《世界视野中的系统哲学》，北京：商务印书馆，2006 年。

黄振定，《翻译学——艺术论与科学论的统一》，长沙：湖南教育出版社，1998 年。

黄忠廉、李亚舒，翻译学的创建：全国译学学科建设专题讨论会述评，《中国科技翻译》，2001 年第 3 期，第 59—62 页。

加切奇拉泽，《文艺翻译与文学交流》，蔡毅、虞杰编译，北京：中国对外翻译出版公司，1987 年。

贾正传，用系统科学综合考察翻译学的构想，《外语与外语教学》，2002 年第 6 期，第 40—43 页。

——，翻译学系统观——用系统观考察元翻译学的尝试，《外语与外语教学》,2003 年第 6 期,第 45—49 页。

姜秋霞,《文学翻译中的审美过程:格式塔意象再造》,北京:商务印书馆,2002 年。

——、权晓辉,文学翻译过程与格式塔意象模式,《中国翻译》,2000 年第 1 期,第 26—30 页。

金文俊,翻译理论研究基本取向概述,《外语教学与研究》,1991 年第 1 期,第 23—27 页。

金元蒲,作者中心论的衰落——现代西方文学批评史上的一次重大转折,《文艺理论研究》,1991 年第 4 期。

卡特福德,《翻译的语言学理论》,穆雷译,北京:旅游教育出版社,1991 年。

库恩,《必要的张力》,纪树立译,福州:福建人民出版社,1981 年。

库兹明,《马克思理论和方法论中的系统性原则》,王炳文、贾泽林等译,北京:三联书店,1980 年。

拉兹洛,《用系统论的观点看世界——科学新发展的自然哲学》,闵家胤译,北京:中国社会科学出版社,1985 年。

——,《系统哲学讲演集》,闵家胤等译,北京:中国社会科学出版社,1991 年。

——,《系统哲学引论——一种当代思想的新范式》,钱兆华、熊继宁、刘俊生译,北京:商务印书馆,1998 年。

——,《微漪之塘:宇宙中的第五种场》(第二版),钱兆华译,北京:社会科学文献出版社,2004 年。

林德宏,辩证法:复杂性的哲学,《江苏社会科学》,1997 年第 5 期,第 93—96 页。

刘建能(主编),《科学方法论新探》,北京:中共中央党校出版社,1995 年。

刘宓庆,《当代翻译理论》,北京:中国对外翻译公司,1999 年。

鲁迅,《绛洞花主》小引,《鲁迅全集》(第 7 卷),北京:人民文学出版社,
　　1957 年。

罗新璋,我国自成体系的翻译理论,《翻译通讯》,1983 年第 7 期,第 9—13
　　页,第 8 期,第 8—12 页。

罗选民(编),《中华翻译文摘》,北京:清华大学出版社,2002 年。

吕俊,结构、解构、建构,《中国翻译》,2001 年第 6 期。

——、侯向群,《翻译学——一个建构主义的视角》,上海:上海外语教育出
　　版社,2006 年。

马克思,1844 年经济学——哲学手稿,《马克思恩格斯全集》(第 42 卷),中
　　共中央马克思恩格斯列宁斯大林著作编译局译,北京:人民出版社,
　　1979 年,第 43—181 页。

马清健,《系统和辩证法》,北京:求实出版社,1989 年。

马祖毅,《中国翻译简史——"五四"以前部分》(增订版),北京:中国对外
　　翻译出版公司,1998 年。

毛崇杰,本质主义与反本质主义,《杭州师范学院学报》(社会科学版),
　　2003 年第 3 期,第 23—28 页,第 69 页。

毛建儒,论系统质,《系统辩证学学报》,2000 年第 4 期,第 19—24 页。

孟宪俊、黄麟雏(主编),《科学技术学》,西安:西北电讯工程学院出版社,
　　1986 年。

苗东升,《系统科学精要》,北京:中国人民大学出版社,1998 年。

——,《系统科学辩证法》,济南:山东教育出版社,1998 年。

闵家胤,《进化的多元论:系统哲学的新体系》,北京:中国社会科学出版
　　社,1999 年。

穆雷,卡特福德与《翻译的语言学理论》,J. C. 卡特福德,《翻译的语言学理
　　论》,穆雷译,北京:旅游教育出版社,1991 年,第 157—158 页。

钱学森,基础科学研究应该接受马克思主义哲学的指导,《哲学研究》, 1989 年第 10 期,第 3—8 页。

——,《人体科学与当代科学技术发展纵横观》,北京:人民出版社, 1996 年。

——,处理开放的复杂巨系统不能简单化,《创建系统学》,钱学森(编),太原:山西科学技术出版社,2001 年,第 28—31 页。

钱学森等,《论系统工程》(增订本),长沙:湖南科学技术出版社,1988 年。

钱学森、于景元、戴汝为,一个科学新领域——开放的复杂巨系统及其方法论,《自然杂志》,1990 年第 1 期,第 3—10 页。

切克兰德,《系统论的思想与实践》,左晓斯、史然译,北京:华夏出版社, 1990 年。

萨多夫斯基,《一般系统论原理:逻辑—方法论分析》,贾泽林、刘伸等译, 北京:人民出版社,1984 年。

孙利天,辩证法与后现代主义哲学,《天津社会科学》,1995 年第 2 期,第 5—12 页。

孙小礼,关于复杂性与简单性的学习、思考片断,《系统辩证学学报》,2001 年第 4 期,第 48—52 页。

孙致礼,《翻译:理论与实践探索》,南京:译林出版社,1999 年。

谭秀江,从"平动"到"流变":翻译的概念嬗变,《外国语》,2006 年第 4 期, 第 57—65 页。

谭载喜,必须建立翻译学,《中国翻译》,1987 年第 3 期,第 2—7 页。

——,试论翻译学,《外国语》,1988 年第 3 期,第 22—27 页。

——,奈达和他的翻译理论,《外国语》,1989 年第 5 期,第 28—35 页, 第49 页。

——(编译),《新编奈达论翻译》,北京:中国对外翻译出版公司,1999 年。

——，《翻译学》，武汉：湖北教育出版社，2000 年。

王秉钦，《20 世纪中国翻译思想史》，天津：南开大学出版社，2004 年。

王可孝、彭燕韩、张在滋，《辩证法研究》，北京：人民出版社，1993 年，第
　　36—37 页。

王诺，《系统思维的轮回》，大连：大连理工大学出版社，1994 年。

王思浚，唯物辩证法与诡辩论的对立，《理论研究》，2000 年第 2 期，第 25—
　　27 页。

王颖，《大系统思维论》，北京：中国青年出版社，2001 年。

魏宏森、宋永华等，《开创复杂性研究的新学科——系统科学纵览》，成都：
　　四川教育出版社，1991 年。

魏宏森、曾国屏，《系统论——系统科学哲学》，北京：清华大学出版社，
　　1995 年。

乌杰，《系统辩证学》，北京：中国财政经济出版社，2003 年。

乌约莫夫，《系统方式和一般系统论》，闵家胤译，长春：吉林人民出版社，
　　1983 年。

吴琼，《走向一种辩证批评：詹姆逊文化政治诗学研究》，上海：上海三联书
　　店，2007 年。

肖峰，《论科学与人文的当代融通》，南京：江苏人民出版社，2001 年。

许国志(主编)，《系统科学》，上海：上海科技教育出版社，2000 年。

许钧，《翻译论》，武汉：湖北教育出版社，2003 年。

——，"创造性叛逆"和翻译主体性的确立，《中国翻译》，2003 年第 1 期，第
　　6—11 页。

——，翻译的主体间性与视界融合，《外语教学与研究》，2003 年第 4 期，第
　　290—295 页。

颜泽贤、范冬萍、张华夏，《系统科学导论——复杂性探索》，北京：人民出

版社,2006 年。

杨武能,阐释、接受与再创造的循环——文学翻译断想,《中国翻译》,1987年第 6 期,第 9—12 页。

袁莉,关于翻译主体研究的构想,张柏然、许钧(主编),《面向 21 世纪的译学研究》,北京:商务印书馆,2002 年,第 397—409 页。

张柏然,翻译本体论的断想,《外语与外语教学》,1998 年第 4 期,第46—49 页。

张今,《文学翻译原理》,开封:河南大学出版社,1987 年。

赵智奎,论唯物辩证法的当代启蒙,《马克思主义研究》,1999 年第 1 期,第76—84 页。

郑海凌,《文学翻译学》,郑州:文心出版社,2000 年。

支谦,法句经序,《翻译论集》,罗新璋(编),北京:商务印书馆,1984 年,第22 页。

祝朝伟,《构建与反思——庞德翻译理论研究》,上海:上海译文出版社,2005 年。

Altmann, Gabriel & Walter A. Koch, eds. *Systems*: *New Paradigms for the Human Sciences*. Berlin: Walter de Gruyter, 1998.

Augustine(Aurelius Augustinus). The use of translations, trans. D. W. Robertson, Jr., in Douglas Robinson, ed., *Western Translation Theory*: *From Herodotus to Nietzsche*. Manchester: St. Jerome Publishing, 1997, pp. 31—34.

Barthes, Roland. Criticism as language, in *The Critical Moment*: *Essays on the Nature of Literature*. London: Faber & Faber, 1964, pp. 123—129.

Bassnett, Susan. *Translation Studies* (3rd ed.). London: Routledge, 2002.

—— & André Lefevere, eds. *Translation*, *History and Culture*. London:

Pinter, 1990.

Batteux, Charles. Principles of translation, trans. John Miller, in Douglas Robinson, ed. , *Western Translation Theory : From Herodotus to Nietzsche*. Manchester: St. Jerome Publishing, 1997, pp. 195—199.

Beaugrande, Robert de. *Text , Discourse, and Process : Toward a Multidisciplinary Science of Texts*. New Jersey: Ablex, 1980.

Bell, Roger T. *Translation and Translating : Theory and Practice*. London: Longman, 1991.

Catford, John C. *A Linguistic Theory of Translation*. London: Oxford University Press, 1965.

Cicero, Marcus Tullius. The best kind of orator, trans. H. M. Hubbell, in Douglas Robinson, ed. , *Western Translation Theory : From Herodotus to Nietzsche*. Manchester: St. Jerome Publishing, 1997, pp. 7—10.

d'Ablancourt, Nicolas Perrot. To Monsieur Conrart, trans. David G. Ross, in Douglas Robinson, ed. , *Western Translation Theory : From Herodotus to Nietzsche*. Manchester: St. Jerome Publishing, 1997, pp. 156—159.

Davis, Kathleen. *Deconstruction and Translation*. Manchester: St. Jerome, 2001.

Dryden, John. The three types of translation: from "Preface" to *Ovid's Epistles*, in Douglas Robinson, ed. , *Western Translation Theory : From Herodotus to Nietzsche*. Manchester: St. Jerome Publishing, 1997, pp. 172—174.

Engle, Paul, Engle &. Hualing Nieh. Foreword to *Writing from the World : II*. Iowa City: International Books and the University of Iowa Press, 1985.

Even-Zohar, Itamar. The position of translated literature in the literary polysystem. *Polysystem Studies*, *Poetics Today* 11, 1, 1990, pp. 45—51.

Gentzler, Edwin. *Contemporary Translation Theories* (2nd ed.). Clevedon: Multilingual Matters, 2001.

Goodenough, Ward H. Cultural anthropology and linguistics, in D. H. Hymes, ed., *Language in Culture and Society: A Reader in Linguistics and Anthropology*. New York: Harper & Row, 1964, pp. 36—40.

Gutt, Ernest-August. *Translation and Relevance: Cognition and Context* (2nd ed.). Manchester: St. Jerome Publishing, 2000.

Hall, Arthur D. *A Methodology for Systems Engineering*. Princeton, New Jersey: Van Nostrand, 1962.

Hatim, Basil & Ian Mason. *Discourse and the Translator*. London: Longman, 1990.

Hermans, Theo. *Translation in Systems: Descriptive and System-oriented Approaches Explained*. Manchester: St. Jerome Publishing, 1999.

Holmes, James S. Describing literary translation: models and methods, in James S. Holmes, José Lambert & Raymond van den Broecket, eds., *Literature and Translation: New Perspectives in Literary Studies*. Leuven: Acco, 1978, pp. 69—83.

——, Forms of Verse Translation and the translation of verse form, in James S. Holmes, *Translated! Papers on Literary Translation and Translation Studies*. Amsterdam: Rodopi, [1970]1988, pp. 23—34.

——, The name and nature of translation studies, in James S. Holmes, *Translated! Papers on Literary Translation and Translation Studies*. Amsterdam: Rodopi, [1972]1988, pp. 67—80.

Jakobson, Roman. On linguistic aspects of translation, in Rainer Schulte &

参
考
文
献

John Biguenet, eds. , *Theories of Translation*：*An Anthology of Essays from Dryden to Derrida*. Chicago：The University of Chicago Press, 1992, pp. 144—151.

Jerome(Eusebius Hieronymus). The best kind of translator, trans. Paul Carroll, in Douglas Robinson, ed. , *Western Translation Theory*：*From Herodotus to Nietzsche*. Manchester：St. Jerome Publishing, 1997, pp. 23—30.

Koller, Werner. The concept of equivalence and the object of translation studies. *Target* 7(2), 1995, pp. 191—222.

Laszlo, Ervin. *The Systems View of the World*：*A Holistic Vision for Our Time*. New Jersey：Hampton Press, 1996.

Lefevere, André. Translation studies：The goal of the discipline, in James S. Holmes, Jos Lambert & Raymond Van den Broeck, eds. , *Literature and Translation*：*New Perspectives in Literary Studies with a Basic Bibliography of Books on Translation Studies*. Leuven, Belgium：Acco, 1978：pp. 234—235.

——. *Translation*, *Rewriting*, *and the Manipulation of Literary Fame*. London：Routledge, 1992.

——, ed. *Translation/History/Culture*：*A Sourcebook*. London：Routledge, 1992.

Levý, Jiří. Translation as a decision process, in *To Honor Roman Jakobson*：*Essays on the Occasion of his 70th Birthday*, vol. II. The Hague：Mouton, 1967, pp. 1171—1182.

Munday, Jeremy. *Introducing Translation Studies*：*Theories and Applications*. London：Routledge, 2001.

Neubert, Albrecht & Gregory M. Shreve. *Translation as Text*. Kent: Kent State University Press, 1992.

Newmark, Peter. *Approaches to Translation*. Oxford: Pergamon, 1981.

——. *A Textbook of Translation*. New York: Prentice Hall, 1988.

——. *About Translation*. Clevedon: Multilingual Matters, 1991.

Nida, Eugene A. *Toward a Science of Translating*: *With Special Reference to Principles and Procedures Involved in Bible Translating*. Leiden: E. J. Brill, 1964.

——. *Exploring Semantic Structures*. München: Wilhelm Fink Verlag, 1975.

——. *Language, Culture and Translating*. Shanghai: Shanghai Foreign Language Education Press, 1993.

—— & Charles R. Taber. *The Theory and Practice of Translation*. Leiden: Brill, 1969.

Nord, Christiane. *Translating as a Purposeful Activity*: *Functionalist Approaches Explained*. Manchester: St. Jerome Publishing, 1997.

——. *Text Analysis in Translation*: *Theory, Methodology, and Didactic Application of a Model for Translation-Oriented Text Analysis* (2nd ed.), trans. Christiane Nord & Penelope Sparrow. Amsterdam: Rodopi, 2005.

Paz, Octavio. *Traducción*: *literatura y literalidad*. Barcelona: Tusquets Editores, 1971.

Pound, Ezra. *Gaudier-Brzeska*: *A Memoir*. New York: New Directions, 1970.

Reiss, Katharina. Text types, translation types and translation assessment, trans. Andrew Chesterman, in Andrew Chesterman, ed. , *Readings in Translation Theory*. Helsinki: Oy Finn Lectura Ab, [1977] 1989, pp. 112—114.

——. *Translation Criticism: The Potentials and Limitations: Categories and Criteria for Translation Quality Assessment*, trans. Erroll F. Rhodes. Manchester: St. Jerome Publishing, [1971] 2000.

Richards, Ivor A. Toward a theory of translating, in Arthur F. Wright, ed., *Studies in Chinese Thought*. Chicago: University of Chicago Press, 1953, pp. 247—262.

Schleiermacher, Friedrich. On the different methods of translating, trans. Douglas Robinson, in Douglas Robinson, ed., *Western Translation Theory: From Herodotus to Nietzsche*. Manchester: St. Jerome Publishing, 1997, pp. 225—238.

Simon, Sherry. *Gender in Translation: Cultural Identity and the Politics of Transmission*. London: Routledge, 1996.

Snell-Hornby, Mary. *Translation Studies: An Integrated Approach* (2nd ed.). Amsterdam/Philadelphia: John Benjamins, 1995.

Sperber, Dan &. Deirdre Wilson. *Relevance: Communication and Cognition*. Oxford: Blackwell, 1986.

Steiner, George. *After Babel: Aspects of Language and Translation* (3rd ed.). London: Oxford University Press, [1975, 1992]1998.

Stowell, Frank A., Daune West &. James G. Howell, eds. *Systems Science: Addressing Global Issues*. New York: Plenum Press, 1993.

Sutherland, John W. *A General Systems Philosophy for the Social and Behavioral Sciences*. New York: George Braziller, 1973.

Toury, Gideon. *In Search of a Theory of Translation*. Tel Aviv: The Porter Institute for Poetics and Semiotics, 1980.

参
考
文
献

——. *Descriptive Translation Studies and Beyond*. Amsterdam/Philadelphia: John Benjamins Publishing, 1995.

Tytler, Alexander Fraser. The proper task of a translator, in Douglas Robinson, ed. , *Western Translation Theory: From Herodotus to Nietzsche*. Manchester: St. Jerome Publishing, 1997, pp. 209—212.

Venuti, Lawrence. *The Translator's Invisibility: A History of Translation*. London: Routledge, 1995.

Vermeer, Hans J. What does it mean to translate? *Indian Journal of Applied Linguistics* 13(2), 1987, pp. 25—33.

——. Skopos and commission in translational action, trans. Andrew Chesterman, in Andrew Chesterman, ed. , *Readings in Translation Theory*. Helsinki: Oy Finn Lectura Ab, 1989, pp. 173—187.

Wilss, Wolfram. *The Science of Translation: Problems and Methods*. Tübingen: Gunter Narr Verlag, 1982.

——. Interdisciplinarity in translation studies. *Target*, 11(1), 1999, pp. 131—144.

——. *Knowledge and Skills in Translation Behavior*. Amsterdam/Philadelphia: John Benjamins Publishing, 1996.

后　记

　　本书是由我在 2004 至 2007 年于南京大学学习期间所作的博士学位论文修改而成的。本书力求在唯物辩证法的指导下运用辩证系统观的基本思想对翻译总体及其各个方面进行了较为全面和细致的考察。实际上，用辩证系统观的眼光来看，本书的写作自身也是一种虽然不是很大却也相当复杂的事理系统或曰系统工程，在从选题、开题到结题的整个过程中，牵涉许多的人力和其他资源。单从人力来说，本书的写作就不是一种纯粹的个人行为，而是一种超越任何个人力量的许多人的智慧和努力的融合。因此，作为本书的作者，我希望在此能用有限的文字向所有直接和间接地支持、指导、帮助和关心本书写作的单位和个人表达无限的感激之情。

　　首先，我要向南京大学和鲁东大学表示深深的感激和敬意。三年前，南京大学给了我进一步深造的机会；入学后，她以"严谨、求实、勤奋、创新"的学风熏陶我，以"诚朴雄伟、励学敦行"的校训约束我，以"今日我以南大为荣，明日南大以我为荣"的口号鞭策我，使我努力学习，不断进取，在整体素质及各个方面都获得较大进展，曾被评为南京大学优秀研究生，还获得南京大学笹川良一奖学金；本书写作期间，她又以其丰富的图书文献资源为我提供了顺利完成写作的必备条件。本书完成之后，鲁东大学

(外国语学院)对本书的出版给予了大力的支持和资助。

当然,我更要向我的恩师张柏然教授表达最诚挚的谢意。导师在我三年的学习生活中,在学术和为人方面都给予我悉心的教诲和指导,而在本书的整个写作过程中,更是给予我精心的导引和点拨。在选题和准备阶段,导师多次跟我讨论题目问题,虽然通常主张选择以小见大的题目,却根据我的学术兴趣和特点,赞许我选择了这样一个并非"小题"又难以"大做"的题目,引导我确立了以强调辩证思想的系统观念为核心的研究思路。另外,导师还不厌其烦地为我提供关于文献资料方面的信息(甚至借光顾书店之机,亲自为我购买系统哲学方面的重要书目)。在开题和写作阶段,导师更是耐心细致地指导我对论文的构思和设计,反复审查我的开题报告和写作提纲,仔细审阅我的论文初稿,给我提供了许多的宏观和具体指导和建议。在结题阶段,导师又大度地对本书的写作水平给予了充分的肯定和表扬。导师的指导、关怀、厚爱(以及对我的愚钝的包容!)成了推动我顺利完成本书写作的重要的动力。

同时,我还要向在开题和结题阶段拨冗审阅了本书的开题报告或评阅了全书,参加了开题答辩、预答辩和最终答辩的诸位专家和学者表示衷心的感谢。其中,吕俊教授对本书运用辩证系统观考察翻译总体及其各个方面予以高度评价(认为本书"视野开阔,论题宏大","论证有力,语言畅达",作者"思维比较缜密,论述比较全面,是目前在这方面研究中的佼佼者"),并就系统的开放性和动态性等方面提出若干建设性意见。蔡新乐教授对本书以唯物辩证法为指导考察翻译予以高度评价(指出本书"气魄极大,勇气可嘉","在马克思主义哲学指导下,建构出了宏大叙事性质的理论,为对翻译的进一步探讨铺陈出新的预设思想资源","其历史意义是不言而喻的","显现出作者开阔的视野、严密的逻辑推理和理论归纳能力"),并就如何看待唯物辩证法、看待解构主义对翻译概念的影响等问题

后记

提出一些建议。另外,谢天振教授、朱刚教授、杨晓荣教授、葛校琴教授、刘华文博士、吴文安博士也充分肯定了本书的写作作为在流行"小题大做"的学术背景下的一种辩证综合性探索的历史意义和现实价值,并就本书的若干方面提出了宝贵的意见。上述各位专家和学者的意见和建议使本书得以顺利完成并不断走向优化。

我还要向所有以某种直接或间接方式影响、促进了本书写作的所有其他专家和学者表达衷心的感谢。其中,早在我最初设想用系统论和系统科学考察翻译时,我曾与尤金·奈达(Eugene A. Nida)博士较为详细地讨论过建立翻译系统论乃至系统翻译学的设想。他就我提出的关于翻译学各个层次之间及翻译理论与实践之间的关系问题指出,翻译理论无论多么抽象,都在终极意义上首要地依赖于翻译实践并最终反过来运用于翻译实践。他的这一观点与唯物辩证法的基本精神相吻合,至今我仍觉得无懈可击,并将其体现在本研究的元理论探讨部分。另外,我还曾向钱冠连教授、蒙娜·贝克(Mona Baker)教授、安妮·布赫塞(Annie Brisset)教授等请教过有关本研究的基本思路和可行性问题。他们给予我极大的鼓励并提出一些重要的建议。

我还要向许钧教授、柯平教授、丁言仁教授、陈新仁教授、王守仁教授、周宪教授、潘知常教授、侯惠勤教授等等在南京大学三年的学习过程中为我担任过各类课程、做过学术讲座、与我讨论过学术问题的各位老师、专家和学者表示由衷的感谢。他们的精彩话语为我提供了丰富的思想养分,潜移默化地融入我的心灵世界,渗透于我的研究和论文写作之中。

此外,我还要表达对师母谈继红女士、南京大学外国语学院研究生教务办公室的陈爱华女士、南京大学双语词典研究中心的魏向清教授、杨蔚女士、张淑文女士、卜云峰先生、郭启新先生、徐海江先生、许文胜先生、陈伟博士以及我在南京大学的同学严晓江女士、于德英女士、冯春波先生、蒋林先生表示发自内心的感谢，他们不仅在学业和本书写作上而且还在日常生活方面给予我无微不至的关怀，使我在南大学习和生活的日子里感受到家的温馨。

我还要表达对鲁东大学外国语学院的肖德法教授、毕崇涛教授及其他各位领导和同行的无比感谢。他们对我的博士学习以及本书的写作和出版予以极大的支持和关心。同时，我也要向我的2003至2006级的硕士生表示感谢。他们在专业学习中和论文写作中大胆阐释和运用我初步形成的翻译辩证系统观，使我的观点得到一定的验证。其中李晶、刘蕊、苗莉莉、张爱惠、张海燕、张林还热情地阅读、校对了本书的部分内容，为我提供了一些重要的反馈，大大地促进了本书的修改工作。

另外，我还要向我的母亲吕志英、妻子郭惠燕、女儿贾玉嘉和其他亲人表达无比的感激之情。母亲虽然没有上过大学，却具有非凡的思维和洞察能力。她非常关心我的学业和论文写作，并常常与我交流思想。她那充满睿智的话语不断地给我的写作带来灵感。妻子和女儿都是我的同行，分别在高校从事语言教学和学习。她们在我时间紧迫时挺身而出，帮我校对了大部分书稿。三年的博士学习生活中，我少了许多对家人的照顾，却得到了他们更多的关心。因为有了他们的支持，我才实现了求学的梦想，并顺利完成了本书的写作。

借此机会，我要特别寄托对我的父亲贾宝增的无限怀念和崇敬之情。父亲在他大半辈子的戎马生涯和甘为人民公仆的日子里，以他独特的方式学习和实践了马克思主义，在事业和生活中不断进取，成了他那代人当中的佼佼者，也成了我心目中的英雄。父亲虽已远行，他的血却依然流淌在我的身上，他那求真求善的辩证创造精神成了激励我大胆创新的动力。此书的写作和出版无疑是对父亲的精神的最好印证，也是对父亲的永久

后
记

纪念。

最后,正如本书前言中所说,由于本人的水平和精力有限,本书的写作时间比较紧张,尽管本人在写作过程中付出较大的努力,并在成文后参照其中一些专家的建设性意见进行了一定的修改,却难免仍存在许多不尽如人意甚至错漏之处,也难以在本书中落实所有的修改建议,恳请读者予以批评指正,也希望专家和学者们谅解和包容,并期望今后有机会改正错误、弥补不足,使翻译辩证系统论不断走向优化!

贾正传

2007 年 7 月

后

记

图书在版编目(CIP)数据

融合与超越:走向翻译辩证系统论/贾正传著.—上海：
上海译文出版社,2007.12
(译学新论丛书)
ISBN 978-7-5327-4404-6

Ⅰ.融… Ⅱ.贾… Ⅲ.翻译-研究 Ⅳ.H059

中国版本图书馆 CIP 数据核字(2007)第 166822 号

·

融合与超越：
走向翻译辩证系统论
贾正传 著

上海世纪出版股份有限公司
译文出版社出版、发行
网址:www.yiwen.com.cn
200001 上海福建中路 193 号 www.ewen.cc
全 国 新 华 书 店 经 销
上海锦佳装璜印刷发展公司印刷

开本 890×1240 1/32 印张 10.5 插页 2 字数 239,000
2007 年 12 月第 1 版 2007 年 12 月第 1 次印刷
印数:0,001—3,250 册
ISBN 978-7-5327-4404-6/H·803
定价:23.00 元

如有质量问题,请与承印厂质量科联系。T:021-56401196